고전서사체 담화분석

고전서사체 담화분석

김현주

보고사

서 문

언어를 자명한 존재로 볼 때에 언어는 의식되지 않는다. 그때 언어란 대상을 지시하는 역할을 하고는 곧장 휘발되어 버리는 존재로 간주되기 때문이다. 그것은 깨끗한 유리일수록 유리라는 존재가 있는지 없는지조차 감각되지 않는 것과 같은 이치다. 그러나 언어를 반투명의 유리처럼 투명하지 않은 존재로 볼 때 언어는 우리에게 의식되기 시작한다. 카시러처럼 언어를 인간의 상징 형식으로 보건, 하이데거처럼 인간존재가 사는 집으로 보건, 야콥슨처럼 실어증과도 관련있는 것으로 보건간에 언어가 언어 사용자와 언어 환경과 관련되어 숱한 곡절을 지니고 있을 것이란 생각은 철학이나 문학에서 너무나 보편적인 명제가 되어버렸다. 그럼에도 불구하고 이러한 너무도 흔해빠진 명제를 우리는 문학 연구에서 너무나 쉽게 망각하고 있지 않나 하는 생각이 든다.

이 책은 이와 같이 언어를 내용물의 자동 운반체 또는 투명 용기(容器)로 간주하는, 암묵적으로 횡행하는 연구 태도에 상반되는 입장에 서서 우리 고전서사체를 바라보는 데 전적으로 투여되고 있다. 언어에 묻어있는 흔적을 통해 고전서사체를 바라볼 때 어떤 의미있는 것들이 보이지 않을까 하는 기대가 거기에는 섞여 있다. 언어에는 수동적으로 영향 받은 흔적도 있지만 능동적으로 드러내어 자신을 주장하고 싶은 것도 있을 터,

나는 그것들을 소중히 보듬고자 했다. 색깔을 지니거나 울퉁불퉁한 모양으로 된 용기에 담긴 내용물들이 용기의 색깔에 따라 물들거나 또는 용기의 모양에 따라 성형되듯이 언어라는 용기에 담긴 내용물이 용기에 따라 어떤 식으로 결정(結晶)되는지 유심히 살펴보고자 했다. 문제는 언어의 어떤 측면을 보아야 의미가 돋보이는지 하는 것이었다. 나는 그것을 '담화'로 보고자 했는데, 그러니까 '담화'란 컨텍스트들이 언어와 상관관계를 이루면서 그 언어에 새겨 놓은 파문과 같은 결 혹은 짜임새인 것이다. 나는 마치 고고학자가 된 것처럼 언어에 새겨진 결을 통해 시대정신이나 문화예술과 같은 외적 맥락들을 유추 해석해보고자 했다.

어떤 전문영역에 들어가면 들어갈수록 더 어렵다는 말이 있다. 이 말은 이 책을 쓰는 데 있어 딱 들어맞는 말인 것 같다. 그건 몇 년 전에 펴낸 〈판소리 담화분석〉을 쓸 때와는 사뭇 다르게 이번에는 논의가 망설여지고 책을 내는 것조차 주저되었던 나의 품새를 지칭한다. 이러한 엉거주춤한 자세는 지난 번 책과 비교하여 이번 것이 얼마나 진경을 이루었을까 하는 의구심 내지는 자성의 시선에서 영향을 받았을 것이라고 나는 짐작한다. 담화분석이라는 이론적 틀에 그렇게 오랫 동안 매달려 왔음에도 불구하고 이번에도 완결을 짓지 못하는 아쉬움이 그런 자세 속에 담겨 있다. 하지만 멋모르고 할 때와 약간 알고 난 다음에 할 때와는 천양지차가 있음을 절감한 것 자체가 전향적인 변화라고 자위하면서 이 책을 편성하고 고쳐 쓰고 새로 쓰는 작업을 했다. 이 책의 1장만 새로 쓴 것이고, 나머지 장들에 있는 글들은 이미 발표한 것들을 체재에 맞게 다소간 고쳐 쓴 것이다. 이 책에 실려 있는 글들의 초점은 하나라고 할 수 있다. 그것은 미시적인 담화 양상과 거시적인 텍스트 외적 맥락 사이의 연결인데, 다만 텍스트 외적 맥락들 중 세부 초점이 어디 있는가에 따라 장들을 나누었을 뿐이다. 그래서 여기서의 장들의 구분은 굉장히 헐거운 틀에 불과

하며, 단지 강조하고자 하는 시각이 어디 있는지를 나타내주는 지표에 그친다고 할 수 있다.

　이 책은 전작 이후의 담화분석에 대한 나의 학문적 궤적을 고스란히 보여준다. 전작이 판소리에만 국한되어 있었다면 이번에는 판소리와 고소설을 포함한 고전서사체 전반으로 대상이 넓어져 있다. 대상이 넓어졌다는 것이 반드시 바람직한 것은 아니겠지만, 그만큼 담화분석으로 다가갈 수 있는 영역이 다양화되고 광역화되었다고도 볼 수 있겠다. 전작 이후의 변화 중 가장 두드러진 것은 언어 자질에 대한 관심이 아닌가 한다. 파고 들어가면 들어갈수록 자주 부딪치는 것은 언어들이었고, 그 언어들이 지닌 자질이 시종 문제가 되곤 했다. 그것은 정통 언어학에서 만나는 문제라기보다는 오히려 응용 언어학 또는 실용론 차원의 것이었는데, 특히 사회문화적 맥락을 중시하는 담화분석의 속성상 사회언어학적이고 인류언어학적이고 심리언어학적인 차원이 늘 절실한 문제로 다가오곤 했다. 그러나 그러한 절실한 요구가 이 책에 녹아 있는지는 나 자신도 자신할 수 없다.

　학회지 발행 일과 관련되다보니 그동안 보고사에 많은 신세를 져 왔는데, 이 책으로 빚을 더 얹게 되는 것은 아닌지 모르겠다. 황소처럼 묵묵히 갈 길만 가는 김흥국 사장님과, 감각 있게 일을 해준 편집부 이경민씨에게 감사의 말씀을 드리고 싶고, 교정을 봐준 이현주에게 고마움을 전한다.

광교산 아래 볕이 잘 드는 우거에서
김현주

차 례

제5장 담화와 사유구조

제1장

담화분석과 고전서사체

1. 담화란 무엇인가?

'담화'란 디스코스(discourse)를 우리말로 옮긴 것이다. 그런데 디스코스는 '담화'로만 옮겨지는 게 아니라 '언술'로도, 또는 '담론'으로도 옮겨질 수 있다. 그러나 그것이 함축하는 개념적 영역은 서로 차이를 갖는다고 봐야 할 것이다. '언술'이 언어가 발화되거나 서술될 때의 주변맥락에 강음부를 두는 데 반해, '담론'은 한 덩어리의 언어집합체를 정치적인 권력에서부터 이념적인 힘, 그리고 지식의 사용에 따르는 어떤 힘의 정향에 이르기까지 특정 배경이나 지향성을 갖는 것으로 볼 경우에 주로 사용된다. 이에 비해 '담화'는 '언술'과 '담론'의 의미를 모두 포함하되, 나아가 '언술'과 '담론'이 갖고 있지 않은 의미영역까지 추가로 갖는, 매우 포괄적인 개념으로 볼 수 있다. 추가적인 의미영역이란, 언어학적 배경을 바탕으로 언어 요소들을 분석하고 그것의 기능적 의미를 추적함으로써 언어 자질을 초언어학(metalinguistics)적인 시각으로 확장 해석하는 것이다. 언어학에 기반을 두고 언어 자질을 대상으로 그것의 기능과 의미를 원심적으로 확장해나가는 과정 속에서 그와 결부되는

컨텍스트들이 다루어진다는 점은 '담화'가 갖는 독특한 자기 영역일 것
이다. 디스코스가 이렇게 여러 가지로 불리기도 하고, 또 여러 가지의
의미 영역을 지니고 있다는 것은 그것이 하나의 역어이기에 앞서 언어
를 보는 시각이 그만큼 다양하고 함의가 다층위에 걸쳐져 있다는 점을
말해준다고 하겠다.

서술 대상이 '무엇'에 해당한다면, 담화는 '어떻게'에 해당한다. 무엇
을 '어떻게' 서술하고 발화하고 표현하는지에 관련된, 서술 방식 또는
표현 방식의 국면이 담화인 것이다. 어떤 추상적인 관념이건, 어떤 구
체적인 행위나 사건이나 인물이건, 대상은 일원화되어 있다고 간주된
다. 그러나 그것을 서술하고 표현하는 방식은 천차만별로 갈라질 수
있다. 담화에 대한 관심은 어떻게 서술하고 표현하는지의 확인에 그치
지 않고, 그것이 왜 그렇게 서술될 수밖에 없었는지에도 주어진다. 아
마도 원인은 다양하게 존재할 것이다. 발신자의 상황에 그 원인이 있
을 수도 있고, 수신자와 관련하여 그 원인을 찾을 수도 있을 것이다.
아니면 발화가 이루어지는 환경을 포함한 외부 맥락에 의해서도 달리
서술될 수 있을 것이다.

이렇게 서술을 '어떻게' 하는지에 관심이 있으므로 담화는 항상 내용
이 아닌 형식(form) 차원의 문제가 된다. 그런 점에서 발화의 매체가 말
이냐 글이냐,[1] 몸동작이냐 표정이냐, 음악이냐 그림이냐 등등의 표현
매체의 형식 또한 담화의 국면이 된다. 그러나 이러한 실체(substance)
로서의 매체 형식은 각 매체들이 갖는 특수한 측면과 요소들에 의해

---

[1] '담화'가 말로 이루어지는 입말 자료를 가리키는 용어로 쓰이기도 하는데, 그 경우
에는 글로 쓰인 자료인 '텍스트(text)'와 대립되는 개념으로 사용되는 것이다. 그러나
입말을 '담화'라 하고, 글말을 '텍스트'로 보는 관점은 현재로서는 그 권위를 거의 상
실했다고 보인다.

규정되는 경향이 있는 반면, 담화는 오히려 매체의 차이를 초월하는 보편적인 측면과 관련된다. 그것이 무슨 매체이건 간에 발신자와 수신자가 함축되어 있고, 그러한 소통의 맥락에서 그들의 인식론적이고 심리적인 국면이 반영된 형식들, 이를테면 시점과 거리, 서술의 순서와 속도, 어조 또는 어투 등등이 담화의 중요한 국면을 형성한다. 담화에는 이처럼 발신자와 수신자, 그리고 주변 맥락의 시각 또는 관점이 내재해 있는 것이다.

씨줄과 날줄이 직조되어 옷감이 짜이듯이 갖가지 맥락을 지닌 언어들의 역동적 조직체로서의 관점을 담화는 내포하고 있다. 이미 실현되어 굳어진, 또는 동태적인 모습이 사상된, 정태적인 어떤 덩어리로서가 아니라 모든 요소들이 자신의 존재를 드러내기도 하고, 다른 요소들과 결합을 모색하면서 여러 방향으로 움직여나가는 역동적인 집합체로 보는 것이다. 이러한 점에서 담화는 '텍스트'를 보는 관점과 유사하다. 원래 어떤 대상을 '텍스트'로 본다는 것은 발화 행위에 참여하는 화자와 청자가 거기 전제되어 있고, 발화가 행해지는 구체적 의사소통 상황과 그러한 상황이 갖는 사회적 관계가 이미 함축되어 있는 것이다. 다시 말해 발화를 정점으로 거기에 관련된 관계들의 짜임으로 되어 있는 것이 '텍스트'이다. 거기에 반해 완결체로 실현되어 이미 권위와 중심을 가져버린, 그래서 가치평가나 판단을 적재한 존재가 바로 '작품'이다. 그래서 우리가 어떤 대상을 작품으로 보는가, 아니면 텍스트로 보는가 하는 것은 커다란 차이를 지닌다고 할 수 있다. 그것은 마치 태생을 '주어진 것으로 볼 것인가'와, '절차와 과정을 열어두고 개방적으로 볼 것인가'의 차이와 같다. 이와 같이 텍스트가 작품과 다르듯이 담화 또한 그냥 언어 덩어리와는 다르다. 담화는 언어 발화라는 수행 행위에

깃들어 있는 온갖 컨텍스트가 빚어내는 색깔과 결, 그리고 어조를 지닌 언어 조직체인 것이다.

디스코스를 '담론'이라고 할 때 그것은 최소한 어떤 식으로든지 타인에게 영향을 미치고자 하는 화자의 의도가 담겨 있는 발화라고 할 수 있다. 많은 경우 말이나 글에는 그 언어를 사용하고 있는 사람들의 믿음이나 가치 등이 적재되어 있다. 거기에는 세상을 바라보는 방식이나 경험에 대한 구성 등이 담겨 있는 것이다. 그래서 그것은 어떤 식으로건 타인에게 영향을 미치는 힘으로 작용한다. 이것을 흔히 '이데올로기'라고도 한다. 그러므로 어떤 언어 덩어리를 단순한 언어집합체로 보는지, 아니면 담론으로 보는지는 그것을 바라보는 사람의 시선의 내용에 달려 있다고 할 수 있다. 그런 점에서 '담론'의 개념 속에는 화자의 의도뿐만 아니라 청자의 이데올로기적 정향 또는 지향의식 또는 의도적 시선이 담겨 있다. 어떤 언어 덩어리를 담론으로 볼 때는 일군의 발화들의 기저에 어떤 일정한 규칙성과 정합성이 흐르고 있어 그것이 일군의 발화에 어떤 의미 또는 힘을 부여해주는 존재로 보는 것이 된다. 이것이 우리가 어떤 언술 집합을 '생태주의 담론'이라 하거나, '서구 우월주의 담론'이라고 하는 이유이다.

'담론'이라는 개념은 사회적인 맥락을 함축하는 경우에 흔히 사용된다. 사회가 진공이 아닌 한, 사회 속에서 실제로 사용되는 모든 말과 글은 사회적인 것이다. 그러므로 담론은 사회적 맥락 안에서 활성화되고, 사회적 맥락에 의해서 결정되며, 사회적 맥락이 계속 유지될 수 있도록 하는 데 기여하는 발화의 집합체이다.[2] 담론은 담론이 이루어지

---

2) 사라 밀즈, 『담론』, 인간사랑, 2001, 25쪽.

고 있는 사회적 제도와 사회적 실천의 종류에 따라서 다르고, 말하는 주체와 청자의 사회적 위치에 따라서 달라진다. 담론은 언술 집단 간의 대립의 관계 속에서 형성되는 것이다. 그러므로 각 사회 집단은 서로에게 서로를 규정해주는 담론적 '매개변수'가 된다.3) 담론은 진공 상태에서 존재하는 것이 아니라 다른 담론들, 즉 자신들에 대해서 진리와 권위에 대해 의문을 제기하는 다른 사회적 실천들과의 끊임없는 갈등 속에서 존재한다. 담론을 사회적 효과를 갖는 무엇으로 보는 관점에서 볼 때, 담론을 권력관계로 보는 것은 필연적이다. 담론을 권력관계로 보는 것이란 담론을 말하고 있는 대상을 체계적으로 형성시키는 하나의 실천으로 생각한다는 것이다.4) 발화된 담론은 그렇게 발화하도록 하는 어떤 권력관계가 작동되어 형성된 것이며, 그렇게 발화된 담론은 그 권력관계를 공고히 하거나, 또 다른 특정 권력을 형성하면서 사회를 유지하는 힘으로 작용하는 것이다.

2. 담화분석의 다학문적 성향

학문으로서의 '담화분석'이란 무엇인가?

담화분석의 기원은 고대 수사학(rhetorics)으로까지 거슬러 올라갈 수 있을 것이다. 소피스트 수사학이 전제로 삼는 연설이라는 것의 최종 목표는 대립되는 관점을 가진 사람들 사이에서 화자가 청자의 동의를 이끌어내는 데에 있었다. 이와 같이 고대 수사학에는 설득적 효과가

---

3) 사라 밀즈, 위의 책, 26-7쪽.

4) Michel Foucault, 『The archaeology of knowledge and the discourse of language』, Pantheon Books, 1972, 46-49쪽.

전제되어 있었던 만큼, 의사소통의 기본원리로서 개연성이나 상황성, 적절성 등과 같은, 오늘날 텍스트언어학에서 주목받고 있는 인지적 원리 또는 책략이 이미 거기에서도 깊숙이 이해되고 있었던 것이다. 물론 초기의 수사학이 오늘날의 담화분석적인 접근 방식을 그대로 선행했던 것은 아니다. 그렇지만 아이디어를 생각해내고 배열하는 것이 제어가 가능하고, 아이디어로부터 언어 표현으로 전이되는 것이 훈련될 수 있으며, 같은 아이디어라도 어떤 것은 다른 것보다 질적으로 우수하거나 효율성이 있다고 보는 것은 오늘날의 관점과 크게 다르지 않은 것이다. 또한 청자에게 미치는 효과에 의해 텍스트의 가치를 평가할 수 있고, 텍스트란 특정 목적에 의해 생산되며, 그 목적을 달성하기 위해서 화자와 청자 간에는 상호작용이 이루어진다는 전제를 바탕에 깔고 있다는 점도 고대 수사학이나 오늘날의 담화분석이 비슷한 것이라고 판단된다.

　전통 문체론(stylistics) 또한 담화분석에 다리를 놓는 교량적 역할을 했다고 생각된다. 문체론은 뉴크리티시즘의 연장선 위에서 텍스트 외적 맥락은 완전하게 배제시킨 채 텍스트 자체 내의 요소들을 정밀하게 분절시키고 각각의 성격과 의미를 파악해내는 작업으로 주로 행해졌다. 일찍이 러시아 형식주의와 체코 구조주의에서도 문체론적 연구를 수행했는데, 서구에는 이들이 나중에 알려졌지만 서구 문체론은 이들에 의해 자극을 많이 받았다고 할 수 있다. 문체론적 연구는 음성학적이고 문법적인 구조를 따지는 데에 짧은 시가 유리했기 때문에 시 분석에 주로 집중되었다. 병렬과 대칭 등의 구문 구조라든지, 운율이나 운과 같은 율격 구조, 억양, 강세, 의미소, 형태소, 구절의 의미론적 결합 양상 등등을 살펴 시의 문체적 특징을 파악하는 것이었다. 그렇지

만 소설이나 드라마에 대해서는 이러한 정세한 문체론적 분석이 불가
능하다. 그래서 전체 텍스트에서 의미가 초점화된 특정 구절에 대해
이러한 정세한 분석을 행하기도 하고, 또는 전체적인 흐름을 대변할 수
있는 유의미한 문체적 자질을 추출하기도 했으며, 가장 보편적인 방법
으로는 텍스트 전체에 대한 해석적 스탠스를 가리키는 시점을 통해 접
근하기도 했다.

　이러한 수사학과 문체론의 전통은 한때 번성했었고 문학 연구의 중
요한 부분을 차지했으나 포스트모던적인 사유체계와 연구방법론들에
의해 심각한 도전을 받았고, 그에 따라 변방에 위치하기에 이르렀다. 시
기적으로는 문체론이 유행하고 있을 때 담화분석은 맹아기에 있었다고
볼 수 있다. 담화분석의 맹아로서 우리가 주목할 만한 저작은 바로 문
장과 담화구조에 대한 기능적 분석을 통해 구조적 담화분석을 태동시
키는 역할을 한 프로프의 〈민담형태론〉이라고 할 수 있다. 그러나 이것
이 실제 담화분석에 심각한 시사점을 던져준 선구자적 역할을 수행하
게 된 것은 1960년대 프랑스 구조주의자들이 프로프를 재발견하여 서구
에 널리 알릴 때까지 기다려야만 했다. 담화분석의 방법이 주목받게 되
는 계기는 아무래도 언어가 조직되는 원리라든가 언어 단위들의 기능
에 관심이 많았던 구조주의적 발상에서 찾아야 할 것이다. 그 중에서도
기호 체계를 작동원리로서의 랑그(langue)와, 실제 작동체로서의 파롤
(parole)로 구분하고, 파롤의 임의성을 주장한 소쉬르(F. de Saussure)는
구조주의 언어학을 촉발시켰고, 이는 담화분석의 발흥으로 이어졌다.

　담화분석은 전통 언어학과 불가분의 관계로 맺어져 있다. 그러나 담
화분석은 언어학에 기대되 그에 대한 비판 내지는 극복이라는 점에서
관계가 있는, 약간은 특이한 양상을 띤다. 전통 언어학이 고립된 문장

의 구조적인 특성을 추구하거나, 맥락과는 무관한 문장 차원의 변형 문
법을 추구하는 경향에 대해 담화분석은 강한 비판의식을 갖고 있다.
적합한 담화 상황을 설정하기 위해 '이상적인 화자'와 같은 개념을 도
입하거나 '동질적인 담화 집단'과 같은 이상화된 조건을 담화분석에서
는 거부한다. 현장에서 소통되는 발화는 사회문화적 맥락에 따라 변화
하는 것이지, 어떤 상위 차원의 조건을 통해 제어할 수 있는 대상이 아
니라고 보는 것이다. 그렇지만 담화분석은 전통 언어학에서의 분석 단
위들에 대한 인식들은 많은 부분을 차용하고 있다. 다만 그것들을 초
언어학적이고 사회문화적인 맥락 속에서 읽어내는 것이 다를 뿐이다.
예컨대 라보프(W. Labov)와 같은 사회언어학자는 대도시 외곽 지역에
사는 흑인들의 영어에서 음소적 차이를 찾거나, 계층별 또는 직업별로
사용하는 음소와 어휘소별 특징을 추구하기도 하고, 텍스트언어학에서
는 전통 언어학의 문법론과 의미론을 활용하여 텍스트를 내적으로 결
속시키는 문법적 지표들과 의미론적 전제들을 검토하여 텍스트의 전형
적 자질들을 밝히고자 한다.

　담화분석은 언어 사용이라는 실용적인 국면을 추구한다. 이러한 화
용론적 언어관에는 언어의 여러 측면에 대한 규약 내지는 문법이 이론
적으로 추구될 수도 있지만 언어는 그렇게 체계적인 원리에 의해서만
수행되지 않는다는 전제가 깔려 있다. 그러므로 여기에는 랑그보다는
파롤, 능력(competence)보다는 수행(performance)에 주된 초점이 있다.
실제로 언어가 사용되는 현장에서의 맥락을 중시하려는 의지가 여기
있다. 그래서 화용론은 언어가 대상에 대한 기술이기도 하지만 발화
자체에 수반되는 일련의 행위를 수행하기 위해 사용된다는 기본 개념
을 갖고 있으며, 또한 화자의 의도와 믿음, 판단, 그리고 화자와 청자의

관계에 따라 언어 발화는 문맥적인 지시 의미를 넘어서서 함축적인 의미 또는 기능을 갖는다는 관점을 견지한다.

언어철학자들이 주로 논의한 화행(speech act) 이론은 언어 발화가 사회적 행동의 특수한 형식이라는 입장에 서 있다. 언어 발화가 언어 현상에 그치지 않고 어떤 사회적인 행동을 동반한다는 것이다. 이를테면 무엇을 '약속한다'고 말할 때, 말하는 것과 동시에 하나의 행위가 동반되고 있다. 말이라는 형식을 통해서 하나의 행위가 수행되는 것이다. 이렇게 하나의 약속 행위가 성립되기 위해서는 여러 가지 적절 조건이 갖춰져야 한다. 약속의 내용이 당연한 것이 아니라 각별해야 하고, 그것은 상대방에게 득이 되어야 한다. 또한 약속을 기꺼이 이행하겠다는 마음가짐이 화자에게 있어야 하며, 나아가 약속 내용에 진술된 행위에 대해 책임을 지겠다는 진정성이 바탕에 깔려 있어야 한다. 만약 그렇지 않을 경우, 약속 행위는 완전치 않게 될 것이고, 심지어 공수표를 날리는 결과에 이를 수도 있다. 발화를 통한 행위는 항상 명시적으로 이루어지지 않고 암묵적으로 또는 간접적으로 이루어지는 경우도 흔하다. 만약에 약속 행위가 간접적으로 우회되어 이루어졌을 경우, 발화의 취지를 정확히 수용하려면 사실적 지식뿐만 아니라 일반 배경 지식도 필요할 것이고, 상대방의 개인적인 습관과 취향 등을 아는 것이 요구될지도 모른다. 이때 무엇보다도 발화에 수반되는 행위(illocutionary act)로서의 언어적 징표들에 대한 관심이 필요하다. 문장의 형식이라든가 어순, 억양, 강세, 부사나 동사의 성격 등등 발화에 수반되는 언어적 기제들은 언어 사용의 소중한 정보들을 담고 있기 때문이다.

실용론(pragmatics)을 지향하는 이러한 접근방법은 담화분석에 사회학적 시각을 도입하게 되는 하나의 계기가 된다. 특히 대화 분석(conversa

-tion analysis)은 일상에서 행해지는 대화를 대상으로 행해지는데, 많은 양의 대화 자료를 현장 채록하여 거기에서 대화자들이 사용하는 어떤 반복적인 패턴 같은 것을 귀납적으로 얻어내고자 한다. 대화분석은 대화문의 통사구조를 결정하는 어떤 규칙을 발견하는 대신에 대화의 순서 교대에 나타나는 체계적 속성이라든가, 대화가 진행되고 정리되게끔 하는 유의미한 상호작용의 요소 등을 밝히려 한다. 그것은 사회학자들이 흔히 사용하는 민족학적 방법론(ethnomethodology)과 유사한 것이다. 이러한 실용론적 시각은 담화분석의 대상을 사회 전 영역에서 벌어지는 언어적 발화 양식들로 눈을 돌리게 했다. 그래서 일반적인 대화뿐만 아니라 개인의 일상경험담이나 말싸움, 놀이터에서의 어린이들의 대화, 부모와 아이 사이의 대화, 교실에서의 선생님과 학생 사이의 대화, 법정에서의 논쟁, 의사와 환자 사이의 대화, 친구들 간의 우스갯소리 등등 담화분석이 대상으로 하지 않는 언어 발화 양식이란 없을 정도로 광역화되었다. 그러나 이런 것들은 전통 언어학이 그랬던 것처럼 책상에서 생각해 내는 문형이 아니라 철저하게 현장에서 실제로 이루어지는 언어 발화를 대상으로 하는 것이다.

담화분석은 언어가 발화되는 현상에 대해 과정적 또는 절차적 접근을 한다는 것이 또 하나의 특색이다. 텍스트가 생산되고 이해되는 과정은 간단하게 구명될 수 없는 복잡함을 안고 있다. 담화분석은 이러한 과정을 거대구조(macrostructure)적으로도 보고 미시구조(microstructure)적으로도 보면서 텍스트가 생성되기 이전부터의 두뇌 작용 과정과 텍스트가 생성될 때의 각종 인지 장치들의 조작 과정, 그리고 텍스트가 상대방에 의해서 수용될 때의 인지심리학적 기제들을 상세히 기술하고자 한다. 인간 두뇌에 대한 이러한 과정적 접근이 가능한 것은 인공지능(artificial intelligence) 방면의 인지과학이 발달한 덕분이다.

인간은 발화하기 전에 두뇌 공간에 저장되어 있는 지식 또는 정보를 이용하게 되는데, 인지심리학은 사람들이 세계에 대한 지식을 어떻게 획득하고 재현하고 조직하고 이용하는지에 관심을 갖는다. 인간의 기억 속에 지식이 어떻게 저장되고, 그리고 필요할 때 기억 속에서 지식이 어떻게 추출되고 재현되는지에 대한 인지적 모델을 구축하는 데 관심이 많은 것이다. 인간의 두뇌는 하나의 용기(容器)처럼 저장용량과 분류체계를 갖고 있으며, 각종 조작 장치와 반응 기제들이 네트워크를 이루고 있는 공간이다. 이러한 두뇌공학적(cybernetic) 체계 하에서 정보가 어떻게 투입되고 가공되고 산출되는지에 대한 인지체계적 다이어그램이 그려진다. 인지과학에서의 언어 연구는 어떤 요소들이 언어 이해에 영향을 미치는지에 대한 경험적 연구와, 인간의 언어 능력의 순간적 작동 모델, 그리고 언어 이해와 텍스트 구축 과정에 대한 일반 이론 등에 관심이 많다. 이러한 인지체계에 대한 건축학적 해부는 텍스트를 듣고, 읽고, 이해하고, 기억하고, 거기에 대한 질문에 대답하는 사람들의 능력이 어떻게 작동되는지에 대해 상당 부분 알게 해준다.[5]

텍스트 생산과 수용에 대한 과정적 접근은 텍스트언어학에서의 주요 관심사 중의 하나이다. 인지심리학과는 약간 다른 차원이지만 여기에서도 지식의 절차적 모델이 추구된다. 텍스트 생산의 첫 번째 국면은 플랜 작성으로서 그것은 목표 설정과 텍스트 유형 선택으로 이루어진다. 텍스트에서 목표하는 바가 명확히 설정되어야 하며, 그 목표에 도달하기 위해 가장 적절한 텍스트 유형이 선택되어야 할 것이다. 그

---

5) G. H. Bower and R. K. Cirilo, 「Cognitive Psychology and Text Processing」, 『Handbook of Discourse Analysis』, Vol.1, Academic Press Inc., 1985, 71-85쪽.

런 후에 기억에 저장된 지식공간을 탐색함으로써 아이디어로 전개될 수 있고, 그런 다음에야 문법적 의존관계에 따라 선형으로 배열되는 것이다. 텍스트 수용은 이러한 텍스트 생산의 반대 방향으로 풀림으로써 이루어진다. 표층 텍스트의 선형 연쇄로부터 문법적 의존관계에 따라 해석이 되어야 할 것이고, 그 해석을 토대로 개념 회수가 일어나는데, 먼저 아이디어가 회수되고, 그 다음 플랜이 회수될 것이다.[6]

텍스트가 어떻게 독자에게 통일성 있게, 일관되게 의미를 갖게 되는지에 대해서도 많은 연구가 이루어졌다. 우리는 어떤 개념에 마주칠 때, 동일한 부류의 지식을 활성화하는 경향이 있다. 이는 텍스트 이론의 술어로 말한다면 그 개념과 관계된 지식들이 활동기억장치라는 정신적 작업공간 안에서 활성화되는 것이다. 이러한 지식 패턴에 관한 이론이 스키마(schema) 이론인데, 그 기본 강령은 새로운 경험이란 기억 속에 있는 유사한 경험들과의 비교에 의해 이해된다는 것이다.[7] 어떤 텍스트에서 인물이 아침에 토스트를 먹고 회사에 출근했다고 했을 때, 우리는 상상력에 의해 그가 아침에 일어나 토스트를 만든 일을 포함하여 세수, 면도, 치장, 옷 고르기, 옷 입기, 가방 챙기기 등과 같은 행위를 했다는 것과, 집에서 나와 버스나 전철 등의 운송 수단을 빌려 회사에 도착했다는 것을 어렵지 않게 알 수 있다. 우리는 우리의 관련된 경험 스키마를 끌어와서 텍스트에서 말하지 않은 빈틈을 채워 넣는 능력을 갖고 있기 때문이다. 이러한 점에서 스키마는 '모든 사람이 공유하는 세계지식'인 것이다.[8] 이러한 지식은 명확히 취소되지 않는 한

---

6) R. Beaugrande & W. Dressler, 『Introduction to Text Linguistics』; 김태옥 · 이현호 역, 『담화 · 텍스트언어학 입문』, 양영각, 1991, 37-44쪽.

7) G. Cook, 『Discourse and Literature』, Oxford Univ. Press, 1994, 9쪽.

그 부류에 속하는 모든 특징은 상속된다. 이렇기 때문에 독자는 서술자나 인물과 이미 공유된 스키마를 바탕으로 텍스트를 읽는다. 이는 일정 정도의 연루를 만들어내고 필요한 스키마를 독자가 구축하도록 유도한다.9) 문학적 담화는 모든 점에서 스키마가 준수되는 것은 아니다. 거기에는 스키마에서 일탈하는 개별적인 사실들도 많은데, 그를 통해 스키마의 갱신이 요구되기도 한다.

연구자가 상황 속으로 들어가 그 중심에 위치하면서 대상을 관찰하고 움직임을 역동적으로 기술하고자 하는 것은 담화분석이 갖는 또 하나의 중요한 시각이다. 그것은 문화인류학에서 연구자가 외부관찰자로서가 아니라 현지인화되어 현지인화된 눈으로 대상을 면밀히 관찰하는 방법과 같다. 이 방법은 일찍이 말리노프스키(B. Malinowski)가 주창한 이래 인류학의 전범이 되어 연구자들을 오지의 현장에서 오랫동안 살게 했다. 이들에게는 현지인의 언어를 익히는 것이 우선 요구되었다. 이들의 관심사인 현지인들의 세계에 대한 태도 및 사회 조직 또는 제도의 특수한 국면, 그리고 사회문화적 제 상황 등은 언어를 통해 알 수 있다고 판단되었기 때문이다. 이러한 관점에 서 있는 언어인류학 내지는 인류언어학은, 그동안의 언어학이 사회문화적 관심이 적었던 반면, 인류학은 풍부하고 구체적인 언어 분석이 부재했다는 사실에 대한 반성에서 비롯되고 있다. 하나의 언어로부터 시작해서 사회문화적 상황을 유추하는 과업을 수행하기 위해서는 언어 발화 양식과 사회적 믿음들, 그리고 사회조직 등에 대한 여러 차원의 데이터들이 일관성 있게,

8) 텍스트언어학에서의 스키마에 대한 개념 정의는 "시간적 인접성과 인과관계에 따라 일정한 순서로 배열된 전국적 지식 패턴"이다. 김태옥·이현호 역, 위의 책, 88쪽.
9) G. Cook, 위의 책, 10쪽.

그리고 유의미하게 통합되어야 한다.[10] 요즘 들어 개인의 생애사가 각광을 받는 것도 이러한 상황참여적 시각에서 세계를 바라보았을 때 새로운 사회문화적 패턴이 읽힐 수 있기 때문일 것이다.

상황참여적 시각에서는 맥락(context)이 가장 중요하다. 말리노프스키의 상황맥락(context of situation)을 이어받아 델 하임스(Dell Hymes)는 그것을 민족지학(ethnography)으로 발전시킨다. 민족지학은 발화맥락에 대한 집중적인 추구로 이루어져 있다. 언어 발화는 민족지를 통해 기술되어야 한다. 다시 말해 참여자적 관찰에 의해 발화 또는 의사소통의 내용과 형식이 기술되어야 한다는 것이다.[11] 대상은 맥락과 함께 기술되어야 하는데, 이를테면 시공간을 기술할 때, 실제 물리적인 환경(setting)도 있지만 서로간의 관계에 의해 만들어지는 심리적이고 문화적인 경험 차원의 내적 환경(scene)도 고려해야 하는 것이다. 화청자(話聽者)에 대해서도 그냥 화자(speaker)와 청자(hearer)로는 부족하고 맥락적 상황에 따라서는 발신자(addressor)와 수신자(addressee)도 감안해야 한다. 예컨대 갓난아기를 업은 엄마는 이웃사람이 아기에게 던진 물음에 대해 최대한 아기의 목소리로, 아기의 어휘로 대신 말한다. 이때의 화자는 엄마이지만 발신자는 아기가 된다. 이는 굿의 현장에서 흔히 벌어지는 사자(死者)와의 대화를 해석할 때에도 해당될 것이고, 페르조나적인 위상 속에서 벌어지는 발화들은 모두 이 맥락을 고려해야만 할

---

10) A. Duranti, 「Sociocultural Dimensions of Discourse」, 『Handbook of Discourse Analysis』, Vol.1, Academic Press Inc., 1985, 193-223쪽.

11) 델 하임스는 처음에는 'ethnography of speaking'이라고 했으나, 뒤에는 'ethnography of communication'으로 시야를 확장시키고 있다. Dell Hymes, 『Foundations in Sociolinguistics : an Ethnographic Approval』, Univ. of Pennsylvania Press, 1974, 3-27쪽.

것이다. 그러나 이러한 맥락 요소들 중에서 무엇보다도 중요하게 고려
해야 하는 것은 발화를 해석하는 단서(key)의 존재이다. 언어 발화시의
음량의 변화, 음질, 억양 등은 그 발화 내용을 진지하게 받아들이도록
하기도 하고, 농담으로 받아들이도록 하기도 한다. 여기에는 표정과 제
스처와 같은 비언어적 자질 요소들도 포함된다.

상황참여적 시각은 사회학과 퍼포먼스 이론에도 많은 영향을 끼치
고 있다. 사회학에서 흔히 벌어지는 체계적인 관찰과 기록에는 내부적
시각이 점점 더 요청되는 추세에 있고, 많은 퍼포먼스 이론에서도 배우
속으로, 관중 속으로 들어가는 것이 모토가 되고 있다. 신체 내부에서
발생하는 내장 신경계통의 정서적 반응을 초점화하고 있는 '라사미학'
이라든지[12], '몸'의 운동감각적인 반응 구조를 초점화하고 있는 지각
현상학[13]은 그러한 사례들이다.

담화분석의 또 하나의 중요한 시각은 언어를 사회적 실천으로 보는
것이다. 이것은 디스코스를 '담론'으로 볼 때의 바로 그 시각으로 언어
를 분석하는 것을 의미한다. 언어란 사회적인 힘이나 권력을 담지하는
존재이므로 언어의 실제 사용 국면에서 사회적 맥락의 다양한 모습들
이 나타난다. 언어조직의 텍스춰에서, 문체에서, 통사구조에서, 시점에
서, 주제적 구조에서, 텍스트의 인식론적 해석에서 다양한 사회적 맥락
들을 읽어내고자 하는 것이다. 여기에서 사회적 맥락이란 성(性)이라든
가 사회적 지위, 주체, 권력, 인종, 역할, 제도 등의 사회적 의미체계들
이다. 이러한 점에서 보면 담화분석은 하나의 사회분석이다. 그것은

---

12) 리차드 쉐크너, 『퍼포먼스 이론』 II, 현대미학사, 2004, 175-231쪽 참조 ; 조동일, 『카
    타르시스 · 라사 · 신명풀이』, 지식산업사, 1997 참조.
13) 메를로 퐁티, 『지각의 현상학』, 문학과지성사, 2002 참조.

담화와 사회적 상황 또는 제도 사이의 복잡한 관계에 대한 통찰을 가능하게 해주기 때문이다. 그래서 이 방면에서의 담화분석은 흔히 정치사회적인 관심을 동반한다.[14]

담론으로서의 담화분석에서 가장 중요한 기여를 한 푸코(M. Foucault)는 담화분석을 일종의 '고고학'으로 다룬다. 그에 따르면 담화란 어떤 담론적 형태를 띤 진술 덩어리로서 역사적인 산물이다. 그것은 하나의 이상적이고 무시간적인 형태가 아니라 시간성의 특수 양태를 보여주는 역사의 한 편린이기 때문에 고고학처럼 역사를 거슬러 올라가면서 그 담론적 기원을 캐야 하는 것이다. 지식 또한 역사적인 산물이다. 우리가 진리라고 하는 것도 그것이 참인지 거짓인지는 지식의 다른 측면이 결정하는 것이지 리얼리티의 반영이 아니다. 그래서 푸코는 지식의 다른 영역에 대한 탐색을 벌인다. 푸코는 힘(권력)에 대해 계보학적으로 접근하기도 한다. 힘이란 특수한 이해관계가 있는 개인이나 집단, 그리고 국가에 속하는 게 아니다. 오히려 힘이란 사회적 실행에서 나오는 것으로서 담론을 구성하고, 지식을 구성하고, 몸과 주체를 구성하는 것이다.[15] 이렇게 힘은 사회적 가능성의 조건들을 제공하는 것이다. 사회적 현실이 생산되고, 사물이 다른 것과 구분되고, 개별적인 특징을 획득하게 되는 것은 힘에 의해서다. 예컨대 '범죄'는 '감옥'이라는 제도와, '범인'이라는 특정 주체, 그리고 '교정'이라는 특수한 실행과 관련된 범위 속에서 점차 자라왔다. 이렇게 힘이란 지식과 밀착되어 있다. 범

---

14) 현실의 정치사회가 늘 관심사이지만 학문적인 연구는 외부의 사회적이고 정치적인 결정이나 방향과는 별도로 자율적이어야 할 것이다. T. A. Van Dijk, 『Handbook of Discourse Analysis』, Vol.4, Academic Press Inc., 1985, 1-8쪽.

15) Louise Phillips & M. W. Jorgensen, 『Discourse Analysis as Theory and Method』, Sage Pub., 2002, 12-3쪽.

죄학적인 지식이 바탕이 되지 않은 현대의 감옥 체계란 상상하기 어려운 것이다.[16]

　'담론'과 '언술'의 의미 차원을 포함하여 담화분석을 가장 광범위한 영역에 걸쳐 추구한 이는 미하일 바흐친(Mikhail M. Bakhtin)이라고 할 수 있다. 그는 현대적인 의미에서의 본격적인 담화분석가는 아니었지만 그의 학문적 경향은 담화분석의 기본정신이 기저에 흐르고 있음을 보여준다. 그는 의사소통의 형식이 물질적 기반으로부터 분리될 수 없다는 점을 누누이 강조한다. 그렇다고 그가 철저한 마르크시스트인 것은 아니었다. 그가 말하는 물질적 기반이라는 것은 마르크시즘에서 말하는 경제적 '토대'라기보다는 전반적인 사회상황이나 이념적 지향과 같은 것에 더 가깝다. 그에게 언어는 구체적인 역사 속의 사회 경제적 물질 기반과 분리할 수 없는 갈등 과정에서 비롯되는 산물이다. 다시 말하자면 언어적 형식이란 특정 이데올로기적 맥락에서만 가능하다는 것이다.[17] 바흐친의 담화관을 명징하게 보여주는 진술 한 대목을 여기 인용한다.

　　모든 구체적인 발화는 하나의 사회적 행위이다. 발화는 개별적인 물질적 복합체, 즉 음성적·발성적·시각적 복합체인 동시에 그것은 또한 사회적 실재의 일부이다. 그것은 상호적인 행동을 지향하여 의사소통을 조직하고 그 자체로서 반응한다. 그것은 또한 의사소통의 사건과 분리할 수 없을 만큼 서로 얽혀 있다. 발화의 개별적인 실재는 이미 물체의 실재가 아니라 역사적 현상의 실재이다. 발화의 의미는 물론 바로 그 수행 행위까지도 이 장소, 이 시간에, 주어진 환경 속에서, 어떤 역사적 순간에, 그리

---

16) ibid. 13-4쪽.

17) 김욱동, 『대화적 상상력』, 문학과지성사, 1988, 109-122쪽 참조.

고 주어진 사회적 상황의 조건 가운데서 그것이 구현되는 사실과 마찬가지로 역사적 · 사회적 의미를 지닌다.18)

바흐친은 언어 형식이 사회적 산물이라는 추상적이고 원론적인 논의에 그치지 않고 그것을 구체적인 텍스트와 서구 문학사의 현장 속에서 이해하고자 한다. 그는 시간과 공간의 내적 연관을 가리키는 크로노토프(chronotope)적인 시공간 지표들을 통해 서구 로맨스의 역사를 꿰뚫어 본다. 즉, 그리스 로맨스에서의 비역사적이고 추상적이고 우연히 지배하는 시공간 지표에서부터 '일상생활의 모험소설'에서의 추상성이 사라지고 구체적인 시간연쇄와 개별적인 사적 삶이 드러나는 시공간 지표들, 전기적 자서전에서의 자의식의 표현들, 초자연적이고 수직적인 위계를 드러내는 중세적 질서를 공격하고자 하는, 집단적 삶을 위한 미래지향적 시간을 중시하는 라블레적 크로노토프에 이르기까지 텍스트상의 시공 지표들을 장르적 특성 및 사회이념적 지표로 확대 해석하는 것이다.19) 바흐친이 담화분석에 가장 크게 기여한 바는 바로 담화지표들과 당대 사회상황 내지는 이데올로기적 지향과의 접맥이라는 분석 시각일 것이다.20)

바흐친은 상호텍스트성 혹은 대화주의를 통해 문예 장르 전반을 포괄하는 문화론을 가능하게 한 기여를 하기도 했다. 상호텍스트성 혹은 대화주의란 것이 서로 이질적인 장르들 사이의 담화구조적 상동성을 기반으로 하기 때문이다. 그래서 문예 텍스트들은 당대의 전체적인 문

---

18) 김욱동, 위의 책, 134쪽에서 재인용.

19) M. M. Bakhtin, 『The Dialogic Imagination』, 『장편소설과 민중언어』, 창작과비평사, 1988, 260-468쪽 참조.

20) 이러한 시각은 이 책을 관통하는 퍼스펙티브이다.

화의 맥락에서 이해되어야 하는 것이다.[21] 문학 연구가 문학이라는 카
테고리를 넘어 문화론을 지향하도록 한 것은 비록 바흐친 혼자만의 기
여라고 할 수는 없겠지만 그의 생각이 던진 파문은 의외로 광역적이었
다고 생각된다. 오늘날 문학 연구는 사진, 그림, 영화, 음악 등과 연계
된 시각에서 독특한 의견이 개진되기도 하고, 광고나 토크쇼 등과 같은
미디어 텍스트들과의 비교 속에서 의미 있는 통찰이 산출되기도 한다.

　하여튼 담화분석은 상당히 다양한 학문적 스펙트럼들이 조율되면서
통합된 모습으로 이루어지고 있다. 앞으로의 담화분석이 어떤 방향으
로 학문들을 통합하게 될지는 아무도 알 수 없지만, 그것은 전혀 새롭
고 유의미한 퍼스펙티브를 던져주는 방향에서 통합되기도 하고 분파되
기도 하는 역동적인 움직임을 보여줄 것이다.

3. 담화분석의 좌표로서의 고전서사체

　고전서사체가 담화분석의 대상이 될 수 있는가? 될 수 있다면 그 이
유는 무엇인가?

　고전서사체에 대한 담화분석을 하기 전에 이러한 물음을 던지는 것
은 당연한 순서가 될 것이다. 고전서사체와 담화분석 사이의 필연적인
관계가 입증되지 못한다면 고전서사체를 담화분석하는 당위성이 떨어
질 것이기 때문이다. 그러나 둘 사이의 필연적인 관계는 없다고 보는
편이 옳을 것이다. 담화분석이란 텍스트에 접근하는 하나의 방법론이
므로 텍스트가 어떤 것이냐에 크게 구애되지 않는다. 어떤 텍스트건

---

21) 여홍상 엮음, 『바흐친과 문화이론』, 문학과지성사, 1995, 323-330쪽 참조.

간에 담화분석으로 접근할 수 있으며, 거기에서 어떤 유익한 입지 내지는 유의미한 시각틀을 확보할 수 있다는 점이 중요한 것이다. 그렇지만 담화분석을 선택했을 때에는 그렇지 않았을 경우와 비교해서 어떤 뚜렷한 이점이 분명히 있어야 할 것이다. 하나의 시각 설정이라는 단순한 배경으로는 아무래도 부족할 수밖에 없기 때문이다. 고전서사체가 담화분석의 대상이 되어야 하는 이유로서 다음과 같은 점들을 들 수 있지 않나 생각한다.

첫째로는, 그동안 고전서사체의 언어 형식에 관한 관심이 절대적으로 부족했다는 점을 들 수 있다. 우리는 그동안 고전서사체를 언어가 지시하는 내용을 가지고 논의하는 데 너무나 익숙해져 버렸지 않나 생각된다. 언어 형식은 이야기 내용을 지시하고는 그대로 우리의 시선에서 사라져버리고 다시는 우리의 눈앞에 나타나지 않는 것으로 여겨졌던 것이다. 그러한 경향은 고전서사체에 대한 주제나 사상 등에 대한 과도한 관심으로 이어졌던 것으로 판단된다. 그러나 고전서사체의 언어 형식은 그 서사체의 많은 비밀을 간직하고 있는 장소라고 할 수 있다. 그것은 우리가 그동안 이야기 내용을 통해서 애기하던 것을 다른 측면에서 증명하고 보완해주는 역할을 할 수 있을 뿐만 아니라, 우리가 그동안 미처 볼 수 없었거나 심층적인 해석을 가하지 못했던 부분을 보여주는 역할도 한다. 혹자는 내용을 통해서 알 수 있는 것을 언어 형식을 통해서도 알 수 있다면 똑같은 일을 힘들게 하는 게 아니냐고 반문할지도 모르겠지만 내용의 직접적 지시보다 언어 형식을 통한 간접적 표상을 증명하는 과정을 거치는 것이 더욱 학문적이고 의미 있는 것이라고 판단된다. 이러한 점에서 고전서사체에 대한 담화분석적 방법의 채용은 이야기 내용에 치중했던 그동안의 접근 방법에 대한 일종의 반성의 의미를 띠고 있다. 그것은 연구의 편향성에 대해 형평의 추를 다소 균형 잡히게 옮긴다는 점에서뿐만 아니라 고전서사체에 대한 연구 자체를 심화 내지 확장시키는 계기가 될 수 있다는 점에서 의미가 있다고 할 수 있다.

둘째, 고전서사체의 담화방식들에 대한 자동화된 관습에서 벗어나 왜 그것들이 그렇게 발화되고 있는지, 그리고 왜 그런 식으로 담화가 조직될 수밖에 없는지에 대해 낯설게 볼 필요가 있다. 낯설게 보기는 우리가 자동화된 관습으로 볼 때에는 안 보이기 때문에 요구되며, 나아가 그렇게 된 근본 원인에 대해 물을 수 있는 입지를 제공하기 때문에 요구된다. 우리는 왜 고전서사체에서 서술자가 자신의 주관을 개입시켜 논평적 발화를 하는지, 인물들은 왜 하나같이 충효열 등 유가적 규범에 합당한 발화들만 하는지, 왜 서술상황이 유사하기만 하면 똑같은 공식어구들이 동원되는지를 되물어야 한다. 뻔한 질문 같은 것을 할 수 있어야 하고, 이미 결론이 난 듯한 것들에 대해 의문을 던져보아야만 한다. 문장체 고소설에는 왜 그렇게 관념적이고 추상적이고 귀족적이고 전아한 어휘들이 많이 쓰이고 있는지, 왜 이러저러한 어휘 자질은 묘사 대목을 이끌어내는 유도사(誘導詞)의 역할을 하고 있는지, 또 어떤 의미 자질을 가진 어휘들은 왜 유사한 서술상황에서만 등장하는 경향이 있는지 등등에 대해 문제를 제기해야 할 것이다. 그래야 우리의 안목을 가려 왔던 기존의 관습과 편견을 벗어던질 수 있을 것이다. 담화분석은 고전서사체의 담화방식들을 낯설게 보도록 하는 역할을 수행할 수 있다.

셋째, 담화분석은 텍스트 수용자의 역동적인 이해 과정과 텍스트가 미치는 효과에 관심이 많기 때문에 우리의 시각과 입장을 텍스트가 생

산된 당대의 맥락 속에 위치 짓게 만든다. 우리는 될 수 있는 한 당대
인의 입장이 되어 텍스트를 이해하고자 노력해야 한다. 그렇게 되기
위해서는 물론 투철한 문화사적인 통찰과 독서 환경의 역사적인 맥락
에 대한 폭넓은 안목을 갖춰야 하겠지만 담화분석은 최소한 좀 더 당
대 독자들의 독서 경향 또는 독서관습에 이입될 수 있도록 해줌으로써
당대의 독자들이 서사체를 어떻게 수용했는지에 대한 역동적인 과정을
환기해주는 측면이 있다. 우리는 오늘날의 시각으로 고전서사체를 바
라보면서 그것을 저평가하고 폄하하며, 나아가서는 이러저러한 식으로
되지 않았음을 안타까워하는 시선까지 간혹 볼 수 있다. 그러나 그것
은 평가 기준을 오늘의 것으로 삼는 불공평한 것이고, 주제넘은 것이기
도 하다. 고전서사체가 그렇게 된 것은 고전서사체를 둘러싼 온갖 환
경이 질이 낮아서가 아니라 참으로 그럴 수밖에 없는 제반 환경에서
나온 것으로서 지극히 자연스러운 현상인 것이다. 동시대의 서구소설
보다 우리 소설이 질이 낮다고 하는 것은 서구적 잣대를 들이댔을 경
우에만 해당하는 시각이다. 그것은 마치 갓 쓰고 한복 입은 영감이 자
전거를 탄 것을 보고 어울리지 않다고 하는 것과 같다. 담화분석은 가
능한 한 당대적 맥락 속에서 텍스트를 보고자 하므로 그러한 평가적
시각과는 거리가 멀다. 그것은 당대의 사회문화적 맥락을 고려하면서
당대인들의 심리적 정서와 독서관습을 통해 텍스트가 수용되는 과정을
객관적으로 기술하고자 할 뿐이다. 당대인들은 고소설을 읽으면서 평
가적 잣대를 들이대고 먼 거리에 위치하여 향유한 것이 아니라 상황
속에 빠져들어 인물의 감정과 분위기를 흠뻑 느끼면서 온몸으로 읽었
던 것이다. 그러므로 담화분석은 고전서사체를 읽었던 당대인들의 그
러한 독서방식에 밀착해서 고전서사체를 나름의 문법과 관습과 습관이

작동되는 역동적인 장으로 보고자 한다.

넷째, 담화분석은 텍스트 생성 배경으로서 문화적 전통이라든가 지식기반의 문제라든가 사회이념적인 성향 등에 주목한다. 그것은 그동안 텍스트의 생성 배경으로서 작가의 생산자적 위상을 강화하려 하거나 사회적 환경의 산물로 보고자 했던 시각과는 다른 것이다. 텍스트 생산자와 수용자가 세계지식을 습득하고 저장하고 분류체계를 수립하고, 그리고 그들을 어떻게 호출하고 새로운 지식에 맞게 그들을 재편하고 결국 이해와 적용에 도달하는지에 대한, 지식기반의 생산과 수용에 대한 스키마적인 접근이 선호된다. 여기에서도 지식기반의 구축과 호출 등과 같은 과정적 프로세싱의 국면이 초점이 된다. 작가의 이념적 성향이나 정치사회적인 위치가 작품을 결정한다거나, 작품을 사회적 이념이 반영된 결과로 보는 것은 견고한 정치사회적 논리를 작품 생산에 대입한 것에 불과하기 때문에 담화분석의 취지와는 맞지 않는다. 담화분석은 이러한 투박한 표현론적이고 반영론적인 논리보다는 문화적 전통과 지식기반의 요인들, 그리고 사회이념이 작동되는 미시적인 코드 내지는 회로를 천착하고자 하는 것이다.

다섯째, 담화분석은 고전서사체의 언어에 대한 인식을 심화시키고 확장시켜 동시대의 다양한 언어형식들과, 다른 시대의 언어형식들을 비교적 시각에서 볼 수 있는 안목을 제공한다. 고전서사체 내의 수많은 장르의 언어에 대한 인식은 물론이고 현대의 언어 양식들과의 비교도 가능해짐으로써 전반적으로 우리의 언어형식들에 대한 역사적 조망을 가능하게 한다. 언어 양식들에 대한 진정한 에스노그라피(ethnography ; 민족지학)가 이루어질 수 있는 것이다. 그동안 한국어의 사용 국면을 통시적으로 관통하는 에스노그라피가 힘들었던 것은 고전서사체에 대한 정밀한 언어적 탐색이 충분히 이루어져 있지 않았기 때문이기도 하다.

여섯째, 담화분석은 고전서사체를 문화예술 양식들과의 관계망 속에서 폭넓게 조망할 수 있는 입지를 제공한다. 담화는 매체를 초월하기 때문에 그것이 언어, 음악, 그림, 건축, 조각, 무용, 영화, 연극 등 어떤 문예장르건 간에, 그리고 광고, 낙서, 자연현상 등 어떤 비문예장르건 간에 동일한 퍼스펙티브 하에서 조망할 수 있다. 어떤 것이 일련의 기호들의 작용으로 해석될 수 있거나, 하나의 내러티브로 형성될 수 있는 한, 담화분석의 대상이 될 수 있다. 그런 만큼 담화분석은 표면상의 형식이나 표층구조에서 알 수 있는 것보다는 이면에 흐르는 상동구조를 통해 관계가 없는 듯한 장르들 사이의 상동성을 추구하는 것을 선호한다. 그래서 담화분석은 우리가 고전서사체에 접근할 때에도 고전서사체 주변의 문화예술 양식들과의 비교적인 시각에서 접근할 수 있는 길을 제공한다.

4. 담화의 결과 짜임새, 그리고 사유체계

고전서사체에 대해 담화분석을 하기 위해서는 마치 조직 검사를 하듯이 언어를 조직하고 있는 텍스춰를 면밀하게 검토해야 한다. 텍스춰 (texture)란 언어적 요소들이 날줄과 씨줄로 짜이면서 언어 위에 새겨 놓은 문양 또는 결이라고 할 수 있다. 언어적 요소들은 서로 관련을 맺으면서 어떤 일정한 패턴 또는 스타일을 형성하게 되는데, 그러한 패턴 또는 스타일이 언어 위에 일정한 결로 새겨져 있는 것이다. 또한 언어적 요소들은 통시적으로 서로 결합하면서 전개되는 형식을 띠게 되기

때문에 어떤 일정한 짜임새를 갖는다. 이러한 언어적 결과 짜임새는
외부적 맥락과는 무관하게 형성되는 것이 아니라 그 언어의 전(全) 발
화 상황이 투영되어 이루어진 형상이라 할 수 있다. 결과 짜임새 하나
하나의 겹마다 그러한 컨텍스트의 흔적이 켜켜이 쌓여 있는 것이다.

컨텍스트는 발화 상황이 이루어지기 전부터 있어 왔던 것일 수도 있
고, 발화 상황 바로 그 순간에 작용하는 어떤 주변 맥락일 수도 있다.
그리고 그것은 사회적 상황이나 제도와 같은 체계일 수도 있고, 심리적
정서와 같은 분위기 또는 정조일 수도 있다. 그것은 물질적인 것일 수
도 있고 정신적인 것일 수도 있다. 아무튼 컨텍스트는 끊임없이 파도
를 일으켜 언어적 요소라는 모래 위에 파문(波紋)을 새겨 놓는다. 그러
므로 컨텍스트와 무관하게 이루어진 언어의 결과 짜임새는 없다고 보
아도 무방하다.

컨텍스트와 담화구조는 상동적인 관계로 맺어져 있다. 물론 존재 형
식이 서로 다르기 때문에 겉으로 보아서 둘 사이의 상동관계를 알아볼
수는 없다. 그러나 형식은 다르지만 둘 사이에는 동형구조가 흐르고
있다. 컨텍스트와 담화구조의 관계는 마치 계곡의 하류에서 장시간 탁
마되어 미끈한 모습으로 화한 퇴적 문양의 조약돌이 지질조사 결과 계
곡 상류에 있는 커다란 바위 덩어리의 지질 구조와 동일한 것으로 판
명나는 이치와 같다. 컨텍스트와 담화는 겉에서 언뜻 보면 관계가 없
어 보이지만 한 꺼풀 한 꺼풀 벗기고 보면 그 동일한 속살이 드러난다.
다만 언어란 시대의 다양한 변화들을 고스란히 그대로 받아들일 수는
없기 때문에 민감하게 받아들이는 특정 부분이 있는가 하면, 그렇지 못
한 부분들도 있게 마련이다. 또 특정 시대와 특정 변화 인자에는 유독
과도하게 반응하는 경우도 있을 것이다. 또 어떤 언어는 간난의 시대

를 견뎌내고 옛 모습 그대로를 간직하는 경우도 있을 것이다. 문제는 컨텍스트와 담화구조 간의 관련양상이 이처럼 다양하기 때문에 동형성이 객관적으로 증명될 수 있는지의 여부이다.

컨텍스트를 무엇으로 보느냐 하는 것은 개인의 취향과 시각에 따라 천차만별로 달라지겠지만 여기에서는 컨텍스트를 하나의 '사유체계'로 보고자 한다. 사유체계는 담화에 끊임없이 영향을 주어 담화로 하여금 일정한 결과 짜임새를 갖게 하는 정신적 조건 또는 환경이라고 할 수 있다. 사유체계는 담화에 작용하는 하나의 정신적인 주조 틀 또는 패러다임이기 때문에 당대의 사상체계나 문예사조도 사유체계이고, 사회적 이념이나 정신상의 경향 또는 유행도 사유체계이다. 이처럼 사유체계를 폭넓게 보는 것이 의미망을 확장시키고 분석의 방향을 편폭이 크게 할 수 있다. 그리하여 문학적인 논의에 그치지 않고 예술과 문화 전반으로 논의를 확대시키면서도 유기적인 관계를 유지되게끔 할 수 있다.

고전서사체의 언어적 결과 짜임새를 가장 객관적인 눈으로 보려면 어떤 선입견 없이 모든 언어적 지표를 통계내는 것이 필요할 수 있다. 그래야만 어떤 특별한 징표를 발견할 수도 있고, 그것을 단초로 더욱 국지적으로 심층 조사를 해볼 수 있으며, 의미 부여도 가능하게 된다. 여러 발화 양식들을 비교하기 위해 수많은 언어 자질 요소들을 통계학적 방법으로 수치화하고 있는 바이버(D. Biber)의 경우가 우리에게 참고가 될 수 있다.[22] 그러나 그러한 객관적인 지표 조사는 민족지학적 언어지표들에 대한 토대 연구에서나 가능하지 모든 고전서사체에 적용하는 것은 불가능하다. 그러므로 우리는 가능한 언어 자질들, 특히 연

---

22) D. Biber, 『Variation across speech and writing』, Cambridge Univ. Press, 1988

구의 방향에 적합한 유의미한 언어 자질들을 추출하여 그들에 대한 정심한 고찰을 할 수밖에 없을 것이다.

억양과 강세와 같은 음성론적 자질 하나라도 텍스트를 해석하는 데 중요한 역할을 할 수 있다. 음소의 배열이나 억양의 위치와 같은 음운론적 형식이 사회 계급이나 층차와 밀접하게 관련될 수도 있기 때문이다. 예컨대 학생들을 설득시키기 좋아하는 선생님들의 억양과 음소 배열은 보통 사람과 다를 것이며, 전화안내원 같은 특정 직업에 종사하는 사람들은 특정 억양과 강세법으로 무장되기를 강제받을 수도 있을 것이다. 발화하는 대상에 대한 발화자의 태도를 가리키는 양상성(modality)의 문제는 텍스트 해석에 중요한 역할을 할 수 있다. 자신감이 없는 듯한 태도나, 진정한 의도를 숨기고 겉으로 다른 말을 하는 이중적 태도는 발화의 양상성으로 나타날 것이다. 물론 이러한 예는 구두 발화의 측면이겠지만 고전서사체를 해석할 경우에도 이러한 음운론적 자질이나 양상성은 해석의 중요한 인자가 될 수 있다.

화자의 위치와 관련하여 보면 타동절과 피동절의 빈번한 사용은 유의할 만하다. 그것은 특정 권력에 지배당하는 위치를 반영하는 것으로서 그 특정 권력적 담론이 무엇인지를 따져볼 수 있을 것이다. 특정한 언어조직의 결을 보여주고 있는 부분은 면밀한 해석을 요한다. 예컨대 전투와 전쟁 등과 연관되는 어휘들이 많이 동원되는 것은 발화자의 사고방식이 군사적 메타포에 의해 견인되고 있다고 할 수 있다. 그는 상대방을 적이나 군사행동의 대상물로 생각하고, 상대방과의 교류에 전략과 기밀 등이 필요한 것으로 보며, 적대자가 있는 만큼 그에 반대되는 우군과 아군, 그리고 협조자 등의 관념도 그의 사고 속에서는 쉽게 주조된다. 레이코프(G. Lakoff)는 우리의 삶에서 이러한 은유적 표현이 우리도 모르게 상당히 만연해 있음을 증명해 보여준 바 있다.[23) 담화 구조의 한 조각에서 권력관계의 단서를 확보할 수도 있다. 이를테면 어떤 대명사를 사용하느냐 하는 것은 누구를 향해서 하느냐와, 어떤 상황에서 하느냐에 따라 그 해석이나 권력관계의 향방은 달라질 수 있다. '그 분'이나 '그 사람'과는 달리 '그 인간'이나 '그 놈'은 발화의 대상이나 서술상황이 많이 다를 것이다. 언어 형식은 이와 같이 사회적이고 개인적인 필요와 밀접하게 관련되는 것이다.

어휘들은 항상 일정한 방향으로 선택됨으로써 언어조직에는 결이 형성된다. 어휘의 성격이 관념적이냐 구체적이냐, 일반적이냐 특수하냐, 추상적이냐 실물적이냐, 귀족적이냐 서민적이냐, 전아하냐 비속하냐, 복합어냐 단일어냐 등등의 어휘자질들로 구분해볼 수 있다. 물론 이러한 구분은 상대적으로 이루어질 수밖에 없겠지만 이러한 어휘의 성격에 따라 텍스트의 의미지향이라든지 사용자의 세계인식 같은 것을 추론할 수 있다. 아마도 전자의 항목에 속하는 어휘들이 형식적이고 관례적인 관계를 지닌 사람들이 사용하는 경향이 있을 것이고, 좀 더 배움이 있고 제도권적인 힘을 갖고 있는 사람들이 사용하는 경향이 있으리라고 생각된다.

단어나 구절, 또는 문장이 통사적으로 결합해 나아가는 방식 또한 어떤 특정 의미를 가질 수 있다. 발화시의 어떤 상황이 작동될 수도 있고, 어떤 정신적인 경향이 그것을 야기할 수도 있다. 예컨대 사전에 준비 없이 구두로 진술하는 발화 상황에서는 문법적으로 틀린 통사적 결합이 빈번하게 나타날 수 있을 것이다. 그리고 구두 발화와 관련된 각

---

23) G. Lakoff, 『Metaphors We Live By』, Univ. of Chicago Press, 1980, 『삶으로서의 은유』, 서광사, 1995.

종 진술방식들, 즉 회기(回起;recurrence)라든가 환언(換言;paraphrase), 생략(省略;ellipsis), 병행구문(竝行句文;parallelism) 등이 빈번하게 등장할 수 있다.[24] 그리고 구두 진술에서는 등위접속적인 표현이 우세하게 나타날 수 있을 것이다. 그러나 사전에 준비된 글에서는 위와 같은 구두 진술시의 표현방식들이 감소하고, 종속적 접속 표현이라든가 인과적 통사 결합, 논리적 유추 또는 추론에 의한 진술이 증가할 수 있다.[25] 물론 구두와 서면이라는 매체에 의해서만 진술방식이 달라지는 것은 아니다. 어떤 결정주의적 세계관과 인과론적 현실인식에 투철한 사람은 구두건 서면이건 간에 구애받지 않고 그의 발화에 인과적인 결속구조와 결속성 자질이 우세하게 등장할 수 있을 것이다. 말놀이가 진행되는 상황에서는 의미적 유사성에 따른 은유적 용법보다는 인접성에 의해 의미상의 미끄러짐이 벌어지는 환유적 용법이 주로 쓰이게 될 것이고, 따지고 설득하는 상황에서는 발화의 결속성이 주로 사례라든지 명세화의 방식을 통해 이루어지는 경우가 많을 것이다.

언어 요소들이 일정한 결과 짜임새로 형성되어 반복되면 그것은 일정한 패턴이 되고, 하나의 스타일이 된다. 어떠한 종류의 말과 글도 일정한 패턴이 있고 스타일이 있는 것이다. 그 패턴과 스타일이 발화의 당사자와 발화시의 상황적 맥락, 나아가서는 그 시대의 사회문화적 상황과 사유체계와 관련이 있을 것이라는 것은 누구나 짐작할 수 있는 일이다. 그러나 그것을 증명해내는 일은 만만치 않다. 언어적 요소들이

24) R. Beaugrande & W. Dressler, 『Introduction to Text Linguistics』; 김태옥·이현호 역, 『담화·텍스트언어학 입문』, 양영각, 1991, 45-106쪽 참조; 김현주, 「일상경험담과 민담의 구술성 연구」, 『구비문학연구』 4집, 1997, 113-142쪽 참조.

25) Walter J. Ong, 『Orality and Literacy』, Methuen, 1982, 『구술문화와 문자문화』, 문예출판사, 1995, 60-3쪽.

생성하고 있는 패턴이나 스타일이 외적 컨텍스트와 명징한 관계로 짝 지어져 있는 것이 아니기 때문이다. 그렇지만 외적 맥락이 담화 자질에 흔적을 남긴 이상, 그것을 못 본 체 돌보지 않는 것은 일종의 의무 태만 이라고 할 수 있다. 우리의 학문적 이상이 명명백백한 증거에 의한 실 증주의에 있지 않는 한, 논리적 추론과 유추에 바탕한 관계 변증은 이 와 같은 경우에 매우 필요한 작업이라고 판단된다. 둘 사이에는 좀 더 많은 격차 또는 거리가 있기 때문에 이를 메우고 채우고 연결 짓는 작 업이 필요한 것이다. 둘 사이의 떠 있는 빈 공간은 오히려 다양한 해석 의 경계들을 위해 자기 영역을 내어놓는 경향이 있다. 그리하여 담화분 석의 과정 속에는 여러 다양한 해석의 시각과, 다른 경계 영역의 학문 적 도움이 요구된다. 앞에서 설명한 다학문적 성향이 개재되는 것은 바 로 그 때문이다. 문화론적 시각이 필요한 것도 바로 그 때문이다.

5. 담화에 담겨 있는 전통사상적 국면

고전서사체의 담화구조는 고래로부터의 정신적인 사유경향 내지는 동양의 전통사상적 맥락과 연결될 수 있다. 특히 우리의 전통 문학이 풍류와 한적한 여가, 그리고 탈속적인 생활 자세에서 비롯되었다는 점 에서 볼 때, 도가사상과의 관계는 밀접하지 않을 수 없다. 고소설에서 반구상의 담화방식도 그러하거니와, 환상담론이라 칭할 수 있는 고소 설의 주된 담화적 경향도 도가사상과 끈끈한 관련성을 보여준다.

고소설에서 묘사 대상을 흐릿하게 그리는 담화 유형을 '반구상(反具 象) 담화'라 하는데, 여기에는 인물의 형상이나 상황, 또는 정조 등을 구체적으로 그리는 것이 불가하다고 진술하는 '불가형언(不可形言)'의 담화 유형도 있고, 진술대상을 비교하거나 견줄 대상이 없다고 진술하는 '불가비견(不可比肩)'의 담화 유형도 있으며, 대상이 흐릿하거나 정신이 혼미하거나 기억이 나지 않거나 눈이 아른거려 대상을 그리는 것이 불가능하다고 진술하는 '불가명시(不可明示)'의 담화 유형도 있고, 등장인물이 등퇴장할 때 어디서 오고 어디로 갔는지 모른다고 진술하는 '부지소종(不知所從)'의 담화 유형도 있다. 이들 담화방식은 도선적 인물 유형이나 도선적 사건 정황과 관련되어 더욱 활성화되는 측면이 있다. 그러나 도선적 요소가 부재한 장면에서도 반구상을 지향하는 담화 유형이 고소설 전반에 편만해 있음을 보면 그 파생력이 강력하고 그 연원적 뿌리가 견고하다는 점을 알 수 있다. 노자의 〈도덕경〉을 통해 볼 때, 도가적 사유에서는 세계를 신비한 혼돈의 상태로 간주한다. 그래서 도가에서 말하는 '도(道)'는 보고 듣고 손에 쥘 수 있는 감각적인 요소를 전혀 갖지 못하고, 표현과 미표현의 경계에 있다. 이러한 도가적 사유체계가 고소설의 반구상 담화라는 언어형식으로 그 흔적을 남기고 있다고 판단된다.[26]

고소설의 환상성은 이야기 층위에서뿐만 아니라 담화 층위에서도 환기된다. 어휘들이 자체적으로 내재하고 있는 특정한 의미론적 자질들이 환상담론을 구성하기도 하고, 어휘들이 결합되어 확장되어 나가는 방향 내지는 결에 따라서도 환상담론은 형성되는 것이다. 우리 고소설에 환상성을 제공하는 담화적 구성요소로는 먼저 환상적인 의미자질을 내재하고 있는 시공지표를 지적할 수 있다. 환상적인 분위기가

---

26) 이 책의 제2장 '담화와 전통사상'의 「고소설 담화의 도가사상적 취향」 참조.

형성될 때 어스름이 깔리거나 날이 어두워지고 희미한 달빛이 교교하게 비치는, 시공적으로 경계적인 자질을 갖는 지표들이 흔히 동원된다. 거기에 안개, 연기, 구름, 비, 그림자, 바람 등의 환경지표와 은은한 향내나 소리 같은 것들이 덧보태져 환상성이 배가되기도 한다. 그리고 담장, 주렴, 병풍, 사창, 휘장 등과 같은 '가리는' 사물들의 존재는 흔히 묘사 대상으로서의 여성의 존재를 신비감에 휩싸이게 하고, 그럼으로써 환상성을 제고시키는 기능을 담당한다. 또한 '황홀하다', '몽롱하다', '희미하다' 등과 같은 서술어나, '홀연', '갑자기', '문득' 등과 같은 부사어들은 묘사하는 상황을 환상적인 색채로 물들이고, 그 분위기를 환상적으로 인도하는 기능을 한다. 한편 서술상황에서의 환상적인 담화표지도 지적할 수 있다. 여기에는 그려지는 대상이 '인간세상의 것이 아니'라는 비인간(非人間)의 담화자질이나, '꿈을 꾸는 듯하다'는 비몽사몽(非夢似夢)의 담화자질, 대상을 묘사할 때 의도적으로 흐릿하게 하거나 표현을 포기하는 듯한 반구상(反具象)의 담화자질, 그리고 신선이나 선녀가 된 듯한 황홀경의 의식을 드러내는 우화이등선(羽化而登仙)류의 담화자질 등이 있다. 또한 과장적 비유도 환상성을 자아낸다. 과장적 비유를 통해 대상을 묘사할 때 그 이미지는 형식 논리상의 비약을 동반하게 됨으로써 초자연적이고 비사실적인 현상으로 인지되며, 그래서 그것은 환상적인 미감으로 연결된다.

이러한 환상담론적 모습들은 〈노자〉나 〈장자〉와 같은 도가담론에서도 흔히 사용되는 것이다. 바람과 구름, 그림자 등과 같은 환상적인 의미자질의 시공지표들은 〈장자〉에서 초월적인 인물을 그릴 때 흔히 볼 수 있으며, 도(道)의 성질을 설명하는 가운데 환상적인 의미자질의 서술어들도 흔히 동원된다. 서술상황에서의 환상성도 도가담론에서는 빈번하게 환기되는데, 그것은 도가담론의 기본성격이 꿈과 현실의 도치처럼 모든 사물에 대해 상대주의적이고 역설적인 관점을 취하는 경향이 있고, 언어의 선명한 규정성을 부정하는 관점을 취하고 있기 때문이라고 보인다. 과장적 비유 방식도 도가담론에는 많이 나타나는데, 그것은 사물을 보는 데 있어 고정되고 제한적인 사고방식을 벗어나기를 시도하는 도가적 역설구조 속에서 활성화되는 경향이 있다. 고소설이 이와 같이 도가적 환상담론을 상당 부분 장착하고 있다는 것은 소설의 초창기 양식인 지괴(志怪)와 전기(傳奇)가 대부분 도가적 인물의 이야기였다는 사실과 무관치 않을 것이지만, 그보다 더 근본적인 이유는 심리적 이상향을 동경하는 소설적 지향 그 자체가 도가적 지향과 상당 부분 중첩된다는 점 때문일 것이다.[27]

6. 담화가 반영하는 사회이념적 지향

언어조직의 결인 담화에는 발화자의 상황이나 발화자가 놓인 현실세계의 사회이념적 요소들이 반영되어 있다. 그래서 수많은 문화인류학자들과 사회학자들이 언어조직을 통해 사회와 그 사회 속의 각종 현상들을 보고자 했다. 그러한 시각은 화용론적 관점 내지는 언어 실용론을 낳았다. 그러나 하나의 언어적 발화라는 텍스트로부터 시작해서 사회적 컨텍스트를 해석해내는 과정에는 험난한 과정이 놓여 있다. 이러한 과업을 수행하기 위해서는 여러 차원의 데이터들, 즉 언어적 표현뿐 아니라 그 사회의 믿음의 체계들이나 사회문화적 구성 내용들, 그리

---

27) 이 책의 제2장 '담화와 전통사상'의 「고소설의 환상적 담화 자질과 도가담론」 참조.

고 사회 조직 등을 일관성 있고 유의미하게 조직할 수 있어야 하기 때문이다.[28]

델 하임스(Dell Hymes)는 언어학적이고, 텍스트적이고, 사회문화적인 지식을 통합하는 방법으로서 민족지학(ethnography)적인 퍼스펙티브를 제안한다. 그것은 발화가 의사소통이라는 더 큰 준거틀 속에서 검증되어야 한다는 것이다. 발화자가 어떤 범주의 사람이고, 어떤 언어형식을 사용하며, 어떤 맥락 하에서 발화하는지, 하나의 발화사건을 고도로 분절화하여 상세하게 분석하고자 한다. 바흐친(Mikhail M. Bakhtin)은 언어와 이데올로기 사이의 관련성이 어휘적인 차원과 문법 통사적인 차원 등 여러 차원에서 존재한다는 점을 강조한다. 언어의 검증을 통해 당대 사회의 이데올로기적인 구조를 검증할 수 있으며, 반대로 사회에서 작동하는 이데올로기를 분석함으로써 언어 형식을 살펴볼 수 있다는 것이다.[29] 푸코(M. Foucault)는 사회제도가 사회적인 삶의 영역에 대한 특정 발화 방식을 생산한다는 관점을 취한다. 그래서 담론의 기원을 역사 속의 어떤 중요한 제도적 변화에서 찾아내고자 한다. 그것은 고고학(archeology)의 관점과 다르지 않다. 그리고 지배적 담론을 생산하는 권력적 역학관계에 관심이 있다. 권력은 행위를 억압할 뿐만 아니라 행위가 이루어지게 하는 일체의 형식을 생산한다. 그러므로 하나의 발화는 단순히 불평등을 반영하는 매체가 아니라 불평등에 기여하는 하나의 언어적 실행이다.

---

28) A. Duranti, 「Sociocultural Dimensions of Discourse」, 『Handbook of Discourse Analysis』, Vol.1, Academic Press Inc., 1985, 197-8쪽.

29) Gunther Kress, 「Ideological Structures in Discourse」, 『Handbook of Discourse Analysis』, Vol.4, Academic Press Inc., 1985, 30쪽.

통사적 결합 방식과 같은 담화구조도 정신적인 사유체계와 무관하지 않다. 상대적으로 말할 수밖에 없겠지만, 문장체 고소설과 판소리 서사체는 문장과 어절의 통사적 결합 방식상의 차이가 있다. 이를테면 문장체 고소설의 통사 구조가 시간에 따른 인과론적 조직을 선호하고 있다면, 판소리 서사체는 공간적 인접성에 의해 연상된 사물과 사건들이 앞뒤로 조직되는 경향이 있음을 보여준다. 그렇지만 이것은 상대적인 경향의 차이, 강약 또는 경중의 차이이지 유무의 차이가 아니라는 점은 다시 한번 강조해두지 않으면 안 된다. 문장체 고소설에도 공간적 인접성에 의한 통사결합방식이 있고, 판소리 서사체에도 인과론적으로 조직된 담화구조가 있기 때문이다. 통시적이고 인과론적으로 앞뒤가 조직되는 경향이 있는 문장체 고소설은 그것이 반영하고 있는 정신적인 사유체계도 역사적 인과론 혹은 역사적 결정론 내지는 귀결주의로 흐르는 경향이 있다. 시간상으로 앞선 원인이 먼저 제시되고, 시간상으로 후행하는 결과가 뒤에서 제시되는 방식이 좀처럼 허물어지지 않는 문장체 고소설은 그 내용에서도 대개 계급 내지는 신분, 그리고 사회적 질서 체계가 고착화된 시대 상황을 그리고 있으며, 천상적인 질서체계가 지상의 모든 사람들의 삶을 지배하고 명령하고 감독하는, 천정(天定)이라는 메커니즘 하에서 작품 구성이 이루어지는 경향을 낳는다. 이에 비해 판소리 서사체는 시간적 인과성이라기보다는 공간적 인접성에 의해 사건과 플롯이 전개되고, 사물들이 환유적 연상에 의해 조직되는 경향을 보여준다. 플롯이 전개되어 나가는 과정에서 시간적 인과의 밀도가 약한 다른 이야기들이 끼어드는 경향이 있다든지, 어떤 논리적인 수직 관계보다는 그 사물이 갖는 주변 여건들에 관심이 수평적으로 확장되어 나가는 경향을 보여주는 것이다. 통사구조의 논리적 연

결관계가 느슨한 것처럼 판소리 서사체가 다루는 내용에서도 인간관계
가 상당히 느슨하기도 하고, 상하관계가 붕괴되기도 하며, 그래서 인간
관계가 자유분방한 평등관계로 이루어지는 경향을 보여준다. 그것은
인과성이 부족한 상태에서 수평적인 연상을 통해 결합되어 나가기 때
문에 맥락에서 빗나가 골계적인 분위기로 이어지는 경향도 생겨난다.
그렇지만 수평적인 연상에 의해 사물들이 나열되는 현상은 그것 나름
대로 의미가 있는데, 그것은 추상적인 관념보다는 구체적인 사물이 중
요하다는 실물주의적 세계관 내지는 현실인식이라고 할 수 있다.30)

　담화구조가 일정한 방향으로 결을 이루고 있을 때 우리는 그것들을
묶어서 거시적인 틀로 볼 수도 있다. 거시문체적 시각에서 볼 때 〈춘향
가〉의 의미 있는 문체적 특징은 '환유'라는 개념으로 묶일 수 있다. 여
기서 '문체'라는 개념은 수사법적 차원에 국한되지 않고 작가적 의도와
서술적 효과, 이데올로기적 정향 등과 연결되는 광의의 의미를 담고 있
으며, '환유' 또한 비유법으로서가 아니라 표현을 조직하는 방식 내지
는 세계를 바라보는 시각으로서의 의미를 내포하는 것이다. 그리하여
'문체'와 '환유' 개념을 텍스트 내적 의미에서부터 넓은 영역의 현실맥
락으로 끌고 나와 〈춘향가〉의 담화방식을 당대의 사회문화와 당대인
의 의식구조와의 관련 속에서 조망할 수 있다. 〈춘향가〉에서 환유적
문체가 실현되는 양상은, 음성적 인접성에 의해 확장되는 수수께끼 문
답 형식을 채용한 말놀이라든가, 원전을 모방하고 반복하되 어떤 비판
적 거리를 두고 의미의 옆으로 미끄러짐으로써 상황을 희극적으로 변
개시키는 패러디라든가, 사물들 간의 공간적인 인접관계에 의해 일련

---

30) 이 책의 제3장 '담화와 사회이념'의 「문장체 고소설과 판소리 서사체의 언어조직방
　　식」 참조.

의 사물들의 이름이 연상되어 나열되는 현상, 그리고 본질적인 맥락에
서 벗어나 주변적인 맥락으로 이동하는 메타 층위의 언술들, 그리고 정
서적 고조 국면에서의 의도적 일탈 현상 등으로 나타나고 있다. 이러
한 환유적 문체 현상은 일종의 사유적인 반란으로서 해체주의적 맥락
에서 수행되는, 기존의 담화방식에 대해 시도되는 일종의 뒤틀기라고
할 수 있을 것이다. 또 당시에 대두된 공시적인 사고패턴도 그 배경을
이루고 있다고 생각되는데, 그것은 그동안의 통시적인 사고패턴, 즉 역
사결정론적이고 숙명론적인 사고에 대한 한계 의식의 표출이라고 볼
수 있을 것이다. 〈춘향가〉는 이러한 사유적인 반란을 이데올로기의 경
직된 표출로 나타내지 않고 오히려 골계정신으로 용해하여 웃음을 통
해 여유있게 표현하고 있다.31)

7. 담화를 통해 보는 문예장르의 구조적 상동성

담화는 매체를 초월하기 때문에 담화구조를 통해 여러 다양한 문예
장르들을 통합적인 안목에서 볼 수 있다. 문예 장르들을 관통하는 구
조적 상동성에 대해 운위할 수 있는 것이다. 문학과 음악, 회화, 조각,
건축 등의 장르들은 비록 서로 다른 표현 매체로 되어 있지만 표현과
구성의 심층적인 기저 원리는 동일할 수 있기 때문이다. 그 동일함은
시대적인 이념이나 정신적인 취향 또는 사유체계의 유사성으로 인해
생기는 것이다. 물론 각 장르들마다 그 고유의 표현 영역이 존재하기
때문에 그 동일한 모습이 모두가 똑같은 외적 양상으로 나타나는 것은

---

31) 이 책의 제3장 '담화와 사회이념'의 「〈춘향전〉 담화의 환유적 성격」 참조.

아니지만 심층적인 구조는 서로 상통할 수 있는 것이다. 예컨대 조선 후기 사회에 실용정신이라는 정신적 취향을 일으킨 촉발 인자로서의 실학은 여러 문예 장르들에 그 영향의 흔적을 남기고 있다. 그것이 판소리에는 구체적인 실물들에 대한 담화적 관심으로 나타나기도 하고, 진경산수화에는 사생정신(寫生精神)이라는 구성 및 표현 의식으로 나타나기도 하며, 풍속화에는 일하는 사람과 일의 도구들에 대한 관심으로 나타나기도 한다. 이와 같이 각기 다른 표현양상으로 나타나고 있음에도 불구하고 그 심층에는 동일한 기저 원리 또는 담화구조가 작동하고 있는 것이다.

판소리 담화의 특징은 여러 다층적인 목소리들이 결합되어 의미의 변주를 빚어낸다는 데 있다. 그것은 다성성(polyphony)이라는 개념으로 묶을 수 있겠는데, 여기에서 다성성이란 지향을 달리하거나 성격상의 차이를 지니는 여러 목소리들이 통합되어 있는 현상 전반을 지칭한다. 판소리에는 서술자의 목소리에 인물의 목소리가 침투하는 현상이 빈번하게 나타난다든가, 앞에서 진술된 상층 담화를 하층 담화가 잇따르면서 패러디하는 현상이라든가, 메타 차원의 자기반영적인 진술이 끼어드는 현상 등이 흔히 보인다. 이러한 현상들은 이질적인 담화의 침입 또는 간섭으로 진술의 일관성이 파괴된다는 점에서도 다성적이지만, 이질적인 담화들이 조화롭게 공존한다는 점에서 더욱 다성적이다. 다성성은 상대방을 배제하지 않는 가운데 공존과 화해의 미학이 뒷받침해줄 때만이 성립될 수 있기 때문이다. 이러한 다성성이 판소리 담화에 나타나는 이유는 조선 후기의 사회제도 및 국가 권위가 흔들리는 가운데 사회의 각 구성 주체들이 자신의 목소리를 드높였던 시대적 배경이 투영되었기 때문이고, 다른 한편으로는 관념적인 인식론과 실물적인 인식론이 팽팽하게 맞서는 인식론적 투쟁의 시대정신적 분위기 탓이라고 판단된다. 그런데 이러한 다성적인 담화구조가 판소리뿐 아니라 당대의 다른 문예 장르들에도 나타나고 있음이 주목된다. 18세기의 음악 장르인 사설시조에서는 이념이나 지향의식이 다른 이질적인 담화들이 상충하고 대립하는 모습을 보여주고 있고, 성악과 기악에서는 즉흥적인 변주 방식의 성행 등으로 인해 시나위와 산조 양식에서 정격과 변격이 상충하는 다성적인 목소리를 내고 있다. 풍속화와 민화에는 그것이 액자 외부 시점과 액자 내부 시점의 혼합이라든가 주체의 개성적인 표현 욕구 등으로 인한 시점의 혼합 현상으로 나타나고 있으며, 도자기에서도 상하 접합 성형과 같은 기법으로 나타나기도 한다. 이렇게 다성적인 담화구조가 여러 문예 장르들을 관통하면서 나타난다는 사실은 다성성이 시대상황과 정신적인 배경을 공유하기 때문이라는 점을 말해준다.[32]

판소리 작품들 중 〈춘향전〉은 유난히 시각적인 환기력이 강하게 작동하는데, 여기에도 시대상황과 현실인식이 묻어 있다. 〈춘향전〉의 회화성은 묘사라는 진술방식이 대폭 확대됨을 통해, 관념어보다는 색채소, 형상소, 동작소 등의 시각요소들을 적재한 형태어의 비중 확장을 통해, 구체성을 획득하고 있는 참신한 비유 기법을 통해, 그리고 우리의 눈을 시각적인 환기력으로 중개하는 시각 매개어들의 활발한 운용을 통해 확보되고 있다. 이러한 회화성을 증대시키는 담화구조들은 물질주의적 인식론의 팽배와 사실주의적 정신 경향이 그 배경이 되고 있는 것으로 판단된다. 그런데 비단 판소리뿐만이 아니라 다른 문예 장

32) 이 책의 제4장 '담화와 문화예술'의 「판소리 담화의 다성성」 참조.

르들도 이러한 담화구조를 취하고 있는 점이 우리의 눈길을 끈다. 이를테면 당대 풍속화와 민화의 화려한 원색 채색 기법은 시각적인 환기력을 배가시키는 역할을 하고 있으며, 거기에 그려진 일하는 사람들과 온갖 생활 도구들은 당대에 흥기한 사실주의적 정신과 물질주의적 인식의 정도를 보여주기에 충분하다. 그동안 지배적인 패러다임이었던 관념의 눈을 씻고 구체의 눈을 뜨자 시선에 잡힌 대상들은 훨씬 선명하고 원색적이고 감정에 충실하게 되었던 것이다. 그래서 진경산수화에서 우리 산하를 실감나게 묘사할 수 있게 된 것도 이러한 시선의 세척 때문이라고 판단되는 것이다.[33)]

8. 담화에 비치는 심층적 사유구조

담화에는 역사적으로 오랫동안 누적된 원형질적인 사유체계가 각인되기도 하고, 그 당대의 사유체계가 구조의 형태로 반영되어 나타나기도 한다. 그것은 유전인자처럼 거역할 수 없는 힘으로 전해지기도 하며, 하나의 아키타이프처럼 무의식적으로 형성된 관습으로 전해지기도 한다. 담화에는 긴 기간의 역사를 통해 퇴적된 인간의 세계관 내지 우주관의 흔적도 담겨 있고, 동시대를 살아가는 사람들이 서로 공유하게 되는 어떤 현실인식의 흔적도 새겨져 있다. 말하자면 담화는 심층적 사유구조의 침전물인 것이다.

우리 고전서사체에 나타나는 시간의 성격을 볼 때, 거기에는 인간적 사유의 심층구조가 침전되어 있다고 할 수 있다. 그것은 인간이 이야

기를 창안했을 때부터 시간이라는 괴물은 거기 들어앉아 있었기 때문이다. 시간의식이 없이는 애당초 이야기 자체가 형성될 수가 없는 것이다. 그래서 이야기와 시간은 처음부터 밀접한 관계로 맺어져 있었다. 이야기에는 자연의 리듬이 내재화되어 있다. 언어의 병렬 자체가 세상에 영원의 요소를 도입하려는 시도이기 때문이다. 인류는 형태 모를 혼돈의 세계를 이해하고 존재의 불안감을 극복하기 위해 특유의 상상력 작용에 의한 허구적인 이야기 생산을 통해 세계에 조화된 질서를 부여하고자 했던 것이다. 우리 고전서사체의 역사는 신화와 역사라는 이야기 방식의 양대축이 상호작용하면서 흘러온 것이라고 이해된다. 신화는 현재를 중심으로 봤을 때 미래를 향한 추동력이 강하게 작동하고, 서술상의 시간적 동력이 인간으로부터 환경 쪽으로 원심적으로 확산되며, 그리고 대상에 대한 사유체계가 종합적이고 순환적이고 낙관적이고 추상적이고 주관적인 서사체라고 할 수 있다. 반면에 역사는 현재에서 과거를 향한 추동력이 강하게 작동하고, 서술상의 시간적 동력이 환경으로부터 인간 쪽으로 구심적으로 수렴되고 있으며, 대상에 대한 사유체계가 분석적이고 직선적이고 비관적이고 구체적이고 객관적인 서사체라고 할 수 있다. 그리하여 신화는 대상의 큰 틀 속으로 직입하여 총체적인 이해에 도달하고자 하며, 언제나 태초의 시간으로 되돌아갈 수 있는 원형의 순환시간상에 있음으로써 시간의 정체가 불분명하다. 그러나 알기 어려운 시간대에 대한 두려움과 기원을 담는 주술적 의식이 합해져 주로 미래를 향한 운동성을 강하게 갖는다. 또한 신화에서의 인물의 능력은 그 인물 자체에서 나온다기보다는 그 인물을 음양으로 돕는 우주적 존재들에서 나오는 것이므로 인물의 행위는 원심적인 확산 동력에 의해 초점화된다. 그렇지만 역사에서는 시간의식이 직선적이고 일회적이어서 한번 가면 돌이킬 수 없는 시간 위주로 편성된다. 그리고 역사에서는 이야기를 유추하는 방향이 지나간 과거로 향해져 있으며, 서술의 초점화가 사회현실이나 우주적 상황으로부터 행동하는 개인을 향해 구심적으로 수렴되는 방식으로 이루어진다. 이러한 신화의 시간의식과 역사의 시간의식은 일찍이 양대축을 형성하고 고전서사체에 두루 영향을 미쳤다. 고소설의 이전 형식이라고 할 수 있는 전기(傳記) 또는 전기(傳奇)에는 신화의 비연대기적인 시간과 역사의 연대기적인 시간이 가변적인 비율로 결합된 형식이다. 연대기적인 시간을 진행축으로 하고 비연대기적인 시간이 사건과 인물을 그리는데 동원된다. 특히 인물의 행위에 우주 자연이 동조하는 환상적인 국면이 많이 그려지는데, 이렇게 서술적 초점이 행동하는 개인으로부터 우주 자연으로 확장되는 현상은 신화적 시간을 많이 닮았다고 생각된다. 이러한 전기에서의 시간의식은 전체적으로 보면 고소설에도 그대로 이어진다. 그러나 고소설에서는 역사적인 시간이 좀 더 많이 개입함으로써 시간의 순행성을 주로 보여준다. 그렇지만 상승과 하강, 홍망성쇠, 만남과 헤어짐, 동과 정 등등의 서사구조 차원에서 주기적인 순환 반복을 내재화한 신화의 시간을 실현하고 있다고 할 수 있다.[34]

〈적벽가〉가 중국의 〈삼국지연의〉를 받아들여 그것을 한국적으로 확장 변개시켰다는 것은 주지의 사실이다. 그런데 그러한 담화 확장이 이루어지는 방식을 보면 당대의 우리 사회 현실과 정신적인 취향을 반영하는 심층적인 사유구조가 작동하고 있음을 볼 수 있다. 〈적벽가〉의 담화가 확장되는 방식은 〈삼국지연의〉의 영웅성과는 달리 평민성을

---

34) 이 책의 제5장 '담화와 사유구조'의 「고전서사체에서의 시간 담화론」 참조.

토대로 하고 있다. 그것은 영웅의 대표격인 조조로부터 뭇 군사들에
이르기까지 철저하게 적용된다. 이들 평민들이 한 명 한 명 등장하고
또 그들의 사연을 모두 듣자니 담화가 확장될 수밖에 없는 것이다. 〈적
벽가〉는 정규적인 규범에서 이탈된 모습을 곳곳에서 보여주는데, 이러
한 파탈성 또한 담화확장의 기저 원리가 된다. 파탈성은 정규적인 규
범이라고 인정된 원리나 제도 자체를 부정하는 것으로 국가적인 권위
나 지배 전범들을 비판하고 공격하고자 하는 정신적인 경향이 확고하
게 자리 잡고 있음을 보여준다. 또 하나는 〈적벽가〉의 담화가 흥미의
초점을 일상적인 주변사에 흩뿌리고 있다는 것인데, 이로 말미암아 담
화는 확장된다. 이러한 주변성은 관념 위주로 뭉쳐진 지배 권력자들의
가식과, 유교적 교리로 집중화된 지배 이념의 허구성을 비판하면서 실
질적인 생활의 국면을 부각시키기를 원하는 사유체계를 보여준다.[35]

---

35) 이 책의 제5장 '담화와 사유구조'의 「〈적벽가〉의 담화확장방식」 참조.

제2장

담화와 전통사상

고소설 담화의 도가사상적 취향

1. 머리말

고소설은 그 이야기 내용이나 표현이 야기하는 분위기 내지는 정조에 환몽적인 데가 있다. 물론 '전기소설'이나 '명혼소설' 또는 '몽유록계 소설'에서는 그 정도가 심하지만 그 어떤 고소설이라도 환몽적인 요소를 전혀 갖고 있지 않은 것은 아마도 없을 것이다. 거기에 그려지는 세계가 환몽적이고, 그려지는 인물의 성격이나 행동이 환몽적이며, 그로 말미암아 생성되는 정조 또한 환몽적임은 이미 수많은 연구자들에 의해 주지된 바 있다.[1] 그런데 그것을 표현하는 담화방식도 몽환적인 경향이 있음이 주목된다. 담화방식이 몽환적이라는 말은 비유적인 표현이다. 그것은 대상을 구체적으로 선명하게 그리지 않고 흐릿하게 하는 것을 의미하는데, 이러한 류의 담화를 여기에서는 '반구상(反具象) 담화'라고 지칭하고자 한다.

---

1) 고소설과 고전시가를 대상으로 도교사상(道敎思想)·도가사상(道家思想)·신선사상(神仙思想)을 논하거나, 도선(道仙)이나 선도(仙道) 등의 용어로 고전문학을 보고자 한 논의들은 모두 다소간의 차이는 있지만 인물·사건·구조·정조 등의 층위에서 환상적이거나 몽환적인 성격이 있음을 인식한 바탕에서 논의를 전개하고 있다.

그러한 류의 담화를 '추상적인 담화'나 '관념적인 담화'라고 부르지 않고 '반구상 담화'라고 하고자 하는 이유는, 먼저 대상 묘사를 흐릿하게 처리하는 것이 구상화 작용에 역행하는 것임을 명확히 하는 동시에, 묘사의 선명함과 투명함을 포기하거나 역행하는 것이 상당히 의도적임을 드러내고자 하기 때문이다. 그리고 '추상적인 담화'나 '관념적인 담화'라고 했을 때, 그것이 가리키는 개념의 범주가 너무 커서 여기서 주목하고자 하는 담화의 종류가 분명하게 담기지 않는다는 문제가 추가로 발생한다. 한편 이 논의가 앞으로 발전적으로 진척된다면 맞닥뜨릴지도 모르는, 정신적인 사유체계의 구체적인 내용과 연계되거나, 회화 장르와의 접점을 구하거나 할 경우에도 '반구상 담화'라는 개념은 유의미한 입각점을 제공해줄 수 있으리라고 본다.

반구상 담화는 고소설의 도가사상[2]적 경향과 일정한 관계가 있는

2) 이 방면의 용어에 대한 논란이 분분하고 용어 사용이 약간은 혼란스럽게 여겨진다. 여기서 혼란을 종식시킬 논의를 펼 생각은 없고, 다만 이 논의를 진행하는 데 필요한 정도의 개념 규정은 필요하겠기에 그동안의 몇몇 주요한 견해를 살펴보고 나서 도가사상이라는 용어를 선택하는 배경 및 의도를 간략하게 설명하고자 한다. 먼저 종교로서의 도교와 철학으로서의 도가를 확연히 구분하려는 경향이 전부터 있어 왔고 지금도 그런 입장이 강하게 남아 있다. 노장철학(老莊哲學)을 근간으로 하는 도가와, 전래되는 의식과 신앙을 바탕으로 하여 거기에 도가사상과 신선사상을 흡수 조절하여 하나의 신앙 형태를 유지해온 도교를 구분하자는 것이다.(차주환, 『한국도교사상연구』, 서울대 출판부, 1978, 12-3쪽 ; 이종은 편, 『한국문학의 도교적 조명』, 보성문화사, 1996, 11쪽) 그러나 도가와 도교를 연속선상에서 파악하자는 주장도 있다. 도교와 도가는 불연속적으로 단절되는 성격이 아닌 만큼 도교를 도가사상까지 포함하는 넓은 의미로 사용하자는 것이다.(윤찬원, 「'도교' 개념의 정의에 관한 논구」, 한국도교사상연구회 편, 『한국도교와 도가사상』, 아세아문화사, 1991, 55-78쪽) 한편 신선사상은 그 근본 취의가 장생불사에 있으므로 거기에는 연단술(煉丹術)과 태식법(胎息法)이 들어 있으며, 선계를 설정하고 거기에 사는 선인들을 동경하는 의식이 내재된 것이라고 할 수 있다.(이종은 편, 앞의 책, 64쪽 ; 조석래, 「어우 유몽인의 문학에 나타난 신선사상」, 한국도교사상연구회 편, 『도교와 한국사상』, 범양사출판부, 1987, 319-71쪽 참조) 문학작품에 나타난 담화와 배경 사상과의 접점에 대해 관심이

것으로 보인다. 우리 고전문학의 도가사상적인 요소에 대한 논의는 시가와 소설, 그리고 설화 등 여러 영역에서 그동안 많이 이루어졌고, 상당히 유사한 논의들이 제출되었다.[3] 고소설에 나타나는 도가사상적인 요소, 특히 도선적 인물의 형상이라든가 배경적 상황을 중심으로 말한다면 다음과 같이 정리할 수 있을 것이다.

첫째, 고소설에 등장하는 인물 가운데에는 인간계가 아닌 천상계 내지는 신선계에 속해 있는 인물이 있다. 그들은 학이나 용을 타고 다니며 이슬을 마시고 불로초·반도·선약 등을 먹으며 불로장생한다. 그들이 등장하는 시공간적 배경이 현실이건 꿈이건 간에 그들이 등장할 때 그들의 형상은 흐릿하고 분위기는 몽롱한 편이다. 그들은 옥황상제를 비롯하여 천상계의 선관선녀들이거나 간혹 죽어서 속세를 떠난 영혼인 경우도 있다. 우리가 흔히 말하는 신선사상[4]은 이들의 존재를 빼고 운위하기는 어려울 것이다.

둘째, 고소설에는 강호와 자연을 벗 삼아 초세적 은일자로서 살아가

있는 본고의 입장에서 굳이 나눈다면 의례와 신앙적 측면의 도교사상보다는 노장철학의 인식론적 기저를 이루고 있는 도가사상의 측면에서 접근하고자 한다. 거기에 선계의식을 갖고 있는 신선사상의 일부가 포함되는 정도로 도가사상의 범주를 한정하여 사용하려고 한다.

3) 그동안 한국도교사상연구회·한국도교문화학회·한국도교문학회 등에서 총서 형태로 많은 연구서가 나왔다. 문학과 관련하여 도교사상을 논한 대표적인 것들로서는, 이종은 편,『한국문학의 도교적 조명』, 보성문화사, 1985 ; 차주환,『한국의 도교사상』, 동화출판공사, 1986 ; 최삼룡,『한국문학과 도교사상』, 새문사, 1990 ; 문영오,『연암소설의 도교철학적 조명』, 태학사, 1993 ; 최창록,『한국도교문학사』, 국학자료원, 1997 ; 한국고전문학회 편,『국문학과 도교』, 태학사, 1998 등이 있다.

4) 신선사상을 선계 관념을 굴대로 한 도교적 종교사상이 아니라 범도가적 전통 속에서 형성된 보편적 유토피아 관념으로 확장 이해할 필요가 있다는 주장이 있다. 성기옥,「사대부 시가에 수용된 신선모티프의 시적 기능」, 한국고전문학회 편,『국문학과 도교』, 태학사, 1998, 29쪽 참조.

는 인물들이 다수 등장한다. 물아일체가 되어 술과 차를 마시고 거문고를 타며 안빈낙도하는 인물들이다. 이들 인물 유형은 스쳐 지나가는 주변인물일 경우도 있지만 고소설의 주인공들도 대부분 이런 성향을 일정 함량씩은 다 갖고 있다고 보아도 무방하다. 주인공이 강호 자연 속에서 시화를 나누고 음률을 듣기를 즐기는 것은 물론 그들의 호방한 성격을 드러내고 문사적 취향을 드러내려는 의도에서 행해지는 경향이 있지만 그러한 취향이 드러나는 과정이 무위자연적이고 은일적이고 취락적인 점을 부정할 수는 없다. 강호 자연 속에서 그들 또한 스쳐 지나가는 주변인물로서의 은일객처럼 흐릿하고 몽롱한 형상으로 그려진다.

셋째, 고소설에는 초인적 능력을 구사하는 도술가 내지 도사로서의 이인이 등장한다.5) 그들은 천문지리나 음양오행에 능통하며 둔갑장신술에도 일가를 이루는 등 신출귀몰하는 존재들이다. 그들은 미래사를 예언해주기 위해 사람의 꿈에 등장하기도 하고, 곤경에 처한 인물에게 생명을 보존하는 방책을 일러주거나 도술을 전수해주거나 비장의 물건을 건네주기도 한다. 그들의 등장은 항상 우윳빛의 몽롱함 속에서 이루어지며, 그들의 출현과 퇴장은 언제나 안개와 바람과 더불어 순식간에 이루어지는 특성이 있다.

이들 도선적 인물 유형과 반구상 담화는 일정 정도 관련이 있는 것으로 보인다. 도선적 인물의 등퇴장과 꿈속이나 환상적인 사건 정황은 반구상 담화 자질을 유발하고 있으며, 그러한 담화 자질은 그려지는 인물이나 상황을 도선적인 분위기로 몰고 가는 데 기여한다. 이렇게 이들은 서로 공생공조하는 관계가 된다. 그런데 도선적 인물 유형이 등

---

5) 최삼룡, 앞의 책, 12-37쪽 참조.

퇴장하는 대목이 아니거나 환상적인 정황이 아닌 데서도 반구상 담화
자질들이 엿보이는 측면이 없지 않다. 즉, 반구상 담화 자질들은 고소
설 전반에 걸쳐 편만해 있는데, 이러한 현상의 이면에는 도가사상적 사
유가 도사리고 있는 것으로 판단된다. 도가사상적 사유는 인류 역사상
비교적 이른 시기에 형성된 사유체계로서 동양인의 피 속에 일종의 유
전자처럼 원형질화되어 무의식의 심층에서 도도하게 흘러온 것이라고
생각된다. 그것은 각종 문학 담론의 이야기 유형의 창조나 인물형의
형성에 하나의 원형(archetype)으로서 작용하였으며, 그러한 이야기를
진술하는 담화방식에도 일정 부분 반영되었을 것이라고 판단된다.

이 글은 먼저 반구상 담화를 그 자질적 표지에 따라 몇 가지 유형으
로 분류해보고자 한다. 그리고 반구상 담화 자질이 고소설 전반에 얼
마나 편만해 있는지를 검증해보고자 한다. 반구상 담화 자질 요소들과
다른 요소들이 얼마나 결속하고 있고, 나아가 그것들이 얼마나 전국적
(全局的)인 패턴을 형성하고 있는지를 살펴보고자 한다.6) 그리고나서
마지막으로 반구상 담화들의 성격 또는 성향을 미루어볼 때, 그 이면적
배경에 도가사상적 취향이 놓여 있다는 점을 노자(老子)의 〈도덕경(道
德經)〉과 관련하여 논증하는 순서로 진행하고자 한다.

---

6) 윤주필, 「도가담론의 반모방성과 우언소설의 근대의식」(한국고전문학회 편, 『국문
학과 도교』, 태학사, 1998, 79-126쪽)은 담화방식과 사상적 경향의 접점에 대해 중요
한 시사를 하고 있다. 여기에서는 유비적 담화방식으로서의 寓言이라는 양식이 도가
담론에서 곧잘 채용되고 있음을 증명하고, 이러한 우언이라는 양식이 보여주는, 선
행 작품을 모방하면서도 그대로 모방하지 않고 창신을 지향하는 반모방성이 반문명
적 취향을 띠면서 근대적 가치를 지향하고 있음을 말하고 있다. 도가담론의 특징을
양식상의 담화 구조와 연결시켰다는 점에서 그것은 거시적인 담화 구조를 보고자 한
것인데, 이 글은 그보다는 좀 더 미시적인 시각에서 담화방식이 어떻게 확산되어 사
상적 취향과 연결되는지를 보고자 한다.

2. 반구상 담화 표지들

고소설에는 묘사 대상을 선명하게 하려는 노력을 보이지 않는, 오히
려 그런 노력을 방해하거나 포기하는 듯한 일련의 담화 유형이 존재한
다. 일부러 대상의 모습을 몽롱하게 흐림으로써 환상적이고 몽환적인
분위기가 유발되는 그런 담화 유형이다. 그것이 어느 정도는 고소설의
관용화된 어법이라고 하더라도 그 기저에는 정신적인 취향 내지는 사
유체계상의 경사가 도사리고 있는 것으로 보인다. 먼저 그러한 반구상
화를 담지하고 있는 담화 표지들을 검토해보자.

첫째, '불가형언(不可形言)'의 담화이다. 몇 개의 예를 들면 다음과 같다.[7]

- 두 사람이 서로 보고 반기는 정은 말로써 이루 나타낼 수 없더라.
- 그 아름다움을 입으로 형용키는 어려우니라.
- 자태가 아름답고 의복이 산뜻함은 가히 형언할 수 없겠더라.
- 문득 신기한 향내가 바람결에 코를 찌르는데 정신이 자연 진탕하여 가
  히 형언치 못할러라.
- 본디의 자색과 예쁘장한 몸가짐은 말로써는 형용치 못하고 그림으로도
  나타내지 못하겠더라.

이 유형의 담화는 인물의 형상이나 상황, 정조 등에 대해 진술하는
대목에서 구체적으로 모습을 그리는 것이 불가하다고 토로하는 것이
다. 어감상으로 보면 여기에는 인물의 아름다움이 너무 뛰어나거나 주
변의 경관이 너무 빼어나 말그대로 '말로는 표현할 수 없다'는 뜻이 포
함되어 있는 것이 사실이다. 그런 점에서 보면 최고급의 찬사인 셈이

---

7) 제시된 담화 표지들은 어떤 문장체 고소설 작품이건 불문하고 흔히 볼 수 있는 것
이므로 인용한 작품의 출처를 밝히지 않았다.

다. 그럼에도 불구하고 문맥을 뜯어보면 여기에는 구체화를 거부하는
'반구상'의 의지와 정신이 내재해 있다고 보인다. 최고급의 찬사도 한
두 번이면 충분하지만 이런 담화 표지들은 인물과 장소를 가리지 않고
너무 빈번하게 출현한다. 그런 점에서 볼 때, 대상을 형언하지 않겠다
는, 드러내지 않고 감춰둠으로써 어떤 효과를 거두려는 의도가 엿보이
는 것이다. 만약 그런 특별한 의도가 없다손 치더라도 표현을 감추는
것을 관례화시킨 어떤 정신적 배경이 최소한 도사리고 있다는 점은 부
정하기 힘들다. 담화란 피상적인 의미만을 드러내기 위해 매번 급조되
는 것이 아니라 원래 비롯된 의미가 두고두고 곰삭고 이리저리 변용되
기도 하면서 표현의 처소를 발견해나가는 그런 존재로 보아야 할 것이
기 때문이다.

　둘째, '불가비견(不可比肩)' 또는 '불가측량(不可測量)'의 담화이다. 몇
개의 예를 들면 다음과 같다.

　　- 비할 데가 없더라.
　　- 그 영광이 고금에 견줄 바 없더라.
　　- 이치에 통달함이 여느 사람이나 속된 선비에 견줄 바 아니겠더라.
　　- 그 기뻐함을 이루 측량치 못할러라.

　이 유형의 담화도 '불가형언(不可形言)'의 담화와 비슷하게 진술 대상
에 대한 최고급의 찬사로 읽힐 수 있다. 시간상으로 그리고 공간상으
로 어떤 인물이나 어떤 시대에도 비교하거나 견줄 대상이 없다고 말하
고 있기 때문이다. 그러나 이 유형의 담화도 구체화를 포기하는 반구
상의 자질을 일정 부분 함유하고 있다. 대상을 다른 것과 자세하게 비
교하고 견주면 될 터인데 이렇게 대상의 구체적인 모습이나 위상을 가

늠하기를 포기하고 모호하게 처리하고 있기 때문이다.

셋째, '불가명시(不可明視)' 또는 '불가기억(不可記憶)'의 담화이다. 몇 개의 예를 들면 다음과 같다.

- 객사에 돌아와 창연히 앉으매 정신이 혼미하더라.
- 그 영검한 자취와 신기한 일은 이루 다 기억하지 못할러라.
- 일색이 중천에 오름에 푸른 안개가 강을 덮으니 어찌 지척을 분별하리오.
- 슬픔을 이기지 못하여 돌아보니 그 집과 도사는 이미 간 곳이 없고 오직 밝은 날에 산에 색구름이 아롱질 뿐이오.
- 아침해가 붉은 놀을 헤치며 솟아오르고 연꽃이 바로 푸른 물에 비친 것 같아 정신이 오락가락하고 눈앞이 아른거려 능히 바라볼 수 없더라.
- 한림이 마지못하여 선관을 따라 문밖에 나서매 문득 오운이 일어나며 백화 만발한 가운데 향내 진동하여 지척을 분간치 못할러라.

이 유형의 담화는 말뜻 그대로 볼 때 반구상의 자질을 가장 강하게 지닌 담화 표지이다. 대상이 흐릿하거나 정신이 혼미하거나 기억이 나지 않거나 눈이 아른거려 대상을 구상화하는 것이 불가능하다고 직접 언표하고 있기 때문이다. 연기나 안개가 항상 서술 주체의 눈을 가리고 있다는 점에서 여기에서의 눈은 회색 눈이며, 그것들이 또한 대상의 형상을 가리고 있다는 점에서 여기에 그려진 세계는 회색세계이다. 그러한 회색 눈이나 회색세계는 대상을 흩뿌리는 작용을 한다. 초점이 산포(散布)되고 대상이 산포된다. 이 장면에서 흔히 정신이 혼미하거나 산란해지고 나아가 기억이 망실되는 것도 초점과 대상의 산포 때문이다. 이처럼 '불가명시(不可明視)' 또는 '불가기억(不可記憶)'의 담화방식으로 구상화를 방해하는 담화적 현상은 동양화로 치자면 여백이나 안개로 시야를 가리는 현상과 비슷하다고 할 수 있다.

넷째, '부지소종(不知所從)'의 담화이다. 몇 개의 예를 들면 다음과 같다.

- 홀연 간 곳이 없더라.
- 뱃머리를 돌이켜 저어가니 그 가는 바를 알지 못할지라.
- 언필에 인홀불견(因忽不見)하거늘
- 운무를 헤치고 공중으로 솟으매, 그 가는 바를 알지 못할러라.
- 문득 간 데 없거늘 놀라 깨달으니 남가일몽이라.

이 유형의 담화는 '불가명시(不可明視)'의 담화 표지와 비슷하지만 등장인물이 등퇴장할 때의 상황과만 관련을 맺는다는 점에서 다르다. 또 이 담화는 등장인물이 홀연히 사라져 모습이 완전히 보이지 않는다는 점에서도 모습이 그려지되 흐릿하게 처리되는 '불가명시(不可明視)'의 담화 표지와는 다르다. 고소설에는 도인적인 사람의 등퇴장 장면에 이렇게 그가 오고 간 바를 알 수 없다는 '부지소종(不知所從)'의 담화 표지 또는 '인홀불견(因忽不見)'의 담화 표지가 빈번하게 나타난다. 특히 태몽이나 예언몽과 같이 꿈에서 만난 사람이 사라지는 장면은 거의 이런 식의 담화방식을 취하는 것이 보통이다. '부지소종(不知所從)'의 담화 표지는 고소설의 마지막에서 주인공이 어디로 사라졌는지 모르겠다고 종결짓는 '부지소종(不知所終)'과는 구분되어야 한다. 여기에서의 '부지소종(不知所從)'이 담화 차원이라면, '부지소종(不知所終)'은 스토리 차원이기 때문이다.

이상에서 살펴본 담화들은 구상화를 역행하고 있다는 점에서 '반구상(反具象) 담화'라고 할 수 있다. 이러한 반구상 담화들은 선관선녀나 도인들과 같은 도선적 인물이 등퇴장할 때면 언제나 채용된다. 그러나 도선적 인물이 등퇴장할 때가 아니라 할지라도 구상화 작용을 방해하는 듯한 이러한 담화방식은 고소설의 어떤 곳에서나 나타난다. 이와 같이 반구상 담화가 고소설 전반에 걸쳐 편만해 있다는 사실은 반구상 담화의 근원적 배경이 매우 뿌리가 깊다는 것을 의미한다. 반구상 담화의 편만성에 대한 더 정밀한 논의가 요구되는 까닭이 바로 여기에 있다고 하겠다.

3. 반구상 담화의 조직 양상과 전국적(全局的) 패턴화

반구상 담화 자질의 편만성을 증명하기 위해서는 반구상 담화 자질들이 다른 담화 자질들과 더불어 얼마나 단단하게 결속되어 있는지를 밝혀야 할 것인데, 그러기 위해서는 도가적 요소가 나타나지 않는 대목을 선택하여 분석하는 것이 필요하다고 본다. 즉, 도선적 인물이 등퇴장하는 장면이나 도선적 정조로 휩싸여 있는 상황 등은 앞장에서 살펴본 반구상 담화와 더불어 결속되어 있을 것이 너무나 당연해 보이므로 다른 상황들 속에 반구상 담화 자질이 얼마나 담겨 있고, 그것들이 다른 담화 자질들과는 어떻게 결속되어 있으며, 나아가 그것들이 전국적(全局的)인 패턴을 이루고 있는지의 여부를 고찰해야 할 것이다. 그것이 에둘러 가는 길이기는 하지만 반구상 담화 자질의 편만성을 객관적으로 드러내는 길이라고 생각되거니와 고소설 전반의 담화적 결속성이라는 시학적 측면 또한 아울러 탐색하는 방법이라고 판단된다.

어떤 종류의 텍스트라도 해당 텍스트에 유용성이 있는 특정 지식 패턴을 활발하게 사용하는 경향이 있다.[8] 그것이 그 사회에서 전형적이고 지배적인 지식 모델이라면 다른 지식 모델보다 선호될 것이고, 텍스트의 저층에 유연하게 자리잡게 될 것이다. 언어 사용자는 특정 사상을 표현하고자 할 때 대체로 동일한 부류의 지식 모델을 활성화하는 경향이 있는데, 그 항목과 밀접하게 관련된 항목들도 함께 확대 활성화된다.9) 수용의 측면에서 볼 때에도 사회에서 드물게 사용되는 지식 구성체는 필요할 때에만 그 구성항목들이 탐색되지만, 이념적으로나 문화적으로 지배력이 있는 지식 구성체는 몇 번이고 반복해서 탐색될 것이다. 담화방식도 하나의 지식 패턴 내지는 지식 모델이므로 그 사회의 전형적인 담화방식은 반복 사용되면서 그 유용 가치를 높이기 마련이다. 전형적인 담화방식은 시간적 인접성과 인과관계로 연결된 사상(事象)과 상태들이 일정한 순서로 배열되어 텍스트 전 국면에 걸쳐 패턴화되어 있다는 점에서 그것은 일종의 스키마(schema)라고 할 수 있다.10)

　스키마는 특정 사회에 속한 사람들의 정신적 구조로서 어떤 지식을 생산하고 수용할 때 활성화하는 패턴화된 모델이다. 어떤 텍스트를 수용하는 사람들이 텍스트를 이해하기 위해 자신의 배경 지식을 활성화하듯이,11) 텍스트를 생산하는 사람들도 자신의 배경 지식을 활성화하여 텍스트의 담화를 조직하게 된다. 바로 그 배경 지식이 스키마로서, 그것은 개인마다 다르고 문화마다 다르게 마련이지만 특정 사회의 사람들은 어느 정도 비슷한 스키마를 공유하는 것이다. 스키마는 그대로

8) R. Beaugrande & W. Dressler, 『Introduction to Text Linguistics』 (김태옥・이현호 공역, 『담화・텍스트언어학 입문』, 양영각, 1991, 86쪽).

9) 앞의 책, 86쪽 참조.

10) 앞의 책, 88쪽 참조.

11) Elena Semino, 『Language & World Creation in Poems & other texts』, Longman, 1997, 119-126쪽.

유지하고자 하는 힘(schema preserving)과 이탈하고자 하는 힘(schema disruption)이 작용함으로써 형성되는데, 유지하고자 하는 힘이 강하면 규범화를 지향하게 되고, 이탈하고자 하는 힘이 강하면 다른 것으로 변하는 과정(schema refreshing)을 밟게 될 것이다.12)

우리 전통사회에서 한번 패턴화된 지식 모델은 꽤 오랜 기간에 걸쳐 지속되는 특징을 갖는다고 판단된다. 앞에서 살펴본 반구상 담화와 같은 지식 모델 또한 오랫동안 지속되면서 많은 텍스트 유형에 영향을 끼쳤을 걸로 생각된다. 아마도 서사 장르의 담화방식 가운데에는 연원이 오래된 것 중의 하나이지 않을까 생각된다. 다음은 길지 않은 문장이지만 부분들끼리의 결속관계를 잘 보여주고 있다고 생각되는 〈구운몽〉의 한 대목이다.

　　〈가〉
　　①상년 가을에 산동 하북 열두 고을의 문인과 재사가 업도에 모여 잔치를 베풀고 놀이할 새 ②그 좌석에서 예상곡을 부르며 한바탕 춤을 추니 ③편편하여 놀란 기러기 같고 교교하여 나는 봉 같아서 ④수없이 늘어앉은 이름난 미녀들이 모두 다 낯빛을 잃었다 하오니 ⑤그 재주와 용모를 가히 짐작할 수 있으오리다.

먼저 이 문장의 결속관계를 분석한 다음 반구상 담화 자질의 전국적 패턴화와 관련하여 논의하는 순서로 진행하기로 한다.

① 부분은 뒤따라오게 될 본 이야기의 전제가 되는 서두 부분으로서 시간·공간적 배경이 제시되어 있고, 사건 상황이 설정되어 있다. 이 구절이 설정된 상황을 전제로 하고 있음은 '-새'라는, 시간적 국면을 지

---

12) Guy Cook, 『Discourse and Literature』, Oxford Univ. Press, 1994, 189-206쪽.

칭하면서 진술된 사건 상황을 갈무리하는 데 곧잘 사용되는 음절의 존재로 해서 더욱 분명해진다.

② 부분은 ①에서 설정된 상황 속에서 동작주가 가무 행위를 했음을 나타내는 구절이다. 여기서 적경홍(狄驚鴻)이라는 동작주는 앞선 대목에서 여러 번 언급되었기 때문에 생략되어 있다. 하지만 이 대목이 앞선 구절에 제시된 사건 상황을 배경으로 하여 주된 인물의 특정 행위를 초점화하고 있다는 것은 의심할 바 없다. 그것은 이미 살편 대로 '-새'라는 어사의 전제적 기능과 ② 부분에서 다시 한번 '그 좌석에서'라고 하면서 ①에서 설정된 바로 그 시공임을 재확인해주고 있기 때문이다. 이렇게 ① 부분과 ② 부분은 전제된 상황과 그 상황에서의 행위를 지시하면서 의미상으로 결속되어 있다.

③ 부분은 비유절로서 ② 부분에서의 행위에 대한 명세화 구절이다. 적경홍의 가무 행위, 특히 그녀의 춤추는 모습이 기러기같이 편편(翩翩)하고 봉같이 교교(皎皎)하다고 상술한다. 이러한 비유절은 앞선 구절의 내용을 시각적으로 보충하려는 의도에서 비롯되는 경향이 있다. 그러한 점에서 본다면 비유절은 일종의 구상화 방식이다. 그렇지만 실제로는 그 표현이 구상적 연상을 오히려 방해하는 추상적 수준에서 이루어진다는 점에서 문제가 제기된다. 아무튼 비유적인 표현으로 되어 있는 ③ 부분은 ② 부분의 내용을 수식하는 것이므로 ② 부분과 의미론적으로 결속되어 있다.

④ 부분은 ② 부분에서의 행위에 대한 결과를 보여준다. 적경홍이 가무를 하니 그 자리에 있던, 자신의 이름을 자부하고 있던 수많은 미인들이 한꺼번에 무색해졌다는 것이다. 그만큼 적경홍의 가무 솜씨가 군계일학처럼 돋보였다는 것을 말해준다. 미인들이 무색해졌다는 것을

그녀들이 '낯빛을 잃었다'고 표현하고 있다. ④ 부분은 직접적으로는
② 부분의 내용에 대한 결과이지만 ③이 ②를 수식하므로 ③도 ④와
간접적으로 관련되어 있으며, 한편으로는 적경홍이 기러기와 봉처럼
춤을 멋있게 추어 다른 미인들이 놀란 것이므로 ③은 ④를 일정 부분
직접 수식하기도 한다. ③의 마지막에 있는 연결어미가 인과적 연결
기능을 하는 '-어서'라는 점 또한 ③과 ④의 관련 정도를 보여준다. 그
리고 ④는 ①과 거리상으로는 멀지만 관계의 끈을 끊어버리지는 않고
있다. ④는 ①이 전체적인 상황을 전제하고 있음으로써 행위의 결과가
분명하게 제자리를 잡을 수 있게 하거니와 ①에서 표현되지 않은 맥락
까지도 ④에 이르러 비로소 보충되는 측면도 있는 것이다. 즉, 문인과
재사가 업도에 모여 잔치할 때 이름난 미인들이 함께 참여한 사실을
알게 되는 것이다.

⑤ 부분은 ④의 자연스런 귀결(④의 끝에 있는 연결어미가 '-하니'라는
점을 주목하라!)이기도 하지만 ①에서부터 ④에 이르기까지의 전체적인
내용이 수렴되면서 그에 대한 종합적인 판단과 주관적인 평가가 이루
어지는 곳이다. 그런 점에서 이 부분은 일종의 평가절 또는 논평절이
라고 할 수 있다.[13]

우리는 여기서 이 대목이 도가적 내용 요소를 전혀 지니고 있지 않
음에도 불구하고 반구상 담화 자질을 갖고 있다는 점을 주목하지 않을
수 없다. 행위에 대한 비유절인 ③은 거의 대부분 시각적인 환기를 위
주로 한다는 점에서 원래는 구상화를 지향하는 담화의 속성을 지니는
것이다. 그런데 그런 시각적인 비유가 너무 전형적으로 고착화되어 오

---

13) 김현주, 「서사체 평가절의 전통」, 『시학과 언어학』 창간호, 시학과 언어학회, 2001,
303-331쪽 참조.

히려 눈으로 상상하는 것을 방해한다. 그렇게 관습적으로 스테레오타
입화된 비유는 시각적으로 구체화하는 기능을 한다기보다는 오히려 시
각적인 연상 기능을 마비시키고 그려지는 대상을 애매모호하게 만드는
기능을 한다. 행위의 결과 또는 결과로서의 반응을 나타내주는 ④번
구절도 반구상 담화 자질을 약간 내비치고 있다. 적경홍의 가무 솜씨
에 다른 미녀들이 낯빛을 잃었다는 표현은 구체적이지 않기 때문에 반
응의 모습이 선명하게 그려지지 않는다. 또 모든 미녀들이 한결같이
낯빛을 잃었다고 반응을 일률화함으로써 구상화를 방해하는 정도가 좀
더 높아진다. 행위에 대한 평가 내지는 논평을 가하는 구절인 ⑤는 재
주와 용모를 구체적으로 그려주지 않고 아마 짐작할 수 있을 것이라고
하면서 구상화의 판단을 상대방에게 맡겨 버리는 형식을 취한다. 그러
므로 결국 형상에 대한 반구상화를 지향한다. 표현을 유보하고 짐작해
보라는 언명은 위에서 살펴본 반구상 담화의 특정 유형으로 소속시키
기에는 주저되지만 '불가형언'과 '불가측량', 그리고 '불가명시'의 함의
를 두루 지니고 있는 것으로 볼 수 있다.

상기 인용문 〈가〉의 결속성을 보이기 위해 각 부분들의 결속관계를
간략하게 표시해보면 다음과 같다.

① 상황을 설정하는 구절
② 인물의 행위를 진술하는 구절
③ 행위에 대한 비유절(명세화 구절)
④ 행위의 결과를 진술하는 구절
⑤ 행위에 대한 평가절

상기 인용문의 각 부분들은 의미상으로 결속되어 있는데, ②를 중심

으로 하여 결속되어 있다. 어떤 인물이 어떤 행위를 했다는 것인데(②), 앞에서 그 인물이 그 행위를 하게 된 상황적 배경이 설명되어 있고(①), 행위의 특징적인 측면이 다른 것과 비교하여 부가적으로 상세하게 그려져 있으며(③), 그 행위가 미친 효용적 결과가 어떠한지에 대해 기술하고(④), 마지막으로 그 인물의 행위가 갖는 의미에 대해 주관적인 판단이나 평가를 내리는(⑤) 담화방식을 통해 결속되어 있는 것이다.

그런데 이러한 결속관계를 보여주는 담화방식은 우리 고소설에서 매우 흔하게 발견되는 전국적 패턴이다. 물론 이러한 담화방식이 고소설 전반에 걸쳐 이와 똑같은 구성을 보여주지는 않는다. 인물의 행위 대신에 인물의 속성이나 상태가 진술되기도 하는데, 그럴 경우에 ③에는 인물의 속성이나 상태를 다른 것에 비유하는 구절이 나타나고, ④에는 인물의 속성이나 상태가 미친 영향이라든가 효과라든가 하는 것이 진술되는 것이다. 그리고 ②를 제외한 ①③④⑤는 가변적이라는 사실이다. 고소설이 하나의 서사체인 한, 인물의 행위나 속성을 진술하는 ② 부분을 갖지 않을 수는 없지만 나머지 부분은 필수적으로 갖춰야 하는 요소는 아닌 것이다. 그래서 다른 요소들은 없고 ②와 ③만이 결합하거나, 혹은 ②와 ④만이 결합하거나, 혹은 ②와 ⑤만이 결합하는 담화방식도 흔히 볼 수 있으며, 세 가지나 네 가지가 서로 결합하는 경우도 흔히 볼 수 있다.

다음은 ②와 ③이 결합하여 있는 경우인데, 고소설에서 아주 흔히 볼 수 있는 담화방식이다.

<나>
②한림이 좌정 후 심사가 불안하여 어떠한 연고인지 알지 못하나 잠깐 눈을 들어보니 ③정정한 태도와 연연한 거동은 사람의 정신을 놀래고 얼

굴은 명월이 해상에 돋아 올라오고 주순은 앵두가 아침 이슬에 무르녹는 듯하더라.

다음은 ②③④가 결합하여 있는 형식인데, 이 또한 무척 흔한 담화 방식이다.

<다>
②양생이 비록 겉으로는 사양하였으나 계량을 한번 보매 방탕한 마음을 누르지 못하여 그 곁에 빈 시전지가 있음을 보고 한 폭을 뽑아 단숨에 내리 써서 글 세 수를 지으니 ③순풍을 만난 배가 바다에서 달리고 목마른 말이 물을 마시는 것 같으매 ④모두들 놀라 낯빛이 달라지니라.

<라>
②부인이 응낙하고 시비로 하여금 소저를 부르니 이윽고 수놓은 창문이 열리며 기이한 향내가 풍기더니 소저 나아와 부인 곁에 앉으므로 양생이 몸을 일으켜 절한 다음 눈을 얼핏 들어 바라보니 ③아침해가 붉은 놀을 헤치며 솟아오르고 연꽃이 바로 푸른 물에 비친 것 같아 ④정신이 오락가락하고 눈앞이 아른거려 능히 바라볼 수 없더라.

〈다〉〈라〉 두 예문에서 보면 ② 속에 ①의 성질이 함유되어 있다고 볼 수 있다. ①이 배경 상황을 설정하는 기능을 한다고 할 때, 위 두 예문의 ② 속에는 ①의 기능을 하는 담화 자질이 어느 정도 들어 있는 것이다. 그것을 ①의 기능을 직접 담당하는 담화 자질로 볼 수 없다 하더라도 그 앞에는 담화 분량이 길건 짧건, 어떤 식으로건 배경 상황이 설정되어 있을 것이기 때문이다.

위에 인용된 〈나〉〈다〉〈라〉의 ③번 구절을 보아도 시각을 자극하는 표현인 것은 분명하나 그것이 여러 비유구절에 두루 사용되는 관용

구인 탓에 감각적인 재고반응을 유발할 뿐 참신한 시각적인 비유 역할
을 제대로 수행한다고 볼 수 없다. 이러한 반구상적 담화 자질은 〈라〉
의 ④번 구절에서 더욱 명백하게 볼 수 있다. 대상 인물의 아름다움에
주인물은 "정신이 오락가락하고 눈앞이 아른거려 능히 바라볼 수 없
는" 지경에 이르렀음을 실토하고 있는데, 여기에서 우리는 구상화를
의도적으로 거역하는 태도를 엿볼 수 있다. 〈라〉의 ④번 구절은 전형
적인 '불가명시' 또는 '불가기억'의 담화 자질로서 이 대목 역시 내용상
으로는 도가적인 요소가 전혀 없는 것이다.

이상의 분석을 통해 우리는 도선적인 자질 요소와 결합한 대목이 아
니면서도 상당 정도의 반구상 담화 자질을 지닌 담화방식이 다른 담화
요소들과 결속하면서 고소설 전반에 하나의 전형화된 패턴으로 편만해
있음을 알 수 있다.

4. 반구상 담화의 도가사상적 취향

반구상 담화들이 고소설에 편만해 있고, 그런 담화 자질들이 고소설
의 다른 담화 자질들과 강한 결속력으로 결합하고 있다면, 거기에는 어
떤 정신적 배경이 있으리라고 봐도 좋을 것이다. 그리고 그 배경은 단
순히 한때 겉으로만 유행했던 풍조로서가 아니라 고소설이 생성되던
시대, 아니 고소설이 생성되기 이전부터 온축되어 온 정신적 기반을 적
잖이 함축하고 있으리라고 봐도 좋을 것이다. 그런 점에서 그것은 여
러 사상적 지류 중에서도 도가사상과 가장 관련이 깊으리라고 해석해
도 좋을 것이다.

반구상 담화의 도가사상적 사유체계와의 관련성을 고찰하기 위해서
는 원칙적으로 도가사상에 대한 방대한 섭렵과 깊숙한 이해, 그리고 이
둘을 연관짓는 체계적인 분석이 필요할 것이지만 여기에서는 노자(老
子)의 〈도덕경(道德經)〉을 중심으로 그러한 사유체계적 맹아의 일단을
살펴보는 데 그치고자 한다.

도가적 사유에서는 경계 없음과 몽롱함이 아주 흔하게 보인다. 세계
인식이 아주 모호한 것이다. 세상의 모호함은 세계 자체가 신비한 혼
돈의 상태이거나 초월적이어서가 아니라 세계가 다른 것과 긴밀한 관
계에 있고, 항상 변화 속에 움직이고 있기 때문이다. 구별할 수 있으려
면 다른 것으로부터 구분되어 있거나 배타적 본질 속에서 정지해 있어
야 하는데 세계는 그렇지 않은 것이다.[14] 노자는 자신의 흐리멍덩함을
이렇게 호소하고 있다.

> 나의 마음은 어리석은 사람의 마음인가. 아무것도 하는 바 없이 흐리멍
> 덩하기만 하네. 세상사람들은 모두 똑똑하고 분명한데, 나는 홀로 흐리고
> 어둡기만 하구나.[15]

이는 노자가 자신의 무능력이나 우유부단함을 탄식하는 게 아니다.
이는 세상을 살아가는 처세술로서, 또는 세상을 보는 세계관으로서 노
자의 진면목을 보여주는 대목이다. 왜냐하면 이러한 태도는 마치 깊게
침잠해 있는 고요한 바다와 같고 어느 특정한 곳에 머무름이 없이 흐
르는 바람결 같기 때문이다. 자신을 모호함 속에 남겨 두지 못하는 사
람은 분명한 기준을 가진 사람일 텐데, 그런 사람은 오히려 이 세계의

---

14) 최진석, 『노자의 목소리로 듣는 도덕경』, 소나무, 2001, 123-4쪽 참조.
15) '我愚人之心也哉 沌沌兮 俗人昭昭 我獨昏昏' 〈도덕경 제20장〉.

미세한 한 조각에만 의지해 있을 뿐이다.16) 노자가 도(道)나 무(無)를
보는 관점도 이와 유사하다.

> 도(道)라고 말할 수 있는 도(道)는 영원불변한 도(道)가 아니요, 명명
> 할 수 있는 명칭은 영원불변한 명칭이 아니다. 명칭이 없는 것은 천지의
> 시초요, 명칭이 있는 것은 만물의 모체다. 그러므로 항상 없는 것에서 지
> 극히 미묘한 이치를 보고자 하고, 항상 있는 것에서 그 귀착을 보고자 한
> 다. 이 유(有)와 무(無) 두 가지는 같은 것에서 나왔으나 이름이 다를 뿐
> 이다. 그 같은 것을 유현(幽玄)하다고 한다. 유현하고 또 유현하여 온갖
> 미묘한 것의 문(門)이 된다.17)

도는 눈으로 볼 수도 없고, 귀로 들을 수도 없으며, 손으로 만질 수
도 없다. 따라서 형용할 수도 없다. 감각할 수 없는 것이기 때문에 말
로 표현할 수 없는 것이다. 노자는 유무(有無)가 근원이 같다고 하고 있
다. 무(無)가 전개된 것이 유(有)라는 것이다. 즉, 무(無)를 기초로 해서
유(有)를 보는 것이다. 이것이 노자의 정신이고 동양의 정신인데, 이는
묵상 속에 나타나는 인식의 세계를 더욱 가치있게 보는 불교적 심상과
도 통한다. 유(有)를 산출하는 가능성으로서의 무(無)를 중시하는 것은
동양 정신의 핵이라 할 수 있다. 그 자신은 시현함이 없으면서도 살아
움직이면서 모든 것을 시현하는 것이 무(無)이다. 유(有)는 유(有) 자체
만으로 존재하는 게 아니다. 항상 무(無)에 입각하여 무(無)로 돌아가지
않으면 안 된다. 만물은 무(無)에서 생기하여 유(有)가 되기 때문이다.
그리하여 유현(幽玄)함만이 깊고 멀리 다다를 수 있는 것이다.

---

16) 최진석, 앞의 책, 187쪽 참조.

17) '道可道非常道 名可名非常名 無名天地之始 有名萬物之母 故常無欲以觀其妙 常
   有欲以觀其徼 此兩者同出而異名 同謂之玄 玄之又玄 衆妙之門' 〈도덕경 제1장〉.

표면에 나타난 형상 속에 깊이 간직된 무(無)를 보는 것이야말로 형상을 깊이 포착하는 방법이다. 깊이 포착한다는 것은 형상 뒤에 있는 형상을 보는 일이다. 이러한 관점은 도가사상에만 있는 게 아니고, 불교 사상에도 있고, 언어 예술이 아닌 동양화와 같은 시각 예술에도 끼쳐져 있다. 유(有)의 배후에 있는 무(無)를 포착하는 것을 동양화에서는 '골법(骨法)'이라 한다.18)

대상을 말로 옮겨버리면 말은 유한한 것이기 때문에 그 말은 효력에 한계가 생기게 된다. 내부가 텅 빈 풀무가 힘이 탈진되는 법이 없듯이 이 무(無) 또는 중(中)은 그 힘이 무한하다. 겉으로 나타나지 않은 것이 영원히 나타날 수 있는 가능성인 것이다. 이와 같이 대상을 말하지 않고 그냥 공백으로 놔두는 것은 도가적 사유방식으로서 이것이 문학의 형식에도 끼쳐져 있는 것이다.

> 그것은 보려고 해도 보이지 않는다. 그래서 '이(夷)'라고 한다. 그것은 들으려고 해도 들리지 않는다. 그래서 '희(希)'라고 한다. 그것은 손으로 잡으려고 해도 잡히지 않는다. 그래서 '미(微)'라고 한다. 이 세 가지는 말로 구명할 수 없다. 그러므로 통틀어 하나[道]라고 한다. 그 '하나'는 위라고 하여 더 밝지 않고 아래라고 하여 더 어둡지 않다. 긴 노끈처럼 끊임없이 길게 이어진다. 그러나 이름붙일 수 없다. 결국은 아무것도 없는 것으로 돌아간다. 그것을 형체 없는 상이라 하고 물상 없는 상이라 한다. 이런 것을 황홀하다고 한다.19)

---

18) 킴바라세이고, 『동양의 마음과 그림』, 새문사, 1978, 51-52쪽 참조.

19) '視之不見 名曰夷 聽之不聞 名曰希 搏之不得 名曰微 此三者不可致詰 故混而爲一 其上不皦 其下不昧 繩繩不可名 復歸於無物 是謂無狀之狀 無物之象 是謂惚恍' 〈도덕경 제14장〉 '視之弗見 名曰微'와 '搏之弗得 名曰夷'가 노자의 원음에 가깝다는 주장(최진석, 앞의 책, 120쪽)이 있다.

도는 보고 듣고 손에 쥐는 감각적인 요소를 전혀 갖고 있지 못하다. 밝지도 않고 어둡지도 않은데, 그러면서도 정지하지 않고 끝없이 생동하면서 무엇을 형성시킨다. 눈에 보이지 않으면서 보이는 것, 귀에 들리지 않으면서 들리는 것, 즉 표현과 미표현의 경계에 있는 것이다. 그렇기 때문에 '황홀'이라고 하는 것이다.

> 도라는 것은 오직 황홀하기만 하여 그 형상을 분간해 인식할 수 없다. 볼 수도 없고 잡을 수도 없는 도, 그 속에 실질이 있다. 잡을 수도 볼 수도 없는 황홀한 도, 그 속에 형상이 있다. 도는 아득히 멀고 그윽히 어둡기만 하건마는 그 속에 정기가 있다.[20]

이상에서 대충 살펴본 바와 같이 노자의 사상은 도라는 것이 매우 혼란스러우면서도 하나이며, 분명히 그릴 수는 없지만 진실된 실질적인 것임을 말하고 있다. 무언가를 일정한 것으로 판별하고 형상을 부여하면 이미 그것은 실질에서 벗어나는 것이 되고 만다. 이러한 원시 도가적 사유체계는 반구상 담화와 같은 환몽적인 표현체계와 밀접한 연대 관계로 맺어져 있다고 판단된다. 이러한 원시도가적 사유체계가 가장 먼저 서사체로 표현된 것이 고대 신화의 세계이고, 후대에 소설 형식을 입고 나타난 것이 '지괴(志怪)'라고 생각된다. 말하자면 최초의 서사체와 소설 형식의 것들은 '도교의 구술적 상관물'[21]이었던 셈이다. 그러한 지괴류가 전기류와 그리 멀지 않고, 전기류가 본격 고소설과 그리 멀지 않다는 사실을 우리는 잘 알고 있다.

---

20) '道之爲物 惟恍惟惚 恍兮惚兮 其中有物 惚兮恍兮 其中有象 窈兮冥兮 其中有精' 〈도덕경 제21장〉.

21) 정재서, 「한국 도교문학에서의 신화의 專有」, 한국도교문화학회 편, 『한국의 신선 사상』, 도서출판 동과서, 2000, 71-97쪽 참조.

5. 맺음말

지금까지의 논의 과정은 반구상 담화 자질을 보여주는 몇 가지 표현 지표들을 실마리로 하여 그 속에 잠재해 있는 도가사상적 취향을 밝혀 내려는 시도였다고 할 수 있다. 물론 이 논의가 도가사상의 심오한 사유체계를 단선화하여 이해했다는 혐의에서 자유로울 수는 없겠지만 도가사상 속에 내재해 있는 본질적 사유의 한 측면이 반구상 담화를 통해 그 모습을 드러내는 과정을 조명하는 계기는 되었다고 본다. 그러나 이 논의에서 더 중요한 것은 이념이라든가 사상이라는 것이 내용이 아니라 형식에서 찾아질 수 있겠는가 하는 본질적인 물음이다. 형식 차원에서 시작된 원심력을 전통사상 쪽으로 확장시킴으로써 사상과 담화방식의 접점이 무엇인지에 대해 탐구한 이유는 전통사상이라는 것이 어떤 방식으로든 문학 형식에 흔적을 남긴다고 보기 때문이다. 그런데 사상은 직접적으로 그리고 순조롭게 텍스트에 꽂히는 것이 아니라 사상 내부의 인자들 간의 갈등을 동반하는 것이 필연적이기 때문에 그것은 그냥 흔적이 아니라 상흔이라고 해야 더 맞을는지 모른다. 이질적인 인자들이 갈등하면서 직조되는 그러한 담화상의 상흔을 밝혀야만 이 글이 제기한 물음은 비로소 완결될 수 있을 것이다. 그런 점에서 본다면 이 글은 시작에 불과하다.

한편 이 논의에서 우리가 줄곧 외면하면서 유기해온 중요한 문제가 있었다. 그것은 다름 아니라 우리 고소설이 어떻게 하여 이야기 내용이나 표현에서 도가사상적 취향을 드러낼 수 있었는가? 다시 말해 유교사상이 지배적인 교리가 되어 있는 사회에서 그런 도가사상이 자유롭게 표출될 수 있었던 배경은 무엇인가? 하는 것이었다. 이 문제는 도가사상이나 도가적 요소들이 우리 서사문학에 일종의 유전자처럼 전승되어 왔다는 것만으로는 해명되지 않는다. 소설 속의 도가사상이나 도가적 요소들은 문학 효용론과 당위론의 경직된 유교적 문학관이나 당대의 지배적이고 보편적인 유교적 정치 이념과는 맞지 않는다. 그럼에도 불구하고 고소설 속에 도가사상이나 도가적 사유 편린들이 성행한 것은 그 사회의 정통 이념인 유교적 논리와 규범에 대한 저항 내지는 일종의 초월적 유희가 작용했기 때문이 아닌가 한다. 다시 말해 그것은 지배계층의 의식을 견고하게 지배하고 있던 주자학적 화이론적(華夷論的) 세계관에 대한 회의와 갈등, 탈중심화의 심리적 소산이라고 할 수 있는 것이다.22) 소설이라는 장르 자체가 언어적이거나 이념적인 세계에 대한 탈중심화를 표현하는 장르라는 점23)을 감안한다면 고소설의 규범파괴적인 성격은 더욱 부각되지 않을 수 없다. 그러한 측면에서 본다면 우리의 소설사를 연 것으로 평가받고 있는 김시습이나 허균의 경우 그 행적은 차치하고 그들의 작품적 성향이 도가사상에 심한 경사도를 보여주고 있다는 사실 자체만으로도 그들 작품의 체제저항적 성격은 이미 잉태되어 있었던 것이다. 그들을 포함하여 도가사상적 취향을 보여주는 작가들은 잃어버린 낙원으로서의 선계를 그들의 공상 속에 재구함으로써 진토세상의 질곡과 갈등으로부터 벗어나고자 했으리라는 점24)을 우리는 짐작할 수 있다.25) 하지만 도가사상의 체제저항

---

22) 정재서, 앞의 논문, 94쪽 참조. 그러한 역사인식이 겉으로 표출된 적도 있었음은 한영우, 「17세기의 反尊華的 道家史學의 성장」, 이우성·강만길 편, 『한국의 역사인식(상)』, 창비, 1976, 263-305쪽 참조.

23) 바흐친의 시각이 대표적이다. 이에 대해서는 김욱동, 『대화적 상상력』, 문학과지성사, 1988, 196-233쪽 참조.

24) 정민, 「유선문학의 서사구조와 도교적 상상력」, 한국도교사상연구회 편, 『한국도교

적 성격에만 강음부를 둘 수는 없다. 도가사상은 비주류의 편에서 경직된 주류의 논리에 활력과 다양성을 부여해주는 역할도 유연하게 수행했기 때문이다. 그것은 효용론과 당위론의 경직된 유교적 문학관에 생기를 불어 넣어주고 문학의 자율성과 소요자재(逍遙自在)의 창작 개성을 고무시키기도 했던 것이다.26) 문학이 유한(有閑)과 풍류(風流), 그리고 자적(自適)과 관련되는 한, 도가사상의 바탕 자질은 언제든지 문학가의 붓 끝에 환기되었던 것이다. 그리고 그런 자질이 시대 상황에 따라서는 체제저항적 성격과 결부되곤 했던 것이다.

이 글은 문제를 해결했다기보다는 문젯거리를 제출하고 문제의식을 제기하는 쪽에 더 기울었다고 생각된다. 여기에서 제기된, 반구상 담화와 도가사상적 성향과의 접점에 대한 문제는 연결고리들을 좀 더 정치하게 다듬을 필요가 있겠고, 문학 형식과 이념간의 상관관계라는 시학적 문제에 대해서는 논의를 확대할 필요가 있다고 본다. 여러 다양한 문학 형식들 또는 담화방식들이 점검되어야 하며, 유불선의 거대 사상적 담론만이 아니라 좀 더 미세한 시대정신들도 담아질 수 있는 방법이 모색되어야 할 것이다.

와 도가사상』, 아세아문화사, 1991, 216쪽 참조.
25) 정신분석학적 관점에서 본다면 환상문학에서의 환상성은 '억압된 욕망의 표출'이라는 측면에서 해석되기도 한다. 서강여성문학연구회 편, 『한국문학과 환상성』, 예림기획, 2001, 16-25쪽 참조.
26) 정재서, 『도교와 문학 그리고 상상력』, 푸른숲, 2000, 287쪽 참조.

고소설의 환상적 담화 자질과 도가담론

1. 머리말

고소설이 환상적인 이야기들로 가득 차 있다고 할 때, 우리는 먼저 환상이 과연 무엇이고, 어떤 요소들이 결합되어 환상담론[1]을 형성하고 있는지에 관심을 갖지 않을 수 없다. 나아가 고소설의 그러한 환상담론은 어디에서 기원하고 있는지에 대해서도 궁금해진다. 이 글은 그동안 많이 얘기되어 온 환상의 개념을 주변 개념들과의 비교적인 시각에서 고찰함으로써 논점을 구하고자 한다. 그리고 그 논점에 의거하여 고소설의 환상담론이 어떠한 담화자질들을 조직하고 구조화하고 있는지에 대해 구체적인 조명을 할 것이며, 거기서 나온 성과들에 비추어 환상담론의 근원적 출처로서 도가담론을 주목하고 그들 서로간의 담론의 형식과 내용을 비교하고자 한다.[2]

---

1) 여기서 담론이란 담화에 의해 구성된 어떤 관념이나 사물에 대한 논리적인 구성물 또는 사유체계라고 할 수 있다. 그러므로 환상담론은 환상성을 구축하는 담화조직체라는 의미로 쓰인다.

2) 여기에는 고소설의 환상담론의 기원과 출처 등을 문제삼지 않고 그것을 곧바로 현대문화에서의 환상성과 동질의 것으로 단순화하려는 관점에 대한 문제제기의 측면도 내재해 있다.

먼저 환상의 개념에 대한 고찰을 통해 앞으로의 논점을 구하기 위해 '사건'과 '심리', 그리고 '담화'의 세 가지 측면에서 환상성에 접근해보고자 한다. 환상성이 사건의 성격에 의해 형성된다는 것은 의심할 여지가 없다. 객관적인 경험 세계에서는 일어날 수 없는 일이 벌어질 때 우리는 그런 현상을 환상이라 한다. 그래서 구름을 타고 하늘을 나는 초현실적인 일이 벌어진다든가, 현몽한 노인의 예언이 그대로 맞아떨어진다는 초논리가 작용한다든가, 정처없이 길을 떠나 도달한 곳이 바로 목적한 장소가 된다든지 하는, 고도의 우연함이 발현되는 현상을 모두 환상이라 할 수 있을 것이다. 이러한 관점에서 볼 때 환상성의 바탕을 이루는 기저 개념들로서 우리는 초현실성, 초자연성, 비사실성, 비합리성, 비개연성 등을 말할 수 있을 것이다. 환상적인 이야기는 현실 세계에서는 있을 수 없고, 현실적 경험이나 자연스러움의 범위를 벗어나 있으며, 실물과 닮았다거나 거짓이 없다고 할 수 없고, 현실세계의 이치나 논리에 어긋나고 있으며, 현실 규범과 배치됨으로써 그럴듯하지 않다고 판단되는 자질들로 구성되어 있는 것이다. 그러나 환상성의 개념 범주를 이러한 개념들과의 비교를 통해 자세히 구한다는 것은 더 깊고도 넓은 철학적이고 사변적인 논의를 요구한다고 보이기 때문에 그동안 많은 사람들이 논한 적이 있는 환상성의 주변 개념들과 비교하는 것이 더 생산적이라고 판단된다.

환상성은 그동안 많은 사람들이 논의한 바 있는 초월성과 우연성, 그리고 전기성 등의 개념틀과 그 외연과 내포를 어느 정도 같이 하는 것으로 판단된다. 환상성과 초월성은 벌어진 일의 성격이 인간의 경험이나 인식의 범위를 벗어나 그 바깥에 위치하는 것이라는 점에서 비슷하며, 환상성과 우연성은 예기치 못한 일이 뜻하지 않게 벌어진다는 점

에서 유사한 개념 범주를 이룬다. 그리고 환상성과 전기성은 인간세계
와는 다른 세계의 요소들이 작동하면서 빚어지는 미감이라는 점에서
흡사하다. 그러나 이들 개념들 간에는 차이들도 엄연히 존재한다. 초
월성이 인간의 의식을 초월한 신적 존재나 초월세계의 의지와 관련되
어 일어난 일에 치우쳐 있다면3), 환상성은 신적 존재나 초월세계에 이
끌리지 않으면서도 일상의 경험과 인식을 넘어서 벌어지는 현상을 가
리킨다. 우연성이 경험적 현실세계의 인과법칙이 작동되지 않을 경우
를 강조하고 부각시키는 개념인 반면4), 환상성은 인과율의 부재보다는
현상 자체의 괴이함이나 신기함을 더 강조하는 개념이다. 그리고 전기
성이 이계(異界)의 설정이나 여귀(女鬼)의 등장 등과 같은 현실 논리나
현실 규범에 어긋나는 자질로 구성되는 데 반해5), 환상성은 이질적인
세계나 존재가 등장하지 않으면서도 비사실적이고 그럴듯하지 않은 자
질을 함유한다는 차이가 있다.

　이와 같이 사건의 층위에서 볼 때, 환상성은 현실세계에서 벌어지기
가 불가능하거나 매우 희귀한 경우를 지칭한다. 그래서 비유컨대 환상
성은 비현실6)을 핵으로 하고, 비논리, 비합리, 초자연, 반개연 등의 자

---

3) 초월성은 현실세계에 대한 초월세계의 간여가 부단히 행해지며, 이로 인해 일의 성
　격이 초월세계 쪽으로 이끌리는 성질을 보인다. 그래서 인간사는 기본적으로 천명이
　나 천정에 포괄되는 양상으로 전개되는 경향이 있다. 이에 대해서는 차충환, 「고소
　설에서 초월성의 의미」, 『어문연구』 107호, 2000, 154-76쪽 참조.
4) 우연성이라는 개념은 사건진행상 또는 구성상의 문제일 뿐만 아니라 세계관의 문제
　이기도 하기 때문에 우연성의 자질을 심미적 수용의 측면에서 긍정적으로 해석하는
　것은 커다란 의미가 있다고 본다. 이런 관점에 대해서는 서인석, 「고대소설에 있어
　서의 우연성 문제」, 『선청어문』 10집, 1979, 139-67쪽 참조 ; 김성룡, 「우연성과 환상
　성」, 『국어국문학』 137, 2004, 191-211쪽 참조.
5) 신재홍, 「초기 한문소설집의 전기성에 관한 반성적 고찰」, 『관악어문연구』 14집,
　1989, 132-150쪽 참조.

질들을 위성으로 거느린 우주계와 흡사하다고 할 수 있다. 그러나 환
상성을 사건의 층위에서만 바라볼 때에는 '현실성/비현실성'이라는 판
단기준에 주로 의존하게 됨으로써 인간 체험이라는 주관적인 측면을
담아내기 어렵게 된다. 환상은 객관적인 경험 현실에서 일어날 수 없
는 사건이기도 하지만, 그 사건을 목도한 사람의 주관적인 심리이기도
한 것이다.[7] 이러한 주관성 때문에 비현실적이지 않다고 판단되는 사
건이 환상적으로 보일 수가 있다. 비현실적인 사건은 작중인물이나 독
자로 하여금 기괴함과 경이로움, 또는 신비로움 등의 정서적 반응을 불
러일으킨다. 토도로프는 이러한 정서적 반응 양식에 따른 장르론을 펼
친 바 있다. 그에 의하면 환상 장르는 '기괴'와 '경이' 사이에 위치하면
서 일어난 사건이 현실인지 꿈인지, 혹은 사실인지 환영인지 결정하지
못하고 망설이거나 주저하는 상태의 정서적 질감을 주는 장르로 정의
된다.[8] 말하자면 일종의 인식론적 불확정성의 세계인 것이다.

  그런데 이러한 망설임과 머뭇거림의 심리적 상태가 주는 미학적 입
각점이 다소 협소하기 때문에[9] 우리는 환상성이 갖는 심리적 의미작

---

6) 비현실에는 '가상적 허구를 통해 창조된 의도적인 반현실'도 포함되는 것으로 보아
   야 할 것이다. 여기에 대해서는 강상순, 「고소설에서 환상성의 몇 유형과 환몽소설
   의 환상성」, 『고소설연구』 15집, 2003, 40쪽 참조.
7) 김성룡, 「고소설의 환상성」, 『고소설연구』 15집, 2003, 5쪽 참조.
8) Tzvetan Todorov, 『The Fantastic』, Cornell Univ. Press, 1975 참조. 이러한 토도로
   프의 개념 정의는 우리 고소설의 환상성을 체계적으로 규명하는 데 기여한 바가 크
   다고 본다. 이러한 개념 정의를 바탕으로 고소설에 대해 논한 대표적인 사례를 들면
   다음과 같다. 송효섭, 「이조소설의 환상성에 대한 장르론적 검토」, 『한국언어문학』
   23, 1984 ; 김성룡, 「한국 고전소설의 환상성에 관한 연구」, 서울대 석사학위논문,
   1985 ; 신재홍, 앞의 논문 ; 강상순, 앞의 논문.
9) 그것은 토도로프가 다루는 환상문학이 극히 한정된 수의 19세기 고딕소설이라는
   점과, 그러한 정서적 상태를 느끼는 주체들이 작중인물, 독자, 서술자 등으로 다양하
   고, 그들의 심리적 정도 차이를 변별하는 것도 쉽지 않다는 점 등 문제가 많다. 이러

용 영역을 좀 더 개방시켜 바라볼 필요가 있다. 그럴 때 우리는 환상성
이 감각적이고 감상적이며 충동적이고 낭만적인 상태의 심리작용과도
밀접한 관계가 있다고 생각할 수 있을 것이다. 이러한 점에서 환상성
은 기존에 논의가 있었던 감상성이나 낭만성, 그리고 전기성의 내적 자
질과도 깊은 관련을 지닐 것으로 생각된다. '감상성'은 내면의 감정이
과잉되어 비탄과 탄식이 난무하고 정념이 들끓는 센티멘탈리즘으로
서10) 이런 국면의 심리적 상태가 대상을 몽환적으로 채색하게 된다는
점에서 환상성과 연결된다. '낭만성' 역시 감상성과 유사하게 주정적으
로 사물을 파악하는 정신적 경향을 보여준다. 특히 낭만성은 꿈이나
공상의 세계를 동경하면서 현실을 몽상으로 치환함으로써 문제를 해결
하려는 환상적인 취향을 강하게 드러낸다. 그런데 낭만성이라는 개념
은 인물의 세계관이나 서술자의 특유한 서술시각으로도 확장11)될 수
있는 복합적인 성질의 개념으로서 환상성과는 또 다른 개념적 층위를
지니고 있는 듯하다. '전기성'은 전기적 인간의 내면성과 관련된 개념
인데, 감정의 과다한 분출과 충동적이고 즉흥적인 태도, 주체할 수 없
는 유약한 심성 등의 자질12)을 갖는다는 점에서 감상성이나 낭만성과
도 일맥상통하는 것이다. 그러나 이 '전기성' 개념은 개념 자체가 지니
고 있는 일반 내포 자질로부터 연역해서 사용하는 '감상성'이나 '낭만

한 점에서 우리 고소설에 그대로 적용한다는 것은 어렵다고 본다.

10) 박희병, 『전기소설의 미학』, 돌베개, 1997, 43쪽 참조.

11) 낭만성과 관련하여 서술시각의 문제를 다룬 논의는 박일용, 『조선시대의 애정소설』, 집문당, 1993, 19-37쪽 참조. 서술시각이 낭만적이라는 것은 세계와의 갈등을 해소하는 방식이 비현실적인 주관적 태도에서 비롯된다는 의미로 쓰이고 있다. 위의 책, 39쪽과 78쪽 참조.

12) 박희병, 앞의 책, 47쪽 참조.

성'이라는 개념과는 달리 전기소설의 등장인물들의 성격을 귀납해서
얻은 특수 자질이다. 아무튼 환상성이 이렇게 인물의 심리적 태도에서
빚어지는 산물이기도 하다는 점에서 볼 때, 텍스트의 담화적 국면은 주
목의 대상이 되어야 한다. 심리를 유추할 수 있는 통로는 사건이나 소
재의 측면보다는 담화의 구체적인 표현 층위에서 더 많이 구해질 수
있기 때문이다.

텍스트의 담화 층위에서 환상성을 논해야 한다는 점은 토도로프에
의해서 이미 강조된 바 있다. 환상에 맞닥뜨린 인물이 망설이거나 머
뭇거릴 때 그 흔적은 언표화되기 마련이며,13) 거기에 상응하는 통사론
적인 단위가 설정될 것이다. 그리고 환상이 심리적 지각 내지는 인식
이라는 측면에서 볼 때 의미론과도 긴밀한 관련이 있을 것이다.14) 한
편 환상이라는 개념이 인지적 차원에서 보면 일종의 환각 내지는 착시
라는 점에서 인지언어학적 관점에서도 환상성에 대한 접근이 가능하
다.15) 환상성은 이야기 소재나 사건의 성격만으로 형성되는 것은 아니
며, 환상적인 의미 자질을 지닌 어휘들과 그들 어휘들이 결합하는 방식
에 따라 환상성의 성격은 많이 달라진다고 본다. 그리고 환상적인 분
위기를 생성하는 특정의 담화군도 존재하리라고 생각된다. 그러므로
고소설의 환상성을 형성하는 여러 층위의 담화적 자질들을 체계적으로
조명하는 데 이 글은 일차적인 관심을 두고자 한다. 그리고나서 그러

---

13) Tzvetan Todorov, 앞의 책, 33쪽.
14) 환상적 효과를 일으키는 서술표지는 서술태도와 관련하여 일정한 언어적 패턴으로
   나타난다. 김문희, 「애정 전기소설의 문체 연구」, 서강대 박사학위논문, 2002, 18쪽
   참조.
15) 임지룡, 「환상성의 언어적 양상과 인지적 해석」, 『국어국문학』 137, 2004, 167-87쪽
   참조.

한 고소설의 환상담론을 도가담론과 비교분석함으로써 도가담론이 환상담론의 원류 내지는 근원적 토대임을 증명하는 데에도 관심을 기울이고자 한다.

2. 고소설의 환상성과 그 담화적 특성

고소설의 환상담론을 형성하는 담화 층위의 자질들을 논의하기 위해서는 먼저 이야기 층위의 환상담론적 자질을 살펴볼 필요가 있다. 지금부터 간략하게 환상성과 관련된 이야기 층위의 자질들, 특히 사건과 인물 성격, 그리고 배경에 대해 살펴보도록 한다.

고소설의 환상담론은 사건의 차원에서 보면 재생(부활)·이계체험·인귀교환·현몽·예언·우연재회·신비체험·변신(둔갑)·도술(신통술) 등등의 모티프를 핵심으로 하여 짜여 있는 게 보통이다. 물론 이들 모티프가 구체적으로 형상화되는 모습은 작품마다 다양하지만 커다란 카테고리로 묶는다면 대충 이상과 같은 사건 모티프들로 환상담론이 꾸려지는 것으로 생각된다. 이들 모티프로 이루어진 사건들은 현실세계에서는 일어날 법하지 않은 일들로서 초현실성·초자연성·비사실성·비합리성·비개연성 등 앞에서 설정한 개념들의 의미범주와 거의 일치되는 것으로 볼 수 있다.

환상담론의 주인공이라고 할 수 있는 인물들의 성격은 대체로 혼령·선관선녀·술사·이인·도사·스님·초능력의 영웅·은일자 등으로서 이들은 현실세계의 범인들로서는 갖기 불가능한 불가사의한 능력을 소지하고 있다. 이계를 마음대로 넘나들 수도 있고, 먼 장래의 일

을 투시할 수도 있으며, 신출귀몰하는 도술을 부릴 수도 있는 존재들이
다. 물론 이러한 초능력의 인물들만이 환상담론을 생성해내는 주체라
고 할 수는 없을 것이다. 왜냐하면 일상의 범인들도 위에 언급된 환상
적인 사건들의 피동적 대상이나 목격자로서는 얼마든지 등장하여 신비
체험을 증언할 수 있으며, 그럴 때 그들의 눈과 입을 통해서 환상담론
은 얼마든지 생산될 수 있기 때문이다. 그러므로 위에 언급한 초능력
의 소유자들은 그들 자체가 환상담론의 충분조건일 뿐 필요조건까지를
저절로 담보하는 것은 아니다.

고소설에서 환상담론의 배경으로서는 대개 천상계나 용궁 또는 명
계 등의 이계, 꿈속, 속세와 절연된 자연과 산하 등이 주로 나타난다.
물론 우리가 사는 현실 공간에서도 환상적인 사건은 벌어질 수 있으나
환상성을 드러내고 강조하기 위한 장치로서 위의 공간들이 선호되는
경향이 있는 것이다.

환상성을 담지하는 이와 같은 사건과 인물, 그리고 배경은 그 어느
한 가지로써도 환상담론을 생성할 수 있지만 이 세 가지 이야기 요소
가 복합되어 동시에 벌어진다면 환상성의 강도가 더해질 것이다. 그런
데 사건이나 인물의 성격과는 상관없이 진술방식을 통해서도 환상성이
유발될 수 있다는 점은 앞에서 살펴본 바와 같다. 그렇다면 어떤 담화
적 자질들이 환상성을 활성화하는지를 구체적으로 따져보는 것이 필요
할 것이다.

1) 환상적인 의미 자질의 시공 지표

고소설에는 환상적인 의미 자질을 지닌 어휘들이 많이 등장하고, 그
것들이 환상성을 구성하는 요소가 된다. 그런 어휘들은 고소설의 전편

에 걸쳐 발견되지만 균질적으로 배치되어 있는 것은 아니고 환상적인 사건이나 인물이 등장할 때 더욱 집중되어 나타나는 경향이 있다. 즉, 환상적인 사건이나 인물이 등장할 때 환상적인 의미 자질을 갖는 어휘들도 더불어 활성화됨으로써 환상성을 더욱 부각시키는 기능을 하는 것이다. 이를 기호학적으로 이해한다면 동질의 의미 층위를 가진 동위소들이 활성화됨으로써 그것이 그 문맥에서의 지배소가 되는 과정이라고 할 수 있다.16) 그렇다면 환상성이 드러나는 대목에서 환상적인 자질과 관련된 어떤 동위소들이 활성화되고 있는지 파악해볼 필요가 있다. 고소설에는 담화 층위에서 환상성을 담지하는 공간적이고 시간적인 표지들과, 환상성이 드러날 때 흔히 동원되는 서술어라든지 부사어들이 있는데, 이들이 어떻게 결합되어 환상적인 자질을 도모하는지 살펴보도록 하자.

먼저, 경계적인 자질을 갖는 시공 지표들이 환상 담론을 이루는 한 요소가 되고 있음을 볼 수 있다. 시간상으로는 어스름이 깔리기 시작하거나, 날이 어두워졌으나 희미한 달빛이 있어 교교한 분위기일 때가 환상적인 일이 벌어지는 시간적 배경이 되는 수가 많다. 더욱이 여기에는 안개, 연기, 구름, 비, 그림자, 바람 등등의 환경적 요소들이 덧붙어 그 환상성을 증폭시키는 데 일조한다. 이러한 환경 요소들은 선명한 시각이나 청각을 방해함으로써 경계적인 자질을 드러내게끔 보조하는 구실을 한다. 여기에 또 은은한 향내나 신기한 소리나 감각적인 기운이 보태지면 환상적인 분위기는 더욱 고조된다. 그리고 또 다른 환경 요소들, 즉 담장, 주렴, 병풍, 사창, 휘장 등과 같은 '가리는' 사물들

---

16) 어휘소에 의한 동위체(同位體; isotopie) 현상에 대해서는 허창운 편저, 『현대문예학의 이해』, 창작과비평사, 1989, 124-51쪽 참조.

의 존재는 특히 묘사 대상으로서의 여성의 존재를 신비감에 휩싸이게 끔 조장하는 역할을 한다. 담장이나 병풍은 반쯤 보일 듯 말 듯, 들릴 듯 말 듯한 묘한 경계적 분위기를 자아내고, 주렴은 대상을 어렴풋하게 흩뿌림으로써 가리는 역할을 하고 있으며, 사창과 휘장은 빛을 산포하 는 경향은 주렴과 비슷하지만 반쯤 열려 있음으로써 호기심을 조장하 는 역할을 하는 경우가 흔하다. 결국 이것들은 그럼으로써 그 안의 여 성 인물들을 신비롭게 감싸 환상적인 분위기를 조성하는 데 기여한다.

다음으로는 환상성의 지표가 되는 서술어와 부사어 등의 존재를 지 적할 수 있다. 환상성을 담지하는 서술어들은 대개 의식과 무의식의 경계 상태임을 드러내는 경향이 있다. '취하다', '황홀하다', '몽롱하다', '희미하다' 등과 같은 서술어들은 그 목적어에 해당하는 사건 정황이나 묘사된 정경을 환상적인 색채로 덧칠하는 기능을 수행한다. 서술 주체 가 객관적인 서술자이건 주관적인 등장인물이건 간에 그들이 이러한 서술어를 통해 현재 자기가 처한 심리적 정황을 의식과 무의식 사이의 몽롱한 상태로 표현한다면 서술 대상은 환상적인 성격으로 전이되는 경향이 생기는 것이다.

그리고 그 자체가 환상성을 담보하는 것은 아니지만 환상적인 분위 기가 연출될 때 쉽게 인용되는 언어자질로서 '홀연', '갑자기', '문득' 등 과 같은 부사어를 지적할 수 있다. 환상적인 분위기는 주체의 의식이 갑자기 몽환 상태에 들어서거나, 어떤 외부 사물의 성격과 정황이 급격 하게 변화하면서 조성되기 때문에 의식이나 상황이 점차 진전되기보다 는 급격한 전이를 수반하는 경향이 있다. 그리하여 환상적인 분위기가 조성될 필요가 있을 경우 이런 부사어들을 문장의 머리에 앞세우는 경 향이 있는 것이다. 물론 환상적인 상황이 조성된 상태에서 이러한 부사어들이 등장하게 되면 환상적인 분위기가 더욱 고조되는 것은 말할 나위가 없겠지만 사건이나 인물 등에서 환상성의 조건이 갖추어지지 않은 상태에서도 이런 부사어들이 등장하게 되면 비일상적이고 비범한 상황이 벌어지리라는 예감 내지는 분위기가 조성된다. 이러한 비일상적이고 비범한 상황은 환상적인 분위기와 연결될 가능성이 훨씬 커지게 되는 것이다.

그렇다면 위에서 살펴본 환상적인 의미자질을 지닌 어휘들이 고소설에서 실제로 어떻게 쓰이고 있고, 이야기 층위의 요소들과 서로 어떻게 결합하여 있는지를 몇 가지 사례를 통해 보기로 한다.

① 홀연 한진 찬바람이 촉을 불고 서늘한 한 기운이 사람에게 침노하더니 한 여자 공중을 조차 나려서니 서리같은 비수검이 손 가운데 있더라[17]
② 멀리 바라보니 버들 수풀이 푸르고 푸르렀는데 작은 누각이 그 사이에 비치여 가장 우아하여 뵈거늘 채를 드리우고 물을 밀어 날호여 나아가 버들가지 가늘고 길어 땅에 드리워 푸른 실을 풀어 바람에 부치는 듯하니[18]
③ 담장 곁에는 작은 누각이 꽃떨기 사이로 은은히 비치는데 주렴이 반쯤 내려져 있고 비단 휘장은 낮게 드리워져 있었다.[19]
④ 주생이 깨어나서 보니 안개가 끼었는데 절에서 종소리가 울리고 달은 의미 서쪽으로 기울어 있었다. 다만 양쪽 강둑에는 푸른 숲이 우거지고 새벽빛이 희미하게 밝아오는데, 숲 가운데에서 언듯언듯 비단 등롱에 싸인 은촛불이 붉은 난간과 푸른 주렴 사이에서 은은히 비치고 있었다.[20]

17) 〈구운몽〉, 서울대본, 『고전소설』 제1집, 고려서림, 1986, 253쪽. 필자가 현대역한 것임. 이하도 마찬가지.
18) 위의 책, 37-8쪽.
19) 〈이생규장전〉 '(墻)傍有小樓 隱映於花叢之間 珠簾半掩 羅幃低垂'. 심경호 옮김, 『매월당 김시습 금오신화』, 홍익출판사, 2000, 98-9쪽 참조.
20) 〈주생전〉 '(生)及覺 則鐘鳴煙寺 而月在西矣 但見兩岸碧樹葱朧 曉色蒼茫 樹陰中

①을 보면 '홀연'이라는 부사어가 머리에서부터 예사롭지 않은 상황으로 인도하고 있고, 뒤이어 찬바람과 서늘한 기운이 일어나고 촛불이 꺼진 상황을 통해 환상적인 분위기를 고조시키고 있다. 이들은 한 여자 자객이 공중에서 내려온 환상적인 사건과 잘 조응하고 있고, 그 사건을 환상적으로 채색하는 데 기여한다. ②에서는 푸른 버들이 숲을 이루어 시야가 분명하지 않고 흐려져 있음을 통해 환상적인 분위기를 조성하고 있다. 버들가지가 가려진 가운데 그 사이로 은근하게 한 줄기 시각을 틔워놓은 것 또한 환상적인 분위기를 연출한다. 여기에서 길게 늘어진 버들가지는 주렴과 같이 반쯤 가리는 역할을 하는 환상적인 공간 지표로 보아도 좋을 것이다. 대상을 가리는 역할을 하는 공간 지표가 환상성을 강화하는 현상은 ③에서 더욱 강도 높게 나타난다. '담장'이나 '주렴', 그리고 '비단 휘장'은 원래 시야를 반쯤 가리거나 반투명하게 보여주는 기능을 하는 사물들인데, 이들의 존재로 인해 대상에 대한 시야가 제대로 확보되지 못함으로써 환상적인 분위기가 조장되고 있다. '은은히 비친다(隱映)'는 표현이 그런 상황임을 적절하게 지적해주고 있다. ④에서는 환상적인 시간 지표가 등장하고 있는데, '달이 서쪽으로 기울어졌다'든가 '새벽빛'과 같은 것들이 바로 그것이다. 어둠이 깔리기 시작하고 달이 동산에 떠오를 때나, 여기에서와 같이 어둠이 가시기 시작하는, 경계 자질을 가진 시간대가 환상적인 분위기가 조성될 수 있는 최적의 조건이라 할 수 있다. 그것은 한 상태에서 다른 상태로 옮겨가는 중간 단계가 심리적 혼란이나 무질서를 수용하기에

時有紗籠銀燭 隱映於朱欄翠箔間' 이상구 역주, 『17세기 애정전기소설』, 월인, 1999, 36쪽. 이 책의 해석에 주로 의지하되 필자가 나름대로 표현을 달리하기도 했음을 밝힌다.

알맞으며, 대상의 구분이 최대한 무화되어 비일상적이고 신비한 일들이 벌어지는 데에도 알맞기 때문이다. 여기에 시야를 흐리는 환상적인 공간 지표들까지 가세하여 환상성을 강화한다. '안개'와 '주렴', 그리고 '비단 등롱에 싸인 촛불' 등이 그것들이다. 여기에도 '은은하게 비친다'는 서술적 표현이 있으며, 멀리 보이지 않는 절에서 들리는 종소리도 환상적인 분위기를 조장하는 데 기여하는 요소가 되고 있다.

이상 살펴본 바와 같이 환상적인 의미 자질이 있는 시공간 지표들이나 어휘들은 서로 잘 결합하는 경향이 있으며, 이들이 이렇게 결합함으로써 그 장면의 환상성이 더욱 강화되는 효과를 내고 있다. 이들은 또 앞에서 살펴본 바와 같이 이야기 층위에서의 환상적인 사건이나 인물이 등장할 때 출현하는 빈도가 더 높다는 점을 지적할 수 있다. 이야기 층위의 환상성에 담화 층위의 환상 지표가 보태져 환상성이 고조되는 것이다. 그렇지만 이야기 층위에서는 환상적이지 않은 장면에서도 이러한 환상적인 의미 자질이 있는 시공간 지표와 어휘들은 출현하며, 그 자체로서도 환상적인 분위기를 조성한다는 점은 같이 지적되어야 할 것이다.

2) 서술상황에서의 환상적인 담화 표지

고소설에서는 사건이나 상황 또는 장면에 대해 판단하거나 평가하는 구절이 있는데, 그러한 표현 구절 가운데 환상적인 담화 자질이 있는 경우가 있다. 즉, 앞에서 서술된 사건이나 상황이 그 자체로서는 환상적인 것이 아니더라도 거기에 대해 사유하고 판단하는 서술 주체의 의식이 대상을 비일상적으로 봄으로써 환상적인 분위기로 유도하는 것이다.

먼저 비인간(非人間)의 담화 자질이다. 고소설에는 그려진 대상에 대해 '인간 세상의 것이 아니다'는 인식이 직접 표현되는 경우가 흔하다. 그것은 주로 서술 주체의 의식이 개입된 형태로 표출되는데, 광경이나 기구 또는 옷 등이 '인간 세상에서는 볼 수 없는 것들'이라거나, 음악이 '인간 세상에서는 들을 수 없는 것'이라거나, 어떤 음식이나 술이 '인간 세상에서는 맛볼 수 없는 것'이라거나 하는 식이다.[21] 여기서 인간 세상이 아니라는 것은 탈속 세계와 별천지를 동시에 의미한다. 인간의 일상적인 삶을 떠나 속세와 절연된 곳도 인간 세상이 아니라고 할 수 있으며, 무릉도원과 같은 별세계 또는 별천지도 인간 세상이 아니라고 할 수 있는 것이다.[22] 이러한 비인간의 담화 자질이 발화되면 신기하고 신비로운 대상을 환기하는 힘이 작동하기 때문에 놓인 현재 상황은 환상적인 분위기로 채색된다. 더욱이 이러한 비인간의 담화가 등장하기 전부터 현재 장면이 환상적으로 묘사된 경우라면 환상성이 이 대목에서 더욱 고조될 것이다.

서술 주체의 눈앞에 펼쳐지는 상황이 '꿈을 꾸는 듯'하고 '꿈결 같다'는 표현도 환상적인 분위기를 조성하는 담화 자질이다. 현실과 환몽의 세계 사이에서 방황하는 의식 세계를 보여준다는 점에서 이러한 부류의 담화를 '비몽사몽'의 담화 자질이라고 할 수 있다. 그래서 '꿈 같되 꿈이 아니요'[23]라고 진술되기도 한다. 이는 이야기 층위에서 말하는 소

21) '인간 세상과 다름없었다'와 같이 정반대로 표현된 담화 자질도 실은 지금 현재 비인간의 상황에 있음을 역설적으로 환기하기 때문에 비인간의 담화 자질로 볼 수 있을 것이다.
22) 천상 세계와 지하 세계도 인간 세상이 아닌 곳으로 볼 수 있겠지만 그것은 뒤에 따로 다루므로 여기에서는 포함하지 않기로 한다.
23) "그것은 꿈도 아니고 생시도 아니며 참인 듯하면서 참도 아니었다(似夢非夢 似眞非眞)" 심경호, 앞의 책, 149쪽 참조.

재 또는 모티프 차원의 '꿈'과는 성격이 다르다. 모티프 차원의 꿈은 실제로 어떤 사람이 꿈을 꿔 그 속에서 신비로운 상황이 벌어지기도 하고 미래의 예언이 진술되기도 하는 등 일련의 사건으로서의 '일장춘몽'이요 '남가지몽'이다. 그러나 '비몽사몽'의 담화 자질은 꿈속의 세계를 그리는 게 아니라 바라보는 현실이 마치 꿈인 듯 느껴지는 몽롱한 의식 상태에 대한 진술인 것이다. 그러나 고소설에서 현실과 꿈 사이의 구분이 명확하지 않은 경우가 많다는 점을 생각한다면 '완연한 한바탕 꿈'에 대한 수많은 진술들도 넓게 보아 '비몽사몽'의 담화 자질에 편입될 수 있을 것이다. 현실을 꿈처럼 대한다는 것은 몽롱한 의식 상태를 전제로 한 것인데, 그만큼 거기에는 환상적인 요소가 개입될 여지가 큰 것이다.

대상을 묘사할 때 의도적으로 흐릿하게 처리하는 경향을 지칭하는 반구상(反具象) 담화[24] 자질도 환상적인 분위기를 조성하는 데 일조한다. 눈앞의 정황을 말로 형언할 수 없고 그림으로 형용할 수 없다거나, 견줄 바가 없고 측량할 수 없다거나, 분간할 수 없고 기억할 수 없다거나, 문득 간 곳을 알 수 없고 인홀불견(因忽不見)한다는 진술들은 모두가 대상에 대한 묘사를 포기한다는 점에서 반표현주의적인 성향을 드러내지만, 그 이면을 살펴보면 일부러 표현을 자제하고 대상의 형상을 흩뿌림으로써 대상의 존재를 환상적인 분위기로 몰아가는 효과를 내게 된다.

고소설의 등장인물은 지상세계에 발붙이고 살고 있음에도 자신이나 대상 인물이 신선이 되고 선녀가 된 듯한 황홀경의 의식을 드러내는,

---

24) 김현주, 「고소설의 반구상 담화와 그 도가사상적 취향」, 『고소설연구』 14집, 2002, 211-36쪽 참조.

이른바 '우화이등선(羽化而登仙)'류의 신비체험의 담화 자질을 보여주기도 한다. 자신이 바라보고 있는 인물이나 세상을 신선 또는 선녀 또는 천상세계로 인식하거나, 자기 자신이 공중에 뜬 듯한 황홀경에 빠지기도 하고,[25] 어떤 계기로 신선이 된 것 같은 환상적인 분위기에 빠지기도 한다.[26] 이러한 신비체험의 담화들도 서술 주체의 몽환적인 의식세계를 비추어주기 때문에 환상성을 유발하는 표지가 된다.

몇 가지 사례를 통해 이들 담화 표지들이 어떻게 사용되고 있는지 살펴보도록 한다.

⑤ 홀연 기이한 내 코를 거스려 향노 기운도 아니요 화초 향내도 아니로대 사람의 글 속에 사무쳐 정신이 진탕하여 가히 형언치 못할러라[27]

⑥ 한림이 마지못하여 선관을 따라 문밖에 나서매 문득 오운이 일어나며 백화 만발한 가운데 향내 진동하여 지척을 분간치 못할러라[28]

⑦ 갑자기 향기가 나더니 한참 후에 두 여자가 나란히 나타났다. 정녕 한 쌍의 투명한 구슬 같았고 두 송이 단아한 연꽃 같았다. 치원은 마치 꿈인 듯 놀라고 기뻐하였다.[29]

⑧ 경개를 살펴보니 천만장 봉황산은 주봉이 되어 있고 도도한 백마강은 안개로 둘렸는데 주란화각이 반공에 표묘하니 동편에 화원이요 서편에 죽림이라. 곳곳에 정자 짓고 겹겹이 중문이라. 사슴이 놀며 학이 소리하여 선경일시 분명하더라.[30]

---

25) "넋이 구름 밖으로 날아가고 마음이 공중에 뜬 듯하였다(魂飛雲外 心在空中)".〈주생전〉, 이상구, 앞의 책, 44쪽 참조.

26) "둘 다 학을 탄 신선이 된 듯하였다(皆如鶴上仙也)".〈위경천전〉 "마치 날개가 돋은 신선이 되어 하늘로 올라갈 것 같았다(將欲羽化而登仙也)"〈위경천전〉, 위의 책, 70-71, 248-9쪽 참조.

27)〈구운몽〉, 앞의 책, 13-4쪽.

28)〈월영낭자전〉,『활자본 고전소설전집』, 권4, 아세아문화사, 1976, 612쪽.

29) 김현양 역주,『수이전 일문』, 박이정, 1996, 34-55쪽.

⑨ 나는 새가 오가는 것처럼 발걸음이 가벼웠다. 유리로 된 술단지에는
자하주가 가득히 담겨 있었으며, 진귀한 과일과 훌륭한 음식 등 모두가 인
간 세상에서는 없는 것들이었다.[31]

⑤와 ⑥은 '형언하지 못하'고 '분간하지 못하'는 반구상의 담화 자질
들로서 이들의 존재로 인해 진술 대상은 환상적으로 채색된다. 이러한
담화들은 겉에 드러난 표층적 의미대로 대상을 반투명으로 모호하게
처리함으로써 환상성을 획득하기도 하지만, 인물의 아름다움이나 주변
의 경관이 너무 빼어나 할 말을 잃은 상태에 이르렀다는 최고급의 찬
사로 쓰이기도 한다.[32] 이러한 반구상의 담화 곁에는 종종 정신상의
착란 상태 내지는 인식불명 상태임을 지시하는 담화들(⑤에서의 '정신이
자연 진탕하여')이 병치된다. 그리고 향내, 바람, 구름 등과 같은 환상적
인 의미 자질을 지닌 시공 지표들도 예문에서와 같이 반구상의 담화에
연접되는 경향이 있다. 그럼으로써 전체적으로 환상성이 증대되는 것
이다.

⑦은 현실과 환몽의 세계 사이에서 방황하는 의식 세계를 보여주는
비몽사몽의 담화이다. 현실을 꿈인 듯 느낌으로써 둘 사이의 혼융 상
태가 형성되는 곳이 바로 환상성이 확보되는 지점이다. 여기에서도 향
기와 같은 환상적인 의미 자질의 시공 지표가 동반되고 있고, 감각적인
이미지의 비유[33]가 쓰이고 있어 환상성을 강화하는 기능을 하고 있다.

---

30) 〈강릉추월 옥소전〉, 『구활자소설총서 고전소설』 9권, 민족문화사, 1983, 23쪽.
31) 이상구, 앞의 책, 〈운영전〉, 99쪽. "飄然若飛鳥之往來 琉璃樽盛紫霞之酒 珍果綺饌
   皆非人世所有"
32) 김현주, 앞의 논문, 217쪽 참조.
33) 이 점은 제3장 '담화와 사회이념' 「문장체 고소설과 판소리 서사체의 언어조직방식」
   참조.

⑧은 자신이 처한 시공을 인간 세상이 아닌 선경으로 받아들이는 점에서 보면 비인간의 담화 자질이기도 하고, 황홀경의 신비체험에 의해 의식상의 착란을 일으켜 그렇게 느꼈다는 점에서 보면 '우화이등선'류의 신비체험의 담화이기도 하다. 이렇게 비인간의 담화 자질과 신비체험의 담화 자질은 종종 겹쳐질 수 있다고 보인다.

⑨의 밑줄 친 앞 구절은 신비체험의 담화 자질을 갖고 있고, 뒷 구절은 전형적인 비인간의 담화 자질을 갖고 있는 것으로 판단된다.

이들 담화 표지들은 서로 연접하기도 하고 병존하기도 하면서 서술 상황을 환상적인 분위기로 이끄는 데 중요한 장치로 기능 한다. 이들이 만약 이야기 층위의 환상적인 국면과 결합된다면 환상성이 대폭 증대되는 것은 말할 것도 없지만, 이야기 층위에서는 환상적인 국면이 아닌 데서도 이들이 쓰일 때는 환상적인 분위기가 조성된다.

3) 비유와 과장에서의 환상성

환상성이 기대고 있는 내적 자질들이라고 할 수 있는 초자연성과 비사실성은 사실 수사적 문체에서 비롯되는 측면이 많다. 그 이유는 비유적인 의미가 문자 그대로 받아들여질 때 환상적인 정조가 환기되기 때문이다.[34] 대상을 비유적으로 묘사했을 뿐인데 그 비유적 이미지들이 사실로 받아들여지는 것이다. 인간은 여러 방면의 상상력을 동원하여 묘사 대상을 비유적 이미지군으로 형상화하는 경향이 있다. 그런데 그 비유적 이미저리가 형식 논리상의 비약과 변칙을 필연적으로 동반하게 됨으로써 초자연적이고 비사실적인 현상으로 인지되는 것이다.

---

34) 토도로프, 앞의 책, 76-77쪽 참조.

이런 점은 과장도 마찬가지다. 과장은 형식 논리를 뛰어넘어 현상을 심하게 비틀면서 초자연적인 현상을 환기하기 때문에 환상으로 미끄러져 들어간다.[35] 그러나 비유와 과장에는 층위도 다양하고 환상성과 무관한 성질도 있을 수 있기 때문에 환상성과 관련된 비유와 과장을 한데 묶어 과장적 비유에 대해서만 여기서 다루기로 한다.

과장적 비유가 환상의 미감을 빚어내는 것은 독자가 비유 대상을 접하고 현실적인 맥락에 맞게 예상하게 되는 연상 영역대와, 과장적 비유의 문맥을 통해 연상하게 되는 영역대 사이의 시공간적인 이격 때문이라고 할 수 있다. 그것은 서사체 내부에 형성되는 일종의 내적 공간으로서, 두 영역대 사이에 존재하는, 둘 사이의 상거를 메울 수 없는 초논리적이고 비합리적이고 비개연적인 심연의 거리를 통해 확보되는 성질의 것이다. 그러한 거리의 성격으로 말미암아 환상의 미감이 창출된다. 몇 개의 사례를 통해 과장적 비유가 환상적인 상황을 연출하게 되는 국면을 살펴본다.

⑩ 김생의 옥모영풍은 백일이 조요하고 명월이 내렴하듯 헌양한 풍채는 춘풍화기 같고 청명한 거울은 강산정기를 뜨려시니 진실로 일세 영웅이라.[36]
⑪ 옥소로 화답하매 요지의 반도회를 참예하고 옥제 선관을 경회루에 조회받으심 같더라.[37]
⑫ 청아한 기상은 십주 신선이 구름을 멍에하고 옥경에 오른 듯, 초일한 기상은 구소의 청학이 운간에 배회하는 듯[38]

35) 위의 책, 77쪽 참조.
36) 〈김희경전〉, 『나손본 필사본고소설자료총서』 6권, 보경문화사, 1991, 24쪽.
37) 〈강릉추월 옥소전〉, 앞의 책, 13쪽.
38) 〈청년회심곡〉, 활판본, 김기동 편, 『한국고전문학』 16권, 82쪽.

⑬ 원수 그제야 간계에 빠진줄 알고 신화경을 다시 펴 육정육갑을 베풀어 신장을 호령하며 풍백을 바삐 불러 운무를 쓸어버리니 <u>명랑한 청천백일 일광주를 희롱하고</u>……장성검은 동천에 번듯하며 호적이 쓰러지고 서천에 번듯하여 전후 군사 다 죽으니 <u>추풍낙엽 볼 만하며 무릉도원 홍류수는 흐르나니 핏물이라.</u>[39]

환상성은 동떨어진 대상에 비유할수록, 그리고 비유되는 대상 그 자체의 성질이 신비롭고 기이한 장면이나 사물에 비유할수록 강화되는 경향이 있다. ⑩에서 김생의 얼굴과 풍채 그리고 눈동자가 성질이 사뭇 다른 자연물에 비유되면서 환상성이 강하게 환기된다. 단순히 둘 사이의 성질의 차이로 인해 환상성이 유발되는 것이 아니라 자연물에 관한 배경지식[40]이 환기됨으로써 그것과 사람과의 관련성이 비교되면서 환상적인 인식체계가 형성되는 것이다.

⑪과 ⑫는 벌어진 상황이나 사람의 기상을 천상세계와 신선에 비유한 것으로서 이들 또한 비유한 대상들이 거리를 갖는 것들이지만 환상성을 불러일으키는 주된 요인은 비유된 대상인 천상세계와 신선이 신비로운 기운을 자아내는 역할을 하고 있기 때문일 것이다. 여기서도 도교적인 담론체계나 도석화 같은 데서 온 배경지식이 개입함으로써 환상성을 환기하는 기능을 한다.

⑬은 주문을 외우고 둔갑을 행하며 천기를 변화시키고 변화무쌍한

---

39) 〈유충렬전〉, 완판 86장본, 김기동 편, 위의 책, 6권, 102쪽.
40) 이는 스키마(schema) 이론과도 관련된다. 스키마는 특정 집단이 공유하는 세계지식으로서 스키마 이론은 이들 세계지식이 어떻게 추론되는지, 그리고 텍스트 내에서 어떻게 기능하는지에 대해 다룬다. 여기에서 자연물에 대한 세계지식은 하나의 보편적 기준(norms)이 되고 이것에 비유된 개별 인물은 일탈(deviation) 내지는 변용이 된다. 기준과 일탈 사이의 커다란 거리로 인해 환상성이 분비된다고 할 수 있다. Guy Cook, 『Discourse and Literature』, Oxford Univ. Press, 1994, 11-20쪽 참조.

검술을 하는 등 이야기 층위에서부터 환상성을 드러내지만 여기서 주
목하는 바는 밑줄 친 담화 층위의 진술들이다. 이들 담화는 벌어지고
있는 사건을 과장하여 비유함으로써 상황을 환상적으로 채색하는 역할
을 하고 있다. 특히 그로테스크한 정경 묘사로 공포와 전율감을 주는
데, 이는 환상성의 한 요소로 기능한다.[41]

이러한 과장적 비유들은 이야기 층위의 환상적인 사건과 상황들 속
에서 더욱 활성화되면서 환상성을 강화시키지만 그렇지 않은 사건과
상황에서도 빈번하게 등장하여 위에서 살펴본 것처럼 환상적인 정조를
형성한다. 고소설이 초현실적이고 비사실적인 느낌을 주는 것은 꼭 사
건과 상황이 그래서가 아니라 그 상당 부분은 이러한 담화들이 바탕에
깔려 현실과 괴리되고 사실로부터 일탈된 느낌을 지속적으로 제공해주
기 때문이라고 생각된다.

3. 고소설의 환상담론과 도가담론의 비교분석

여기서 도가담론은 노장철학을 근간으로 하는 도가사상과, 전해내려
오는 의식과 신앙을 바탕으로 하여 거기에 도가사상과 신선사상을 흡
수 조절하여 하나의 신앙 형태를 유지해온 도교사상에 관한 담론체계
전반을 아우르는 것인데, 여기서는 〈노자〉와 〈장자〉의 담론체계를 위
주로 논의하고자 한다.[42] 먼저 이야기 층위에서의 환상담론적 요소에

---

41) 최기숙,『환상』, 연세대 출판부, 2003, 125-133쪽 참조.
42) 〈산해경〉, 〈포박자〉, 〈태평경〉, 〈열선전〉 등과 같은 도교서의 담론체계도 있지만
　　이들은 〈노자〉와 〈장자〉의 담론체계를 근간으로 하여 그것을 의례화 또는 신앙화한
　　변용적 성격을 띠기 때문에 더욱 근원적인 담론체계를 문제삼고 싶은 것이다.

대해 살펴본 뒤 담화 층위의 환상담론을 비교하기로 한다.

이야기 층위에서의 환상담론적 요소들은 〈노자〉에는 보이지 않는
다. 왜냐하면 〈노자〉는 한 사람의 화자가 관념적인 담화 대상에 대한
추상화된 철학적 진술로 이루어진 텍스트로서 사건·인물·배경적 요
소를 담고 있지 않기 때문이다. 그러나 〈장자〉에는 그것이 비유적인
맥락에서 간접적으로 진술되는 것이긴 해도 사건이 있고, 인물들이 등
장하고 있으며, 따라서 배경을 갖고 있다. 그러므로 이야기 층위의 환
상담론에 대한 분석은 〈장자〉를 대상으로 하지 않을 수 없다.

〈장자〉에서 사건과 배경은 크게 두드러지지 않는다. 〈장자〉는 스토
리라인을 지닌 본격적인 문학 서사물이 아니기 때문에 사건과 배경이
그다지 명확하게 드러나지는 않는 것이다. 〈장자〉의 스토리라인은 초
야에서 인물들 간의 만남과 그들의 대화가 주를 이룬다. 그들의 만남
은 우연히 이루어지거나 찾아가거나 해서 이루어지며, 그들의 대화는
찾아간 사람 쪽이 물으면, 상대방 쪽이 거기에 대해 일방적으로 철학적
인 변론을 하는, 그러한 교조적인 차원에서 이루어진다. 따라서 거기에
서는 환상담론이라고 할 만한 것이 별로 없다.

그러한 점에서 〈장자〉의 이야기 층위의 환상담론은 인물의 성격에
서 주로 파악될 수밖에 없다. 인물 성격의 윤곽선이 비교적 선명하기
도 하거니와, 그들이 아무리 행동보다는 발화를 위주로 하는 캐릭터라
고 하더라도 그들이 등장하는 과정에는 환상적인 이야기의 흔적들이
배어 있기 때문이다.

〈장자〉에서 진술의 대상이 되는 인물들은 대개 초탈의 위치에 있는
신인이나 진인, 도인, 지인, 은사 등과 같은 신비로운 존재들이다. 그들
은 바람이나 구름을 타고 표연히 떠돌아다니며 사해 밖에서 노닌다든

가,43) 살결이나 자태가 세상의 것이 아니고 바람과 이슬을 마시며 산다든가,44) 자신의 몸과 감각을 잊어버린 채 무위의 삶을 산다든가,45) 사생존망과 화복수요를 신령스럽게 맞출 수 있는 능력을 갖고 있다든가,46) 산림 속으로 들어가 한가하게 고기를 낚거나 거문고를 뜯으며 산다든가47) 하는 인물들이다. 이들은 고소설에 등장하는 인물들처럼 선관선녀도 아니고, 용왕국이나 염라국의 인물도 아니며, 도술가나 점술가도 아니다. 이들은 고소설의 인물들처럼 구체적인 성격이나 직분을 비록 지니고 있진 않지만 지금 예시한 인물들의 내재적 속성이나 지향성으로 미루어본다면 고소설의 인물들이 갖고 있는 환상적인 성격을 함축하고 있는 존재라고 할 수 있을 것이다.48) 〈장자〉에서는 초월

---

43) 〈장자〉에서 바람을 타고 돌아다니며 천지의 바른 기운을 타고 육기의 변화를 몰아서 무궁에 노니는 열자, 구름을 타고 용을 몰며 사해 밖을 노니는 묘고야산의 신인('逍遙遊'), 구름을 타고 해와 달을 몰아 사해 밖에서 노니는 지인('齊物論').

44) 살결이 얼음이나 눈 같고 자태가 처녀 같으며 오곡을 먹지 않고 바람과 이슬을 마시는 신인('逍遙遊'), 형체는 마른 나무 같이 하고 마음은 식은 재와 같이 하고 있는 남곽자기('齊物論'), 찬 기운을 들이쉬고 탁한 공기를 내쉬며 더운 기운을 토하고 신선한 공기를 마시며 곰이 나무로 올라가 가지에 매달리거나 새가 공중을 날 때 두 다리를 뻗듯이 하는 운동을 하는 사람('刻意').

45) 자신의 간과 쓸개까지도 잊고 귀와 눈도 잊어버리고 아득히 속세 밖에서 놀며 인위적인 일이 없는 경지에서 소요하는 지인('達生').

46) 사람의 사생존망과 화복수요를 잘 알아 해와 달과 날짜까지도 귀신같이 맞히는 신령한 사람('應帝王').

47) 인적이 드문 산림 속으로 들어가 한가한 곳에서 고기를 낚으며 무위하며 지내는 자('天地'), 굶으면서도 거문고를 타고 있는 자상(子桑)('大宗師'), 잡초 지붕에, 쑥대 문에, 뽕나무 지도리에, 깨진 독에, 누더기로 가린 창에, 비가 새는 집에 앉아 거문고를 뜯는 원헌('讓王').

48) 물론 〈장자〉에는 초탈적인 성격의 인물이 아닌, 목수·백정·공인 등 일상의 범부들과 절름발이, 꼽추, 언청이, 혹부리 같은 불구자들도 많이 등장한다. 그런데 그들의 행위와 사고방식은 일상의 틀을 뛰어넘는 비범성을 보여준다. 그러한 점에서 그들에게서도 초월적인 신비로움을 느끼게 된다. 그들은 외피만 그러한 모습일 뿐, 속

자의 정신적이고 내재적인 모습을 주로 그리고 있을 뿐, 겉으로 드러나는 초월적 능력이나 행위를 많이 그리지는 않는다. 그러나 그러한 내재적 능력이 외표화될 때의 모습은 고소설에서 볼 수 있는 고도의 술법이나 신술을 지닌 선관선녀나 도술가일 것으로 생각된다.[49] 특히 산림 속에 은거하는 처사 또는 도인들의 모습은 그 원재료상으로도 고소설에서의 그것과 별로 다를 바가 없어 보인다.[50]

이와 같이 〈장자〉에 보이는 인물들의 탈속적이고 초능력적인 성격은 고소설에서 볼 수 있는 도인이나 신선 등과 같은 등장인물의 성격과 대동소이하다고 할 수 있다. 고소설의 도인이나 신선 등과 같은 등장인물들도 속세를 떠나 산림 속에서 탈속적인 삶을 영위하고 있으며, 도술이나 술법에도 능한 면모를 보여주고, 운수를 조정하고 내두사를 예언할 수 있는 등 초능력의 존재들이기 때문이다. 그리고 나아가 속세에 처한 등장인물들조차도 그 의식을 보면 탈속적이고 초능력적인 측면을 지향하고 있고, 간혹 그 쪽으로 이행되기도 한다는 점에서 고소설의 이야기 층위에서의 이런 환상적 성격은 도가담론의 환상성과 맞닿아 있다고 할 수 있을 것이다. 그렇다면 담화 층위에서도 그러한지를 검토해봐야 할 것이다.

으로는 신비로운 초월자와 다를 바가 없다.

49) 만약 도가담론에서 환상적인 자질들이 내재화되어 표면에 두드러지게 나타나지 않는다면, 인물이나 담화 주체의 정신적 지향이나 의식 성향을 찾아보고 거기에 미루어 환상적인 자질의 가능성을 유추해봐야 할 것이다. 우리는 인물의 정신적 지향을 그 인물의 행위나 진술 내용을 통해 알 수 있으려니와 외부 서술자로서의 담화 주체의 정신적 지향도 그 담화의 진술 내용을 미루어 헤아려볼 수가 있으리라고 본다. 그리고 그러한 정신적 지향이나 사고의 결이 밖으로 행동이나 사건으로 외표화될 때 어떤 성격의 사건과 인물이 될 수 있는지를 가늠해볼 수 있을 것이다.

50) 〈장자〉의 등장인물들은 거의 대부분 속세를 떠나 산림 속에 숨어 사는 존재들이라 할 수 있다.

여기에서는 앞 장에서 살펴본 바와 같은 고소설의 담화 자질이 도가담론에서는 어떻게 나타나는지 상호 비교적인 관점에서 살펴보기로 한다.

먼저 고소설에서 볼 수 있는 환상적인 의미 자질의 시공 지표들은 도가담론에서도 무수히 나타난다. 바람과 구름과 같은 것들은 환상적인 인물이 등장할 때 그 주변의 배경으로서 흔히 동원되며,51) 그림자도 대화의 상대방으로서 등장한다.52) 도가담론에서 이러한 시공 지표들은 고소설에 비해 다양하지 못하고, 또한 배경으로서보다는 인식론적 상징체계 혹은 의인화된 존재로서 기능하는 측면이 더 강하지만 환상성을 유발하는 것은 비슷하다고 할 수 있다. 한편 도가담론에서는 '곡신(谷神)'을 비롯한 신적인 존재들이 등장하여 그들이 그 자체로 하나의 환상적인 시공 지표들로 기능하는 측면이 있다.

그리고 환상적인 의미 자질의 서술어가 도가담론에 많이 산재해 있다는 점도 주목된다. 〈노자〉에서는 이런 서술어들이 도(道)의 성질을 설명하는 가운데 등장하는 경향이 있는데, '妙', '玄', '惚', '恍', '夷', '希', '微', '沌沌', '昏昏', '悶悶' 등이 모두 어둡고 희미하고 몽롱하다는 의미로 사용된다. 그러나 〈장자〉에서는 의인화된 존재로서 사용하기

---

51) 〈장자〉에서는 구체적인 인물이 용을 몰거나 새를 타고 하늘을 날 때 자연스럽게 바람과 구름이 동원되고 있으나, 〈노자〉에서는 이야기적 배경이 없이 추상적으로 바람을 타고 난다고 한다.("끝없이 표일하게 바람을 타고 난다"(飂兮若無止) 〈노자〉 20장) 앞으로 나오는 〈노자〉와 〈장자〉의 원문과 번역은 다음 책들을 참고하면서 필자가 나름대로 상황에 맞게 윤색한 것임을 밝힌다. 장기근·이석호 역,『노자/장자』, 삼성출판사, 1990 ; 안동림 역주,『장자』, 현암사, 1993 ; 최진석 저,『노자의 목소리로 듣는 도덕경』, 소나무, 2001.

52) 여기서 그림자는 인물의 배경으로서가 아니라 의인화된 존재로서 등장한다. 그렇지만 그 서술 상황을 환상적으로 채색한다는 점에서는 동일하다고 볼 수 있다.

도 하고('渾沌'), 상황을 설명하는 가운데 사용하기도 하며('若愚若昏'), 도의 작용을 설명하면서 사용하기도 한다('混冥'). 아무튼 서술하는 대상이 무엇이든 간에 이렇게 대상을 흐릿하게 보는 술어들이 고소설과 유사하게 환상적인 지표가 되고 있다.

서술상황에서의 환상적인 담화 표지들을 살펴보면 비몽사몽의 꿈결 같다는 표현 구절이 〈장자〉에 많이 나타나는 것을 우리는 볼 수 있다. 도인이나 현자가 꿈에 나타나 당사자를 꾸짖는다는 상황 설정은 흔히 볼 수 있는 것이고, 가죽나무 같은 것이 의인화되어 꿈에 나타나기도 한다. 이러한 꿈 모티프의 상황 설정은 이야기 층위의 것이지만 〈장자〉에는 '꿈의 상태'와 '꿈 아닌 상태'가 혼동된 몽롱한 상황에 대한 서술이 상당히 많다는 것이다. 호접몽에 대한 고사는 꿈과 꿈 아닌 상태의 전도적 사고와 그 표현으로 유명하거니와, "꿈을 꿀 때에 그것이 꿈인 줄을 알지 못한다"[53]거나, "나는 너와 더불어 꿈속에서 아직 깨지 못하고 있다……지금 말하고 있는 너도 깨어 있는 것인지 꿈속에 있는 것인지 어찌 아느냐"[54]라는 표현, 그리고 '꿈'이라는 상황을 언급하지 않으면서도 '멍하니 잊는' 상태에 있음을 진술하는 수많은 표현들[55]도 이 비몽사몽의 담화 표지라고 할 수 있을 것이다. 이와 같은 현실과 꿈의 도치적 사고는 도가의 상대주의적인 기본 사고와 밀접한 관련이 있으리라고 본다.

---

53) '方其夢也 不知其夢也'〈장자〉 '齊物論'
54) '吾特與汝 其夢未始覺邪…不識今之言者 其覺者乎 其夢者乎'〈장자〉'大宗師'
55) 이런 표현들은 '지체를 버리고 총명을 쫓으며 형체를 떼어내고 지혜를 버려 대도에 동화되는 것(墮肢體 黜聰明 離形去知 同於大通)'을 일컫는 '좌망(坐忘)'의 상태와 관련되어 무수히 나타난다. 이를테면 "그들은 자신의 간과 쓸개도 잊고 귀와 눈도 잊는다……그저 멍하니 아득히 속세 밖에서……(忘其肝膽 遺其耳目……芒然彷徨 乎塵垢之外)"와 같은 표현들이다. 〈장자〉'大宗師'.

반구상의 담화 자질을 지닌 표지들은 〈노자〉와 〈장자〉전편에 걸쳐 무수히 나타난다. 아마도 그것은 '도(道)'에 대한 도가(道家)의 기본 관점이기 때문일 것이다. 언어의 규정적 지시성이나 의미적 설명성에 대해 부정적인 기본시각을 갖고 있는 도가의 입장56) 때문인 것이다. 상황에 대한 자세한 서술 부분은 제외하고 간단하게 유형별로 사례를 들면 다음과 같다.

- 不可名57)(무어라 이름할 수가 없다), 不可識58)(뭔지 알 수가 없다), 不可聞 不可見 不可言 不當名59)(들을 수가 없고, 볼 수가 없고, 말로 표현할 수가 없고, 명명할 수 없는 것이 당연하다)
- 不知其名60)(그 이름을 알지 못한다), 視之不足見 聽之不足聞61)(눈으로 보아도 안 보이고, 귀로 들어도 안 들린다), 視之無形 聽之無聲62)(모양을 볼 수도 없고, 소리를 들을 수도 없다)
- 口不能言63)(입으로는 표현할 수 없다), 口辟焉而不能言64)(표현하려 해도 입만 벌어져 표현할 수 없다) 至言去言 至爲去爲65)(지극한 말은 말로 표현할 수가 없고, 지극한 행위는 인간의 행위를 초월한다)

---

56) 그것은 〈노자〉의 첫머리부터 언명되어 있다. "말로 표상할 수 있는 도는 진정한 도가 아니며, 이름 지어 부를 수 있는 이름은 참다운 이름이 아니다.(道可道 非常道 名可名 非常名)" 〈노자〉 제1장.

57) 〈노자〉 14장.

58) 〈노자〉 15장.

59) 〈장자〉 '知北遊'.

60) 〈노자〉 25장.

61) 〈노자〉 35장.

62) 〈장자〉 '知北遊'.

63) 〈장자〉 '天道'.

64) 〈장자〉 '田子方'.

65) 〈장자〉 '知北遊'.

이와 같이 도가담론에서 반구상의 담화들은 '도(道)'에 대한 경외심에서 비롯된 반표현(反表現)을 지향한다. 그러나 고소설에서는 반표현이라기보다는 구체적으로 형상화하기를 거부하는 지향의식을 보여주며, 그 이유도 서술 대상의 아름다움이나 가치 또는 능력에 대한 찬사로, 혹은 시각적인 착란으로 다양화되어 나타난다. 이러한 다양성에도 불구하고 도가담론의 반구상 담화들에 도에 대한 극도의 존경이 내재하여 있듯이 고소설의 그것에는 대상에 대한 극상의 찬탄이 내재해 있음이 그 핵심이라고 판단되므로 둘 사이의 담화적 성격은 상통한다고 할 수 있다.

고소설에서 신비체험의 담화 자질은 인간 세상이 아닌 것처럼 느낄 때나, 우화이등선과 같은 황홀경의 경험에서 빚어져 나온다. 고소설은 신비체험의 담화가 이렇게 인식론적인 착각 경험을 토대로 하고 있으나 도가담론에서는 주로 시각적인 혼란으로 표현된다는 특징을 보여준다. 그것은 형상의 유무나 반대적 속성의 공존이라는 대칭적 형식을 띤다. 예컨대, "형상 없는 형상이고 물체 없는 형상이다"(無狀之狀 無物之狀)66), "없는 듯하면서 있다"(綿綿若存)67), "황홀 적막해서 형체가 없고 만물과 변화해서 일정하지 않다"(芴寞無形 變化無常)68) 등과 같은 진술들이다. 이러한 담화들은 도가(道家) 특유의 모순어법적이고 역설적인 사고방식69)의 전형을 잘 보여주는데, 대립적인 속성이 서로 착종

---

66) 〈노자〉 14장.
67) 〈노자〉 6장.
68) 〈장자〉 '天下'.
69) 다음과 같은 담화가 대표적이다. "밝은 도는 어두운 것 같고, 앞으로 나아가는 도는 뒤로 물러서는 것 같고, 평탄한 도는 기복이 심한 듯하다. 가장 높은 덕은 골짜기 같고, 가장 흰 빛은 검은 빛 같고, 넓은 덕은 모자라는 듯하다. 강건한 덕은 게으른 것

되는 데서 신비체험 내지는 황홀경을 경험하게 된다.

환상성을 불러일으키는 담화 자질인 과장적 비유 방식도 도가담론에 많이 보인다. 그것은 그럴듯함의 속성을 크게 위반함으로써 환상성을 환기한다. 특히 〈장자〉에서 과장은 이성의 제한적이고 편협한 사고방식의 울타리를 벗어나고자 하고, 객관적 규정의 틀을 해체하고 초현실적인 자유를 추구하고자 할 때 흔히 동원되는 기제가 된다. 그리하여 〈장자〉는 곤과 붕이라는 새의 비상과 관련된 엄청난 허풍, 즉 수사학적 과장으로 시작된다.[70] 과장적 비유를 유형별로 살펴보기로 한다.

- 후덕자는 젖먹이에 비길 수 있다[71]
- 큰 나라는 천하의 암컷 같은 존재다[72]
- 그렇게 천하를 다스리는 것은 마치 바다를 건너거나 강을 뚫거나 할 때 모기더러 산을 짊어지라는 것과 같다[73]
- 비유컨대 그것은 마치 생쥐를 태우기 위해 수레나 말을 사용하고, 메추라기를 즐겁게 하기 위해 쇠북이나 가죽북을 치는 격이다[74]

상기 예문들은 하나의 대상을 다른 대상에 비유하는 유형인데, 의미론적으로 가능한 한 먼 대상에 비유하고 있다. 그래서 두 대상 간의 심

같고, 실질적인 덕은 없는 듯하게 보인다. 가장 큰 방형은 구석이 없고, 가장 큰 그릇은 만들 수가 없고, 가장 큰 소리는 들리지 않고 가장 큰 형상은 형태가 없다."(明道若昧 進道若退 夷道若纇 上德若谷 大白若辱 廣德若不足 建德若偸 質德若渝 大方無隅 大器晚成 大音希聲 大象無形)〈노자〉41장.

70) 김형효, 『노장사상의 해체적 독법』, 청계, 1999, 236-7쪽 참조.
71) '含德之厚 比於赤子'〈노자〉55장.
72) '大國...天下之牝'〈노자〉61장.
73) '其於治天下也 猶涉海鑿河 而使蚊負山也'〈장자〉'應帝王'.
74) '譬之 若載鼷以車馬 樂鴳以鍾鼓也'〈장자〉'達生'.

충적인 연관관계를 파악하지 못한다면 이해할 수 없는 구조를 지니고 있다. 예컨대 후덕자를 젖먹이에 비유한 것은, 젖먹이가 순진무구하고 소박한 상태에서 허정(虛靜)과 유약(柔弱)을 지킴으로써 대자연과 잘 조화되어 스스로 잘 자라기 때문[75]에 덕을 돈후하게 지닌 사람과 같다는 것이다. 이러한 심층적인 연계성을 파악하는 과정에서 두 대상간의 심원(深遠)한 거리로 인해 흐릿하고 몽롱한 환상성을 경험하게 된다. 그것은 시에서 둘 사이의 거리가 멀리 설정된 비유가 심층적인 연계로 이어져 시적 긴장을 일으켜 의미를 심화 확장시키는 과정과 유사하다.[76] 이러한 비유는 고소설에서 상황과 대상의 성격을 진술하는 데 즐겨 사용되는데, 특히 이러한 비유가 사용되면 상황과 대상의 성격이 최상급으로 강조되거나 예상치 못한 방향으로 이미지가 확장되거나 격언적 암시를 통해 세계인식이 심화하는 식으로 작용한다. 대개 그때의 문맥적 분위기는 환상적인 정조를 띠게 된다.

- 크기가 몇천 리나 되는지 모르는 곤(鯤)과 붕(鵬)[77]
- 까치 날개의 너비가 7척이나 되고 눈동자의 직경이 한 치가 되는[78]
- 그늘 속에 네 마리의 말이 끄는 수레 천 대를 숨길 만한 가죽나무[79]

---

75) 장기근·이석호 역, 『노자/장자』, 151쪽 참조.
76) 시 장르가 두 대상 사이의 연관관계를 멀리 설정하는 과장적 비유를 흔히 사용한다는 것은 주지의 사실인데, 이러한 시적 관습이 고소설에 수용되었다고 볼 수도 있다. 그 점은 충분히 인정할 수 있음에도 불구하고 그러한 시적 관습이 어디에서 기인하고 있는지를 다시 문제 삼는다면 도가적 사유방식과의 관련을 도외시할 수는 없다고 판단된다.
77) 붕새가 한 번 날면 날개가 마치 하늘에 드리운 구름과 같고, 남쪽 바다로 옮겨갈 때는 물결을 치는 것이 3천리요, 회오리바람을 타고 9만리나 올라가 6개월을 가서야 쉰다고 한다. 〈장자〉 '逍遙遊'.
78) '翼廣七尺 目大運寸' 〈장자〉 '山木'.

- 지리소라는 자는 턱이 배꼽에 박혔고, 어깨는 정수리보다 높으며, 상투
  는 뾰족하게 하늘을 가리키고, 오장은 머리 위에 있으며, 두 다리는 갈
  비뼈에 붙어 있다80)
- 큰 낚시와 굵은 낚싯줄을 만들어 50여 마리의 거세한 소를 미끼로 꿰어
  회계산에 걸터앉아 동해에다 낚싯대를 드리우고81)

위 예문들은 대상이 과도하게 과장된 상태로 기술되어 있음을 보여
준다. 우리가 보통 예상하는 정도를 훨씬 뛰어넘어 이러한 과장된 표
현들은 대상을 거대 위상으로 포장한다. 그때 평균 기대치와 초과 실
현태 사이의 심대한 차이에서 환상적인 분위기가 만들어진다. 이러한
과장적 비유는 대상 존재의 질적 우월성에 대한 또 다른 표현이기도
하다. 외장을 심하게 과장함으로써 내적 우수함을 간접 표현한 것이다.
이러한 점은 고소설도 마찬가지이다. 고소설에서 지혜나 용맹을 강조
하기 위하여 외형이나 동작을 과장하는 것은 흔한 수법이다.

- 그 성인은 일월을 짝하고 우주를 끼고서 만물과 하나가 되어 몸을 혼돈
  속에 두고서82)
- 황제는 이를 얻어 구름에 싸인 하늘로 올라갔으며, 전욱은 이를 얻어 하
  늘의 궁전에 거처했고, 우강은 이를 얻어 북극에 살았으며83)

이들은 이야기 층위의 사건적 진술이라기보다는 담화 층위의 평가

---

79) '見大木焉 有異結駟千乘 隱將芘其所藾'〈장자〉'人間世'.
80) '支離疏者 頤隱於齊 肩高於頂 會撮指天 五管在上 兩髀爲脅'〈장자〉'人間世'.
81) '爲大鉤巨緇 五十犗以爲餌 蹲乎會稽 投竿東海'〈장자〉'外物'.
82) '旁日月 挾宇宙 爲其脗合 置其滑涽'〈장자〉'齊物論'.
83) '黃帝得之 以登雲天 顓頊得之 以處玄宮 禺强得之 立乎北極'〈장자〉'大宗師'.

적 진술로 읽힌다. 그것은 대상의 행위를 구체적으로 지적했다기보다
는 대상의 성격을 추상적으로 그려내려는 의도로 이 담화가 쓰였다고
보이기 때문이다. 이들은 인물의 행위적 지향을 포괄적으로 표현하되
매우 과장되게 비유하고 있다. 고소설에서도 대상 존재에 대한 구체적
인 묘사보다는 추상적으로 묘사하면서 그것을 과대포장하여 포괄적으
로 드러내는 진술방식을 선호한다. 고소설의 인물이 입체적이지 못하
고 평면적인 데는 이러한 이유가 배경이 되는 측면이 있다고 본다. 아
무튼 이러한 담화 자질들로 인하여 환상적인 분위기가 조장되는데, 이
점은 고소설이나 도가담론이 비슷하다.

　이상에서 살펴본 것처럼 고소설의 환상성을 이루는 담화적 자질과
도가담론의 담화적 자질이 완전하게 동질의 것이라고 할 수는 없다.
그것은 '도(道)'와 '도인(道人)'의 성격과 행위와 관련되어 파생된 도가
담론의 환상성이 일상의 세속적인 일과 사물을 기술하는 데 관심이 있
는 고소설의 그것과는 다를 수밖에 없기 때문이다. 그만큼 고소설의
환상담론적 성격은 좀 더 문학적으로 변용된 상태에 있는 것이다. 그
럼에도 불구하고 위에서 살펴본 것처럼 환상적인 의미 자질의 어휘들
이라든가 서술상황과 관련된 담화 표지들, 그리고 과장하여 비유하는
방식 등은 우연 이상의 관련성을 보여준다. 그것은 아무래도 세상과
사물을 보는 세계관적 기저 또는 지향의식이 상통한 데서 비롯되지 않
았을까 판단된다. 그 점은 환상담론의 사유체계를 심층적으로 다루게
될 때 정면에서 맞닥뜨리게 되리라 본다.

4. 맺음말

이 글은 이야기의 성격에 따라 환상성이 유발되는 것도 분명하지만 그것이 특히 담화적 차원에서 분비되는 것도 사실이라는 점을 구명하고자 했다. 이야기 층위에서의 환상성은 사건과 관련된 상황들이 현실과 괴리되면서 형성되지만, 담화 층위에서의 환상성은 사건과는 무관하게 정조(mood)의 조정을 통해 이루어진다고 할 수 있다. 물론 상황이 현실에서 벗어나 재구성되면 그 역시 정조의 변화를 가져오게 됨으로써 환상성이 환기되기 마련이다. 그런 점에서 본다면 담화 층위의 환상성이 이야기 층위의 환상성보다 직접적이고 보다 저변에서 작동한다고 할 수 있을 것이다. 고소설에서 이야기 층위와는 별도로 작동하는 담화 층위의 환상담론에 주목하고, 그 담화적 자질들을 체계적으로 구명해내는 것이 이 글의 전반부의 주된 초점이었다.

고소설의 환상담론은 환상적인 의미 자질의 시공 지표와 서술상황에서의 담화 표지들, 그리고 과장적 비유 등을 통해 발현되고 있는데, 이들은 모두 현실에서 멀리 벗어난 상황을 지시하는 표현들이라는 점, 그리고 최상급 또는 최적의 조건이나 최고의 찬사를 가리키는 표현들이라는 공통점이 있다. 이러한 점들은 이상향 추구라는 도가적 지향과 본질적으로 맥락을 같이하는 것으로 판단된다. 〈장자〉에 흔히 보이는 이상향 내지는 무하유지향(無何有之鄕)에 대한 묘사는 그러한 점들에 대한 생생한 증언이다. 고소설이 환상담론적 지향성이 있는 것은 도가 사상이 사상사의 흐름에서 비주류였다는 사실과도 맞닿아 있는 문제로 보인다. 도가사상이 초세적이고 탈속적인 지향을 보여주었던 것처럼 고소설도 당시의 문예 경향에서 볼 때에는 그 태생부터가 이단아적인 성격이었던 것이다. 소설의 초창기 양식이었던 지괴(志怪)와 전기(傳奇)가 신선 또는 도인들에 관한 환상적인 이야기였다는 사실은 그러한 점을 증언해준다. 이 글의 후반부의 초점이 바로 고소설의 환상담론과 도가담론의 친연성을 증명하는 것이었다.

이 글은 담화 차원의 친연성을 고찰하는 데 중점이 두어졌으므로 둘 사이의 장르적 본질이나 세계관적 지향에 대해서는 깊이 있게 다루지 못했다. 나아가 도가담론이 고소설의 환상성에 상당 부분 영향을 끼쳤다 하더라도 불교담론 또는 유교담론이 환상담론에 대해 어떤 상관관계 내지는 길항관계가 있는지에 대해서도 따져보아야 할 것이다. 이러한 점들은 앞으로 심도 있는 구명이 있어야 할 것이다.

제3장

담화와 사회이념

문장체 고소설과 판소리 서사체의 언어조직방식

1. 머리말

언어에는 언중(言衆)의 생각과 그들이 사는 환경의 모습이 담겨 있다. 언어가 지시하는 대상으로서의 내용에만 사고방식이나 사회상황, 그리고 그 사회의 이념이 담기는 것이 아니라 언어의 형식 그 자체에도 그것들은 내함되어 있다. 우리는 언어 형식을 내용물을 담는 용기(容器) 정도로 여기고, 그리하여 언어 형식 그 자체는 유리처럼 투명한 것이라고 생각하기 쉽다. 그러나 언어 형식이란 것은 작품의 내용에 따라 자동으로 결정되는 것이 아니라 현실 속의 사회문화적 맥락이나 정신적 배경, 그리고 지향의식을 상당히 의미 있는 방식으로 함축하기 때문에 정밀한 해석을 요하는 대상이다. 따라서 왜 그 서술 상황에서는 이러저러한 언어 형식을 취하고, 이러저러한 언어 자질이 나타나는지에 대한 근원적인 의문과 문제 제기가 필요하다고 생각된다. 다시 말하자면 언어 형식을 자동관습적으로 볼 것이 아니라 '낯설게보기'가 요구되는 것이다.

---

* 이 연구는 2002년도 서강대학교 특별연구비 지원에 의하여 이루어졌음.

우리 고소설에도 언어에 담겨 있는 사회적 의미 내지는 이념적 함의
가 분명 있을 것이기 때문에 고소설에 나타나는 여러 언어 형식들과
담화 자질들에 주목할 필요가 있다. 고소설의 여러 언어 형식들 중 여
기서는 문장체 형식과 판소리체 형식을 대상으로 그들의 담화 자질의
차이와, 그 차이가 갖는 이면적 의미를 비교 분석하고자 한다.[1] 조선
시대에 규범적이고 공식적인 문서에 쓰이거나, 예법적이고 공식적인
대화에 사용되었으며, 규범적인 기술문법에 의해 쓰인 문장체 고소설
의 언어 형식과, 공식적인 담화방식에서 벗어나 일상적이고 구술적이
며 탈규범적인 어법을 많이 구사하고 있는 판소리 서사체는 어휘들을
선택하고 조직하는 방식도 다르고, 어절과 문장 단위로 확장되면서 어
휘나 생각의 단위들이 통사적으로 결합되는 방식도 다르며, 기존의 담
론체계를 내부로 끌어들여 자체 내부의 담론체계를 형성하는 방식도
다르다고 생각된다. 이렇게 고소설 양식 내의 이질성과 그 차이의 배
경에 대해 살펴보는 것이 이 글의 목적이다.

고소설의 다양한 언어 형식들과 담화 자질적 특징들은 정밀한 탐사
가 수행된 후에나 밝혀질 수 있는 일일 것이므로 이 글에서 당장 그에
대한 정밀한 지형도를 그리는 것을 기대할 수는 없다. 다만 거시적이
고 총체적인 담화 분석의 틀을 시론적으로 설정해보고, 그러한 분석을
통해 담화적 특성에 도달하는 통로를 확보할 수 있는 가능성에 대해

---

1) 김병국 교수는 이미 「고대소설 서사체와 서술시점」(이상택 · 성현경 편, 『한국고전
소설연구』, 새문사, 1983, 89-109쪽)에서 문어체 소설과 판소리 서사체의 문체적 차
이를 명쾌하게 지적한 바 있다. 그것은 주로 서술자와 인물의 발화방식의 차이를 규
명하는 데 초점이 놓여 있었으나 여기서는 그 성과를 지침으로 삼되 목소리와 시점
이라는 서사학적 시각이 아니라 언어의 사회적 성격의 차이라는 사회언어학적이고
담론적인 시각을 통해 접근하고자 한다.

타진해보는 것은 의의가 있으리라고 본다. 이 글에서 분석 대상은 원래 넓은 영역에 걸쳐서 많은 작품들이 되어야 하겠지만, 여건상 최소화하기로 한다. 수많은 작품들을 분석함으로써 결과를 귀납해내는 것이 바람직함에도 불구하고 언어를 보는 시각을 예각화하고, 그러한 담화분석을 통해 고소설에 대한 새로운 접근 방법의 밑그림을 그려보는 것이 시론적인 단계에서는 필요하다고 여겨진다. 특히 문장체 고소설에는 여러 가지의 언어조직방식이 있기 때문에 소설 유형별로 분류하여 자세하게 따져보아야 하겠지만 그것은 이 글에서 행해질, 포괄적인 접근 이후로 미루기로 하고, 이 글은 문장체 고소설[2]과 판소리 서사체[3]에서 각각 다섯 작품을 대상으로 하되, 예문을 인용하는 분석은 초점을 집중화할 필요가 있으므로 경판 〈구운몽〉과 완판 〈열녀춘향수절가〉를 비교의 중심에 놓고자 한다.

---

2) 문장체 고소설에서는 한문본 소설들은 일단 제외하고, 영웅소설이나 가정소설, 그리고 군담소설류 한글소설에서 다음과 같은 다섯 작품을 대상으로 한다. 〈구운몽〉, 경판 32장본, 『경인 고소설판각본전집1』, 85-100쪽 ; 〈조웅전〉, 김동욱 소장본, 『한국고전문학전집』 23, 고대 민족문화연구소, 1996, 12-287쪽 ; 〈사씨남정기〉, 김기동 편, 『한국고전문학』 27, 서문당, 11-122쪽 ; 〈임장군전〉, 경판 27장본, 『경인 고소설판각본전집』 2, 431-44쪽 ; 〈박씨부인전〉, 장덕순 최진원 교주, 『고전문학대계』 1, 교문사, 1984, 256-462쪽.

3) 판소리 서사체에서는 문장체가 상당 부분 개입하고 있는 경판본 작품들은 일단 제외하고, 판소리 5가에서 한 작품씩을 대상으로 한다. 〈열녀춘향수절가〉, 완판 84장본, 한국어문학회 편, 『고전소설선』, 형설출판사, 1985, 197-238쪽 ; 〈심청전〉, 완판 71장본, 『경인 고소설판각본전집』 2, 143-57쪽 ; 〈퇴별가〉, 완판 21장본, 『경인 고소설판각본전집』 3, 1973, 357-67쪽 ; 〈박흥보전〉, 임형택 소장 필사본, 한국어문학회 편, 『고전소설선』, 형설출판사, 1985, 134-47쪽 ; 〈화용도〉, 국립도서관 소장 40장본, 김진영 외 편, 『적벽가전집』 3, 박이정, 2001, 409-44쪽.

2. 언어조직방식과 그 사회이념적 배경

1) 어휘의 선택 방식

소설 양식마다 어휘의 성격이 다른 것은 언어를 선택하는 메커니즘
이 다르기 때문인데, 결국 그것도 따지고 보면 그 사회의 문화적 상황
이나 현실인식 등의 차이로 귀결된다. 포괄적으로 보면 언어란 전적으
로 객관적이며 사회적인 산물인 것이다.[4] 그러므로 언어를 보면 그 사
회에 사는 사람들이 무슨 생각을 하고 있고, 그 사회가 지향하는 가치
라든가 이념 등이 무엇인지를 어느 정도 짐작해 볼 수 있다. 물론 그것
이 하나하나의 어휘마다 분명하게 드러나지는 않지만 수많은 어휘들을
중첩시켜 보면 일정한 방향성[5]이 보일 것이다. 우리는 서두에 밝혔듯
이 소설의 내용에 따라 언어가 자동으로 채용된다고 보기보다는, 반대
로 사회를 함축하는 이러저러한 성격의 언어들이 선택, 조직되고 있으
므로 이러저러한 내용과 배경적 의미를 지닌 소설이 되지 않을 수 없
다고 보는, 그런 언어중심적이고 사회언어학적인 관점에 서고자 한다.
최소한 어떠한 소설적 내용을 진술하기 위하여 어떠한 부류의 언어들
을 선택한다는, 또는 사용된 언어의 성격이 작품 속의 내용 형상화에
기여할 것이라고 기대하고 선택하는, 다시 말해 언어의 형식 그 자체를
적극적으로 해석하는 입장인 것이다.

---

4) 이병혁 편저, 『언어사회학 서설』, 까치, 1986, 26쪽.
5) 텍스트의 구성은 텍스트를 수직적으로 구성하는 건축적인 구조와, 텍스트를 수평적
   으로 구성하는 서사패턴적인 구조로 나눌 수 있는데, 전자를 structure 또는 composi
   -tion이라 한다면, 후자는 어휘와 같은 표층적 구성요소들이 형성하는 texture 또는
   '결'이라 할 수 있다. 이를 '결'이라고 한 것은 그것들의 집합체가 일정한 정치이념적
   또는 사회문화적 방향성을 갖기 때문이다.

여기에서는 사례를 통해 문장체 고소설과 판소리 서사체에서 어휘가 선택 채용되는 일정한 결 내지는 방향성을 살펴보고자 하는데, 사례에서 나타나는 현상을 바탕으로 하여 여기에서 다루는 대상 작품들에서 그 타당성을 따져보고 나아가 그것을 전체로 확대 해석하고 유추해보는 방법을 취하기로 한다. 다음은 〈구운몽〉과 〈열녀춘향수절가〉에서 누가 누구에게 무슨 일을 부탁하거나 설득하는 서술상황이다. 〈구운몽〉에서는 정경패가 양소유를 골탕먹이는 계책에 가춘운을 끌어들이려고 하는 장면이고, 〈열녀춘향수절가〉에서는 옥중 춘향이 월매에게 이도령을 잘 대접하라고 부탁하는 장면이다.

원니 ⓐ스도(司徒)의 ⓐ족하 중 삼남지 잇스니 문혹(文學)이 놉고 ⓑ긔위(氣威) ⓑ호샹(豪爽)ᄒ며 ᄯ 또 ⓐ양한님(梁翰林)을 더부러 ⓒ지긔샹합(志氣相合)ᄒ여 ⓒ문경지괴(刎頸之交ㅣ) 되엿ᄂᆞ지라 ⓐ쇼졔 침소의 드러가 ⓐ츈운ᄃᆞ려 니르디 내 이졔 사롬의 ⓑ빙폐(聘幣)롤 밧앗ᄂᆞ지라 네 빅년 신셰롤 스스로 ⓑ샹냥(商量)ᄒ리니 아지 못게라 엇던 사롬을 좃고져 ᄒᄂᆞ뇨 ⓐ츈운이 디 왈 ⓐ쳔쳡이 ⓐ소져로 더부러 ⓑ졍의(情誼) 동긔(同氣) ᄀᆞᆺ사오니 종신토록 뫼시랴 ᄒᄂᆞ이다 ⓐ쇼졔 왈 너 본디 ⓐ츈운의 졍을 아ᄂᆞ니 엇지 날노 더부러 다르미 잇스리오 너 이졔 ⓐ츈낭(春娘)으로 ᄒ 닐을 힝코져 ᄒᄂᆞ니 만일 ⓐ츈낭이 아니면 뉘 능히 날을 위ᄒ여 붓그러옴을 씨스리오 우리집 농장(農莊)이 종남산(終南山) 깁흔 곳의 잇스니 경긔(景槪) ⓑ소쇄(瀟灑)홈이 ⓒ무릉도원(武陵桃源)이라 그곳의 화초롤 베푸고 ᄯ 또 ⓐ녕형(令兄)으로 ᄒ여곰 여추여추 흐즉 가히 ⓑ탄금(彈琴)ᄒ던 계교롤 당ᄒ리라 ⓐ츈운 왈 ⓐ쳔쳡이 엇지 ⓐ쇼져의 명을 ⓑ위월(違越)ᄒ리오마는 타일 하면목으로 ⓐ한님(翰林)을 뵈오리잇가 ᄒ더라6)

---

6) 경판 32장본 〈구운몽〉 15장하. 띄어쓰기 및 한자 병기 필자. 이하도 마찬가지임.

　　ⓐ춘향이 져의 ⓐ모친 불너 한양셩 ⓐ셔방임을 ⓒ칠연틱한(七年大
旱) 가문 날의 ⓒ갈민디우(渴民待雨) 기두린들 날과 갓치 ⓑ자진(自盡)
던가 신근 남기 썩거지고 공든 탑이 문어졋네 가련하다 이닉 신셰 하릴업
시 되야쑤나 ⓐ어만임 나 죽은 후의라도 원이나 업게 하여 주옵소셔 나
입던 비단장옷 ⓑ봉장(鳳樻) 안의 드러쓰니 그 옷 닉여 파라다가 ⓒ한산
셰져(韓山細苧) 박구워셔 물식(物色) 곱게 도포 짓고 ⓒ빅방사쥬(白紡
絲紬) 진초미를 되는디로 파라다가 ⓑ관망(冠網) 신발 사 디리고 졀병
쳔은비너 ⓒ밀화장도(蜜花粧刀) ⓑ옥지환(玉指環)이 함(函) 속의 드러
쓰니 그것도 파라다가 ⓑ한삼(汗衫) 고의 볼초찬케 하여주오 금명간 죽
을 연이 셰간 두어 무엇할가 ⓑ용장(龍樻) ⓑ봉장(鳳樻) 쎄다지를 되는
디로 팔러다가 ⓑ별찬(別饌) 진지 디졉하오 나 죽은 후의라도 나 업다 말
으시고 날 본다시 셤기소셔7)

　　어휘들을 ⓐⓑⓒ 세 계열로 나누어 보았는데, ⓐ계열은 호칭 어휘
들8)이고, ⓑ계열은 명사나 동사 중에서 비교적 상층 담화라고 할 수
있는 성격의 일반 어휘들이며, ⓒ계열은 관용적으로 쓰이는 4자성어들
이다.9) 먼저 인용문에 나타난 현상을 바탕으로 하여 일군의 작품들로
확대 해석해보고, 그로 미루어 전체 문장체 고소설과 판소리 서사체의
비교에 이르고자 한다.

　　〈구운몽〉에서 ⓐ계열의 호칭 어휘를 보면 사람 이름이나 직책명으
로 부르는 경우가 많은데, 그것은 고전서사체 전반의 특징이라고 할 수

---

7) 완판 84장본 〈열녀춘향수절가〉 78장하-79장상.
8) '나'와 '너', 그리고 '그'와 '그녀' 등의 호칭 어휘는 제외했음.
9) 여기서 호칭 어휘와 한자로 된 어휘로 한정해서 보는 이유는 호칭 어휘는 사회적
　문맥을 가장 미묘하고 복잡하게 드러내기 때문이며,(이익섭, 『사회언어학』, 민음사,
　1994, 173쪽 참조) 한자 어휘는 계층의 성향이나 문화적 취향을 다른 어휘보다 강하
　게 드러낸다고 볼 수 있기 때문이다.

있다. 그런데 자신을 낮추는 호칭어와, 상당히 격식을 차릴 때 등장하는 호칭이 종종 발견된다는 것이 특이하다. '천첩'과 같이 자신을 낮추는 호칭이 자주 보이고 있고, '소저'와 '춘랑', 그리고 '영형'과 같이 상층민의 격조 있는 사회생활에서 쓸 법한 호칭들이 많이 보이는 것이다. 이는 문장체 고소설에서 우리가 흔히 볼 수 있는 현상과 거의 일치하는데, 앞에서 언급한 대상 작품들에서 이러한 성향의 호칭 어휘를 뽑아보면 다음과 같다.

> 소인(小人), 소자(小子), 소생(小生), 소녀(小女), 소저(小姐), 소승(小僧), 소매(小妹), 소첩(小妾), 소서(小婿), 소옹(小翁), 소질(小姪), 소비(小婢), 과인(寡人), 빈도(貧道), 용우(庸愚), 용재(庸才), 천첩(賤妾), 존군(尊君), 존후(尊候), 경(卿), 노승(老僧), 존사(尊師), 상인(上人), 사부(師父), 낭랑(娘娘), 노야(老爺), 영랑(令郎), 영존(令尊), 대부인(大夫人), 저저(姐姐), 영형(令兄), 상공(上公), 악장(岳丈), 표매(表妹), 존구(尊舅), 질아(姪兒), 존수(尊嫂), 매씨(姉氏)

이들 호칭 어휘는 전반적으로 볼 때 자신을 낮추거나 남을 높이고 공경하고 존대하는 마음이 배어 있는 예법적인 것이라는 점을 알 수 있다. 그런 점에서 볼 때 이들 어휘들이 지배와 종속의 관계가 유지되는 사회에서 통용되는 것임을 유추해볼 수 있으며, 상당한 예법을 차리고 있는 것으로 보아 최소한 당대의 계급으로는 상층 또는 지배계층에 속한 사람들이 주로 사용하던 귀족적인 어휘들이라는 점도 알 수 있다. 이들은 귀족 사회에서 국가사나 가문사와 관련되어 진술되는 공적 호칭들이고, 공식적인 문서에 쓰일 법한 어휘들이며, 예의를 차려야 하는 귀족 간의 공식적인 자리의 대화에서 사용될 만한 공무적인 호칭들이다. 이들은 보통 서민들이 사적인 자리에서 일상적으로 사용하는 호칭 어휘들과는 거리가 있는 것들이다.

이에 비해 〈열녀춘향수절가〉에 보이는 호칭 어휘는 상당히 일상적 임을 알 수 있다. 판소리 서사체에서의 호칭 어휘는 문장체 고소설에 서도 많이는 아니지만 가끔 쓰였던, '나'와 '너', 그리고 '우리'와 '너희' 등과 같은 것들이 좀 더 쓰임새가 많아진다. 호칭의 일반화를 지향하 고 있는 이러한 어휘들의 대거 등장은 인간관계가 혈연과 신분상의 종 속관계를 벗어나 대등하고 평등한 관계로 많이 기울었음을 말해준다. 이러한 현상과 더불어 '춘향' '이도령' '월매' '방자' '심청' '흥부' '놀부' 등과 같이 사람 이름을 그대로 부르는 것이 대폭 확대되는 현상도 유 의할 만하다. 그것은 바로 인간을 관계의 망을 통해 추상적으로 인식 하던 관습으로부터 인간을 하나의 독특한 개성적인 존재로 인식하는 패턴으로 변했음을 말해주기 때문이다. 그리고 존대할 때와 하대할 때 의 호칭이 분명하게 갈라지는 현상도 주목된다. 존대할 때는 계급이나 직함에 '-님'자를 붙여서 호칭하고, 하대할 때는 '이애' '이놈' '이자식'이 나 혹은 계급이나 직함만을 부르는 것이다. 판소리 서사체에서 이러한 호칭 방식은 문장체 고소설과는 다른 점으로서 이는 판소리 서사체의 이야기 내용이 궁정이나 선비의 집과 정원이라는 높은 지대에서 시정 이라는 낮은 지대의 세간으로 공간 이동했음을 의미하며, 법도와 예법 을 차려야 하는 국가와 가문의 공무적인 일에서 예법을 차리지 않아도 되는 보통 일상적인 일로 사건의 성격이 바뀌었음을 의미한다. 그리고 이는 인간을 관념적으로 포장해서 보는 시각으로부터 실재하는 그대로 인식하는 시각으로 변모했음을 뜻하기도 한다.

ⓑ계열의 한자어는 관념어와 물질어 중에서 보통 수준을 넘는 명사

또는 동사어를 표시해본 것인데, 〈구운몽〉에서는 우리가 보통 접할 수 없는, 추상성과 격식을 지닌 상층담화가 많이 등장한다. 그러한 상층담화를 대상 작품들에서 일별해보면 다음과 같다.

> 회사(回謝), 증제(拯濟), 전총(專寵), 유량(嚠喨), 촉상(觸傷), 시측(侍側), 위월(違越), 진헌(進獻), 칭사(稱辭), 헌수(獻酬), 알묘(謁廟), 국궁(鞠躬), 시탕(侍湯), 경첩(輕捷), 무휼(撫恤), 핵사(覈査), 포창(襃彰), 주촉(嗾囑), 출거(黜去), 원억(冤抑), 한훤(寒暄), 혼암(昏闇), 관곡(款曲), 장계(狀啓), 가자(加資), 강잉(强仍), 패초(牌招), 현알(見謁), 품달(稟達), 욕림(辱臨), 손사(遜辭), 은휘(隱諱), 신칙(申飭), 소오(疏迂), 반감(半酣), 무양(無恙), 고혹(蠱惑), 하향(遐鄕), 파천(播遷), 훤자(喧藉), 운절(殞絶), 소삭(蕭索), 효유(曉諭), 잔졸(孱拙), 어람(御覽), 왕가(枉駕), 엄토(掩土), 저택(瀦宅), 왕반(往返), 돌올(突兀), 억탁(臆度), 탱중(撑中)

문장체 고소설에서 약간은 고상한 취향의 상층 어휘에 해당하는 어휘들을 뽑은 것인데, 이들 어휘들은 상층 또는 지배계층에 속한 사람들이 예의와 법도를 극진하게 차려 발화하거나, 공식적이고 규범적인 언어 관습에 익숙한 자가 자신의 구체적인 주관을 개입시키지 않고 대상을 객관화하여 추상적으로 기술하거나, 한문어구에 능통한 자가 대상을 구체적인 시각에 의지하여 보기보다는 선험적으로 주어진 관념적인 시각으로 대상을 바라보는 경우에 나타날 법한 어휘들로 판단된다. 이들은 그런 사람들의 사고방식이나 행위유형, 그리고 생활방식 등을 추측하게 해주는 방향성을 어느 정도 갖고 있다. 위로는 황제나 왕을 포함한 최고위 궁정인들로부터 벌열 귀족, 그리고 일반 사대부와 자칭 선비라고 생각하는 사람들에 이르기까지 지배계층이 나라를 다스리거나,

전쟁을 수행하거나, 법례에 따른 의전을 거행하거나, 상층민들에게 특권처럼 부여되어 있는 제도적인 예의와 법도와 격식에 따라 사교적이거나 또는 가문적인 활동을 할 때 주로 사용하는 어휘들인 것이다.[10] 이들은 기존의 상층민의 가치규범이나 사유체계에 의거하고 있는 것들로서 관념성과 추상성으로 포장되어 있기 때문에 일이나 인물이나 물건들의 개별적인 특성을 구체적으로 드러내 주지 못한다.

그러나 판소리 서사체에서의 일반 한자 어휘는 문장체 고소설의 그것과 비교할 때 질적인 차이를 보여준다. 판소리 서사체에서 흔히 주워섬기기 식으로 나열되는 호사스러운 치장이나 물건을 가리키는 어휘는 다른 차원이므로 차치하고, 위의 인용문에서 비교적 고상한 상층 담화를 고르자면 '자진'이나 '별찬' 정도인데, 이는 그 관념성과 추상성, 그리고 인지성에서 문장체 고소설의 그것과는 상당한 차이를 보여준다. 판소리 서사체에서 비교적 고상한 상층 담화라고 할 수 있는 일반 어휘를 추출해보면 다음과 같다.

> 성덕(聖德), 제수(除授), 박람(博覽), 완보(緩步), 전갈(傳喝), 효칙(效則), 빙자(憑藉), 매파(媒婆), 돈절(頓絶), 적조(積阻), 무탈(無頉), 혼금(閽禁), 숙배(肅拜), 품달(稟達), 구완(救援), 궁곤(窮困), 자자(藉藉), 침중(沈重), 범연(泛然), 오열(嗚咽), 감장(勘葬), 현철(賢哲), 음조(陰助), 풍염(豊艶), 구휼(救恤), 진노(震怒), 간택(簡擇)

---

10) 문어체는 대개 어떤 사실을 논리적으로 서술하는 데 목적이 있으므로 격식성을 특징으로 한다고 보는 게 통념이다. (박갑수 편, 『국어문체론』, 대한교과서(주), 1994, 346쪽 참조) 이는 문어체를 현실로부터 괴리된 경향이 있고, 精讀者를 의식하고 쓰는 문체라고 보는 관점과도 상통한다. (최창록, 『한국소설의 문체론적 연구』, 형설출판사, 1981, 67쪽 참조)

전체적으로 볼 때 판소리 서사체에서의 어휘들이 오늘날의 언어 자질과 좀 더 가깝다고 생각된다. 문장체 고소설의 어휘들은 오늘날의 활용 언어 자질에서는 거의 볼 수 없는 것들임에 비해 판소리 서사체의 그것들은 비록 실용적인 사용 빈도는 떨어지지만 오늘날에도 어려운 한자 어휘로 인지하고는 있는 것들이다. 문장체 고소설의 어휘들이 그 실용성을 잃은 이유는 그 어휘들이 본래 적재하고 있는 귀족적이고 궁정적이고 의전적인 자질들이 그 토대를 잃으면서 같이 소멸하지 않았나 판단된다. 그만큼 문장체 고소설에서의 일반 동사나 명사 어휘들에는 귀족적이고 예법적인 정조가 진하게 배어 있다. 이에 비해 판소리 서사체의 어휘들은 비록 예법적인 측면을 완전히 배제하고 있다고 할 수는 없지만 그래도 극소수의 궁정인이 의전적으로 사용하는 폐쇄성으로부터는 벗어나서 어느 정도의 대중성을 획득한 것들로 보인다. 또한 판소리 서사체의 언어 자질을 살펴볼 때 추상적이고 관념적인 성격이 많이 탈각되고 구체적인 지시력이 점증되어 있음을 볼 수 있다. 오늘날의 언어 자질에 가까운 쪽으로 이동한 탓인지 대상을 지시하는 환기력이 강화되어 있는 것이다. 이는 판소리 서사체에서 구체적인 실물을 지시하는 명칭 어휘들이 대거 채용되고 있다는 사실과도 무관하지 않을 것이다.

ⓒ계열의 한자로 된 4자성어의 경우, 문장체 고소설의 그것들은 관습화되고 정형화된 관용구절로서 대상을 포괄적인 관념으로 포장하여 제시하는 성격이 우세하다. 그러나 판소리 서사체의 4자성어의 경우, 대개 정형화된 것은 마찬가지이기 때문에 문장체 고소설의 그것과 그다지 큰 차이가 발견되지 않으나, 다만 판소리 서사체에서는 문장체 고소설과 달리 조어식의 4자성어가 눈에 띄게 많아진 것이 각별한 주목

을 요한다. 그러한 예를 판소리 서사체에서 몇 개만 들면 다음과 같다.

야입청루(夜入靑樓), 어변성룡(魚變成龍), 화방작첩(花房作妾), 조롱
관장(嘲弄官長), 유부겁탈(有夫劫奪), 탕진가산(蕩盡家産), 혼비중천
(魂飛中天), 호래착거(呼來捉去), 불철주야(不撤晝夜), 필재절등(筆才
絶等), 천기누설(天機漏泄), 피발입산(披髮入山), 연일불식(連日不食),
구박출문(驅迫出門)

이들 4자성어는 정형화된 관용어구라기보다는 극중 상황을 지시하
기 위해 새롭게 조립된 어휘에 가깝다고 판단된다. 특히 2자로 된 관용
적 어휘를 합쳐 '2자+2자'로 된 4자 어휘의 대거 사용은 사건 상황이나
심리적인 정황, 또는 인물의 성격 등을 정형화된 틀에 맞춰 압축 표현
한 문장체 고소설의 4자성어와는 차원이 다르다. 그것들은 문장 속에
서 하나의 서술어 또는 목적어로 행세하면서 자유롭게 조립되어 사용
되는 것이다. 이들은 대개 사건의 진행 과정과 인물의 행동 묘사, 그리
고 정황의 설명 등과 밀착되어 서술 속에 녹아 있다. 이들 4자성어들은
문장체 고소설에서의 경우처럼 관념적이고 의례적인 수식어나 판에 박
은 듯 정형화된 관용어가 아니라 서사와 묘사, 그리고 설명 등의 서술
속에서 핵심 부분으로 기능한다. 거기에는 동적인 서사성이 흐르기도
하고, 인물이나 사건을 정확하게 포착하는 묘파력이 담겨 있기도 하며,
서술상황을 가장 간략하고 적절하게 표현해내는 지시력을 지니고 있기
도 하다. 이런 성격은 관습적인 성어 구절에 의존하지 않고 상황에 맞
춰 만들어 쓰고자 하는 구성 의식 내지는 실용 정신에서 연유하는 듯
하다.[11] 그래서 판소리 서사체에서는 사건이나 인물, 상황 등에 대해

---

11) 일찍이 김동욱 박사는 판소리의 문체를 논하면서 접속어를 생략하는 현상을 지적한

더욱 역동적인 서술을 가할 수 있는 여지가 생기게 된다. 기존의 관습적인 4자성어들이 많이 사용되고 있음에도 불구하고 이러한 조어식 4자성어들의 존재로 말미암아 판소리 서사체는 매끄러운 사건 표현과 주도면밀한 상황 표현, 그리고 인물의 적합한 내면 묘사가 가능해진 측면이 적지 않다. 그것은 아마도 구체성과 실용성을 지향하는 시대 정신을 반영하고 있는 판소리 서사체의 성격과 무관하지 않을 것이다.

지금까지 우리는 언어 형식이 서사 내용에 의해 자동 담보되는 성격이 아니라 서사 내용이나 이념적 정향 등을 상당 부분 결정하는 존재임을 고찰한 셈이다. 언어 형식은 그것을 향유하는 언중들의 사유체계와 정신구조, 그리고 시대적 분위기가 얹혀 있어서 적극적인 해석을 요하는 존재인 것이다. 문장체 고소설의 언어 형식은 의례적이고 추상적이며 관념적인 어휘 자질들을 주로 선택하여 점조직함으로써 지배와 종속관계로 유지되는 사회체제와 유교규범적이고 가부장적인 분위기가 우월한 사회적 상황을 그려내는 데 적합한 그릇으로서의 경향을 보인다. 그러나 판소리 서사체의 언어 형식은 일상적이고 구체적이며 실용적인 어휘 자질 쪽으로 기울어짐으로써 일상적인 삶의 세계를 그릴 수 있게 하고, 실물적이고 실용적인 시대정신을 담아낼 수 있게끔 하는 경향을 보여준다.

2) 통사적 결합 방식

글의 구조를 보면 어휘들이 모여 어절이 되고 어절이 모여 문장이

바 있는데, 판소리 서사체의 이와 같은 4자성어들은 접속어뿐만 아니라 조사와 어미들까지도 생략하면서 표현의 처소를 발견하려는 실용정신 내지는 구성의식의 산물로 볼 수 있다. 김동욱, 『춘향전연구』, 연세대 출판부, 1965, 341-2쪽 참조.

되는 식으로 확대된다. 이들 어휘와 어절, 그리고 문장은 달리 말하면 생각의 단위들로서 이처럼 작은 생각의 단위들이 모여 장면이나 삽화 등의 큰 생각의 단위로 확장되는 것이다. 생각의 단위들이 결합하는 방식을 통사적 결합 방식이라 할 때, 이들 생각의 단위들이 어떤 방식으로 통사적 결합을 해나가는지는 글의 성격을 가늠하는 중요한 잣대가 된다. 생각의 단위들이 어떤 상관관계를 맺으며 어떤 상상력에 의거하여 선택되고 상호결합하면서 확대되어 나가는지에 대한 분석은 당대인들의 정신적 경향 내지는 이념적 사유방식에 대해 추론할 수 있게끔 한다.

통사적 결합을 통해 더 큰 생각의 단위로 확장되는 현상은 언어적인 확대 활성화라고 할 수 있다. 언어 사용자는 특정 표현을 할 때 어떤 일정한 결에 따라 지식을 활성화하는 경향이 있기 때문이다.[12] 다시 말하자면 생각의 단위들에 대한 상상의 폭은 어느 정도 한정되어 작동하는 것이다. 그래야만 텍스트의 전반적인 결속성이 높아지면서 가해성이 생기게 되는 것이다. 그러니까 결속성이 높다는 것은 지식의 어느 항목이 활성화될 때, 그 항목과 밀접하게 연결되어 있는 다른 항목들이 더불어 활성화되는 것을 의미한다. 그리하여 확대 활성화의 방향과 방식에 따라 전 국면에 일정한 패턴이 형성되게 된다.[13]

이러한 통사적 결합 방식 또는 지식의 확대 활성화 방식에서, 문장

---

12) R. Beaugrande & W. Dressler, 『Introduction to Text Linguistics』, 김태옥 · 이현호 공역, 『담화 · 텍스트언어학 입문』, 양영각, 1991, 83쪽 참조.

13) 그것은 어떤 중심 개념을 둘러싸고 주변에 하위 개념들이 포진하는 패턴일 수도 있고(frame), 사상과 상태들이 시간적 인접성과 인과관계에 의해 일정한 순서로 배열된 패턴일 수도 있다(schema). 그리고 어떤 목표를 향해 가면서 구성되는 패턴일 수도 있고(plan), 서사적 역할 또는 기능에 따라 정형화된 형태로 빈번하게 호출됨으로써 그것이 全局的 패턴을 형성할 수도 있다(script). 위의 책, 86-8쪽 참조.

체 고소설과 판소리 서사체는 차이가 있다고 생각된다. 먼저 〈구운몽〉
에서 한 대목을 취해 분석하고자 하는데, 문장체 고소설에서 흔히 볼
수 있는 인물의 대화 한 토막이다. 아래는 양소유가 정사도의 딸 정경
패를 한번 보고자 하여 두연사를 찾아가 부탁하니 두연사가 하나의 계
책을 내놓는 장면이다.

①뎡ᄉ되(鄭司徒) 노병으로 벼슬의 뜻이 업셔 ②원림(園林)과 풍악
(風樂)의 ᄆᆞ옴을 부쳐 ③부인 최시 ᄯᅩ 음뉼(音律)을 됴하ᄒᆞᄂᆞᆫ고로 ④소
제 총명ᄒᆞ여 천빅ᄉᆞ(千百事)롤 무불통지(無不通知)ᄒᆞ니 ⑤지어음뉼(至
於音律)ᄒᆞ야ᄂᆞᆫ ᄒᆞᆫ번 드르면 쳥탁고하(淸濁高下)롤 펌논홈이 췌문희(蔡
文姬) 지난지라 ⑥최부인이 아무나 음뉼 아는 지 이스면 반ᄃᆞ시 그 사ᄅᆞᆷ
을 쳥ᄒᆞ여 부인 압의 셰우고 쇼져로 ᄒᆞ여곰 고하롤 펌논ᄒᆞ여 즐겨 소일ᄒᆞ
니 ⑦양낭(梁郞)이 만일 거문고롤 잘하면 이월 회일(晦日)이 영부도군
(靈府道君) 탄일(誕日)이라 뎡부(鄭府)의셔 년년이 ᄒᆞᆫᄉᆞ혼 비ᄌᆞ(婢子)
롤 보너여 분향ᄒᆞᄂᆞ니 ⑧양낭이 그쩌의 녀복을 가초고 거문고 타 그 비ᄌᆞ
로 듯게 ᄒᆞ면 제 반ᄃᆞ시 최부인긔 알욀 거시니 부인이 쳥ᄒᆞ면 ⑨양낭이
뎡부의 드러가 쇼져 보기 못보기는 인연의 달녓ᄂᆞ니 이밧근 ᄃᆞ른 게교가
업슬가 ᄒᆞ노라14)

분석의 편의를 위해 생각의 단위라고 판단되는 구절들을 나누고 거
기에 일련번호를 붙여 보았다. 이 대목은 하나의 전략이 수립되는 과
정을 잘 보여준다. ①②③④⑤를 통해 전략의 배경이 되는 조건들을
배열하고 나서 그것들을 종합하여 ⑥에서 전략의 목표가 설정된다. ⑦
⑧은 전략의 방법론에 해당하고 마지막 ⑨에서 전략이 완성된다. 결속
성의 자질에 따라 이 대목을 보면 ⑥을 중심으로 전후가 인과관계로

14) 〈구운몽〉 10장하~11장상, 앞의 책, 89-90쪽.

긴밀하게 짜여 있음을 알 수 있다. ①에서부터 ⑥에 이르기까지는 인과관계 중에서도 전자가 후자에 대해 필요조건을 만들어주는 '원인(cause)'의 결속성에 의해 긴밀하게 연결되어 있으며,[15] ⑦⑧⑨는 가정을 전제로 하여 어떤 상황이 가능해지도록 계획하는 '목적(purpose)'의 인과관계로 결속되어 있다.[16] 이 대목의 결속성이 더욱 높은 이유는 시간적 계기성이 바탕이 되어 있기 때문이기도 하다. ①에서부터 ⑥에 이르기까지는 과거의 시간이 계기적으로 흐르고 있고 ⑦⑧⑨에서는 미래의 가정된 시간이 계기적으로 흐르고 있는 것이다.

이 대목에서 생각의 단위들이 결합하는 주된 방식은 수직적인 유추 작용에 의해 이루어진다고 볼 수 있다. 이 대목의 핵심적인 내용은 정경패의 음률에 대한 품평이 훌륭하다는 것인데, 그 자질은 부모가 모두 음률에 뛰어나고 좋아하기 때문에 자식에게로 품부된 것이거니와 그녀 자신도 만사에 무불통지한 지혜를 겸비하고 있고 총명하기 때문에 획득된 자질이다. 그녀의 부모가 음률에 관심을 두게 된 동기는 벼슬에 뜻이 없었기 때문이며, 벼슬에 뜻이 없었던 것은 노병이 있었기 때문이라고 진술되어 있다. 이렇게 정사도가 치사(致仕)하면서 음률과 더불어 원림(園林)에 취미를 붙인 것은 병환을 치유하는 방편이기도 하고, 아마도 그것이 음률 취미를 더욱 심화시키는 계기도 되었을 것으로 판단된다. 이렇게 각 구절 또는 생각의 단위들이 상호 간에 인과적으로 밀접하게 연관되어 있기 때문에 하나를 미루어 유추하면 관련 사항들이 수직적으로 뽑혀 나오게끔 되어 있다.

---

15) ③과 ④의 연결에서 '원인'의 인과관계가 조금 약한 것이 사실이다. 그렇지만 그 부모에 그 딸이라는 인식이 바탕에 깔려 있음을 미루어볼 때 충분조건은 되므로 '실행 가능화(enablement)' 정도로 보아도 무방하리라 본다.

16) R. Beaugrande & W. Dressler, 앞의 책, 7-8쪽 참조.

이 대목의 후반부는 정경패가 음률의 고하와 청탁 여부까지 평론할 수 있는 재능을 가지고 있음을 계산에 두고 규중심처에 있는 처자를 만나보기 위한 계략이 진술되는 부분이다. 특히 정경패의 모(母)는 정경패로 하여금 음률 평론을 하게 하면서 소일하는 것을 가장 즐기기 때문에 음률에 재능이 있는 자는 모두 불러들여 그 음악을 듣고 싶어 한다는 점, 그러므로 그 집안에 들어가기 위해서는 거문고 같은 악기를 잘 타야 한다는 점, 정사도의 집안에서 매년 분향 제사를 올리는 영부 도군의 탄일에는 그 집 비자(婢子)가 이곳 자청관에 나온다는 점, 그 비자가 나올 때 거문고를 잘 타면 그걸 들은 비자가 주인에게 고할 것이라는 점, 주인이 바로 음악을 듣기 위해 악공을 집안에 청해 들일 것이라는 점, 그때 정사도의 집안에 들어가면 정경패를 만날 가망성이 있을 것이라는 점들이 사슬에 매달린 것처럼 줄줄이 진술되고 있다.

여기에서의 생각의 단위들도 앞뒤 인과적으로 긴밀한 관계에 있기 때문에 수직적인 유추가 가능하다. 물론 문장체 고소설에 공간적 인접성에 의해 생각의 단위들이 수평적으로 연상되는 양상이 없는 건 아니다. 배경을 묘사한다든지 인물의 내면 정서를 그린다든지 할 경우에 생각의 단위들이 수평적으로 확산되는 경향이 없지 않은 것이다. 그럼에도 불구하고 판소리 서사체와의 상대적 비교 차원에서 볼 때 시간적인 계기성에 의해 인과관계가 생기면서 전후 맥락들이 결속되는 방식이 문장체 고소설에서의 주도적인 통사적 결합 방식이라고 판단된다.

그러면 이번에는 문장체 고소설에서 서술자가 발화하는 설명 또는 묘사 부분을 살펴보기로 한다. 앞의 인물의 발화 부분의 결속성과는 약간 다른 성격을 보여주는 대목이다.

①무슈이 통곡ᄒ니 그 정상을 칭양치 못ᄒ너라 ②인ᄒ야 날이 져물고 밤이 된이 잇쩌는 츈슌월이라 빅화만발ᄒ고 슈목이 삼열(森列)ᄒᄃ 어둔 밤 젹막산즁의 어디로 ᄀ리요 ③바회을 의지ᄒ야 밤을 지닐 시 시랑(豺狼)은 우지지고 호픠(虎豹)난 왕니ᄒ되 일분도 두렵지 안이ᄒ지라 ④이윽고 삼경의 ᄯᆫ 달은 슈음(樹陰)의 나리와 은은이 빗쵸여 쳔봉만악을 그림으로 그려 잇고 ⑤무심ᄒ 잡니비난 슬픠 긔회을 자아니고 ⑥유ᄒ 두견 시난 화총(花叢)의 눈물 ᄲ려 졈졈 미져 두고 불여귀을 일슴으니 ⑦슬푸다 두견이 쇼리예 심슈을 싱각ᄒ니 우리와 ᄀᆺᄐ도다 ⑧이러ᄒ 공산 즁의 아므리 쳘셕 간쟝인들 안이 울고 어이ᄒ리[17]

이 예문이 앞의 인용문과 가장 크게 다른 점은 구절들이 인과관계에 의해 결속되고 있지 않다는 점과, 시간적 계기성과 더불어 공간적 인접성도 작용한다는 점일 것이다. 이 대목을 크게 조감해보면 ①에서 비극적인 정조를 편집자적 논평으로 서술하고 난 뒤, ②③④⑤⑥⑦의 정황 묘사를 거쳐 ⑧에서 다시 한번 편집자 논평으로 비극적인 정조를 매조지하는 방식의 진술이라는 점을 알 수 있다. 다시 이 대목을 결속성의 측면에서 보면, ①에서 하나의 사상(事象)에 대한 '상태(state)'가 진술되고 나서 ②부터는 그 사상이 갖는 속성이 '명세화(specification)'의 방법에 의해 계속 반복 진술된다. 이는 하나의 사상이 성립되게 된 구체적인 방법을 제공해준다는 점에서 볼 때에는 '수단(instrument)' 또는 '사례(instance)'라고 할 수 있다.[18] ②에서 ⑦까지는 시간이 흐르기는 하지만 시간의 진폭이 불규칙하게 왔다갔다하는 것으로 느껴지기 때문에 전적으로 시간적 계기성에 의해 결속되고 있다고 보기는 어렵다.

---

17) 〈조웅전〉, 앞의 책, 46-8쪽.

18) R. Beaugrande & W. Dressler, 앞의 책, 92-3쪽 참조.

주변의 자연물과 사물들로 초점이 옮겨 간다는 점에서 시간적 계기성과 함께 공간적 인접성도 작용하고 있음을 느끼게 된다. ②에서 ⑦까지의 서술은 ①의 정황을 확장 심화시키는 기능을 수행한다. ①의 비극적인 정조를 되풀이해서 확인하고 증명하는 것이다. 그것을 다시 한번 ⑧에서 편집자 논평으로 재확인하고 재강조한다. 매번 ①로 되돌아가던 흐름이 ⑧에 이르면 다시 역류하여 ⑧로 수렴되는 것이다. 그리하여 이 대목의 결속관계는 ①과 ⑧이 위아래에 있고 중간에 ②③④⑤⑥⑦이 위치하면서 위로도 아래로도 명세화 내지는 수단의 관계를 갖는, 마름모꼴의 관계 도형이 되리라고 생각된다.

이 대목은 문장체 고소설이 공간적 인접성에 의해서도 결속관계를 유지할 수 있다는 점을 보여준다. 하지만 전적으로 공간적 인접성에 의해서만 결합된 것은 아니었고, 다분히 시간적 계기성이 간여함으로써 결속관계가 생기는 것이었다. 그리고 이 대목의 인과관계가 없다고는 할 수 없다. 앞에서 인용한 〈구운몽〉에서의 인과관계가 행위나 인물성격상의 원인과 결과의 관계라면, 이 대목에서의 인과관계는 정서적 유사성에 의해 생성되는 것이라고 할 수 있기 때문이다. 최소한 서로가 서로를 함축하는 상호함축관계로 결합되어 있는 것만은 분명하다. 그래서 이 대목 또한 생각의 단위들이 수직적인 유추를 위주로 결속되어 있다고 할 수 있다. 공간적 인접성의 측면이 있기 때문에 사물들이 수평적으로 확장되면서 연상되는 느낌이 없지 않지만 연상되는 사물들이 정서적으로 유사함으로써 상호함축관계를 이루기 때문에 수평적인 연상보다는 수직적인 유추를 위주로 하여 생각의 단위들이 추출, 결합되고 있다고 보아야 할 것이다.

한편 판소리 서사체는 문장체 고소설과는 달리 생각의 단위들이 주

로 수평적인 연상에 의해 결합되는 경향을 보여준다. 아래는 〈열녀춘
향수절가〉에서 이도령이 춘향집을 찾아갔을 때의 한 장면으로서 설명
과 묘사 위주로 구성된 곳이다.

①춘향모 압을 셔셔 인도하야 딕문 중문 다 지니여 후원을 도라가니
②연구한 별초당의 등농을 발케난듸 ③버들가지 느러져 불빗슬 가린 모
양 구실발리 갈공이의 걸인 듯하고 ④우편의 벽오동은 말근 이실리 쑥쑥
쩌러져 학의 꿈을 놀니난 듯 ⑤좌편의 셧난 반송 광풍이 건듯 불면 노룡
이 굼이난 듯 ⑥창젼의 시문 파초 일난초 봉미장은 속입이 쎼여나고 ⑦슈
심여 쥬 어린 연꼿 물박기 계우 쩌셔 옥노을 밧쳐 잇고 ⑧디졉갓턴 금부
어난 어변성용 하랴 하고 쎡쎡마닥 물결쳐셔 츌넝 툼벙 굼실 놀 쎡마닥
조롱하고 ⑨시로 나는 연입은 바들 쩍기 버러지고 ⑩금연상봉 셕가산은
칭칭이 싸여난듸 ⑪계하의 학두룸이 사람을 보고 놀니여 두 쑥지를 쩍 버
리고 진 다리로 징검징검 씰눅 쑤루룩 소리하며 ⑫계화 밋턴 삽살기 짓는
구나 ⑬그 중의 반가올사 못 가온듸 쌍오리는 손임 오시노라 둥덩실 쩌셔
기다리난 모양이요 ⑭쳐마의 다다른이 그졔야 져으 모친 영을 듸듸여서
삿창을 반기하고 나오난듸 ⑮모양을 살펴보니 두렷한 일윤명월 구룸 박
기 소사난듸 황홀한 져 모양은 칭양키 어렵쏘다 ⑯북그려이 당의 나려 천
연이 셧난 거동은 사람의 간장을 다 녹닌다19)

여기에 등장하는 후원의 각종 사물들은 어떤 유기적인 인과관계나
시간적인 계기성에 의해 결합되어 있다기보다는 공간적인 인접성에 의
해 수평적으로 결합되어 있다. 별초당의 밝은 등롱, 맑은 이슬을 머금
은 벽오동, 노룡이 굼실거리는 듯한 형상의 반송, 속 잎을 내민 창 앞
의 파초, 맑은 물방울을 받치고 있는 어린 연꽃, 물속에서 텀벙이는 대

---

19) 〈열녀춘향수절가〉 20장상-21장하, 앞의 책, 206-7쪽.

접 같은 금붕어, 쩍 벌어져 무엇을 받을 듯한 연잎, 층층이 쌓여 있는 석가산, 날개를 벌리고 우는 학두루미, 짖는 삽살개, 물 위에 떠 있는 쌍오리 등등 모든 사물들은 공간적인 인접관계에 의해 공시적으로 추출된 것들이다. 그들은 서술자와 동행하는 이도령의 시선이 머무는 시간적인 순서에 따라 서술상의 시차를 둘 뿐, 존재하고 행동한 것은 동시라고 할 수 있는 것이다. 따라서 그들 사이에는 시간적인 계기성이나 정서적인 유사성, 또는 인과성이 존재하지 않는다. 시간적인 계기성의 측면에서 볼 때 ①번 구절은 ⑭번 구절로 바로 이어진다. 그 사이에 있는, ②번 구절부터 ⑬번 구절에 이르는 대목은 서로 정서적인 유사성을 공유하지도 않는 관계로 결합되어 있으며, ①번 구절이나 ⑭번 구절과도 어떤 유기적인 관계를 맺고 있지 못하다. 그것들은 단지 주변에 있는 사물들이라는 인접 관계 때문에 등장한 것이다. 물론 이러한 공간적인 인접관계에 의한 결합 원리가 낯선 처자의 집을 방문한 이도령의 호기심 어리고 신기해하는 심리 상태를 보여주는 서사적인 효과를 거두고 있고, 또 판소리의 경쾌한 소리맛을 내는 율격적 효과를 내는 게 사실이지만, 통사적 결합방식에서의 유기성 내지는 인과성의 차원에서 볼 때 그 결속력이 미약한 것은 분명하다. 그것은 이 대목이 시간적인 계기성이나 인과관계에 의해 추출된 것들이 아니라 공간적인 인접성에 의해 생각의 단위들이 수평적으로 연상되어 추출되고 결합되어 있기 때문이다.

전반적으로 공간적인 인접성과 맥락이탈적인 담화방식의 경향이 있는 판소리 서사체는 수평적인 연상에 의해 생각의 단위들이 조직된다. 판소리 서사체에도 맥락들 간의 유기적이고 인과적인 관계가 존재하고, 시간적인 계기성에 의해 생각의 단위들이 조직되기도 하지만, 그러한 수직적인 유추에 의해 구성된 담화들보다는 이와 같이 공간성에 의한 수평적인 연상이 주요 담화 조직 원리가 되고 있는 것이다.

판소리 서사체에서도 시간적인 계기성과 인과성이 종종 통사적 결합 방식이 되는데, 그렇지만 그러한 가운데서도 담화적 조직이 수직적 유추보다는 수평적 연상을 거친 듯한 측면이 종종 발견된다. 이를 살펴보기 위해 '군사설움타령' 대목 중의 하나를 아래에 제시한다.

> 또 한 군사 썩 나서며 울며 하는 말이 너는 부모를 생각하여 우니 情禮도 가련하고 효행도 거룩하다 나의 설움 들어보소 나는 남의 오대독자로다 열일곱에 장가들어 근 오십이 당하도록 일점혈육 없어 부부 매일 탄식하다가 자식을 빌려 할 제 名山大川 迎神堂과 古廟叢祠 城隍祠며 石佛 彌勒 菩薩殿과 노구맞이 집짓기며 窓戶시주 引燈시주 觀音佛工 七星佛工 袈裟시주 마한불공 청용지신 山祭 하여 아니 빈 곳 없었더니 속담에 공든 탑이 무너지며 심은 나무 꺾어질까 우리 아내가 애기 있더구나 두세 달이 지나더니 음식을 청하더구나 감자를 주랴 유자를 주랴 시금털털 개살구는 애기 서는 데 좋다 한데 그렁저렁 십삭이 지나서 하루는 배를 앓더구나 애고 배야 애고 배야 하더니 과연 애기 소리 들리거늘 반겨 듣고 급히 들어가서 보니 활달한 기남자라 어찌 아니 좋을소냐 아기 가진 후로 席不正不坐하고 割不正不食하고 目不見邪色하고 耳不聽淫聲하여 부모 정성 이러한대 기남자 아닐소냐 열 손에 떡 받아 땅에 누일 날이 없고 금옥 같이 사랑하여 정삼칠일이 다 지나고 오륙삭이 다 지나니 투덕투덕 노는 양과 빙긋빙긋 웃는 양 엄마 아빠 도리도리 옷고름에 큰 돈 채여 감을 사서 빨리오면 주야 사랑 의중터니 어따 오늘 이 일을 당하였구나 사당문 열어 놓고 통곡재배 하직하고 천리 전장 나와서도 日復日 생각하니 어느 날 돌아가서 그리던 우리 아들 무릎 위에 앉혀 놓고 어허둥둥 안아볼꼬 애고 답답 설운지고[20]

---

20) 〈화용도〉, 앞의 책, 419-20쪽.

인물의 발화로 구성된 이 대목은 전체적으로 볼 때 시간적인 흐름을 비교적 분명하게 담고 있다. 옛날 총각이 장가든 시절부터 시작해서 아이가 없어 온갖 신공을 드려 아기를 갖게 된 배경 이야기며, 아이를 낳아 사랑한 이야기와 여기 전쟁터에 끌려 나온 이야기를 시간 순차에 의해 진술하고 있는 것이다. 그렇다고 전체 이야기가 유기적인 맥락과 인과적인 관계로 조직되었다고는 할 수 없다. 그것은 이 대목의 시간적인 계기성이 인과적이고 유기적인 맥락을 바탕으로 하기보다는 오히려 비유기적이고 탈맥락적인 담화조직방식을 바탕에 깔고 있기 때문이다. 그래서 시간은 흘러가되 그 시간대 내에서의 생각의 단위들은 자유로운 연상에 따라 주변으로 퍼져 나간다. 예컨대 기자정성을 들이는 대목에서 "명산대천 영신당과 고묘총사 성황사며 석불 미륵 보살전과 노구맞이 집짓기며 창호시주 인등시주 관음불공 칠성불공 가사시주 마한불공 청용지신 산제" 등을 나열하는 것은 서술적 관심이 기자정성과의 유기적이고 인과론적인 맥락에서부터 벗어나 주워섬기기 식의 나열에서 오는 홍미, 탈맥락적인 홍미를 추구하는 데로 이동했음을 보여준다. 이러한 탈맥락적 홍미는 "음식을 청하더구나" 하고 나서 "감자를 주랴 유자를 주랴 시금털털 개살구는 애기 서는 데 좋다"는 부분에서도 보인다. 이 부분은 나열적 관심과 더불어 해학적 웃음까지도 의도하고 있다. 이는 "오륙삭이 다 지나니 투덕투덕 노는 양과 빙긋빙긋 웃는 양 엄마 아빠 도리도리 옷고름에 큰 돈 채여 감을 사서 빨리오면"이라는 부분에서도 마찬가지로 보인다.

판소리 서사체에서의 생각의 단위들은 문장체 고소설에서처럼 상호 함축적이지 못하다. 그보다는 인접한 단위들로 수평적인 이동을 하는 경향이 강하다. 그리하여 많은 부분에서 유사하지 않은 성격의 담화들끼리의 장황한 나열로 보인다. 연상의 방향이 수직이 아니라 수평이라는 점에서 볼 때, 통사적 결합 방식이 환유적이라고 할 수 있다. 통사적 결합 방식이 환유적이라는 것은 골계적이고 희화적인 상황 연출과도 무관하지 않다. 서로 밀접한 관계없이 이루어지는 통사적인 결합은 논리적인 파탄을 일으키면서 파격적이고 희극적인 상황을 연출할 가능성이 많은 것이다.

환유적인 통사 구조는 서술을 장황하게 만드는 요인이 된다. 말하자면 기표의 미끄러짐 때문인데, 기표와 기의는 서로 경계를 정하고 둘의 관계를 고정화하려고 하지만 기표는 기의 아래로 미끄러지며 다른 기표들만 환기하면서 기표의 과잉상태를 낳게 된다.[21] 바로 재담과 같은 것이 이런 기표들의 놀이의 전형적인 예가 되는데[22], 판소리 서사체에서 흔히 볼 수 있는 장황한 재담은 기표가 수평적인 인접관계를 통해 미끄러지면서 다른 기표들을 생산하게 되고, 그럼으로써 기표의 과잉상태에 빠지게 됨으로써 생기게 되는 것이다. 물론 유사한 생각의 단위들이 모여짐으로써 그것들이 수직으로 꿰어지기 때문에 부분적으로는 유기적인 덩어리로 합쳐지는 측면이 없지 않지만 그 부분들 속에서 인접된 것들을 훑는 경향이 있기 때문에 어휘의 폭이 다양해지고 넓어짐으로써 전체 담화는 분량이 늘어나는 현상을 보이는 것이다.

문장체 고소설과 판소리 서사체의 통사적 결합 방식은 언어 차원의 의미에 그치지 않고 그 서사체가 지향하는 현실인식 내지는 세계관에 대해 말해주는 바가 없지 않다. 문장체 고소설이 모든 사상(事象)과 사물들이 시간에 따라 인과론적으로 조직된다고 할 때, 거기에 비친 현실

---

21) 권택영 편, 『자크 라캉 : 욕망이론』, 문예출판사, 1994, 50-70쪽 참조.
22) Antony Easthope, 『무의식』, 한나래, 2000, 76-81쪽 참조.

인식 또한 역사적 인과론 내지는 역사적 귀결주의의 모습을 지향한다고 할 수 있다. 모든 사물들과 관계들이 체계적이고 규범적이며 유기적인 계열관계로 구조화되어 있고, 또 그렇게 되어야 한다는 믿음이 그 저변에 깔려 있다고 할 수 있을 것이다. 그리고 그러한 관계들과 생각의 단위들이 수직적으로 유추될 수 있는 성질의 것이라는 관념주의와, 그로부터 지배와 종속의 신분적 구조라든지 사회제도에 대한 신념 등도 배태될 수 있으리라고 판단된다. 그에 비해 판소리 서사체는 모든 사상과 사물들이 공간적 인접성에 따라 구조화된다는 현실인식을 더욱 강하게 보여준다. 그것은 인간관계를 훨씬 헐겁고 자유분방한 평등관계로 보는 인식을 내재하고 있으며, 사물들을 외현적인 사물 그 자체로서 보게 함으로써 과학적이고 실물주의적인 인식을 가능하게 한다. 그리고 탈맥락적이고 비유기적인 담화조직은 세상에 대한 대거리와 유희적인 태도를 담을 수 있는 그릇으로서의 역할을 한다고 할 수 있다.

3) 담론체계의 인유 방식

자기만의 고유한 담화란 존재할 수 없다. 이전의 것과 전혀 다른 담화라 하더라도 그것이 기존의 담화적 토양에서 나온 것이라고 할 때, 그것 역시 어떤 자극과 반작용의 역학이 개재된 것이기 때문에 기존 담화와 어떤 식으로건 관계를 갖기 마련이다. 그러므로 텍스트 사이의 상호텍스트 현상은 피할 수 없는 운명인 것이다. 문장체 고소설이나 판소리 서사체와 같은 우리 전통 서사체들은 오히려 기존의 담론체계를 인유하는 것을 무척 선호한다. 그것이 묵수적 수용이든 비판을 위한 수용이든 간에 기존의 담론체계에 의지함으로써 발화의 실마리를 풀어가는 것이다. 그것은 아주 뿌리 깊은 전통으로서 역사의 축적에 따라 담화를 정련시켜온 동양 담화 전반의 특징이라고 할 수 있을 것이다. 그런데 이러한 담론체계의 인유를 어떤 방식으로 하는가 하는 것은 양식 내적 이념성이라든가 세계관적 정향을 결정하는 데 아주 중요한 요인이라고 할 수 있는데, 문장체 고소설과 판소리 서사체는 많이 다르다고 생각된다.

문장체 고소설에서 서술자건 등장인물이건 그들의 발화 내용을 보면 상황에 맞게끔 자신이 나름대로 사유한 것을 진술하는 게 아니라 흔히는 기성품의 담론체계를 그냥 빌려다 쓰는 경향을 보여준다. 문장체 고소설은 대개 기존의 지배 이데올로기를 선양하는 차원에서 담론체계를 인유한다. 그래서 서술자와 인물들의 발화는 그 상황에 가장 적절한 진술 내용이 되는 게 아니라 오히려 반대로 인유한 담론체계의 유사함 때문에 극중 상황이 다른 것과 비슷해지는 현상이 벌어진다. 기존의 관습적인 대응방식을 그대로 따름으로써 개성을 드러내지 못하고 극중 상황을 보편화할 뿐만 아니라 이념의 향방도 기존의 지배 이데올로기를 수용 유포하는 성질의 것이 되는 것이다. 이 점을 보기 위해 〈구운몽〉에서 한 대목을 인용한다.

　　이졔 텬하의 지지(才子) 낭군의 지느 리 업술지라 신방(新榜) 댱원은 니르도 말고 승샹 인슈(印綬)와 대쟝군 졀월(節鉞)이 오리지 아니흐여 도라오리니 텬하 옥녀가인(玉女佳人)이 뉘 낭군을 쓰르고져 아니흐리오 셤월이 홀노 젼총(專寵)코져 뜻이 엇지 잇스리오 오직 낭군은 명공귀가의 어진 슉녀롤 췌흐려 흐실진딘 쳡은 드르니 쟝안 뎡스도딕 녀지 당금 졔일이라 흐니 경스의 가시거든 광문흐야 군즈호구(君子好逑)롤 졍흐신 후 쳔쳡 ᄀ흔 것도 브리지 말으소셔 쳥컨딘 오날부터 쳡이 몸을 감초아 명을 기드리리이다[23]

〈구운몽〉에서 계섬월이 자신과 인연을 맺고 과거를 보러 가는 양소유를 떠나보내면서 하는 말이다. 재주가 남보다 뛰어나서 과거에 장원급제하고 출장입상하고 영화를 누리며 천하의 모든 가인들이 그와 결연하기를 원하리라는 의례적인 치사는 말할 것도 없고, 정처가 될 만한 다른 여자를 소개하면서 자신은 버리지만 않으면 첩으로 만족한다는 말은 일부다처제가 용인되고 쟁총(爭寵)이 금기시되며 부인들 간의 우애가 장려되는 사회적 지배 이데올로기의 영향을 다분히 받고 있는 언술이다. 이는 여자의 혼인과 가정생활에 대한 「소학」과 「내훈」류의 정형화된 담론체계로서 여기에 그대로 인유되고 있다. 이는 여자의 행실에 대해 기술하고 있는 「예기」, 「효경」, 「내칙」, 「여교」 등등 수많은 중국의 경서나 문집에 나타나고, 「삼강행실도」, 「이륜행실도」, 「오륜행실도」 등 행실도류에 실려 있는 내용들과도 유사하며, 소혜왕후 한씨가 지은 「내훈」의 발화들과도 맥락을 같이하는 것이다. 이는 문학 텍스트 속에서도 굴절 과정을 거의 거치지 않고 그대로 진술된다. 여성인물의 형상과 행실을 그릴 때 흔히 이러한 담론체계가 동원되기 때문에 긍정적인 평가를 받는 여성인물들은 거의 비슷한 의식을 갖고 있고 비슷한 행실을 하는 것으로 되어 있다. 그러므로 많은 여성들이 비슷비슷한 성격과 외양을 지니는 것으로 그려진다. 각 인물들은 평면적이고 전형적인 성격으로 그려지곤 해서 개성이 없는 투명인간처럼 보일 때가 많은 것이다.

〈구운몽〉에서 이러한 발화는 비단 계섬월뿐만 아니라 많은 여주인공들에게서도 나타난다. 그리고 전쟁과 가정, 결혼, 그리고 조정에서의

---

23) 〈구운몽〉 9장상-9장하, 앞의 책, 89쪽.

군신관계와 외교문제 등 여러 가지 일에서 유교사회에서의 지배 이데 올로기를 여과 없이 진술하는 경향은 남녀노소와 존비귀천의 차별이 없이 광범위하게 이루어진다. 문장체 고소설은 이렇게 기존의 담론체계를 변용하지 않고 인유하기 때문에 이전 담론체계가 갖고 있던 관념성과 추상성을 거의 그대로 담지하게 된다. 인물과 사건들이 다름에도 불구하고 그것들이 현시하는 이념적 향방이나 주제적 요소들이 비슷비슷해지는 것은 바로 그 때문이다. 다시 말해 담론체계를 인유하는 방식이 인물의 성격이나 사건의 지향 같은 것을 결정하기도 하고, 나아가 극적 전개 양상과 결말 양상까지도 사전 결정하는 측면이 없지 않은 것이다. 다음은 문장체 고소설에서 또 하나의 예이다.

> 첩이 기질이 허약하야 생산할 여망이 없삽고 불효삼천(不孝三千)에 무후위대(無後爲大)라 하오니 첩의 무자한 죄는 조문에 용납지 못할 것이오나 상공의 넓으신 덕택을 입사와 지금까지 부지하옵거니와 생각건대 상공이 누대독신(累代獨身)으로 유씨 종사(宗嗣)의 위태함이 급하온지라. 원컨대 상공은 첩을 괘념치 마시고 어진 여자를 택하야 농장지경(弄璋之慶)을 보시면 문호의 경사 적지 않고 첩이 또한 죄를 면할까 하나이다.24)

〈사씨남정기〉에서 사씨가 자신에게 자식이 생기지 않자 남편에게 자진해서 첩을 들이자고 제안하는 대목이다. 조선조 유교사회에서 여자가 아이를 생산하지 못하면 대를 끊어지게 함으로써 가문에 큰 죄가 되고 대를 잇지 못함은 가장 큰 불효이므로 칠거지악으로 내침을 당해야 하는데 남편의 배려로 지금껏 부지할 수 있었다는 것이다. 그러니 자신의 처지를 돌아보지 말고 자식을 낳을 수 있는 첩을 들여 가문의

---

24) 〈사씨남정기〉 앞의 책, 23쪽.

창달을 도모하자는 제안이다. 이는 남성뿐만 아니라 사회 전체가 공유하는 가문의식적 담론인데, 그런 이데올로기의 피해자인 여성인물 자신이 이를 발화하는 것이다. 물론 사씨가 못나서 이런 발화를 하는 것은 절대 아니다. 모든 인물들이 당대의 지배 이데올로기를 이렇게 선양하고 유포하는 데 기여하는 것이 문장체 고소설의 진술 메커니즘인 것이다. '내훈'류의 정형화된 지배 이데올로기가 그대로 현시된 것이 여기에서의 담론체계라고 할 수 있을 것이다.

사씨와 같은 여성인물은 내훈류의 가르침에서 추호의 어긋남도 보이지 않는다. 즉 내훈의 담론체계와 문장체 고소설 속의 많은 여성인물들의 담론체계가 상동성을 지니는 것이다. 간혹 담론체계를 구성하고 있는 일련의 사건 그 자체가 장면 전체의 구성원리가 되는 수도 있다. 이를테면 교씨가 측천무후의 고사를 원용하여 자기 자식을 눌러 죽임으로써 교활한 음모를 꾸미는 것이 그러하다. 우리는 사씨부인이 기존의 지배 이데올로기적 담론체계를 그대로 수용하는 전형적인 인물이라고 말해왔는데, 그것을 극적으로 증명해주는 대목도 있다. 그것은 바로 결미 부분에서 사부인이 '내훈' 십 편과 '열녀전' 삼 권을 지어 세상에 전했다는 언급이다. 이는 담론체계와 극중 인물의 행위 사이의 수미일관된 결합이라고 할 수 있을 것이다.

문장체 고소설의 등장인물들이 타의 경험에서 유추된 담론체계를 그대로 인유하는 경향을 주로 보여준다면, 이에 비해 판소리 서사체의 등장인물들은 그러한 타설적 담화 속에서도 경험에서 우러나오는 자신만의 목소리를 함께 내고 있다는 사실을 주목하지 않을 수 없다. 판소리 서사체에서 기존의 관습적인 담론체계에 의지하고 지배 이데올로기를 인유하는 경향이 없는 것은 아니다. 그러나 그런 경향이 전편을 압

도하지는 않으며, 기존의 관습적인 담론체계에 의지하더라도 그것은
발화의 단초로서 기능할 뿐 그 담화를 지배하는 위치에 있지 않는 경
우가 점점 많아진다.

사또 분부 황송하나 일부종사(一夫從事) 바리온이 분부 시힝 못하것소
…… 네가 진정 열여로다 네 정절 구든 마음 엇지 그리 에어쁜야 당연한
말이로다 그러느 이수지(李秀才)는 경성 사디부의 자제로셔 명문귀족 사
우가 되야쓰니 일시 사랑으로 잠간 노류장화하던 너를 일분 싱각하건넌야
…… 츙불쏘이군(忠不事二君)이요 열불경이부절(烈不更二夫節)을 본
밧고자 하옵난듸 …… 너갓튼 창기비게 수절이 무어시며 정절이 무어신
다 구관은 젼송(餞送)하고 신관사또 연졉(迎接)하미 법전(法典)으 당연
하고 사례으도 당당커든 고히한 말 니지 말아 너의 갓턴 천기비게 츙열
이쯔 웨 잇시랴 잇쩌 춘향이 하 기가 막켜 천연이 안자 엿즈오되 충효열여
상하 잇소 …… 모반디역(謀反大逆)ㅎ난 죄는 능지쳐참(陵遲處斬)ㅎ여
잇고 조롱관장(嘲弄官長)하는 죄난 겨셔율(制書律)의 율 쎠잇고 거역관
장(拒逆官長)하난 죄는 엄형정비(嚴刑定配) 하는이라 죽느라 셔러마라
춘향이 포악하되 유부겁탈(有夫劫奪)하난 거슨 죄 안이고 무어시요25)

이 인용문은 〈열녀춘향수절가〉에서 수청을 강요하는 신관과 거기에
항거하는 춘향 사이의 대화인데, 기존의 담론체계를 빌려와 이념적 공
방을 벌이고 있다. 여기에서 허점투성이인 지배 이데올로기의 허구성
이 제 모습을 드러내면서 지배 이데올로기를 신봉해온 사또와 회계나
리를 곤혹스럽게 만들고 있다. 그들이 실제로 당혹해하는 것은 춘향이
관장의 명령에 항거한다는 사실보다는 지배계층이 그토록 금과옥조로
생각해왔던 기존의 담론체계가 그 자체 내에 심각한 모순구조로 되어

---

25) 〈열녀춘향수절가〉 54장상-55장하, 앞의 책, 223-4쪽.

있다는 사실 때문이다. 여기서 춘향의 논리는 기존의 지배 이데올로기에 대한 대항 담론을 형성하면서 상대 담론을 무력화시키고 있다.

　여기서 춘향의 발언은 철저한 자기 경험에 의거해서 나오는 것이다. 지금 현재 느끼는 개인의 주관적인 감정 그대로를 표출할 뿐이다. 그런 점에서 그것은 자설적이다.[26] 경험에 근거하여 자기 목소리로 진술하기 때문에 생동감 있는 현장감이 느껴지고 현실적인 설득력이 획득된다. 판소리 서사체에서는 종종 기존의 담론체계와 새로운 현실인식이 서로 갈등하는데 이는 판소리 서사체의 두드러진 덕목이다. 항용 기존의 담론체계는 도전받은 적이 없고 언제나 진리로서 행세하는 경향이 있었다. 그래서 문장체 고소설에서는 언제나 관습적으로 그것을 인유하여 자신의 논리를 위해 사용하는 대상으로서만 생각하지 그것을 뜯어보고 그 허구성을 들추어내려고는 하지 않는다. 그러나 판소리 서사체는 기존의 담론체계를 낯설게 봄으로써 그것의 맹점이 드러나게 한다. 기존의 담론체계에 대한 이러한 반성적 태도는 판소리 서사체로 하여금 종종 새로운 주제의식을 표출하게도 하고 인물의 형상을 생동감 있고 개성적으로 채색하게도 한다.

　　산힝기라 ᄒᆞ난 거슨 갓튼 우리 모족으로 긔식인ᄀᆞ ᄒᆞ엿시니 ᄃᆞ른 긔와 ᄀᆞᆺ튼 힝셰 쫑이ᄂᆞ 먹어쥬고 도젹이ᄂᆞ 지혓쓰면 쥬인 은혜 갑풀 터되 무신 연의 ᄋᆞ당으로 니 잘 맛는 ᄌᆞ랑ᄒᆞ여 심순궁곡 층암졀벽 촛고 츠져 드려와셔 여긔져긔 지는 듸도 니을 부쳐 질을 츠져 굴 속의 드럿스되 기어이 물어ᄂᆞ니 졔 ᄋᆞ무리 이쎠스ᄂᆞ 피 흔 먹음 고기 흔 졈 맛시ᄂᆞ 볼 슈 잇쑈 졔

---

26) 타의 선험에 의한 관습적 문맥에 의존함으로써 나타나는 현상을 타설적이라 한다면, 자기 경험을 현실적이고 구체적으로 표현함으로써 나타나는 현상을 자설적이라 할 수 있다. 박철희, 『한국시사연구』, 일조각, 1980, 10-24쪽 참조.

몸 이도 업고 동졔만 살희ㅎ이 그 놈 소위 슨힝기라 …… 그러ㅎ면 슨힝
기는 졔명디로 ㅅ오리ㄱ 좃퇴ㅅ이 쥬구펑이라이 져도 죽는 놀이 잇졔
…… 져의드리 못 싱겨셔 ㄴ무계 복긔어여 걱졍ㅎ졔 놀갓치 힝셰ㅎ면 ㅇ
무 걱졍 ㅎㄴ 업졔 ㄴ무 무덤 밧쪽 엽폐 굴을 푸고 업져스면 슨힝군이 암
만 힝도 불질을 슈도 업고 쏙기여 ㄱ다ㄱ도 오좀만 누엇스면 슨힝기도 할
슈 업고 아무 디로 ㄱ드르도 쥬관ㅎ는 니게 비우만 맛치우면 일싱 평안ㅎ
신세 …… 오날 져역 쏘 지니면 여우 눈의 못 고인 놈 무슨 환을 쏘 당할
지 그 놈의 우슴소리 쩌져려 못 듯건니[27]

이는 〈토끼전〉에서 모족회의의 한 장면이다. 여기에서 보면 판소리
서사체는 '호가호위'와 '토사구팽'과 같은, 지배 이데올로기를 현양하거
나 유포시키는 담론이라기보다는 오히려 지배 이데올로기가 파생시킨
부정적인 측면을 비판하는 일종의 대항 담론을 인유하기도 한다는 점
을 알 수 있다. 한편으로는 지배 이데올로기를 현양하는 담론체계를
인유하여 그 모순점을 드러내기도 하지만 다른 한편으로는 이와 같이
지배 권력의 폐해를 드러내는 담론체계를 인유함으로써 자설적인 인식
을 보여주는 것이다. 여기에는 사냥개와 여우의 행태와 그 종착점을
분석하고 거기에 치열한 비판을 가하는 하층민의 날카로운 시선이 담
겨 있는데, 그것은 생생한 자기 경험에 의해 획득된 안목이다. 지배 권
력의 권모술수와 중간층의 모리배적 행태에 대한 처절한 경험이 있었
기에 하층민의 고뇌가 이렇게 자설적인 인식으로 풀어 쓰이는 것이 가
능했던 것이다. 특히 인용문의 후반에 보이는 여우의 내면 묘사와 같
은 대목은 세상을 보는 치밀한 자설적 분석력이 바탕이 되어 있기에
가능한 것이 아닌가 판단된다.

---

27) 완판본 〈퇴별가〉, 앞의 책, 10장하-11장하.

문장체 고소설과 판소리 서사체가 어떤 담론체계를 인유하고 그것을 어떻게 대하는지 하는 문제는 권력적 헤게모니의 문제로 볼 수도 있다. 권력은 새로운 지식의 생산을 가능하게 하기도 하지만 지식의 활용은 동시에 새로운 권력 효과를 수반하게 되는데,[28] 어떤 담론체계를 선호하고 그것을 자기화한다는 것은 일종의 권력을 소유한다는 것을 의미한다. 그런 점에서 담론 메커니즘을 둘러싼 세력 간의 권력적 역학관계가 드러나게 되는 것이다.[29] 기존의 지배 이데올로기를 선양하는 담론체계를 인유하여 그것을 담론체계의 근간으로 삼는 경향이 있는 문장체 고소설은 지배 이데올로기를 유포하고 확산하려는 의도를 지닌 세력이나 거기에 동조하는 세력이 일종의 권력 효과를 향유하는 성격의 문학이라고 할 수 있다면, 판소리 서사체는 지배 이데올로기에 대해 의문을 제기하는 세력이 새로운 권력을 행사하기 위해 새로운 담론체계를 형성해가는 과정에 있는 것으로 볼 수 있을 것이다.[30]

3. 맺음말

사람들의 이념적 지향이나 시대의 제반 상황은 언어의 지시대상으로서의 내용에만 담기는 게 아니라 언어가 조직되는 방식 속에도 담겨 있다고 본 것이 이 글의 기본관점이었다. 그것은 언어를 평면적이고 고정된 형식으로서가 아니라 언어가 선택되고 조직되고 인유되는 방식

28) 문학이론연구회 편, 『담론 분석의 이론과 실제』, 문학과지성사, 2002, 22쪽 참조.
29) 위의 책, 40쪽 참조.
30) 물론 이 말은 전반적인 인식의 대강이다. 각 세부별 인식의 향방은 무척 다양하리라 본다.

을 역동적이고 입체적으로 봄으로써 그 시대 사람들의 사회문화적 인식과 이념적 지향을 드러내는 입장인 것이다.

이 글은 문장체 고소설과 판소리 서사체의 언어조직방식과 그 배경적 의미를 추구했지만 이는 큰 틀에 불과하다. 각종 어휘별 자질 분석이라든가 여러 색깔의 목소리들이 동화하고 이화하는 방식 등 미시적인 측면의 언어조직방식이 앞으로 더욱 논해져야 할 것이고, 여기에 사회문화적인 배경과 더욱 정밀한 시대정신적인 부분들이 연결될 필요가 있다. 이 글의 시론적인 성격상 문장체 고소설과 판소리 서사체의 담화적 특성이 일반화된 경향이 있는데, 이는 전반적인 성향을 지시할 뿐, 내부에서의 편차와 혼합상에 대해서까지 무시하는 입장이 결코 아니다. 그러므로 각 소설 유형별로 또는 각 작품별로 차이를 따지는 정밀 작업이 뒤따라야 할 것이고, 양쪽의 자질을 공유하고 있는 중간 영역에 대한 조명도 이루어져야 할 것이다. 그리하여 궁극적으로는 언어형식과 서사 내용, 그리고 사회문화적 현상과 시대정신이 한 곳에서 정합적으로 만나게 됨으로써 고소설의 지형도가 더욱 입체적으로 그려질 수 있도록 언어적이고 담론적인 방면의 연구가 광역적으로 펼쳐질 필요가 있다고 본다.

〈춘향전〉 담화의 환유적 성격

1. 머리말

〈춘향가〉 사설을 보면 골계적인 취향이 발현되어 재미있는 문답을 주고받기도 하고, 패러디와 같은 어희(語戱)를 추구하기도 하며, 서술 상황과는 그리 어울리지도 않게 잔뜩 주변 사물들을 늘어놓기도 하고, 진지한 국면에서 갑자기 분위기를 해치는 말이 불쑥 등장하기도 하며, 서술 충위가 다른 메타적 담화가 등장하여 연행 상황을 급변시키기도 하는 등 이전의 전통적인 서사체들에서 보던 담화방식과는 사뭇 다른 담화방식을 볼 수 있다. 이런 담화방식은 다른 판소리 작품에서도 나타나는 것이지만 〈춘향가〉에 더욱 강도 높게 나타나는 것 같다.

이 글에서는 이러한 담화방식을 환유적 성격으로 보고, 환유적인 성격의 담화방식에는 구체적으로 어떤 양상들이 있고, 왜 환유적인 성격으로 묶일 수 있으며, 어떤 배경에서 나타났는지에 대해 문체의 범주 속에서 고찰하도록 한다.

여기에서의 문체의 범주는 전통적인 의미 맥락의 협의의 문체 개념과는 다른 시각이라는 점을 먼저 밝혀야겠다. 여기에서의 문체는 단어나 문장 단위의 언어적 쓰임새에 국한되지 않으며, 수사법이나 비유법의 형식에 한정되지도 않는다. 이 글에서는 일정 패턴의 서술방식이나 이야기 구성방식을 화두로 삼아 그 이면에 녹아 있거나 연관을 맺고 있는 작가의 의도와 서술적 효과, 이데올로기적 정향 등과 연결함으로써 의사소통의 방식이나 의사소통에 간여하는 집단의 문제, 그리고 시대이념적인 제반 사회문화적 문제들까지 다룰 수 있는 회로를 확보하고자 하는 거시문체론적인 입장을 취하고자 한다.[1] 다시 말하자면 문체가 지엽적인 표현 방식에 그치지 않고 텍스트 전체를 구성하는 기저의식 내지 근본정신과도 연결되고 텍스트 전체의 의미와도 무관하지 않다고 보는 시각인 것이다. 그러므로 여기에서의 문체론은 음운론이나 형태론이라기보다는 다분히 통사론적이고, 그것도 통사론이긴 하되 언어학적인 분석 단위를 뛰어넘는 초언어학적인 통사관련성을 추구하는 것이다. 그런 점에서 볼 때 여기에서 말하는 문체는 문채(文彩)이기도 하고, 언어직조방식이기도 하며, 사유체계나 세계관을 조직하는 방식이기도 한 것이다.

문체를 보는 이러한 입장은 비유 형식의 하나인 환유를 〈춘향가〉 내외의 맥락들을 모두 포괄하는 메커니즘으로 보려고 하는 이 글의 또다른 시각과 서로 통한다. 환유를 은유의 대립쌍으로서 두 사물 사이의 인접성을 기저로 한 비유로 보는 것은 작품 내적 수사법 차원에서

---

1) 거시문체론에서 문체는 그저 언어적 속성을 담보하는 존재에 그치는 것이 아니라 언어 속에 함축된 사회문화적 맥락이라든지 이념적 정향 등까지 담보하는 존재이다. 그러므로 거기에는 시점이나 거리, 서술방식과 구성방식, 통사적인 결합방식 등 넓은 표현 영역들을 다루게 된다. 그런 점에서 주변 맥락들이 총체적으로 감안된 언어의 측면을 다루는 담화분석(discourse analysis)이라든가, 사회문화적 제경향이 언어에 반영된 양상을 다루는 사회언어학, 그리고 당대의 이데올로기가 반영된 언어의 측면을 다루는 바흐친의 담론이론 등은 모두 거시문체론의 기제가 된다.

의 일이지만, 환유를 문학 장르나 관습 내지는 전통과 연결시키거나, 역사적 상황이나 사람들의 인식론적 경향과 연관시킨다면 그것은 작품 외적 맥락의 일이 된다.[2] 환유는 이와 같이 언어적인 현상일 뿐만 아니라 외적 현실의 함축체이기도 한 것이다. 서술상황에 영향을 미치는 제반 맥락을 이데올로기라고 할 때, 언어조직체는 이데올로기와 결코 분리될 수 없다. 모든 구체적인 발화는 하나의 사회적 행위이다. 바흐친식으로 말한다면 언어란 독백적 산물이 아니라 대화적 산물인 것이다. 그것은 심리적, 사회적, 역사적 상황 속에서 끊임없이 생성되는 긴장과 갈등의 산물이다.[3] 일반적인 다른 담화 형식보다 환유는 심리와 사회와 역사가 초점화되어 있는 장소로 볼 수 있다.

이와 같이 이 글은 '문체'와 '환유' 개념을 텍스트 내적 의미에서부터 넓은 영역의 현실맥락으로 끌고 나와 〈춘향가〉의 담화방식을 당대의 사회문화와 당대인의 의식구조와의 관련 속에서 조망하고자 한다.

2) 로만 야콥슨은 은유와 환유를 문학 장르와 전통과 연관시킨다. 예컨대 시가 은유적이라면 소설은 환유적이다. 같은 시에서도 은유와 환유는 구별될 수 있다. 서정시는 은유적 성격이 강한 반면, 영웅서사시는 환유적 성격이 강하다고 할 수 있다. 그는 은유와 환유를 사조의 흐름과도 관련시킨다. 낭만주의가 은유적이라면, 사실주의는 환유적이라고 할 수 있고, 다시 상징주의에서는 은유적 성격이 강화된다. 야콥슨의 논의를 더 밀고 나가면 모더니즘이 은유적이고, 포스트모더니즘은 환유적이라고 할수 있을 것이다. 폴 드만은 은유와 환유를 철학적인 논리적 연관관계 차원에서 논의하기도 한다. 그에 의하면 은유가 필연적인 본질을 지향한다면 환유는 우발적이고 우연적인 것에 관심을 둔다. 달리 말해 환유는 좀 더 구체적이고 현실적이며 특수하고 개별적인 것을 강조한다. 김욱동, 『은유와 환유』, 민음사, 1999, 253-271쪽 참조.
3) 김욱동, 『대화적 상상력』, 문학과지성사, 1988, 109-56쪽 참조.

2. 환유적 문체의 실현 양상

사람들은 자신만의 개성적인 문체를 지니고 있게 마련인데, 대체로 어휘나 구절의 위치상 또는 의미상의 유사성과 인접성의 관계에 따라 선택하고 결합하는 개인의 언어사유적 취향에 따라 그것은 결정된다.[4] 그런 점에서 문체를 은유와 환유라는 두 개의 큰 틀로 볼 수 있다. 은유가 의미론적 내적 유사성에 따라 수직적으로 선택할 때 나타나는 현상이라면, 환유는 외적 인접성에 따라 수평적으로 결합할 때 나타나는 현상이라고 할 수 있다. 은유와 환유를 언어적인 차원에서 사유적이고 담화적인 차원으로 이동시킨다면 우리는 더 넓은 맥락에서 말할 수 있게 된다. 그럴 때 환유란, 논리적인 유추보다는 자유분방한 연상이 주로 작용하는 것이며, 맥락 간의 시간적인 관계보다는 공간적인 관계가 문제되는 것이다. 그리고 관념이나 사물에 대한 추상적이고 보편적인 시각이라기보다는 구체적이고 개별적인 시각을 위주로 하는 것이며, 본질적이고 필연적인 맥락을 추구하기보다는 주변적이고 우연적인 맥락을 추구하는 것에 가깝다고 할 수 있다.[5]

이런 관점에서 〈춘향가〉의 문체적 자질을 볼 때 환유적 성격이 이전 서사체에 비해 증대되어 있음을 알 수 있다. 그리고 그것이 〈춘향가〉에서 의미 있는 색채를 드러내는 부분이라고 생각되는 것이다. 그러면 〈춘향가〉에서 환유적 문체가 실현되는 양상을 몇 가지로 나눠 살펴보

---

4) 로만 야콥슨, 「언어의 두 양상과 실어증의 두 형태」, 『문학 속의 언어학』, 문학과지성사, 1989, 111쪽 참조. 오두막집에 대해 한 사람은 '불타버렸다'라는 반응을 보였고, 다른 한 사람은 '초라한 작은 집'이라는 반응을 보였다면, 전자는 위치적 인접성에 따라 환유적 사유를 한 것이고, 후자는 의미적 유사성에 따라 은유적 사유를 한 것이다.

5) 김욱동, 『은유와 환유』, 민음사, 1999, 253-96쪽 참조.

도록 한다.

1) 수수께끼 문답형 말놀이

〈춘향가〉에는 수수께끼 문답 형식을 채용한 사설들이 종종 삽입되어 있는데, 이들은 대체로 흥미 위주로 짜여 있다. 이도령과 방자의 대화 한 토막을 아래에 인용한다.

> 애 방자야 방자 눈치 선뜻 채고 예-이 이놈 나는 떠는 곡절이 있어 떨지만 너는 어찌해서 떠는고 예 상탁하부정이라 윗양반이 떠시기에 소인놈이 부조로 떨었습니다 그러나 저러나 저 녹림간 수풀 속에 오락가락 얼른 햇듯 허는 게 저게 무엇이냐 방자 얼른 보니 춘향과 향단이 나와 추천허는 걸 보고 도련님 눈이 확 뒤집혔구나 요런 때 양반을 좀 골려 먹으리라 생각허고 소인놈 눈에는 고런 것이 안뵈라우 이놈아 자세히 좀 보아라 자시 아니라 축시래도 안뵙니다 이 부채발로 보아라 부채발로 아니라 미륵님 발로 뵈도 안뵙니다 이놈아 똑똑히 보아 똑똑히 아니라 두 번 부러지게 보았사도 안뵈누망 애 방자야 네 눈은 상놈에 눈이라 거 발사태 티눈만도 못하다더니 너를 두고 한 말이로구나 방자란 놈 기가 막혀 그래 소인놈 눈은 상놈의 눈이라 거 양반에 꼬랑내나는 발사태 티눈만도 못하다 그 말씀입니껴 그러나 저러나 네 눈에는 안 보이고 내 눈에 보이는 것은 내가 탐심이 없는고로 금이 화야 보이나보다 금이란 말이 당치 않소 금이란 말씀이 당치 않어 금은 옛날 초한시 육출기계 진평이가 범아부를 잡으려고 황금 사만을 흩었으니 금이 어찌 있으리까[6]

이 사설은 수수께끼 문답 형식 내지는 정체 확인형[7] 담화방식을 채

---

6) 박동진 창본 〈춘향가〉, 김진영 외, 『춘향전전집』 2, 박이정, 1997, 388-9쪽.
7) 전경욱 교수는 〈춘향전〉의 '금옥사설' 등을 가리켜 '정체확인형' 사설이라고 하고 있는데, 상대방의 정체를 알면서도 대화를 흥미롭게 끌고 가려는 목적으로 장황하게 기술한다는 점에서 이 명명은 타당하다고 본다. 전경욱, 「춘향전 작품군 가요의 형

용하고 있다. 실제로 수수께끼를 내고 푸는 형식이 아님에도 불구하고[8] 그 바탕 원리는 오답을 자꾸 내면서 정답에 도달해가는 수수께끼의 담화방식이며, 대상의 정체를 하나하나 물으면서 확인해가는 담화방식이다. 이 수수께끼 문답은 대체로 의미적 유사성이 아니라 음성적 인접성에 의해 확장된다는 측면에서 볼 때 그 성격이 환유적이라 할 수 있다. '자세히'()'자시')/'축시(丑時)', '부채발'()'부처발')/'미륵님발', '똑똑히'/'두 번 똑똑', '눈'/'티눈' 등은 모두 의미상으로는 유사함이 전혀 없으나, 발음이 비슷한 주변의 것으로 연상이 이동하는 양상을 보여준다. 이 사설의 환유적 성격은 앞뒤에 포진해 있는 담화에서도 발견된다. 같이 몸을 떠는 행위를 상탁하부정(上濁下不淨)과 연관시키는 것도 논리적 유추에 의해 추출된 의미상의 유사관계가 아니지만, 떠는 행위를 부조삼아 할 수 있는 것은 더욱이나 아니다. 그것은 인접한 사물로 연상이 전염되고 있음을 나타낸다는 점에서 전형적으로 환유적이다. 그리고 금이 있을 수 없는 이유를 옛날 중국에서 황금을 많이 소비해서 그렇다고 하는 것 또한 직접적인 연관관계라기보다는 배경이 되는 맥락들 중 먼 거리에 있는 현상 하나를 가지고 전체를 대변시켰다는 점에서 환유적이다.

성과 기능」, 고려대 박사학위논문, 1988, 61-66쪽.

8) 하나의 예로서 〈춘향전〉에 수수께끼를 내고 푸는 대목이 '이고본' 〈춘향전〉에 있다. "춘향아, 좋은 수가 있다. 수수께끼 하여 보자. 지는 사람이 먼저 벗기 하자. 그럽시다. 도련님이 먼저 하오. 그러면 너 안다 안다 하니 먼 산 보고 절하는 방아가 무엇이냐? 나 모르겠소. 디딜방아지 무엇이냐. 또 안다 안다 하니 대대로 곱사등이가 무엇이냐? 나 모르겠소. 그것을 몰라, 새우란다. 너 졌지. 또 안다 안다 하니 앉은 고리, 선 고리, 뛰는 고리, 입는 고리가 무엇이냐? 그런 수수께끼도 있나? 나는 모르겠소. 내 하는 말을 들어봐라. 앉은 고리는 동고리, 선 고리는 문고리, 뛰는 고리는 개고리, 입는 고리는 저고리지 그것을 몰라……" 성현경 역주, 『이고본 춘향전』, 열림원, 2001, 65-6쪽.

수수께끼 문답형 담화방식에서 사용된 환유적 문체는 대체로 흥미
를 유발하는 말놀이[語戱]를 지향한다. 기표가 의도한 기의를 낳지 못
하고 엉뚱한 기의를 지닌 기표를 생산하는 식으로 담화가 진행되는 것
이다. 그것은 담화가 의미상의 유사성에 의해 수직적으로 유추되는 것
이 아니라 의미상의 인접성과 발음상의 인접성에 의해 수평적으로 연
상되기 때문이다. 그래서 담화가 의미론적으로 본질을 건드리지 못하
고 주변을 맴돌게 된다. 인접성에 의해 연상된 사물이나 관념이 대상
의 핵심에 이르지 못하고 주변을 맴돌 때 그것들은 담화 상황과는 꽤
거리가 있고 엉뚱하기 때문에 골계적인 효과가 나게 된다. 하층민이
상층민을 대상으로 환유적인 문체를 사용하는 경우라면 해학적인 효과
이외에도 상층민을 비판 풍자하는 기능도 하게 됨은 물론이다.

〈춘향가〉에서 이러한 수수께끼 문답형 담화방식은 많이 채용되고
있다. 상대방의 정체를 확인해가는 사설들, 이를테면 어사또가 변장하
고 춘향집을 방문했을 때 월매가 이도령의 정체를 확인하는 사설이라
든가, 첫날밤 벽에 세워진 거문고의 정체를 확인해가는 사설9)들은 모
두 수수께끼 담화 원리를 바탕으로 하고 있는 환유적인 문체들이다.
그 밖에도 농부들과의 '검은 소' 문답이라든가 '사판'과 '사망'과 같은
문자풀이식 수수께끼 담화방식들10)도 환유적인 문체의 사례들이라고
할 수 있다.

9) "취하도록 먹은 후에 횡설수설 주정하며 거문고를 만지면서, 춘향아 이것이 무엇이
냐? 거문고요. 옻칠한 궤냐, 무엇하는 것이냐? 타는 것이지요. 타면 하루에 몇 리나
가노? 뜯는 것이오. 뜯는다니 잘 뜯으면 몇 조각이나 뜯느냐? 줄을 희롱하면 풍류소
리 나서 노래로 화답하는 것이오. 이애, 그리하면 한번 놀아보자." '이고본' 〈춘향
전〉, 앞의 책, 51쪽.
10) 이들 사례에 대해서는 김현주, 「판소리의 다성성 그 문체적 성격과 예술사회사적
배경」, 『판소리연구』 13집, 2002, 136쪽 참조.

2) 패러디

〈춘향가〉의 서책풀이 대목에서 유교 경전을 패러디하는 대목은 환유적인 문체가 실현되는 곳의 하나이다.

  글얼 익난듸 말근 정신은 츈향집의로 발셰 봇짐 쓰고 등신만 안져 글얼 익난듸 노리씌염의로 일거가다 춘향말를 씩시리여 고물 격지 두딋 ᄒ것짜 밍ᄌ라 밍ᄌ견양혜왕ᄒ신듸 왕왈 쉬불원철니이니 ᄒ신이 밍ᄌ 엇찌 양혜왕을 보앗씨리요 우리 춘향이가 날를 보왓졔 듸학을 드려라 듸학지도난 지명명덕ᄒ며 지신민ᄒ며 지지어지션인이라 지춘향이라 스력을 듸려 녹코 티고라 천황씨난 이쑥쩍의로 왕ᄒ여 셔그셥졔ᄒ여 무이와ᄒ여 십이인이 각 일만팔천셰ᄒ다 방ᄌ 엽페 셧다 여보 도련님 천황씨가 목쩍의로 왕ᄒ셧짠 말언 드럿씨되 쑥쩍이란 말삼은 금시쵸문이요 네 모르난 말리로다 천황씨난 일만팔천셰를 스르실 양반나라 이가 단단ᄒ여 목쩍을 ᄌ셰썬이와 지금 션비야 목쩍 먹견는야 물씬물씬한 쑥쩍 먹기로 공ᄌ님이 명윤당의 션몽ᄒ고 각읍 향교로 ᄶᆞ ᄌ바 돌엿난니라 여보 ᄒ나님 아르시면 깜작 놀닐 거진말 말르시오 등왕각셔라 남창은 고군이요 홍도난 신부로다 올타 이 글 늬 글릴짜 춘향은 신부되고 나는 실낭되여 오날 젼역의 만나보ᄌ 아셔라 이 글 희미ᄒ여 못보것짜[11]

  원전을 모방하고 반복하되 거기에 어떤 비판적 거리를 두고 희극적으로 개작하는 것이 패러디이다.[12] 여기에서도 유교 경전의 원전을 풍자적으로 모방하면서 자신의 담화를 희극적으로 변형시켜가고 있다. "맹자견양혜왕/맹자 어찌 양혜왕을 보았으리오 우리 춘향이가 나를 보았지, 대학지도는 재명명덕하며 재신민하며 재지어지선이니라/재춘향

11) 장자백 창본 〈춘향가〉, 김진영 외, 『춘향전전집』 1, 박이정, 1997, 105-6쪽.
12) 김준오, 『한국 현대시와 패러디』, 현대미학사, 1996, 14쪽.

이라, 천황씨는 이목덕으로 왕하여/천황씨는 이쑥떡으로 왕하여, 남창
은 고군이요 홍도난 신부로다/춘향은 신부되고 나는 신랑되어" 등으로
전개되는 패러디 양상은 진지함으로부터 벗어나 언어적 유희를 지향하
고자 하는 속성을 강하게 드러낸다. 유교 경전이 담고 있는 철학적 맥
락과 사유적 깊이는 여기에서는 전혀 문제되지 않는다. 오로지 이도령
자신이 놓여 있는 상황, 춘향이라는 화두만이 모든 담화를 지배한다.
그래서 맹자의 자리에 춘향이 오고, 대학지도는 춘향에게 있는 것이 된
다. 모든 담화적 맥락은 춘향으로 통한다. 사실 이러한 희극적 가벼움
은 패러디가 노리는 심리기제이다. 이 절박한 때에 유교 경전을 들이
댄다는 것은 실제로 어리석은 짓이고, 이를 춘향으로 둘러댐으로써 불
러일으키는 웃음은 화자와 청자 사이에 모종의 공감이 형성되었다는
점을 의미한다. 다시 말해 이 웃음은 인간의 어리석음과 부조리에 대
한 일종의 공범의식 속에서 나온 집단적 징벌이다.[13] 이러한 점에서
패러디의 비판의식이 다시 한번 환기된다.

　앞의 인용문에서 담화가 확장되는 방식은 의미적 유사성에 의한 구
심적인 깊이의 사유에 의해서가 아니라 담화 표면에 드러나는 의미 그
자체를 고집함으로써 이루어진다. 사물의 본질보다 담화 현상 그 자체
가 초점화되어 있기 때문에 의미의 중심은 끊임없이 사라지고 가치가
의문스러워지는 탈중심의 상황이 된다.[14] 그래서 목덕(木德)이 쑥떡이
되고 신부(新府)가 신부(新婦)가 되는 가치 전도 현상이 벌어진다. 이러
한 담화방식은 의미의 옆으로 미끄러지면서 이루어진다는 점에서 환유
적이라 할 수 있다.[15] 의미의 인접성에 의해 담화가 확장된다고 할 수

13) 위의 책, 24쪽.
14) 위의 책, 18쪽.

있기 때문이다. 이러한 점에서 시각의 착란에 의한 표현들, 이를테면 "논어가 붕어 되고 맹자가 탱자가 되고 중용이 도룡용 되고 주역이 누역이 되고 시전이 싸전이 된다"는 포괄적인 유교 경전 '뒤틀어보기' 또한 환유적인 담화방식이라고 할 수 있다.

이러한 패러디 방식에 의해 이루어지는 환유적 표현은 유교 경전 읽기 대목뿐만 아니라 천자문 읽기와, '정'자나 '궁'자 같은 글자 타령 대목에서도 행해지는 것으로 보인다. 그리고 단편적으로는 글자를 가지고 노는 어희 부분에는 일정 부분 이러한 패러디적 상상력이 끼쳐져 있다고 볼 수 있을 것이다.

3) 사물 나열

〈춘향가〉에는 온갖 사물들의 목록을 장황하게 늘어놓는 대목들이 있다. 실제 창에서는 빠른 장단에 올려 부르면 흥이 절로 돋워지는 부분들이다. 그런데 이들 대목이 사물들의 목록을 나열하면서 확장해나가는 방식을 보면 다분히 환유적이다. 하나의 대목을 짧게 들어본다.

방안치레를 살펴보니 각장 장판 능화도배 소라반자 완자밀창 용장 봉장 궤 뒤지며 각께수리 삼층장과 자개함롱 반다지 평양장롱 의주장에다 대단이불 공단요와 원앙금침 잣베개를 층층히 쌓아놓고 면경 체경 옷거리며 용두 새긴 장목비 쌍룡 그린 빗첩고비 벽상에 걸어두고 천은요강 백통 대야가 좌우로 버려 있고 문채 좋은 대모책상 화류문갑 비취연상 산호필통 마노연적 용지연 봉황필과 시전주지 서전주지 당주지 금책지 한데 말

---

15) 환유는 기표가 기의 아래로 미끄러지면서 의도되지 않은 기의를 만들어내는 것인데, 이러한 기표의 놀이가 일어나는 장소가 무의식으로서 꿈이나 말실수, 그리고 재담 등이 이와 동일한 메커니즘에서 이루어진다. 앤터니 이스트호프, 『무의식』, 한나래, 2000, 76-81쪽 참조.

아두고 만권시서를 쌓었구나16)

　춘향 방의 기물이 이와 같다는 것은 현실적 합리주의에 따르면 불합리하다고 할 수 있다. 세상의 가장 진귀한 물건들이 퇴기 자식의 방을 장식하고 있다는 것은 쉽게 수긍할 수 없는 일이다. 따라서 이 대목을 진술하고 있는 화자의 관심은 춘향 방의 실제 모습이 아니라 상상 속에서 열거할 수 있는 진귀명품의 목록에 있는 것으로 보인다. 그것은 열거된 사물들이 서로 어떤 유기적인 관계에 있거나 현실에서의 어떤 일정한 순서에 따라 배열된 것이 아니라 자유분방한 연상에 의해 이루어져 있다는 사실을 보면 짐작할 수 있는 일이다. 그런 점에서 여기에서의 담화 조직 방식은 환유적이다.

　여기 있는 사물들은 사물 간의 위계관계나 개념적 본질에 대해서는 전혀 말해주는 바가 없으며, 단지 개별 사물들이 구체성만 띠고 나열되어 있다. 개별 사물들의 목록이 그저 나열된 것은 지식 그 자체에 대한 관심이라고 볼 수도 있다. 사물의 본질이나 연원을 구성하는 지식의 탐구가 아니라 사물의 명목론적 지식 그 자체가 여기서 추구되는 지향점인 것이다. 이는 상당히 피상적이고 비본질적인 의식의 발현이라고도 볼 수 있지만, 그 실물에 대한 관심은 대단히 고조되어 있다는 점은 부인할 수 없다. 그것은 실물에 대한 과학적 탐구를 보여주는 실학 정신과 동궤의 수준까지는 아니라 할지라도 실학적 인식의 저변을 이루는 사유체계와 미약하게나마 접맥되는 것이라고 봐도 지나치지는 않으리라고 판단된다. 실학적 인식 속에는 선진 문물에 대한 호기심어린 관심도 어느 정도 포함되어 있다고 생각하기 때문이다.

16) 김연수 창본 〈춘향가〉, 김진영 외, 『춘향전전집』 3, 박이정, 1997, 41쪽.

사물들이 시간적인 논리관계가 아니라 공간적인 인접관계에 의해 인유된다는 점에서 볼 때에도 상기 인용문의 담화방식은 환유적이다. '장'만 하더라도 비슷비슷한 장들이 모두 갖춰졌을 리 없는 춘향 방에 첩첩이 쌓여 있는데, 이는 춘향 방을 비추는 시선이 시간 이동을 하면서 묘사한 것이 아니라 하나가 인유되면 그와 인접하고 있는 비슷한 사물들을 모두 불러내는 공간적인 연상 방식 때문이다.

〈춘향가〉에서 이러한 사물 나열 방식은 많이 발견되는데, 음식이나 술, 그림 등을 서술하는 대목은 말할 것도 없고, 신관사또 부임 장면이나 생신연 장면, 과거시험 장면 등과 같은 행사를 묘사하는 대목에서도 사물 나열의 정신이 상당히 보이며, 각 인물의 차림새를 장황하게 묘사하는 대목에서도 그것은 발현되고 있다.

4) 메타 층위의 담화

〈춘향가〉에는 본가사 연행 도중에 본가사의 맥락에서 벗어나 현장 상황을 환기하는 일탈적 담화가 존재한다. 거기에서는 자신의 현재 발화 행위에 대한 자의식적 환기가 이루어진다는 점에서 자기반영적인 언술이라고 할 수 있다. 먼저 이들의 사례를 몇 가지 들면 다음과 같다.

> 이 궁둥이를 두었다가 논을 살거나 밭을 살거나 흔들대로 흔들어라. 얼씨구 절씨구 지화자 좋다. 내가 한번 흔들어 볼라요17)
> 다른 집 노인네들은 늙으면 귀두 먹두만 우리집 노인네는 점점 귀나 밝어 이건 다 재담이요18)

---

17) 오정숙 창 〈춘향가〉에서 (김연숙, 「판소리 창자의 창자의 기능양상」, 서강대 석사학위논문, 1983, 55쪽 재인용)
18) 박동진 창본 〈춘향가〉, 앞의 책, 394쪽.

　　어사또를 몰라볼 리가 있으리요 이는 잠깐 성악가의 재담이였다 방자
어사또를 노상에서 뵈옵고19)

　이들은 비교적 짧은 예들인데, 길게는 창자가 현장에서 청중들과 장
황하게 여담을 늘어놓는 경우도 있다. 자기 사설의 제작과정이라든가
자신의 사승적 관계에 대한 언표도 메타 층위의 담화에 속한다. 이러
한 메타 층위의 담화는 서술 시점의 급격한 변화를 동반하기 때문에
강한 현장 환기력을 발휘한다. 지속적인 소격효과는 아니지만 잠깐의
소격효과를 통해 또 하나의 세계가 있음을 강력하게 인지시킨다. 이야
기 내적 세계는 하나의 소우주로서 그것은 그 자체로 충족되어야 하는
것이 전통적인 사고방식에서의 예술관이다. 어떤 종류의 감정적이거나
평가적인 발화도 이야기 내적 세계에서 이루어져야 한다. 그런데 이
경우는 화자의 목소리가 이야기 세계 밖으로 튀어나온다. 그것은 마치
액자 내의 경물이 액자 밖으로까지 연장되어 그려진 것과 같으며, 화면
속의 인물이 화면 밖으로 튀어나오는 것과 같다. 물론 이것은 오늘날
의 초현실주의적 예술 정신이 판소리에서도 발현되었다고 하는 의미가
아니다. 그것은 이야기가 이야기 세계의 안팎을 이동하는 현상이 판소
리에서는 흔히 벌어진다는 것을 의미한다. 그것이 우리 연행 예술에서
는 하나의 전형적인 연행술의 하나라는 점은 다른 차원의 문제이다.
　이들 메타 층위의 담화 부분은 본질적인 맥락에서 벗어나 주변적인
맥락으로 이동한다든가, 시간적인 사유체계에 얽매어 있다가 거기에서
이탈하여 공간적인 사유체계로 변화한다는 점에서 볼 때 환유적인 문
체가 실현되는 장소가 된다. 시간적인 사유체계에서는 통시적인 논리

---

19) 김연수 창본 〈춘향가〉, 앞의 책, 122쪽.

성이 강조되고 본질적인 이야기에서 벗어나는 법이 없지만 공간적인 사유체계에서는 그런 논리적인 일관성이나 통일성에서부터 벗어나 주변적인 맥락으로 이동하기도 하고, 심지어 예술 형식이 항용 지니는 테두리를 깨면서까지 맥락적 일탈을 행할 수도 있는 것이다.

담화가 메타 층위로 이동함으로써 급격한 환기 작용이 일어나기도 하지만, 그와 함께 사설 내용도 우스꽝스러워서 이 곳에서는 골계적인 웃음이 유발되는 경향이 있다. 판소리 창자가 본가사의 길 떠나는 장면에서 "길 떠나기 전에 물을 한 잔 먹고 떠난다"고 하면서 실제로 물을 먹는 데서도 폭소가 일어나듯이 메타 층위의 담화는 판소리 창자의 능숙한 연행술적 요소로도 기능한다.

5) 정서적 고조 국면에서의 일탈

〈춘향가〉를 보면 정서적으로 고조되어 절정을 향해 치닫다가 사설의 내용이 급작스럽게 지금까지의 궤도를 탈선하는 듯한 분위기로 마무리되는 대목들을 심심치 않게 볼 수 있다. 그것은 정서적 정점에 이르러 흥이나 한의 최고조 상태에서 자연스럽게 마무리되는 형식이 아니라 정서적 고조를 이기지 못하고 장난스런 파탈 정신에 맡겨버리는 듯한 엇나감이 거기에는 들어 있다. '사랑가'에서 하나의 짧은 예를 들기로 하자.

사랑 사랑 사랑 내 사랑이야 사랑이로구나 내 사랑이야 네가 무엇을 먹으라느냐 둥글 둥글 수박 웃봉지 떼띠리고 강릉 백청을 다르르르르르 부어 씰랑 발라버리고 붉은 점 흡벅 떠 반간진수로 먹으랴느냐 아니 그것도 내사 싫소 그러면 무엇을 먹으랴느냐 당동지 지루지 허니 외가지 단참외

먹으랴느냐 아니 그것도 나는 싫어 사랑 사랑 내 사랑이야 아매도 내 사
랑아 포도를 주랴 앵도를 주랴 귤병 사탕 외화당을 주랴 아마도 내 사랑
시금털털 개살구 작은 이도령 스는디 먹으랴느냐[20]

전체 사랑가에서 뒷 부분인 이 '자진사랑가' 부분은 사랑의 흥겨움이
고조되어 가는 곳인데, 이 대목에서도 끝 구절은 장난기 어린 파탈 정
신이 발현되는 곳이다. 사랑가뿐 아니라 많은 대목에서도 흥겨움을 노
래하다가 그것이 마지막에 이르면 흥겨움이 지나쳐 아예 파탈적인 농
지거리가 되는 경향이 있는 것이다. 이 부분은 정서의 최고조 상태이
면서 동시에 고조된 정서를 해체하는 역할도 한다. 그래서 대체로 이
러한 파탈 부분으로 정서적 지속은 마감되는 경향이 있다. 이와 같이
담화적인 연속성을 해치면서 주변적이고 해체주의적인 맥락으로 연상
이 빗나가는 방식은 전형적인 환유 방식이다. 여기에도 골계 정신은
어김없이 들어 있다.

정서적 고조 국면에서 일탈하는 모습을 보여주는 이러한 담화방식
은 한 맺힌 슬픔을 노래하는 대목에서도 볼 수 있다. 이를테면 십장가
같은 처절한 대목에서도 정서의 최고조 대목에서 갑자기 파탈적인 사
설이 등장함으로써 애원성의 정조가 해체되어 버린다. 물론 그것은 극
도의 저주가 되어 상대방을 공격하는 무기로 기능하지만 환유적인 발
상 하에서 담화가 등장하는 것은 마찬가지이다. 이러한 담화방식은 대
체로 흥겨움이 축적되는 분위기에서 보이는데, 천자풀이 대목이나 글
자타령 같은 곳에서도 나타나는 것으로 보인다.

---

20) 김소희 창본 〈춘향가〉, 김진영 외, 『춘향전전집』 2, 박이정, 1997, 314-5쪽.

3. 환유적 문체의 시대정신적 배경

여기에서는 환유적 문체가 나타나게 된 배경을 시대의식이나 시대정신, 광대의 지향의식, 사회문화적 동향, 청중들의 향유의식 등등의 여러 차원을 복합적으로 감안하여 생각해보고자 한다. 세부적으로 보면 상당히 다기한 배경으로 갈라지겠지만 여기에서는 크게 두 가지로 압축해서 보고자 한다. 그리고 그러한 기저배경이 환유적 문체를 실현시킬 때 개입한 매개항에 대해 한번 생각해보고자 한다.

1) 사유적인 반란

17세기 이후의 조선왕조는 이전의 군건한 체제의 동력을 차츰 상실하면서 내적으로 붕괴음을 내며 동요의 모습을 보인 것으로 알려져 있다. 체제의 균열은 여러 가지 현상으로 표출되었는데, 신분제의 해이라든지 향촌지배체제의 재편, 탈주자학적 경향과 실학의 등장, 민중의 저항과 서민문화의 확산 등 당시의 사회 동향은 당대인들의 인식에도 많은 변화를 초래하게 되었다고 생각된다. 아마도 기존의 체제나 제도, 그리고 의식 등에 대한 많은 갈등과 불만의 목소리가 고조되었으리라고 생각된다. 이 글과의 관련 하에서 말한다면 '문체반정'과 같은 사건도 그 당시 관습적인 문장 행태에 대한 이탈적 움직임을 배경으로 하고 있다. 이 사건은 사대부의 문장 관습에 대한 것이었지만 당시 하층적 문장 관습에도 어떤 변화의 기운이 있었으리라고 짐작된다.

판소리의 사설 창작과 연행 유통에 간여한 담당층은 상층과 하층에 걸쳐 다양하지만 판소리를 하나의 작품으로 최종적으로 형상화하는 주체는 광대이다. 판소리의 전 제작과정에 걸쳐 아무리 다른 계층이 간여했다 하더라도 광대는 가장 영향력 있는 권한을 지니고 창작과 연행, 그리고 유통에 직접 참여한 주체라고 할 수 있다. 그런데 사회적 천대를 몸서리치게 받아온 광대의 인식구조상 광대들은 지배체제와 지배계층, 그리고 그들의 사유체계에 대한 반감을 체질적으로 지니고 있었을 것으로 판단된다. 광대들은 신분상으로나 직능상으로 국가에 예속되어 있었고, 혹은 중상위층 계급의 경제적인 후원에 매여 있는 처지였지만 사유상으로는 자유로운 상태에서 거기에 저항하고 반란을 일으키고 싶었을 것이다. 그러나 굳이 따져본다면 이런 점은 꼭 광대한테만 국한되는 것은 아닐 터, 기존의 체제 속에 있는 계층에서도 사유적인 전환을 요구하는 목소리는 있었을 것이다. 이와 같이 사유상의 전환 내지는 반란을 도모하고자 하는 여러 주체들의 해체주의적 시선은 광대가 주관하는 판소리의 담화 구조 여기저기에서 발견된다.[21]

지배체제나 지배계층에 대해 적대적인 반감과 공격적인 태도를 겉으로 드러내지 못하는 상태에서 광대들은 담화상으로는 자유분방하게 기존의 질서에 대해 이의를 제기하고 뒤틀고자 하였다. 물론 그것은 자신들의 문화에 대한 자긍심이 바탕이 되어 있었기 때문에 일상어법에 의한 담화 전개 방식이 판소리의 전편에 깔리게 된 것이지만 기존의 담화방식과는 전혀 다른 생소한 담화방식을 보여주는 측면은 그들의 사유상의 반란을 입증해준다. 앞에서 살펴본 바와 같이 수수께끼

---

21) 상하층의 문화접변을 배경으로 판소리 사설에 나타나는 담화접변 현상은 사유상의 반란을 배경으로 하는 환유적 문체 현상과는 그 층위가 다르다고 생각된다. 담화접변 현상은 판소리 텍스트 전반에 걸쳐서 나타나며, 어휘의 성격 자체가 그 현상의 배경이 된다. 그러나 환유적 문체 현상은 국지적으로 나타날 뿐만 아니라 표현구절들의 통사론적인 결합방식이 그 현상의 배경이 된다는 점이다. 담화접변 현상에 대해서는 김현주, 『판소리 담화분석』, 좋은날, 1998, 248-270쪽 참조할 것.

문답식의 말놀이를 통해 파탈적인 담화방식을 보여주고 있으며, 권위적인 유교경전 담화를 패러디를 통해 강등시켜 놓기도 한다. 정서적인 고조 부분에서 급작스럽게 일탈함으로써 정서적인 일관성 내지는 진지성까지도 내팽개친다. 그들은 고답한 기존의 사유체계에서 벗어나 자유분방한 연상을 꿈꾼 것이다. 그들의 사유상의 반란은 상당 부분 환유적인 문체로 발현되고 있다. 환유적인 담화방식은 기존의 담화방식을 공격하고 비꼬는 데 유용한 방법이었던 것이다.

2) 공시적인 사고패턴

결론부터 말한다면 사유체계의 전환은 통시적인 사고패턴에서 공시적인 사고패턴으로의 변화로도 나타났다고 판단된다. 시간의식은 인간의 매우 중요한 사고의 축으로서 사물을 보는 세계관이나 현실인식은 이 시간의식에 많은 부분을 의지하고 있는 것이다. 우리의 전통적인 유교봉건체제나 가부장 체제는 역사적이고 수직적이고 직선적인 시간의식으로 구성되어 있는 게 보통이다. 이러한 통시적인 사고패턴에서는 종적인 연속성이 중시된다. 거기에서는 역사가 통시적인 모범을 보여주듯이 국가도, 사회도, 체제도, 제도도, 규범도, 신분계급도 모두가 종적인 연속성으로 보인다. 그래서 상과 하의 병렬관계, 지배와 피지배의 종속관계, 대과 소의 대칭관계, 중앙과 주변의 대조관계 등이 언제나 중요시되고, 그들을 통해서 모든 것이 사유되는 것이다. 그러나 공시적인 사고패턴에서는 횡적 연계성이 중시된다. 여기에서는 사고가 수평적으로 전환됨으로써 그동안 수직적인 관계에 있던 주체들과 구성원 사이의 횡적인 관계가 고려된다. 그래서 전에는 보이지 않던, 옆으로 벗어나 있는 주변에 대한 조망도 가능해지고 횡적인 관계짓기에도 관심을 두게 되는 것이다. 이러한 공시적인 사고패턴으로의 변화는 비단 광대 계층에만 해당하는 게 아니라 사회 전반에 걸쳐 공통으로 일어난 패러다임의 변화라고 할 수 있다.

　통시적인 사고패턴이 역사를 과거-현재-미래의 직선으로 보고, 현재의 위치에 서서 과거를 되새김질하면서 미래의 당위를 언급하는, 역사결정론적이고 숙명론적이고 변화를 그다지 원하지 않는 보수주의적 성향을 드러내는 것이라면, 공시적인 사고패턴은 역사를 직선이 아닌 곡선이나 원으로 보면서 과거보다는 현재에 관심을 두고 현재의 관심사에 두루 초점을 흩뿌리는, 그래서 과거결정론에서 벗어나 현재와 미래를 만들어나갈 수도 있다는 조명론적 경향을 일정 부분 함축하고 있다고 할 수 있다. 그것은 아마도 당대인들의 시간에 대한 의식의 변화와 밀접하게 맞물려 있을 것이라고 판단된다. 수많은 시간과 공간의식의 내용들 가운데 특히 외부 세계와의 교섭으로 인한 인식본적 변화가 가장 중요한 것이었다고 생각된다. 신흥 종교를 매개로 한 외국인들의 빈번한 왕래, 청나라를 통하거나 아니면 직접적인 교역으로 인한 외국 문물과 지식의 소개, 중국이나 일본뿐만 아니라 드넓은 세계가 우리 주변에 동시에 존재한다는 것을 실감나게 알려주는 세계지도의 출현 등은 우리의 고정된 시간과 공간의식을 상당히 질적으로 변화시켰으리라고 판단된다. 그동안의 단선적인 시간의식으로는 역동적인 세계의 질서를 담아내는 것이 어려워졌으며, 협소한 공간의식으로는 광활한 세계의 틀을 이해하기가 곤란해졌던 것이다. 중국과 과거를 중심으로 하는 기존의 통시적인 사고패턴이 공시적인 사고패턴으로 변하지 않을 수 없는 까닭이 거기에 있었다.

공시적인 사고패턴으로의 변화는 담화방식에도 그 흔적이 새겨져 있다. 지식들의 횡적 연계성을 확인하기 위해 실물적이고 개별적인 주변사물들이 나열되기도 하고, 시간이 흐르지 않는 상태에서 주변을 자세하게 섭렵하기도 한다. 관계의 통시적인 논리성을 따지는 것에서 벗어나 옆으로 미끄러져 퍼져 나가는 방식으로 사고가 이루어지기 때문에 본질적이기보다는 주변적이고 우연적인 것을 자유분방하게 연상한다. 그래서 전통적인 담화 진행 방식으로 보면 상당히 일탈적인 것이 된다. 계층 간의 문화적인 상호 인식이 반영된 담화 접변 현상이나 회화성 짙은 담화 유형도 공시적인 사고패턴과 무관하지 않다. 그것들은 횡적인 연계성을 추구하거나 시간을 사상해버리고 사물을 보는 관습이 내재화되었을 때 나타날 수 있는 담화 현상이기 때문이다.

필자는 이러한 시대정신적 배경이 환유적 문체를 형성할 때 골계정신이 매개의 역할을 하지 않았나 판단한다. 시대정신이라는 보편적인 인식상의 패러다임이 문예구조로 발현될 때에는 그 문예를 담당하는 집단이나 계층의 개성적인 의식 패턴이 거기 개입하기 마련이다. 그런데 판소리 연행을 주도했던 광대의 의식구조라는 것이 기존 사회와 제도에 대해 비판하고 풍자하며, 웃음을 통해 모든 것을 용해해 버리려는 속성을 거의 체질적으로 지니고 있었다고 판단된다. 어떨 때는 신랄하게 냉소하고 어떨 때는 파탈적으로 유희하는 세계인식을 골계정신이라고 한다면, 이는 사유상의 반란이나 세상을 보는 사고패턴을 획기적으로 바꿔보려는 시대정신적 배경과 연결되는 동시에, 파탈적 웃음을 유발하는 경향이 있는 환유적 문체라는 문예구조와도 접맥된다. 실제로 우리는 앞에서 살펴본 바와 같이 환유적 문체가 실현되는 양상들이 골계적 웃음을 유발하는 효과를 지닌 것임을 알 수 있었다. 골계적 웃음이란 대상을 골계정신으로 인식하고 드러내고자 할 때 현현되는 효과라고 할 수 있을 것이다. 요컨대 골계정신이 매개항 내지는 윤활제로서 작용하여 환유적 문체를 형성시켰고, 그 환유적 문체로 인해 야기된 효과가 골계적 웃음 또는 골계미라고 말할 수 있다.

4. 맺음말

지금까지 〈춘향가〉 사설의 환유적 성격을 강조했다고 해서 환유적 문체가 〈춘향가〉의 유일한 문체라고 주장하는 것은 아니다. 〈춘향가〉에는 환유적 문체와는 사뭇 다르고 대립적이기조차 한 문체도 있기 때문이다. 이를테면 문장체 고소설에서 흔히 보던 문체들 또는 사유방식들도 〈춘향가〉의 상당 부분을 차지하고 있는 것이다. 그러나 환유적 문체가 비록 〈춘향가〉에서 일부의 문체를 구성하고 있다고 할지언정 그것이 매우 중요한 기능을 담당하고 있음은 부정하지 못한다. 〈춘향가〉의 서사적 활력이 여기에서 연유하는 측면이 많은 것이다. 그것은 최소한 서사적 흐름을 재미있게 함으로써 청중들로 하여금 지루하지 않고 서술 상황을 여유 있게 즐기게 하기도 하고, 서술 상황에 대해 비판적 안목을 구유케 하기도 하는 요소이기도 하다. 이렇게 〈춘향가〉의 환유적 문체는 현장에서 주로 골계적인 효과를 냄으로써 연행 현장을 폭소와 흥겨움으로 물결치게 한다.

그러나 환유적 문체의 이러한 서사 내적 또는 현장적 기능의 이면에는 앞에서 살펴본 바와 같이 시대정신과 담당층의 의식, 사회문화적 동향 등이 농축되어 있다. 거기에는 엄격한 구성과 규범적인 담화방식을 내세우는 이성중심적인 가치를 의문시하고, 그의 전복을 꿈꾸면서 기존의 관습적으로 지켜지던 예술적인 경계선마저 조롱하듯이 없애 버리려는 의식이 잠재되어 있는 한편, 그러면서도 수평적인 가치체계와 관계를 소망하는 새로운 사고패턴이 담겨 있다고 판단된다.

이와 같이 환유적 문체가 당대의 사유체계를 반영한 것이라고 할 때, 다른 예술 양식들에도 이러한 사유체계의 흔적이 나타나는지도 관심의 대상이 아닐 수 없다. 아마도 다른 예술 양식들에는 물론 문학적 문체가 아니라 다른 스타일로 나타나게 될 터이다. 이를테면 풍속화와 민화에서는 묘사대상의 성격이라든지 화면의 구성기법이라든지 화필의 처리기법 등에서 구조적 상동성을 운위할 수 있을 것 같고, 음악에서는 장단과 조의 배합이라든가 선율의 선택이라든가 하는 데에서 스타일의 상동구조를 찾을 수 있을 것이다. 이에 대한 자세한 논의는 장을 달리해야 한다고 생각한다.

제4장

담화와 문화예술

판소리 담화의 다성성

1. 논의를 위한 전제

17세기 말이나 18세기 초에 우리 예술사 또는 문학사에 등장한 것으로 보이는 판소리는 그 담화방식에서 자못 파격적인 양상을 띠고 나타났다. 그것은 음악적인 측면과 연행 방식의 측면에서 볼 때에도 마찬가지지만 이것들도 그 근원적 배경을 따져보면 담화방식에 귀착되지 않을까 생각된다. 그만큼 담화방식의 파격성은 판소리의 다른 측면에도 두루 영향을 미쳤을 정도로 문제적이다. 우리의 예술사나 문학사의 전개에 비추어보더라도 문제성은 조금도 경감되지 않을 뿐 아니라 그 심도를 더한다.

그렇다면 판소리 담화의 문제성은 구체적으로 무엇인가? 그것은 판소리의 다성적인 담화 구조로 대변될 만한 것이 아닌가 한다. 판소리 담화의 다성성은 당대의 예술과 문학 장르들의 성향 가운데 가장 두드러진 것으로 파악되거니와 판소리의 성격을 가늠하는 데에도 중추적인 지위를 담보하고 있는 것으로 판단된다.[1]

---

1) 판소리 사설의 다성성을 문체와 관련하여 최초로 주목한 것은 최경환의 논문(「완판

　바흐친적 개념으로서의 다성성(polyphony)은 원래는 하나의 담화가
그 이면의 다른 담화와 대화적 관계를 가지면서 존재하는 것을 의미한
다.[2] 그러나 이 글에서는 지향을 달리하거나 성격상의 차이를 지니는
여러 목소리들이 통합되어 있는 현상도 포함하려고 한다. 지향의식을
달리하거나 성격적으로 차이를 지니면서 결합되어 있는 목소리들도 서
로 대화를 하면서 존립한다는 점에서는 다성적이라 할 수 있기 때문이
다. 사회이념적인 지평을 간직하면서 여러 차별화된 지향들이 한 군데
로 통합되는 현상도 여기 포함됨은 물론이다. 이렇게 다성성의 개념을
확장함으로써 여러 다층적인 목소리들이 결합되어 의미의 변주를 빚어
내는 판소리의 담화적 특징을 광역적으로 포착해내고자 한다.

　담화상의 다성성을 분석하기 위해서는 먼저 목소리와 시점, 언어와
담화/언술[3]을 구분하여 이해해야 할 필요가 있다. 목소리가 서사적 발
화를 누가 하느냐를 기준으로 하는 서술의 태(態)라면, 시점은 단순히

　84장본 〈열녀춘향수절가〉의 다성성 연구」, 서강대 석사학위논문, 1992)이라 생각된
　다. 이 논의는 완판본이 국문체와 한문체의 혼합적 문체라는 점, 각 인물의 언어사용
　영역을 분석하여 다성성을 규명해낸 점 등이 돋보인다. 다성성이 어휘의 성격에 국
　한되어 있는 것이 본고의 지향과는 다른 점이다.

2) 바흐친은 도스토예프스키의 작품들에서 등장인물들의 담화가 작가가 작품 전반의
　구성을 통제하는 상황에서 발화되는 구조가 아니라 작가의 통제력에서 벗어나 등장
　인물의 입장에서 이전에 자신이 한 말과 앞으로 자신이 할 말, 그리고 대화 상대방의
　생각이나 인식을 염두에 두면서 발화되는 구조라고 했다. 그런 점에서 도스토예프스
　키의 소설을 다성성의 소설이라 했고, 이와 반대로 작가의 담화가 등장인물의 발화
　구조를 통제하면서 이루어지는 톨스토이의 소설을 단성성의 소설이라 했다. M. 바
　흐친, 김근식 옮김, 『도스또예프스키 시학』, 정음사, 1988, 263-367쪽 참조. 김욱동,
　『대화적 상상력』, 문학과지성사, 1988, 157-195쪽 참조.

3) 언술(言述)과 담화(談話)는 서사학에서의 디스코스(discourse)와 유사하다. 그러나
　디스코스의 개념 범주가 너무나 다양하기 때문에 여기에서는 주변의 상황적 배경이
　감안된 언어, 즉 '컨텍스트가 감안된 언어' 정도의 의미로 한정하여 사용하고자 한다.
　언술과 담화는 이 글에서 차이 없이 사용된다.

말하는 사람이 누구냐에 대한 것이 아니라 누구의 지각과 사고와 감정인가에 대한 것이다.[4] 우리는 발화하는 사람의 진술 속에서 다른 사람의 지각과 사고와 감정을 어렵지 않게 발견한다. 특히나 판소리는 그런 담화 현상의 전시장이라 할 만하다. 하지만 이 글에서는 목소리와 시점의 개념을 구분하여 사용하지는 않으려 한다. 이미 학계에서는 이를 혼용하는 추세이므로 이를 구분 사용한다면 오히려 그것이 혼동을 야기할 우려가 있기 때문이다. 그렇지만 누구의 발화냐 하는 것과 누구의 지각과 사고와 감정이냐 하는 것은 엄밀하게 구분되어야 한다는 점은 강조해두고자 한다.

그리고 담화는 단순하게 지시적 의미 정도만을 갖는 '언어'가 아니라 주변의 모든 문맥과 배경을 감안한 언어이다. '언어의 진술' 그 자체가 아니라 언어가 왜 그렇게 진술되지 않으면 안 되는가 하는, '진술하는 방식'이나 '그렇게 진술한 이유'가 담화나 언술에서는 초점이 된다. '언어'와 '담화'가 외부로 드러내는 객관적인 징표는 다르지 않다. 그러나 '언어'를 컨텍스트를 감안한 시각으로 보면 '담화'가 된다. 언어가 아닌 '담화'로 보아야만 문학 텍스트의 언어 분석이 문학 이외의 예술 장르들과도 관련을 가질 수 있고, 문학 외부의 현실 문제로 확장될 수도 있다.

문학의 담화구조는 타 예술장르의 담화구조[5]와도 어느 정도 상응하거니와 나아가 당대인들의 정신구조 또는 사유체계나 당대 사회의 현

---

4) 김병국 교수가 이를 적절히 지적한 바 있다. 김병국,『한국 고전문학의 비평적 이해』, 서울대 출판부, 1995, 186-9쪽 참조.

5) 비언어 양식의 예술의 구조도 주변의 내외적 맥락이 감안된다면 담화구조라 할 수 있다.

실문제를 어느 정도 함축하기도 한다. 다시 말해 미시적으로나 거시적으로나 문학과 타 예술 장르, 그리고 외적 컨텍스트로서의 사유체계는 상동관계를 갖는다. 물론 완전한 합일이나 일대일의 대응관계를 갖는다고는 할 수 없다. 그렇다면 그것은 편협한 마르크시즘이나 환상적 실증주의에 불과할 뿐이다. 하지만 문학작품 내부의 담화구조를 바깥을 향해 조사(照射)함으로써 당대인들의 인식론적 구조나 사유체계와 관계짓고, 당대의 사회와 예술 등에 나타나는 질서 체계와도 관련짓는 작업은 지속적으로 유효하다고 생각된다. 그것은 문학이 지니는 총체적 의미를 유의미하게 포착해내는 방법의 하나인 것이 분명하기 때문이다.

판소리의 담화에 나타나는 다성성은 문체와 긴밀하게 관련된다. 다성적인 담화 그 자체가 문체상의 문제인 것이다. 그러나 여기에서는 기존의 문체를 보는 틀에 얽매이지 않으려 한다. 기존의 문체를 보는 틀들은 구체적인 담화의 성격을 담기에는 부적합하다고 생각되기 때문이다. 특히 이항대립적으로 구성된 문체의 틀들은 더욱 그러하다. 한문체와 국문체, 문어체와 구어체, 산문체와 율문체, 문장체와 판소리체, 번역체, 가사체 등등의 틀들은 담화방식을 세부적으로 그리고 구체적으로 보는 데 오히려 방해가 되는 점이 없지 않다. 그래서 기존의 문체를 보는 틀에 구애받지 않고 구체적인 담화방식을 따지고자 한다. 그것이 문체 논의를 위해서는 생산적인 방법이라고 생각되며, 문체를 보는 시각이나 개념을 확장하는 길이 아닌가 생각되기도 한다.

그러면 지금부터 판소리에 나타나는 다성적인 담화 양상들을 그 문체적 특징과 결부시켜 하나씩 살펴보고, 이러한 다성적인 담화구조가 당대인들의 정신구조나 현실문제와 어떻게 관련되는지, 그리고 시대와

상관된다면 그것이 당대의 타 예술 장르에도 나타나는지에 대해 논의
해보고자 한다.

2. 판소리에 나타나는 다성성의 여러 양상들 및 그 문체적 성격

1) 서술자의 목소리에 인물의 목소리가 침투하는 현상

판소리에는 여러 가지 시점들이 혼합되어 있다. 객관적 시점과 주관
적 시점, 전지적 시점과 제한적 시점, 외적 시점과 내적 시점 등등 성
질이 다른 시점들이 한데 엉겨 있다. 이렇게 여러 이질적인 시점들이
혼합되어 있되, 특히 판소리에서 시점의 혼합은 서술자의 목소리 속에
등장인물의 지각이나 관점이 침투하는 현상으로 대표된다. 우리가 판
소리 사설에다가 서술자의 진술 부분과 인물의 대화나 독백 부분을 명
쾌하게 구별하여 따옴표를 하는 것이 어려운 이유가 바로 거기에 있다.
짧은 구절 속에서도 목소리의 결이 다름을 느낄 수 있는 것이다. 이 점
을 실제로 확인해보자.

어사또 누에 올라 자상히 살펴보니 석양은 재산하고 숙조는 투림할 제
<u>저 건너</u> 양류목은 <u>우리 춘향</u> 그네 매고 오락가락 놀던 양을 <u>어제 본 듯</u>
<u>반갑도다</u>. 동편을 바라보니 장림 심처 녹림간에 <u>춘향집이 저기로다</u>. <u>저 안</u>
<u>에</u> 내동원은 <u>예보던</u> 고면이요, 석벽의 험한 옥은 <u>우리 춘향</u> 우니는 듯 <u>불</u>
<u>쌍하고 가긍하다</u>. 일락서산 황혼시에 춘향 문전 당도하니 행랑은 무너지
고 몸채는 꾀를 벗었는데, <u>예보던</u> 벽오동은 수풀 속에 우뚝 서서 바람을
못 이기어 추레하고 서 있거늘, 담장 밑에 백두루미는 함부로 다니다가 개
한테 물렸는지 깃도 빠지고 다리를 징금 찔룩 뚜르룩 울음 울고, 빗장 전
누렁개는 기운없이 졸다가 <u>구면객을 몰라보고</u> 꽝꽝 짖고 내달으니 <u>요 개</u>

야 짖지 마라, 주인 같은 손님이다. 너의 주인 어디 가고 네가 와서 반기느냐. 중문을 바라보니 <u>내 손으로 쓴</u> 글자가 충성 충자 완연터니 가운데 중자는 어디 가고 마음 심 자만 남아 있고, 와룡장자 입춘서는 동남풍에 펄럭펄럭 <u>의 내 수심 도와 낸다.</u>

이 예문은 전체적으로는 서술자의 발화로 이루어져 있다. 그런데 앞에서 목소리와 시점을 구분해서 이해해야 한다고 말하면서 강조한 바와 같이 이 대목에서 발화 주체와 지각·사고·감정의 주체는 같지 않음을 알 수 있다.6) 밑줄 친 부분들에서 우리는 그것을 곧바로 알 수 있다. '저 건너'는 어떤 인물의 공간상의 위치를 보여주는 담화 지표이고, '우리 춘향'은 상대방과의 심리적 거리가 아주 좁혀진 상태에 있는 어떤 인물, 예컨대 이도령과 같은 인물의 감정적 인식을 드러내는 지표가 된다. '어제 본 듯 반갑도다' 또한 어떤 인물의 시간상의 인식과 감정적 논평을 담고 있는 담화 지표이다. 나머지 밑줄 친 구절들도 이와 비슷하게 서술자가 아닌 등장인물의 지각과 사고, 그리고 감정을 찰나적으로 보여준다. 인물의 지각과 감정이 좀 길게 지속되면 그것은 따옴표로 묶어 대화나 내적 독백을 나타낸다고 보아도 무방하게 되는데, '요 개야 짖지 마라, 주인 같은 손님이다. 너의 주인 어디 가고 네가 와서 반기느냐'와 같은 대목이 그러하다. 인물의 지각과 감정이 더욱 강화되면 예문의 마지막 부분에서 보이듯이 '나'라는 일인칭 대명사가 나오게도 된다.

판소리 사설은 이렇게 서술자의 목소리에 인물의 목소리가 침투하는 양상을 보여준다. 외적이고 객관적인 시점에 내적이고 주관적이고

---

6) 김병국 교수가 이를 탁월하게 분석한 바 있어 크게 참고가 되었다. 김병국, 위의 책, 202-3쪽 참조.

감정적인 시점이 덧입혀지는 형식이다. 우리는 이를 두 가지 목소리가 합성된 다성악적 문체라고 불러도 좋을 것 같다. 이 문체는 서술자의 진술문 속에 인물이 개입하여 개인적으로 논평을 가하는, 인물의 목소리로 되어 있는 평가절이 많이 끼어드는 것이 특징이다. 따라서 문장의 종지 형태도 인물이 마치 상대방에게 말을 건네는 듯한 어투로 되어 있다. 그리고 '여기'와 '지금'이라는 시공간적 지표가 빈번하게 나타나는 것도 특징이며, 똑같은 맥락에서 일인칭과 이인칭 대명사의 빈번한 출현도 주목된다.

서술자의 목소리에 인물의 목소리가 침투하는 현상은 비단 상기 예문에서만 보이는 것이 아니다. 그것은 판소리 사설 어디를 봐도 확인할 수 있는 현상이다. 그런데 이러한 목소리의 혼합 현상이 전반적으로 나타나게 된 근접적인 배경을 생각해본다면 그것은 아무래도 판소리의 연행 관습 때문이 아닌가 생각된다. 판소리 창자는 등장인물의 대화나 내적 독백을 표현할 때, 그 인물의 내면으로 들어가 그 인물이 처한 정황이나 억양과 음색, 그리고 얼굴 모습과 행위 등을 모조리 그대로 흉내 내려 한다. 완전하게 감정이입을 해야 하는 것이다. 그런데 서술자의 발화 부분에서는 인물의 모방에서 탈피하여 객관적인 입장에서 진술해야 한다. 이러한 서술자의 진술 대목은 한 인물의 목소리에서 빠져나와 다른 인물의 목소리로 옮겨가는 중간에 위치한다. 앞선 인물의 모방 충동이 완전히 사라지지 않았고, 이제 막 새롭게 다른 인물의 목소리를 모방하고자 하는 추동력이 발동하기 시작하는 중간지점이다. 따라서 여기에는 앞뒤 인물들의 목소리의 흔적이 묻어날 가능성이 높다. 바로 이러한 연행 관습에서 목소리의 혼합 현상이 일어난다고 해석해볼 수 있는 것이다.

이렇게 본다면, 과정이야 어떻든 결과로만 본다면, 그것은 판소리 창자의 연행술이 완벽하지 않기 때문에 벌어지는 현상이라고 할 수도 있다. 그러나 연행술이 완전치 못한 것으로 보는 것은 너무 단견적인 판단일 수 있다. 좀 더 적극적으로 해석한다면 그것은 의도적일 수 있다. 판소리 창자는 서술자의 목소리와 인물의 목소리를 구별해야 한다는 서술 역할을 잘 알고 있음에도 불구하고 어떤 효과를 노리고 서술자의 목소리 속에 인물의 목소리를 섞는다고 볼 수 있는 것이다.

그것은 서술상의 예열 과정일 수 있다. 다시 말해 서술자의 시점에서 인물의 시점으로의 순조로운 이동을 마련하는 기능을 하는 것이다.[7] 그리고 그것은 서술자가 인물 내부의 목소리를 자기 목소리로 위장함으로써 청중이나 독자로 하여금 인물의 내면 의식을 엿듣게 하는 미적 환상을 자아내기도 한다.[8] 또 그것은 객관적인 세계는 주관적인 인식을 통해 이해될 수밖에 없다는 사실을 환기시키기도 한다. 서술자의 권위적인 목소리를 상당 부분 뺏고 약화시킴으로써 진실에 대한 인물의 경험을 좀 더 많이 나누고자 하는 시도일 수 있는 것이다. 이러한 효과를 과연 판소리 창자들이 인식하느냐 아니면 인식하지 못하느냐 하는 점은 여기서 중요하지 않다. 예술의 미학이란 전적으로 생산자의 의도와 기획을 통해 생성되는 것만은 아닌 것이다.

이중 시점의 현상은 우리 판소리에서만 보이는 게 아니다. 서사학에서 중요하게 다루어지는 '자유간접화법'이 바로 이중 시점의 문제인 것이다. 그런 점에서 이 문제는 자유간접화법과 관련하여 더 많은 논의

---

7) 서사학에서도 시점의 전이 부분에 이중 시점이 나타나는 경향이 있다고 지적되고 있다. 폴 헤르나디, 「자유간접화법과 그 기교」, 『장르론』, 문장, 1983, 223쪽 참조.
8) 폴 헤르나디, 앞의 책, 229쪽 참조.

가 필요하다.[9) 통사적인 결합 방식이라든가 빈번하게 출현하는 담화
지표 등에 대한 정밀한 탐사가 요구된다. 여기서 중요한 것은 판소리
의 담화와 자유간접화법의 동일성만 캘 것이 아니라 차이점에도 분명
히 유의해야 한다는 점이다. 판소리만의 독특한 담화방식과 발생 배경
이 있을 것이기 때문이다. 자유간접화법과 관련한 논의가 필요한 이유
는 판소리의 화법을 현대 서사학에 적용하고 현대 서사학 속에 판소리
를 위치시키고자 하기 때문이 아니다. 그 진정한 이유는 서사학적 관
련 기법의 자장 속에서 판소리만의 고유한 화법의 바탕이 유추될 가능
성이 있기 때문이다.

2) 상층 담화를 하층 담화가 패러디하는 현상

유식하고 전아한 상층 담화 양식을 일상어적이고 비속한 하층 담화
양식이 패러디하는 현상도 두 담화 양식이 대립하고 충돌하는 것인데,
어쨌든 두 담화 양식이 대화하면서 존재한다는 점에서 본다면 다성적
이라고 할 수 있다.

하나의 예를 보도록 하는데, 우리가 '서책읽기'에서 흔히 볼 수 있는
대목이다.

---

9) 자유간접화법(Free Indirect Speech/Discourse)은 일차적으로는 문법적인 현상이지
만 최근 서사학에서는 거기에 그치지 않고 심리적이고 인식론적인 기능을 보아내고
자 하는 경향이 있다. Roy Pascal은 서술자적 mode와 주관적 mode가 혼합된다는
점에서 'dual voice'라고 하고 있고, Dorrit Cohn은 내적 독백의 진술 형식이 인물이
아닌 서술자에 의해 서술된다는 점에서 '서술된 독백(narrated monologue)'이라고
하고 있다. Roy Pascal, 『The Dual Voice』, Manchester Univ. Press, 1977; Dorrit
Cohn, 『Transparent Minds』, Princeton Univ. Press, 1978.

- 맹자라. 맹자견양혜왕 하신대 왕왈 수불원천리이래하시니 맹자 어찌 양
  혜왕을 보았으리오. 우리 춘향이가 나를 보았지. 대학지도는 재명명덕
  하며 재신민하며 재지어지선하며 재춘향이라.
- 논어가 붕어되고, 맹자가 탱자가 되고, 중용이 도룡용되고, 주역이 누역
  이 되고, 시전이 싸전이 되고 ……

  여기에서 볼 수 있는 바와 같이 하층 담화가 상층 담화를 패러디할
때 일어나는 현상 중 우리가 주목해야 할 것은 상황 문맥이나 음에 따
른 말놀이가 항상 끼어든다는 점이다. 여기에서는 맹자가 양혜왕을 찾
아본 역사적인 사건이 갖는 의미는 퇴색하고 단지 두 사람이 보았다는
사실만 드러나며, 또 그것은 있지도 않았거니와 춘향이가 나를 본 사건
보다 의미가 없다는 식으로 단정함으로써 유교 경전의 의미를 희화화
한다. 경전의 아주 지엽적인 사실을 현실의 당면 문제와 비교함으로써
웃음을 유발한다. 그것은 상황 문맥을 매우 재치 있게 응용하는 말놀
이다. 대학의 저 심오한 도가 춘향 속에도 담겨 있다는 것 또한 상황
문맥을 재치 있게 활용한 말놀이다. 동음이의나 끝 자를 가지고 말놀
이를 함으로써 골계적 웃음을 유발하기도 한다. 논어/붕어, 맹자/탱자,
중용/도룡용, 주역/누역, 시전/싸전 등 어휘적 대립에서 볼 수 있듯이
근엄한 경전명을 비속한 일상어휘로 끝 자 말놀이함으로써 즉각적인
웃음을 유발한다.[10]
  여기에서 패러디가 갖는 탈중심적이고 해체주의적인 기능도 간과할

---

[10] 요즘의 개그나 유머가 이러한 상황 문맥이나 음에 따른 말놀이를 주요 장치로 사용
하고 있음에 유의한다면 그 전통의 연원은 꽤 오랜 것임을 알 수 있다. 이러한 말놀
이가 판소리 이전의 고려가요, 사설시조, 민요 등에 간혹 보인다 하더라도 판소리에
서 대거 출현한다는 사실은 그냥 지나쳐버리기 어려운, 매우 의미 있는 현상이 아닐
수 없다.

수 없다.[11] 유교 경전을 일상어법으로 패러디함으로써 경건하고 엄숙함을 비속함으로 강등시키고 있는 것이다. 경전의 전문어법적인 담화를 상층 담화라 한다면, 일상어법으로 패러디하는 담화는 하층 담화라 할 수 있다. 이것이 계급적 담화와 그대로 대응되는 것은 아니겠지만 당시의 계급적 담화 유형을 어느 정도 함축하는 것은 사실이다. 그런 점에서 판소리에서의 일상어법적 패러디는 계급사회에 대한 불평 내지는 계급적 항거로 읽힐 수 있다. 그것을 국가적 권위에 대한 도전이요, 유교적 가치관에 대한 도전으로 볼 만한 여지가 있는 것이다. 그것이 하층민에 의해서도 부정되지만 나아가 그것을 고수해야 할 상층계급에 의해서도 부정된다는 점에서 본다면, 유교적 이념이나 가치관이 권력 내부에서도 회의와 반성의 대상이 되었음을 암시한다.

위에서 살펴본 말놀이 방식은 판소리 전반에 걸쳐져 있어 하나의 문체적 특징을 이룬다. 판소리 사설에서 흔히 볼 수 있는 '글자타령'도 상황 문맥과 음에 따른 말놀이 방식을 그대로 차용하는 부분이다. 글자타령에서 처음에는 끝 자를 맞추되 상황 문맥에도 맞도록 취택된 한시 및 한문 관용어구가 나열된다. 그러다가 갑자기 끝 자만 같고 상황 문맥에서는 이탈된 어휘가 나오기 시작한다. 그것은 구어체 일상어이거나 비속한 욕설임으로 해서 웃음이 유발된다. 예컨대 '정자타령'에서 보면 뜻 정(情)자로 끝나는 한시 구절이 나열되다가 갑자기 '음식 투정'과 '복없는 방정' 하면서 '투정'과 '방정'이 나오는 것이다.[12]

상황 문맥이나 음에 따른 말놀이 방식은 대화체 담화에서도 빈번하

---

11) 김준오 편, 『한국 현대시와 패러디』, 현대미학사, 1996, 26-7쪽 참조.
12) 글자타령의 분석에 대해서는 김현주, 『판소리 담화 분석』, 좋은날, 1998, 253-6쪽 참조.

게 보인다. 특히 수수께끼형이나 정체확인형의 대화체 담화에서 그것을 많이 볼 수 있다. 몇 가지의 사례를 아래 제시한다.

- 우리 남원이 사판일세. 어이하여 사판인가? 우리 고을 원님은 농판이요, 상청좌수는 퇴판이요, 육방관속은 먹을 판이 났으니, 우리 백성들은 죽을 판이로다.
- 사망이 물밀듯지요. 사망이라니? 원님은 주망이요, 좌수는 노망이요, 아전은 도망이요, 백성은 원망이요.
- 저기 우뚝 섰는 것이 빠개질꾼이냐? 사람이 아니라 거문고요. 검은 고라 하니 옻칠한 괴냐, 먹칠한 괴냐? 검은 것이 아니라 타는 것이요. 타는 것이라 하니 잘 타면 하루 몇 리나 가느냐? 그렇게 타는 것이 아니라 뜯는 것이요. 종일 잘 뜯으면 몇 조각이나 뜯느냐? 그렇게 뜯는 것이 아니라 손으로 줄을 희롱하면 풍류 소리 나는 것이요.
- 한 농부 검은 소로 밭을 갈거늘, 저 농부 말 좀 묻자네. 무슨 말이요? 검은 소로 흰 밭을 가니 응당 어두럿다? 어둡기에 볏 달았소. 볏 달았으면 응당 더우럿다? 더웁기에 성애 눌러 쓰지. 성애 눌러 쓰면 응당 추우럿다? 춥기에 소에게 양지머리 달았지요.

이와 같이 인물들 간의 대화가 글자의 음을 활용하거나 어휘의 의미론적 자장 안에서 이루어진다. 어휘의 의미는 동음이의(同音異意)나 유음이의(類音異意)의 측면이 적극 활용되는 모습을 보여준다. 특히 마지막 예문은 비슷한 발음으로 되어 있는 쟁기의 각 부분들의 이름이 갖는 의미가 활용됨으로써 재미있는 재치문답이 이루어지고 있다. 이러한 말놀이에서 언어적 연상이 어떤 방식으로 이루어지는가를 자세하게 따져보는 것은 판소리 사설의 내밀한 구성방식 상당 부분을 해명하는 일이 되리라고 생각된다. 이 경우에 우리는 이들 말놀이가 대부분 어

휘의 음이나 뜻의 유사성과 인접성에 의해 이루어진다는 사실을 주목
하지 않을 수 없다. 어휘의 음이나 뜻의 유사성과 인접성을 달리 말하
면 바로 언어적 의미에서의 은유와 환유이다.[13] 그런데 음이나 뜻의
유사성과 인접성을 단순히 지적하는 것은 큰 의미가 없다고 보인다.
음이나 뜻의 유사성과 인접성을 지적하되 유사함과 인접함의 방향 또
는 거리를 문제 삼아야 더욱 정밀하고 의미 있는 결과에 이르게 될 것
으로 판단된다.

3) 메타 차원의 자기반영적인 담화가 끼어드는 현상

판소리에서는 서술이 진행되다가 갑자기 층위가 다른 담화가 끼어
드는 현상이 빈번하게 나타난다. 그래서 층위가 다른 담화들끼리 대립
하고 충돌하고 대화한다. 층위가 다른 담화들이 한데 결합되어 있다는
점에서도 판소리 담화는 다성적이다.

판소리에서 층위가 다른 담화들은 대부분 자신의 담화 행위에 대해
자의식을 드러내는 부분들이다. 사설을 엮어나가는 창조 과정의 작위
성과 작동원리를 생경하게 노출시키는 것이다.[14] 그런 점에서 그것은
자기반영적이고 메타픽션적이다. 물론 이 말은 판소리 고유의 성질을
인정하고 그것을 알기 쉽게 설명해내고자 하는 뜻에서 서사학적인 개
념을 준용한다는 한도 내에서만 유효한 말이다.

- 다른 가객 몽중가는 황능묘에 갔다는데 이 사설 짓는 이는 다른 데를
  갔다 하니 좌상 처분 어떨는지.

---

13) 로만 야콥슨, 권재일 역, 「언어의 두 측면과 실어증의 두 유형」, 『일반언어학 이론』,
    민음사, 1989, 참조.
14) Robert Stam, 『자기반영의 영화와 문학』, 한나래, 1998, 189쪽 참조.

- 춘향어미 향단 불러 귀한 손님 오셨으니 잡수실 상 차려오라 향단이 나 가더니 다담같이 차린단 말 이면이 당치 않겠다.
- 첫날 저녁 말농질과 어붐질은 광대의 사설이나 차마 어찌 하겠는가.

사설 창작자는 기존의 사설을 의식하면서 그것을 개작했음을 밝히고 있다. 개작 의도를 밝히지 않고 마음대로 변경하면 되는 것인데 굳이 이렇게 개작의 변을 늘어놓고 있다. 이러한 담화들은 앞뒤의 다른 담화 부분들과 층위가 다르다. 인물의 진술 부분들은 물론이고 서술자가 전지적인 입장에서 요약하고 설명하고 논평하는 담화들과도 성격을 달리한다. 그것은 판소리의 전통적인 서술자가 진술하는 게 아니라 지금 여기서 사설을 창 하는 창자 자신이 진술하는 부분인 듯이 느껴진다. 그것은 판소리 담화의 평평한 층에서 볼록하게 돋아 나와 있는 부분이다.

위에 인용한 예문들은 사전에 개작의 내용을 진술한 것이지만 사후에 진술을 바꾸는 경우도 있다. 즉, 앞에서 말한 것을 소급 부정하는 형식이다.

- 이랬다 하되 광대 망설이었다.
- 이런다 하였으나 무슨 그럴 리가 있으리오.
- 그런다고 하였으되 그게 또 다 거짓말이었다.

이러한 소급 부정의 담화들 앞에는 정상적인 규범과 예의범절에서 이탈된 파격적인 사건과 행위들이 진술되어 있게 마련이다. 파탈의 정도가 너무나 지나치다고 생각되니까 이렇게 앞에서 한 진술을 없애고자 하는 것이지만 이런다고 앞의 진술이 지워지는 건 아니다. 오히려

앞의 진술들이 고스란히 강조되고, 이러한 진술들 또한 파탈적인 담화
의 하나가 되어 고소를 불러일으킬 뿐이다. 하여튼 이런 담화들도 자
신의 담화 행위에 대해 작위적인 자의식을 드러낸다는 점에서 자기반
영적이고 메타픽션적이다. 그러나 이는 서구 서사학과는 다른 내포와
외연을 가진다는 점이 상기되어야 하겠고, 판소리 나름의 고유한 관습
과 연결되어 있음이 또한 지적되어야 한다.

판소리의 자의식적 담화들은 그 바탕 내지는 방식이 판소리의 현장
연행 관습에서 마련되지 않았나 판단된다. 판소리에서는 공연 현장의
콘텍스트가 개입함으로써 상위 차원의 진술이 빈번하게 이루어지는 것
이다. 예컨대 '사랑가'를 하면서 그것의 창작 원조인 고수관을 언명하
는 것은 하나의 판소리 연행 관습이다. 그리고 호걸제라는 창법으로
창 할 때는 그것의 창시자인 권삼득을 언명하는 것이 판소리 연행 관
습이다. 고수관이나 권삼득을 흉내 내서 한번 해보겠지마는 잘 될지는
모르겠다고 엄살을 떨고 나서 그 더늠을 하는 것이 판소리에서 항용
쓰이는 연행 관습인 것이다.

창자는 공연하는 사설 내용에 비추어 자신의 자의식을 투사하는 경
향이 본래 있는 듯하다. 사설 내용과 관련하여 조금이라도 자신이 개입
할 여지가 있으면 그것을 시도하는 것이 창자의 원형질적인 성향인 것
같다. "심청이 길을 떠나는데 중간에 목이 마를 테니까 물 한 잔을 먹고
가는 것이었다" 하면서 실제로 창자가 물을 마신다든가, 북을 열심히
치고 있는 고수한테 북을 잘 친다고 칭찬을 늘어놓거나 딴청을 부리며
욕을 한다든가, 연창하는 사설 내용과 관련하여 현장에 모인 청중들과
사적인 대화를 주고받는다든가 하면서 공연을 진행하는 것이다.

이와 같이 서술 층위가 다른 자기반영적인 담화들은 창자 자신의 자

의식적 산물이지만 다른 한편으로 본다면 독자나 청중들과의 관계를 염두에 둔 담화기도 하다. 듣는 사람의 호응을 이끌어내면서 듣는 사람들과 함께 텍스트를 엮어가려는 전략이다. 그것은 판소리 공연 현장에서 창자가 청중들과 가까워지려는 친화적인 행위이다. 실제로 이런 담화들이 발화되면 폭소가 터지면서 창자와 청중은 심리적인 거리를 해체하고 서로 가깝게 다가서게 된다. 그것은 이러한 자기반영적인 담화들 속에 내재해 있는 코믹한 장난기 때문이기도 하다.15) 판소리는 코믹한 가능성들을 최대한 활용하고자 하는데, 텍스트의 작동원리를 바깥으로 생경하게 노출시키는 것도 유력한 방법인 것이다.

한편 자기반영적인 담화를 텍스트에서도 볼 수 있는데, 그 경우에는 텍스트 장치의 노출이 훨씬 더 격심하게 이루어지면서 소설 미학에서 얘기하는 낯설게하기와 비슷한 독서역학이 일어난다. 텍스트에 사용된 자기반영적인 담화는 자동화된 소설 관습을 낯설게 하고 더 새로운 형식을 창조하기 위한 행위로 읽힐 수 있다.16) 즉, 기존의 소설 관습에 대한 도전으로 읽힐 수 있는 것이다. 물론 이것은 소설 창작자의 의도 여부와는 무관하게 해석된 것이므로 기존의 소설 관습에 대한 도전 의식을 운위하는 것은 무리일지 모르지만 낯설게하기와 같은 미학적 효과를 애써 외면하거나 의미를 축소할 필요까지는 없다고 본다. 제작 의도가 분명치 않다고 하여 보이지 않는 동력에 의해 판소리에서 이루어진 우리 나름의 담화적 실험을 인정하지 않는다는 것은 판소리를 판소리답게 대접하는 길이 아니라고 생각된다.

---

15) Robert Stam, 앞의 책, 202쪽 참조.
16) 패트리셔 워, 김상구 역, 『메타픽션』, 열음사, 1989, 47-54쪽 참조.

3. 다성성과 사회현실 또는 사유체계와의 상관관계

문학 예술의 담화 구조가 그 당시 사회의 제반 현실과 당대인들의 인식론적 사유체계와 어느 정도 상응한다는 것은 마르크시즘적인 인과론이나 결정론의 시각만은 아니다. 사회 현실의 변화와 당대인들의 인식론적 경향이 밀접하게 맞물리면서 변모해가듯이 문학 예술의 담화 구조도 그런 사회적 동향이나 인식론과 관련하여 변화해가는 것이다. 다만 어느 만큼의 관련성이 있느냐 하는 것은 그 문학 예술의 성격이나 지향의식에 따라 달라질 것이다. 그러므로 문학 예술 전반에 똑같은 정도의 상동관계가 나타나는 것도 아닐 것이고, 시대에 둔감한 어떤 문학 예술은 시대정신에 아예 반응하지 않을 수도 있을 것이다. 그러나 판소리와 같이 시대정신에 민감하게 반응을 보이면서 변모해간 장르는 당시의 사회현실이나 당대인들의 인식론적 사유체계와 밀접한 관련이 있으리라고 판단된다.

문학 예술 작품을 구성하는 각 부분들도 외적 컨텍스트와 갖는 관련성이 각기 다 다를 수 있다. 어떤 부분은 전통적인 내용을 고수하기도 할 것이고, 어떤 부분은 커다란 변화를 보일 수도 있을 것이다. 특히 담화 구조와 같은 형식적인 측면은 외적 콘텍스트와 갖는 관련 정도가 훨씬 더 심하리라고 생각된다. 그것은 내용물을 담는 용기(容器)가 외부 세계의 변화에 더 민감하게 반응하는 이치와 같으리라고 본다. 앞에서 살펴본 판소리의 다성적인 담화 구조는 시대에 민감하게 반응한 담화 형식 중에서도 그 핵에 해당하리라고 판단된다. 판소리의 다성적인 담화 구조를 청중과의 단순하게 현장적 관계에서 비롯된 판소리 고유의 연행술의 산물로서만 보는 것은 사태의 반쪽만을 본 것이고, 그

외장적 배경만을 본 것이다. 판소리의 다성적인 담화 구조는 연행술의 산물이되, 그런 연행술을 유발한 것은 시대이다. 지금부터 다성적인 담화 구조의 시대적 배경을 거칠게나마 조감해보고자 한다. (시대 현실과 시대 인식을 정세하게 살피는 데는 엄청난 자료가 동원되어야 할 뿐만 아니라 꽤 긴 서술이 필요한데, 그것은 필자의 능력을 초과하기도 하거니와 이 글의 성격과 범주, 그리고 지면의 분량에도 맞지 않는다.)

판소리에서의 다성적인 담화구조의 배경이 된 시대적 배경은 크게 두 가지로 요약될 수 있지 않을까 한다. 하나는 신분제도의 흔들림과 국가의 총체적인 권위 상실이 복합되면서 각 사회 주체들이 자신의 목소리를 드높였던 사회적 배경이고, 다른 하나는 관념적인 인식과 실물적인 인식이 서로 얽히면서 혼란해진 인식론적 배경이다.

당시의 사회는 전쟁의 패배와 국정의 문란, 제도의 붕괴 등에 의해 국가의 중심축이 크게 흔들린 사회였다. 중심축의 흔들림에 의해 권위와 규범이 위축되고 가치관이 혼란에 빠졌으며, 각 사회 주체들은 자신들의 목소리를 높였다. 특히 중인층과 권력에서 탈락한 몰락사대부의 자기 목소리 내기는 왕성했다. 그들뿐만 아니라 모든 계층이 자신들의 주의 주장을 활발하게 펼친 시기였다. 그것은 판소리에서 중앙에서 통제하는 위치에 있는 서술자의 목소리 속에 여러 인물들의 목소리가 섞여 들어가는 양상과 비슷하다. 그것은 서술자의 통제를 벗어나 인물들이 자신의 목소리를 자유분방하게 내고자 하는 지향의식을 닮았다. 그리고 그것은 판소리에서 상층 담화를 하층 담화가 패러디하면서 전복시키는 방식과도 유사하다. 패러디는 지배 이데올로기로부터 소외된 주변의 탈중심적 양식으로서 중심이 부재하고 모든 가치가 의문스러워지는 상황에서 나오며, 해체주의적 세계관에서 비롯되는 희극적 태도이다. 또 그것은 층위가 다른 자기반영적인 담화가 자의식을 드러내면서 탐색하고 도전하는 방식과도 유사하다.

당대의 현실인식 또한 기존의 것과 새로운 것이 매우 복잡하게 착종된 것이라 생각된다. 그 시대는 관념적인 것과 실물적인 것, 정태적인 시각과 역동적인 시각 등이 서로 와류하는 인식론상의 혼란 시대였다. 오랑캐를 토벌하자는 북벌론과 그들의 선진 문명을 배우자는 북학론이 공존했던 것은 그 시대의 현실인식의 혼란상을 상징적으로 나타내준다. 이러한 혼란된 현실인식 또한 다성성의 배경이 되지 않았을까 생각된다. 현실인식의 혼란은 위에서 말한 국가의 중심축이 흔들린 사회 상황과 무관하지 않을 것이다.

이상은 판소리의 다성적인 담화 구조가 그 시대의 사회현실과 인식론을 반영하고 있음을 아주 거칠게 조감한 것일 뿐이다.[17] 그렇지만 판소리의 다성성이 항상 시대적 상황과 당대의 인식론을 반영하는 차원에서만 형성되는 것은 아닐 터이다. 판소리의 다성성은 연행적인 상황과 같은 통로를 통해서도 형성될 수 있었을 것이다. 그것은 자연스러움을 추구하는 판소리의 바탕 정신이라든가 유희적인 맥락을 추구하는 연행상의 요구도 수용한 결과라고 보아야 할 것이다. 판소리가 추구하는 그러한 정서적 자연스러움과 유희정신은 단성성의 엄격한 규범에서 벗어나는 탈맥락적인 담화구조를 형성시켰을 개연성이 충분하다고 할 수 있겠다.

---

17) 바흐친은 도스토예프스키 문학이 갖는 다성성이 시대적 가치관이 서로 모순되는 그 당시의 역사적 전환기에서 발생했음을 역설했던 것이다. 김욱동, 앞의 책, 165쪽 참조.

4. 당대의 타 예술 장르에 나타나는 다성성

앞에서 판소리의 다성적인 구조가 그 시대와 어느 정도 정합성이 있다는 점을 살펴보았는데, 그렇다면 다성성이 당대 문학 예술의 보편적인 현상이었는지를 아울러 살펴볼 필요성을 느끼게 된다. 판소리 사설이 처음 형성되고 성행했으리라고 추정되는 18세기에 등장했던 다른 문학 예술 장르에 다성적인 구조가 나타나는지 살펴보자. 이에 관해서도 정밀한 천착은 차후로 미루고 전체적인 조감에 그칠 것이다.

18세기 들어 사설시조가 성행하게 되는데, 일부 사설시조는 두 사람 이상이 대화하는 형식으로 되어 있다. 그것은 한 사람의 시적 화자가 동질적이고 일관된 단성적인 목소리를 내는 기존의 시조와는 사뭇 다르다. 그리고 더 나아가 이념이나 지향의식이 다른 이질적인 담화들이 상충하고 대립하는 모습을 보여주기도 한다. 가령 '외골 내육 양목이 상천하면서 청장 아스슥한다는 동난지이'와 '게젓'이라는 이질적인 담화가 서로 상충하고 대립하는 것이다. 서민가사도 대화 형식으로 된 작품들이 많으며, 특히 18세기 후반에 성행하기 시작하는 잡가는 이질적인 담화들이 모자이크 식으로 결합된 양식으로 유명하다.

18세기에는 성악과 기악에서 기존 곡을 연주자가 즉흥적으로 변주시키는 것이 유행하게 된다. 기존 곡의 선율에 시김새를 넣어서 변주하거나, 악곡을 고음화하고 또는 절주를 빨리한다거나, 장단을 여러 가지로 복잡하게 바꾼다거나, 새로운 가락을 즉흥적으로 짜서 기존 곡에 첨가한다든가 하는 방법으로 변주를 했다. 정악의 새로운 연주 형태로서의 '별곡'의 성행이나 사설시조와 지름시조의 등장은 음악의 변주와 밀접하게 관계되는 것이다. 악현의 규모 축소로 악공들이 자유롭게 개

작할 수 있는 여지가 마련되었다는 점도 즉흥적인 변주를 활성화한 측
면이 없지 않다. 그리하여 시나위와 산조와 같은 악공 개인의 즉흥 변
주 음악이 성행하게 되었다. 변주는 부분적으로 이루어졌기 때문에 전
체의 곡은 정격과 변격이 상충하는 다성적인 목소리를 내게 된다. 시
조창의 방법이 여러 창제로 분화한다든가 판소리가 여러 유파를 형성
하게 되는 것도 이러한 변주 현상과 무관치 않을 것이며, 음악상의 유
파가 복잡하게 되는 시기도 이 시기라고 알려져 있다.[18]

　풍속화와 민화에도 시점의 혼합이 나타난다. 17세기 말부터 성행한
풍속화와 진경산수화는 액자 외부 시점을 지배적인 틀로 하되 사이사
이에 액자 내부의 관찰자가 느낀 시점도 배치함으로써 시점의 혼합이
이루어지고 있다. 시점의 혼합 현상은 액자 내부 안에서도 일어나는데,
민화의 경우 그런 현상이 더욱 두드러진다. 그것은 호랑이 그림 민화
나 책거리 등에서 잘 나타난다. 위쪽 옆쪽 뒤쪽 시점이 한 작품에 온통
섞여 있다. 각각의 물상들이 자신의 고유성을 지닌 채 자신을 좀 더 많
이 드러내면서 화면에 참여함으로써 여러 색깔의 목소리들이 빚어져
나온다.[19]

　도자기에서도 다성적인 구조를 볼 수 있다. 17세기 말부터 18세기에
걸쳐 제작된 백자 달항아리는 상하 접합 성형 기법을 사용한다. 상하
접합에 따라 상반부의 경우 구연부에서 어깨 부근까지 내려오는 곡선
은 원형이지만 하반부는 직선에 가까운 타원형을 그리면서 굽까지 내
려온다. 상하가 서로 달라 일그러진 모습이다. 청화백자에 떡메병의
변형이 나타난다든가 기존형의 도자기에 민화풍의 파격적인 그림을 그

18) 송방송, 『한국음악통사』, 일조각, 1984, 490-497쪽 참조.
19) 김현주, 『판소리와 풍속화, 그 닮은 예술 세계』, 효형출판, 2000, 110-7쪽 참조.

려 넣기도 함으로써 여러 목소리를 합성하는 형식이 이 시대에 많이 나타나고 있다.[20]

이상과 같이 18세기의 여러 문학 예술 장르에 나타나는 다성적인 구조를 아주 거칠게 조감해보았다. 물론 여러 장르에 나타나는 다성적인 구조가 모두 그 세부 내용이 동질적인 층위라고는 할 수 없을지도 모른다. 장르별로 그 장르 나름의 고유한 변화의 과정에서 보이는 혼성의 측면일 수가 있는 것이다. 그럼에도 불구하고 당대의 여러 문학 예술 장르에서 유난히 다성적인 구조가 돌출되어 나타난다는 사실은 다성성이 출현한 배경이 어느 정도는 그 당시의 시대성에 근거를 두고 있다고 보아도 잘못은 아닐 것이다.

5. 앞으로의 심화된 논의를 위하여

이 글에서는 판소리의 다성적인 담화 구조가 그 시대의 사회현실과 당대인들의 인식론적 사유체계와 관련을 갖고 있음을 논증하는 데 초점을 맞추었다. 다성성이 타 예술 장르들에도 나타나는 점을 살펴본 이유는 판소리의 경우 그 사실을 논증하는 데 보조적인 도움이 되기 때문이기도 하지만 담화구조란 것이 다양한 문화예술 장르들을 관통하는 통섭 코드로 작용하기 때문이다. 그러나 판소리의 다성적 담화 구조의 여러 양상들을 자세하게 드러내어 그것이 판소리 사설의 문체를 형성하는 주요한 통로가 된다는 점과, 판소리 사설이 생성되는 내밀한

---

20) 방병선, 『조선후기 백자 연구』, 일지사, 2000, 276-8쪽 참조.

직조 방식에 대해 앞으로 관심을 가져야 할 것이라는 점을 촉구하는
데도 논의의 초점을 두었다는 사실을 강조할 필요가 있을 것이다. 그
런 점에서 이 글은 완결을 지향하지 않고 앞으로의 논의를 위해 여러
사항을 의도적으로 열어두었다. 앞으로의 방향이나 논점을 제기만 한
이유도 바로 거기에 있다.

판소리의 다성적인 담화 구조는 앞에서도 살펴보았듯이 시대성의
산물만은 아니다. 그것은 판소리 고유의 연행 관습의 산물이기도 한
것이다. 그러나 이 두 가지로 모든 것이 설명되지는 않는 듯하다. 18세
기의 여러 문학 예술 장르에 나타나는 다성성을 살펴보는 자리에서 간
취될 수 있듯이 판소리의 다성성은 당대 예술의 공분모인 자연주의적
성향과 유희정신과도 접맥된다. 규범적 틀을 벗어나 자유분방하게 대
거리하고 여유를 부리며 즐기는 유희 정신이 당대 예술의 밑바닥에 깔
려 있는데, 이러한 당대 예술의 바탕 정신은 다성성의 본질과 상통하는
것이다. 그런 점에서 예술에서의 다성성은 미학적 논의가 상당히 많이
뒷받침해야 하리라는 예감이 든다.

어찌 보면 판소리의 다성성은 한 작가의 창작물이 아니라 집단 창작
물이라는 점에서 판소리의 운명인지도 모른다. 특히 판소리 사설의 내
용이나 사설의 구성방식의 측면에서 볼 때 그러하다. 춘향이 어느 부
분에서는 기생인 것 같지만 다른 부분에서는 기생이 아니기도 하고, 흥
부 놀부가 어느 부분에서는 그 출신이 양반인 것 같지만 다른 부분에
서는 천민이기도 하고, 심봉사가 근엄한 사대부 집안의 후예인 듯하기
도 하지만 다른 부분에서는 천하의 잡놈처럼 행동하는 것 등등 부분들
끼리 모순되고 상충되는 것도 일종의 다성적인 현상이다. 그리고 판소
리에서 나오는 주제적 목소리가 하나가 아니라 여럿인 것도 다성성과

관계가 있다. 이러한 점에서 판소리의 다성성은 내용상의 측면에서도 논의되어야 하며, 그것은 작품 내적 형식과 작품 외적 현실 사이의 상동성을 논의할 때 생기기 마련인 빈 공간을 메우는 데도 일조하게 될 것이다.

이 글의 논의가 궁극적으로 관심을 두는 것을 두 가지로 요약한다면 컨텍스트(context)와 텍스춰(texture)를 향한 관심이라고 할 수 있다. 미시적인 문학 내적 형식을 원심적으로 확대하여 문학 외적인 세계의 문제를 향해 조사(照射)해보는 것이 컨텍스트에 대한 관심이라면, 문학 내적 형식의 문제를 구심적으로 천착하여 사설이 직조되는 방식이나 문체가 형성되는 방식을 조명하는 것이 텍스춰에 대한 관심이다. 판소리를 포함한 문학 연구가 앞으로 지향해야 할 방향은 텍스트의 차원에서만 다루어질 것이 아니라 텍스트에서 컨텍스트로 나아가고, 또 텍스트에서 텍스춰로 나아가는 방향에서 구해져야 하리라고 믿는다. 그리고 판소리와 같은 연행 문학의 분석에는 외적 컨텍스트가 텍스트화되는 역동적 과정을 중시하는 것이 요구된다고 할 때, 컨텍스트가 어떻게 텍스트에 새겨지게 되는지(contextualize or entextualize)에 특별한 관심을 가져야 할 줄 안다.

〈춘향전〉 담화의 회화성

1. 머리말

언어의 성격에 따라 환기되는 이미지가 달라진다는 점은 주지의 사실이다. 어떤 언어는 시각을 작동시키기를 요구하고, 어떤 언어는 청각, 그리고 또 다른 어떤 언어는 무엇보다도 운동신경을 자극하기도 한다. 이러한 점에서 언어란 존재는 어떤 객관적인 정보나 메시지만을 전달하는 차가운 대상이 아니라 우리의 머리의 피를 들끓게 하며 육체를 충동질하기도 하는, 역동적이고 뜨거운 존재라고 할 수 있다.

언어의 역동적인 성질은 언어 그 자체에서 현시되는 것이 아니라 담화의 차원에서 주로 실현된다. 언어 이면의 전(全) 배경적 맥락이 감안된 담화의 국면에서 이미지의 환기력이 강화되리라는 점은 분명하다. 언어는 맥락적 호소력과 원심적 환기력이 약하기 때문에 언어 그 자체만을 볼 때는 사회문화적 맥락뿐만 아니라 이미지를 환기시키는 에너지도 약하지 않을 수 없다. 그러나 담화의 국면에서는 언어가 입체적이고 역동적으로 계열화되면서 의미의 자장이 좀 더 넓은 차원으로 확장되기 때문에 언어는 단순한 언표 수준에 머무는 것이 아니라 역사와 사회, 그리고 문화와 예술을 향한 원심적 운동을 하게 되는 것이다. 이러한 점에서 담화의 차원에서는 이미지 환기력과 같은 운동적 에너지도 증폭되는 것이 당연하다.

이 글은 우리 고전 소설들 중에서 〈춘향전〉만큼 시각적 이미지를 강렬하게 환기하는 작품이 드물다는 사실에 착목하고자 한다. 왠지 모르게 〈춘향전〉을 읽으면 내용 속의 장면이 자연스럽게 그려지고 원색의 대상물이 눈에 어른거리게 되는데, 그 이유는 무엇일까? 그것은 우리가 영화로 된 〈춘향전〉을 많이 보았기 때문이거나, 책에서 〈춘향전〉의 내용을 그린 삽화를 많이 본 경험 때문일까? 이는 충분한 개연성을 갖는 얘기지만 증명해내기가 쉽지 않은 난점이 있다. 그것보다는 〈춘향전〉의 담화 자체가 회화성을 강하게 담지하고 있기 때문은 아닐까? 개인적인 성향의 탓도 있겠지만 필자는 이 후자에 더 혐의를 두고자 한다. 그렇다면 그 회화성은 담화의 어떤 측면에서 나오는 것인지가 당연히 관심의 표적이 되어야 할 것이다.

담화의 회화성은 어휘 자체의 성격에서 말미암을 수도 있다. 예컨대 관념어보다 형태어가 많다거나, 형태어 중에서도 색채소나 형상소를 강하게 지닌 어휘가 많다거나 하는 이유 때문일 수가 있는 것이다. 또, 진술방식상의 문제일 수도 있다. 묘사·설명·대화·논평 등등의 진술방식 중에서 전대에 비해 〈춘향전〉에 많이 쓰이고 있는 '묘사'라는 진술방식 때문에 회화적인 이미지를 강하게 환기할 수 있는 것이다. 이를 증명하기 위해서는 묘사 중에서도 그것이 심리 묘사인지 장면 묘사인지 입체적으로 따져봐야 한다. 또, '비유'와 같은 수사 기법상의 문제일 수도 있고, '거동보소'나 '치레보소', 그리고 '볼작시면' 등과 같은, 시신경을 자극하는 시각 매개어의 존재 때문일 수도 있다.

이 글은 이와 같이 〈춘향전〉이 담지하고 있는 회화적 성격을 담화 차원에서 탐색해보고자 하는데, 이를 좀 더 알기 쉽게 드러내기 위한 방법으로 문장체 고소설과의 비교를 통해 진행하기로 한다. 문장체 고소설은 여러 가지 측면에서 판소리 문학 작품들과는 차이가 있지만 특히 담화 차원에서의 차이는 두드러진다고 판단된다. 흔히 말하는 문어체와 구어체의 대립관계가 이들 두 양식 사이에 설정될 만큼 문체상의 차이는 주목할 만하며, 어휘의 용사(用事)적 국면에서도 커다란 변별성을 드러내고 있는 것이다. 이러한 점에서 둘 사이의 담화적 변별 기준의 하나가 회화성이 될 가능성도 농후하다. 그 점은 이 글의 성과 여하에 따라 평가될 것이다.

회화적 담화는 문체상의 변화를 나타내는 데 그치는 것이 아니다. 회화적 담화가 의미하는 파장은 시대적 의미로도, 이념적 의미로도 확대되는 것으로 보인다. 기실 따지고 보면 문체의 변화는 사회적 상황이나 이념의 변동 추이와 무관하지 않다. 생각이 말이고, 말이 시각이요 사고이기 때문이다. 그런 점에서 회화성이 갖는 시대 이념적 의미에 대해서도 약간의 사유를 전개해보고자 한다. 하지만 이 글에서는 표층적인 차원에서 약간의 의미 부여에 그치게 될 것이고, 깊은 천착은 더욱 광활하고 심도 있는 연구가 여러 방면에서 축적되어야 가능하게 될 것이라는 점을 미리 밝혀둔다.

2. 회화성을 강화하는 담화적 특징들

1) 확대 사용되는 진술 방식으로서의 묘사

묘사와 대화, 그리고 설명 중에서 어떤 진술방식이 더 회화적인가? 아무래도 구체적인 대상을 그리는 묘사가 대화나 설명보다는 회화적일 것 같지만 이는 일반적인 상황일 뿐 각 진술방식 속의 구체적인 상황에서는 그 하위 유형들에 따라 회화적인 성향은 많이 달라지리라고 생각된다. 그러므로 어떤 진술방식이 더 회화적인지를 정확하게 알기 위해서는 하위 유형에 따른 회화적인 성향을 파악해야만 할 것이다.

설명에는 '시공간적 배경 설명'과 '인물의 배경 설명', 그리고 '사건의 정황이나 내력 설명'이 있다. 그리고 논평까지 설명에 포함시킨다면 사건이나 인물, 그리고 서술에 대한 '작가 주석적 논평'이 있을 것이다. '공간적 배경 설명'에 약간의 회화성이 묻어날 수는 있겠지만 강한 토운으로 이루어지는 것은 아니다. '인물의 배경 설명'은 그가 지내온 내력이나 품성 또는 성격을 주로 기술하는 것이기 때문에 회화성과는 거리가 있다. 다만 '사건의 정황이나 내력을 설명'하는 가운데 약간의 회화성이 드러날 수는 있을 것이다. '작가 주석적 논평'도 사건의 모습과 인물의 외양을 기술하는 것이 아니라 인물의 내면 풍경을 주로 보여주는 것이기 때문에 회화적인 성향이 묻어날 여지가 그리 크지 않다. 전체적으로 보아 설명은 '공간적 배경 설명'이나 '사건의 정황이나 내력에 대한 설명'에서 약간의 회화성이 나타날 여지가 있을 뿐, 회화적인 성향을 강하게 띠지 못한다고 할 수 있다.

대화에서 가장 큰 비중을 차지하는 것은 '사건 진행형 대화'이다. '사건 진행형 대화'는 '지금'과 '여기'의 현재 상황에서 말을 주고받음으로써 사건이 서서히 진행되는 대화이다. '상황 설명형 대화'는 과거에 벌어진 상황이나 미래에 벌어질 상황에 대해 설명하는 것인데, 상황에 대해 설명하면서 대상에 대한 외양 등이 진술되기도 하기 때문에 여기에는 '사건 진행형 대화'보다 좀 더 회화적인 성향이 끼어들 여지가 있다. '상황 설명형 대화'보다 회화성이 더 드러나는 대화 방식은 '상황 묘사형 대화'가 될 것이다. '상황 묘사형 대화'는 대화 상대방이 상황을 이해하기 쉽게 하기 위해 상황의 주변을 자세하게 그린다는 점에서 회화성이 매우 강하게 느껴진다. 전체적으로 볼 때 대화는 설명보다는 회화성이 강하다고 할 수 있으나 대화의 유형에 따라서는 차이가 심하다고 할 수 있다. 어떤 '사건 진행형 대화'는 관념적인 내용으로만 진행되어 회화성이 전혀 없을 수도 있는 반면, 어떤 '상황 묘사형 대화'는 회화성이 가장 강하게 나타난다고 할 수 있는 '대상의 형상 묘사'에 버금가는 회화적 성향을 보여줄 수 있다.

설명이나 대화에 비해 회화성이 강하게 드러나는 진술 방식은 묘사이다. 묘사에는 '인물의 행동 묘사', '대상의 형상 묘사', '주변 광경 묘사', 그리고 '인물의 심리 묘사' 등이 있다. 관념성이 많이 개입하기 마련인 '인물의 심리 묘사'를 제외하고는 모두 회화성을 강하게 지닌다고 할 수 있다. 물론 인물의 행동을 묘사할 때 거기에는 어느 정도 대상에 대한 형상 묘사가 동반되기 마련이고, '주변 광경 묘사'에도 대상에 대한 형상 묘사가 개입되는 것이 상례이다. 그럼에도 불구하고 어느 특정 대상을 클로즈업시켜 조명하는 진술 방식도 빈번하게 쓰이기 때문에 '대상의 형상 묘사'를 하나의 하위 유형으로 잡을 수 있다. '인물의 심리 묘사'를 제외한 나머지 세 유형에서 어느 것이 회화성을 가장 강하게 함유하는지는 상황에 따라 다를 것이기 때문에 일률적으로 말할 수 없다. 그러나 이 세 가지 묘사 방식이 모든 진술 방식 중에서 가장 강한 회화적 성향이 있다는 것은 분명한 듯하다.

이상은 서사체에서 사용되는 여러 진술 방식을 고찰하면서 회화성의 정도를 가늠해본 것이다. 우리는 여기에서 세부적으로 볼 때 하위 유형에 따라 회화성은 큰 진폭을 지니므로 일률적으로 회화성의 정도를 말하는 것은 어렵다는 사실을 알 수 있다. 그렇지만 거시적인 안목에서 볼 때 묘사가 회화성이 가장 강하게 나타나고, 그 다음으로는 대화이며, 그리고 설명은 회화성이 가장 약하게 나타나는 진술 방식이라고 큰 틀을 잡을 수는 있겠다.

그렇다면 문장체 고소설과 〈춘향전〉에서 어떤 진술 방식을 많이 사용하고 있는지를 살펴 그것을 가지고 회화성의 정도를 간접적으로 증명할 수 있지는 않을까? 다음은 이를 위해 문장체 고소설 두 종과 〈춘향전〉에 나타나는 진술 방식을 유형별로 수치화한 것이다.

작품명	설명	대화	묘사	합계
김학공전	51 %	43.5 %	5.5 %	100 %
오선기봉	43.6 %	51 %	5.4 %	100 %
춘향전	17.1 %	65.9 %	17 %	100 %

이 도표에서 볼 수 있듯이 문장체 고소설과 비교해볼 때 〈춘향전〉의 진술적 특징은 설명의 대폭 축소와 묘사의 대폭 증가로 나타나고 있다. 한편 두 편의 문장체 고소설에 나타나는 진술 방식의 분포는 대동소이하다. 설명과 대화 사이의 넘나듦이 발견될 뿐 묘사의 비중은 거의 같다. 그러나 〈춘향전〉에 오면 설명은 거의 3분의 1 수준으로 급격하게

축소되고 있다. 이는 〈춘향전〉이 서술자 층위의 개입을 자제하고 인물 층위의 진술을 확장하고 있기 때문에 나타나는 현상으로 보인다. 이런 결과로 설명의 축소분은 대화와 묘사의 증대로 배분되어 나타나고 있다. 대화는 전체 진술 방식 중에서 3분의 2를 차지할 정도로 확장되었고, 묘사 또한 3배 이상 확대되었다. 이와 같이 설명의 대폭 축소와 묘사의 대폭 확장 현상으로 미루어 볼 때, 〈춘향전〉 담화가 갖는 회화적 성격은 문장체 고소설에 비해 크게 강화되었으리라고 추론해도 큰 무리는 아닐 것이다.

앞에서도 지적했듯이 설명과 대화, 그리고 묘사와 같은 큰 틀의 진술 방식만 따지게 되면 적절하지 못한 결과를 도출할 위험이 있으므로 세부적인 하위 유형들의 분포를 좀 더 살펴볼 필요가 있다. 이런 점에 유의해본다면 〈춘향전〉의 대화 중에서 순수하게 장면을 묘사하는 진술이 상당 부분 발견된다. 이를 수치화해본 결과 대략 12.3%였는데, 이를 묘사에 이전시킨다면 묘사는 30% 정도에 이르게 되고, 이것은 문장체 고소설에 비해 6배 가까운 신장인 것이다. 또한 순수하게 장면을 묘사하는 것은 아니라 할지라도 비교적 회화성을 강하게 함유하기 마련인 상황 묘사형 대화가 많이 발견된다는 점까지 감안한다면 〈춘향전〉의 회화적 성향은 더욱 강화될 것이다. 그리고 묘사에서도 〈춘향전〉은 회화적 성향이 강한 편인 '인물의 행동 묘사'와 '대상의 형상 묘사', 그리고 '주변 광경 묘사'와 같은 진술방식을 선호함으로써 시각을 환기하는 성향을 강하게 보여준다.

2) 참신하고 강렬한 시각소의 어휘들

〈춘향전〉이 갖는 회화적인 성격은 어휘의 성격에 의해서도 좌우되리라 생각된다. 이때 어휘는 분석의 단위가 되어야 하므로 어휘소(lexia)라는 개념에 근접하는 것으로 이해할 수 있다. 어휘소란 선택에 의한 분석을 허용하는 첫 번째 단위이거나 독자에 의해 일시적으로 분할된 다양한 크기의 읽기 단위이다.[1]

어휘는 여러 가지 기준에 의해 분류할 수 있겠지만 어휘가 갖는 내용적 영역에 따라서 크게는 관념어와 형태어로 나눌 수 있을 것이다. 물론 여기에 포함되지 않는 어휘의 군집도 있으리라고 생각되나 명사·형용사·동사·부사 등은 대부분 이 기준에 포함되지 않을까 생각된다. 관념어는 인간의 정신적 세계와 관계된 일들을 나타내는 어휘라 할 수 있고, 형태어는 형상을 지닌 물질이나 그 물질의 움직임 등을 나타내는 어휘라고 할 수 있다. 우리의 관심의 대상인 회화성이 드러나는 어휘는 당연히 형태어가 될 터인데, 그렇다면 문장체 고소설과 판소리 사설에서 사용되는 관념어와 형태어의 비중을 따져 회화적인 성격을 가늠하는 하나의 잣대로 삼을 수 있을 것이다. 그러나 단순히 형태어의 비중이 높다고 해서 회화성이 자동으로 담보되는 것은 아니다. 회화성을 증명하기 위해서는 형태어의 어휘소를 분석하여 거기에서 시각적인 성질 내지는 시각소를 검출하는 작업이 선행되어야 할 것이다.

시각소는 말하자면 어휘가 지닌 시각적인 성질 또는 요소인데, 시각소라고 하더라도 모든 시각소의 층위가 단일하지는 않을 것이다. 그래서 시각소의 하위 요소로서 색채소와 형상소, 그리고 동작소를 상정해 볼 수 있다.

색채소는 '푸른'·'하얀'·'붉은' 등과 같이 색채를 지시하는, 체언 앞에 붙는 관형어로 나타나는 경향이 있다. 여기에서 한문어구 속에 나

---

1) 천기석·김두한 공역, 「기호학 용어 사전」, 민성사, 1988 참조.

타나는 '靑'·'白'·'赤'과 같은 것도 색채소가 되는 것은 물론이다.

형상소는 형상을 지닌 물체로서 우리가 알고 있는 물체라면 그 모두가 지니는 요소이다. '꾀꼬리'·'소나무'·'누각'·'안장' 등이 바로 그런 것들이고, 또 둥글다던가 네모지다던가 하는 물체의 모양도 형상소가 된다. 어떤 형상소는 그 자체로서 색채소까지 함유하는 경우도 있으나 색채소와 형상소는 빈번하게 서로 결합함으로써 높은 회화성을 드러내게 된다. 예컨대 '백구(白鷗)'·'녹림(綠林)'·'벽파(碧波)' 등과 같은 것들이다.

동작소는 물체의 역동적인 움직임을 나타내는 요소이다. 그네가 '오락가락'한다든가, 물에 빠져 '어푸어푸'한다든가, 몸을 '치둥글 내리둥글'한다든가 하는 것들이 바로 그것이다.

회화적인 어절들은 '색채소 + 형상소 + 동작소'로 구성된 경우가 많다. 예를 들어 '서산나귀 솔질 솰솰'이 그러한데, 그것은 나귀라는 것이 갖는 칙칙한 흙색에다가 솔질을 하는 동작까지 연상하게 함으로써 강한 회화성을 드러낸다.

문장체 고소설은 대체로 형태어에 비해 관념어의 비중이 압도적이라 할 수 있다. 진술의 대상이 무엇이냐에 따라 약간의 등락이 있겠지만 특히 설명과 대화 부분에서의 관념어의 사용은 절대적으로 우세하다. 설명과 대화로 구성된 일반적인 대목을 하나 예로 들어본다.

차야에 공이 엄연(奄然) 별세하니 한림부부 호천애통(呼天哀痛)함이 비할 데 없고, 두 부인도 또한 못내 애통하더라. 어느덧 장일을 당하매 영구를 뫼셔 선영하에 안장하고, 세월이 흐르는 것 같아 삼상을 마치고 한림이 군명을 받자와 조정에 나아가매 소인을 배척하고 몸가짐을 강직케하니 천자 사랑하사 벼슬을 돋우고져 하시나 승상 엄숭(嚴崇)이 꺼리어 저허하므로 여러 해가 되도록 직품(職品)이 오르지 못하더라. 유한림의 부부 성친한 지 벌써 십년이 되고 연기 거진 삼십에 가까웠으나 다만 한낱 자녀가 없으니 부인이 깊이 근심하야 한림을 대하야 탄식하여 가로되,

"첩이 기질이 허약하야 생산할 여망이 없삽고 불효삼천(不孝三千)에 무후위대(無後爲大)라 하오니 첩의 무자한 죄는 조문에 용납치 못할 것이오나 상공의 넓으신 덕택을 입사와 지금까지 부지하옵거니와 생각컨대 상공이 누대독신으로 유씨 종사(宗嗣)의 위태함이 급하온지라, 원컨대 상공은 첩을 괘념(掛念)치 마시고 어진 여자를 택하야 농장지경(弄璋之慶)을 보시면 문호(門戶)의 경사 적지 않고 첩이 또한 죄를 면할까 하나이다."

한림이 웃어 가로되,

"어찌 일시 무자함을 한탄하여 첩을 얻으리오. 첩을 얻음은 집안을 어지럽힘이 근본이니 부인은 어찌 화를 자초하려 하시느뇨. 이는 만만 부당하여이다."[2]

이 인용문에서 형태어 자체를 찾기가 쉽지 않다. '영구'나 '선영'을 형태어로 본다고 하더라도 인용문은 거의 관념어로 뒤덮여 있어 독자는 시각을 자극하는 구절과 만나는 것이 상당히 어렵게 되어 있다. 다만 머릿속에서 관념하고 사유하는 기능을 행사하는 구절들과 무수히 조우할 뿐이다. 물론 이는 이 이야기 속의 사건의 성격과 대화의 대상이 관념적인 성질이라는 점과 밀접한 관계가 있으리라고 생각된다. 그럼에도 불구하고 구체적인 표현보다는 추상적이고 관념적인 표현을 주로 사용했던 문장체 고소설의 담화적 취향의 일단을 우리는 여기에서 분명히 간취할 수 있다.

---

2) 〈사씨남정기〉, 『한국고전문학 100』, 서문당, 1984, 22-23쪽.

그러나 〈춘향전〉의 경우는 사정이 이와는 사뭇 다르다. 관용적인 표현의 서두와 결미 부분의 진술을 제외하고 나면 거의 모든 진술에서 형태어들이 많이 사용되고 있거니와 시각소의 분포가 문장체 고소설에 비해 한층 확대되어 있음을 볼 수 있다. 다음은 〈춘향전〉에서 흔히 볼 수 있는, 그렇게 회화성이 강하다고 할 수도 없는 진술의 한 토막이다.

> 도련님 답답하여 사또(使道)의 취침(就寢)하심을 알려 하고, 신 벗어 양 소매에 넣고, 옷자락을 걸어 안고, 자취없이 가만가만 들어가 상방영창(上房映窓)을 침 발라 구녁을 뚫고 가만히 들여다보니, 사또 눈에다 오수경(午睡鏡)을 쓰고, 안석(案席)에 기대어 이만하고 누웠거늘, 영창(映窓)을 가만히 열고, 사또(使道) 옆으로 가만히 들어가 사또(使道)를 물끄러미 보더니 속눈을 떴는지 감았는지 알 수 없어 손가락으로 사또(使道) 눈을 요롱요롱하니, 사또(使道)께서
> "너 이게 웬 짓이니?"
> 나무래시는 게 아니라,
> "야가 이러다 내 속눈을 찌르지."
> 이랬다 하되 광대망설(廣大妄說)이었다.[3]

인용문에서 볼 수 있듯이 신·소매·옷자락·영창·구녁·오수경·안석·속눈·손가락 등등 각종 형태어들이 많이 동원되어 있기도 하거니와 다양한 시각적인 요소들이 곳곳에 배치되어 우리의 눈을 작동시키고 있다. 특히 '가만가만'이나 '요롱요롱' 같은 동작소가 쓰여 시각적인 효과를 내고 있는 것이며, 각종 형태어들 주변을 움직임을 나타내는 용언들이 둘러싸고 있는 것들이 시각적인 효과를 배가시키고 있다. 이와 같이 〈춘향전〉의 담화들은 관념어에 비해 형태어의 사용 빈도가 높

---

3) 김진영·김현주 역주, 『장자백 창본 춘향가』, 박이정, 1996, 63-5쪽.

고, 형태어 주변의 시각화 맥락도 강화되어 있음으로 해서 회화성이 두
드러지게 나타난다. 물론 〈춘향전〉에도 관념어가 많이 사용되고 있지
만4) 그 비중이 문장체 고소설에 비해 크게 약화되어 있고, 서술 상황
이 관념어로 진행되더라도 그것이 오래 지속되지 못하고 실물적인 관
심으로 금방 옮겨가곤 한다. 마치 형태적인 실물의 자력이 담화적 국
면에 항상 작용하고 있는 듯하다. 이러한 경향은 〈춘향전〉이 이야기의
초점으로 삼고 있는 서술 목표들이 추상화된 관념이 아니라 현실사회
에서 부딪치는 문제들이기 때문인 것과도 무관하지 않을 것이다.

물론 문장체 고소설에도 상기 〈춘향전〉 정도의 회화성이 드러나는
대목이 전혀 없는 것은 아니다. 문장체 고소설에도 형태어 위주로 되
어 있으면서도 시각소를 어느 정도 드러내는 대목들이 산견된다.

학공이 살펴보니 옛집은 다 불질러 터만 남았거늘, 모친과 미덕을 생각
하고 눈물이 흘러 앞을 분간치 못하고, 한 걸음에 두 번씩 넘어지며 춘섬
을 따라 정처없이 가다가 한 소로로 들어가니, 청산은 첩첩하고 녹수는 잔
잔하고 길은 희미한데, 기갈이 자심하여 석상에 앉아 울다가 둘러보니, 인
가는 없고 길은 끊어지고 층암절벽은 천만 장이나 높아 있고, 수목은 무성
하여 두견이 슬피 울고, 듣도 보도 못하던 새와 짐승은 우짖으니 마음이
비창하여 정신이 혼미한 중 석양은 재를 넘고 동령에 달은 솟아 만학에
걸려 있고, 또한 산천은 불변한지라.5)

이 인용문에는 형태어도 많고, 시각소를 함유한 어휘들도 많이 보인
다. 집ㆍ집터ㆍ길ㆍ산ㆍ물ㆍ석상ㆍ절벽ㆍ수목ㆍ두견새ㆍ석양ㆍ재ㆍ달ㆍ

4) 상기 인용문에서 광대망설을 언급하는 부분이다.
5) 〈김학공전〉, 『한국고전문학 100』, 서문당, 1984, 113쪽.

만학 등등의 형태어와, 불에 탄 집터·청산·녹수·천만장의 높은 층암
절벽·무성한 수목·재를 넘는 석양·동령에 솟은 달 등등의 시각적인
어휘소를 적재하고 있다. 이런 정도의 시각소라면 〈춘향전〉에 나타나
는 회화성에 못지 않다고 할 수도 있다. 그러나 문장체 고소설에 보이
는 시각소들은 관용적인 표현이라는 데 주목할 필요가 있다. 산천은
언제나 청산과 녹수이고, 절벽은 천만장이나 높은 층암절벽이며, 재넘
어 지는 석양과 동령에 솟은 달은 적막하고 쓸쓸한 극중 상황이라면
흔히 나타나는 관용적인 표현인 것이다. 그래서 그것이 환기하는 회화
성은 도무지 참신하거나 강렬하지 않다. 오히려 진부함에서 비롯된 탓
인지 시각을 무디게 자극할 따름이다.

　또한 어휘소들을 연결하는 방식이나 관형구절의 성격에서도 문장체
고소설은 〈춘향전〉과는 차이를 보인다. 이를테면 문장체 고소설에서
의 "한 걸음에 두 번씩 넘어지며 정처없이 가는 것"과 〈춘향전〉에서의
"신 벗어 양 소매에 넣고 옷자락을 걷어 안고 자취 없이 가만가만 가는
것"은 시각적인 환기력에서 차이가 심하다. 한 걸음에 두 번씩 넘어지
는 것이 어떤 형상인지는 설명의 관념성 때문에 눈에 와 닿지 않지만,
신을 벗어 양 소매 속에 넣고 옷자락을 걷어 안고 발걸음 소리를 줄이
며 걸어가는 모습은 구체적인 설명인지라 눈에 선연하게 느껴진다. 더
욱이 거기에 '가만가만'이라는 동작소가 덧붙어 '소리 없는 발걸음'이라
는 사실을 시각적으로 강조하는 구실을 하고 있다. 그리고 문장체 고
소설에서는 그냥 "둘러본다"고 되어 있지만 〈춘향전〉에서는 "침 발라
구멍을 뚫고 가만히 들여다보"거나 "물끄러미 보"는 것으로 되어 있다.
이런 것들도 그냥 본다는 것과는 시각적인 환기력에서 상당한 차이를
보여준다.

한편 〈춘향전〉에는 위에 예를 든 문장체 고소설보다 훨씬 강렬한 시각소를 적재하고 있는 대목들이 무수히 산재해 있다. 다음은 그런 대목들 중의 하나이다.

백백홍홍난만중(白白紅紅爛漫中)에 어떠한 일미인(一美人) 나오는데 해도 같고, 별도 같다. 저와 같은 계집종과 함께 추천(鞦韆)을 하려 하고 난초(蘭草)같이 푸른 머리 두 귀 눌러 고이 땋고 금채(金釵)를 정제(整齊)하고 나군(羅裙)에 두른 허리 아리땁고 고운 태도(態度) 아장거리고 흐늘거려 가만가만 나오더니, 장림(長林) 숲 속에 들어가서 장장채승(長長綵繩) 그네줄을 휘늘어진 벽도(碧桃)가지에 휘휘칭칭 감아매고, 섬섬옥수(纖纖玉手)를 번듯 들어서 양 그네줄을 갈라잡고 선뜻 올라 밀어갈 제, 한 번 굴러 앞이 높고 두 번 굴러 뒤가 높아 앞뒤 점점 높아갈 제, 머리 위의 푸른 잎은 몸을 따라서 흔들흔들, 난만도화(爛漫桃花) 높은 가지 소소리쳐 툭툭 차니 송이송이 맺힌 꽃이 추풍낙엽(秋風落葉) 격(格)으로 뚝뚝 떨어져 내려치니 풍무취엽녹엽(風舞翠葉綠葉)이라. 낙포선녀(洛浦仙女) 구름타고 옥경(玉京)으로 향(向)하는 듯, 무산선녀(巫山仙女) 학(鶴)을 타고 요지연(瑤池淵)으로 내리는 듯, 그 얼굴 그 태도(態度)는 세상(世上) 인물(人物)이 아니로다.[6]

이 대목의 초두에서 해와 달의 비유 부분과 마지막 문장을 제외하고 보면 대목 전체가 원색적인 색채와 역동적인 움직임을 나타내는 시각소로 짜여 있음을 알 수 있다. 이 대목에서 많은 부분을 차지하고 있는 한문어구들도 색채소와 동작소를 듬뿍 적재하고 있다. 희고 붉은 꽃들이 어지럽게 피어있다는 '백백홍홍난만중'이나, 긴긴 채색줄을 엮어 꼰 '장장채승'이나, 분홍색 복사꽃이 어지럽게 흩날린다는 '난만도화', 그

리고 비취 잎과 푸른 잎들이 바람에 춤을 추면서 떨어진다는 '풍무취엽 녹엽' 등의 한문어구는 모두 시각 환기력이 강한 어휘로 구성되어 있다. 주지하다시피 문장체 고소설에도 한문어구는 무수히 많지만, 정작 이렇게 역동적인 동작소까지 내포한 시각소를 문장체 고소설에서는 찾아보기가 쉽지 않다는 사실은 이와 같은 한문어구가 관용적으로 인용된 것이 아니라 상당히 의도적으로 선택되었음을 말해주는 게 아닌가 한다. 그것들은 주변의 시각적인 어휘들과 잘 어울리면서 대상의 색채와 동작을 적절하게 표현하는 데 이바지하고 있기 때문이다.

이 대목의 시각소는 한문어구에서만 표출되는 것이 아니다. 나머지 어휘들이 한문어구들보다 더 강한 시각소를 함유하고 있다. 구절들의 매 행간 속에서 그네 타러 나온 춘향의 모습이 여실하게 묻어난다. 난초같이 푸른 머리를 두 줄로 땋고, 금비녀를 꽂았으며, 비단치마를 허리에 두른 모습, 그리고 그네 줄을 복숭아나무 가지에 걸어 매고, 손으로 그네 줄을 갈라 잡고, 발을 굴러 그네가 점점 높아져 가는 모습, 머리 위의 푸른 잎들이 몸의 움직임에 따라 흔들거리고, 그네가 힘차게 왕복 운동을 함에 따라 복사꽃들이 비 오듯 떨어지며 흩날리는 모습 등이 눈에 강렬하게 그려진다. 그것은 마치 그네 바로 아래에 카메라가 있고 또 강한 조명빛을 아래에서 위로 쏘는 듯하게 모든 대상물들이 빛을 받아 매우 원색적으로 그리고 역동적으로 그려지고 있다.

그리고 의태어적인 형상 부사들의 존재가 시각적인 효과를 배가시키고 있음을 우리는 위 인용문에서 볼 수 있다. '아장거리고 흐늘거려 가만가만' 걷는 걸음과 그네 줄을 '휘휘칭칭' 감아 매는 모습, 그밖에도 '번듯' '선뜻' '흔들흔들' '소소리쳐 툭툭' '송이송이' '뚝뚝' 등의 동작소들이 그러하다. 이것들은 판소리를 보고 듣는 사람들로 하여금 눈앞에 현재 장면을 그리도록 유도하는 광대의 의도에서 나온 표현들로서 판소리 사설의 담화적 특징 중의 하나인 것이다.

이상에서 살펴본 바와 같이 〈춘향전〉은 문장체 고소설에 비해 어휘소의 구성에서 형태어의 비중이 상대적으로 많으며, 형태어의 성격에서도 시각소의 비중이 크다고 할 수 있다. 그러나 이보다 더 중요한 사실은 시각소의 하위 구성요소인 색채소의 사용이 관용적이지 않고 참신한 데다가, 동작소가 매 구절마다 적절하게 사용됨으로써 장면을 여실하게, 그리고 회화적으로 표현하는 데 크게 기여하고 있다는 점일 것이다.

3) 구체적인 이미지를 환기하는 비유

문장체 고소설과 〈춘향전〉에는 현재 그리고 있는 대상을 다른 무엇으로 비유하는 방법을 많이 사용하고 있다. 비유는 일종의 장식이면서 세계를 이해하는 한 방법으로서 고전문학이나 현대문학에서 모두 사용하는 것이지만 그 성격은 서로 다르고 고전문학 속에서도 문장체 고소설과 〈춘향전〉의 그것은 서로 다른 것으로 생각된다. 특히 시각적인 환기를 위해 사용되는 비유 구절에서 문장체 고소설과 〈춘향전〉은 상당한 차이를 보여준다. 이는 양자 사이의 담화적 회화성과 직결되는 것으로 보인다.

문장체 고소설에 나타나는 시각적 비유기법을 살펴보기 위해 하나의 사례를 인용한다. 다음은 우리가 문장체 고소설에서 인물을 묘사할 때 흔히 볼 수 있는 전형적인 표현이다.

진성이 눈을 들어 월랑을 바라보매 ①삼삼(森森)한 녹발(綠髮)은 귀밑을 덮었으니 은은한 검은 구름이 어리었고, ②별 같은 두 눈이 아미를 지음하였으니 한 쌍 밝은 거울이 원산에 걸렸는 듯, ③아리따운 양협은 홍도화가 춘풍에 무르녹고 일점 단순한 오월 앵도가 이슬에 붉었으며, ④뚜렷한 용광은 명월이 동령(東嶺)에 솟음 같고, ⑤찬란한 광채는 목단화가 조양(朝陽)을 띠움 같으니, ⑥만일 침향정상(沈香亭上)의 조으는 양태진(楊太眞)이 아니면 진실로 요지(瑤池) 반도회(蟠桃會)에 내린 서왕모(西王母)라. 진성이 정신이 황홀하여 어린 듯이 앉았으니, 이 때 월랑이 또한 추파를 잠깐 흘려 진성을 살펴보니, ⑦청아한 기상은 십주(十洲) 신선(神仙)이 구름을 멍에하고 옥경(玉京)에 오른 듯, ⑧초일(超逸)한 모양은 구소(九霄)의 청학이 운간(雲間)에 배회하는 듯, ⑨흉중에 금수문장(錦繡文章)을 감추었으며, 미우(眉宇)에 무한한 다정풍류를 띠었으니 짐짓 일세 기남자라.[7]

전체적으로 이 인용문은 시각적 비유를 활용하고 있음으로써 우리의 시각을 환기하는 정도가 상당히 강하다고 할 수 있다. ①번 구절은 월랑의 윤기가 흐르는 검은 머리가 귀밑을 덮은 모양이 마치 검은 구름이 어린 것 같다는 표현이다. 여기서 검은 구름이 어린 모양 같다는 것은 독창적인 용사라기보다는 흔히 여자의 탐스러운 머리 모양을 가리킬 때 사용하는 '운빈(雲鬢)'이니 '운발(雲髮)'이니 하는 관용어휘에서 견인되어 나타난 표현구라고 생각된다. 따라서 이 구절은 관용적인 시각소에 의지하여 무디게 시각을 자극할 뿐 시각을 환기하는 힘이 그리 강렬하게 인각되지는 못하고 있다.

②번 구절에서는 두 눈과 눈썹이 잘 어울려 마치 한 쌍의 거울이 먼 산에 걸려 있는 것 같다고 하고 있다. 그러나 눈과 눈썹의 조화를 설명하는 보조관념이 이질적인 대상을 형상화하여 보여줌으로써 오히려 원

---

7) 〈청년회심곡〉, 『한국고전문학 100』, 16권, 82쪽.

관념을 적절하게 연상하는 것을 방해하고 있다. 물론 원관념과 보조관념의 거리가 멀면 그 사이에서 시적 긴장이 생기면서 훌륭한 비유가 되는 것이지만 그 경우에도 전제는 둘 사이를 이어주는 끈이 심층적으로 긴밀하게 작동되어야 한다는 것이었다. 그러나 이 경우는 원관념과 보조관념을 이어주는 끈이 이질적이고 추상화 차원에서 연결되어 있음으로써 눈과 눈썹의 어울림을 구체적으로 시각화하기가 어렵게 되어 있다.

③번 구절은 월랑의 두 뺨에 어린 붉은빛이 '홍도화'나 '앵도'와 같다는 표현이다. 이것도 관용적인 표현이지만 그래도 시각 환기력이 상당히 강하게 느껴진다.

④번 구절은 얼굴 모습이 동령에 떠오른 밝은 달 같다는 것인데, 너무 진부한 비유라 시각적인 환기력도 약하고 구체적인 지시력도 떨어져 오히려 아름다움을 부각시키고자 하는 원래의 의도에 충실하게 합치되는 표현이라고는 생각되지 않는다.

⑤번 구절은 얼굴에서 발산하는 광채가 마치 목단화에 아침해가 비친 것 같다는 것이다. 이것도 관용적인 표현으로서 지시적 구체성이 약해서 그 모습이 눈에 확연하게 들어오지는 않는다.

이상의 ①번 구절부터 ⑤번 구절까지는 머리와 얼굴의 각 부분을 다른 사물에 비유하여 묘사함으로써 시각적인 인상을 강화해주고 있다. 그러나 그것들이 시각적인 비유이기는 하되 상당히 관용적인 표현구로 되어 있음으로써 시각적인 구체성이나 선명성은 애매모호하고 흐릿하게 느껴진다. 그러한 표현구들은 얼굴·머리·눈·눈썹·뺨 등의 묘사에 흔히 사용되는 것이기는 하지만 상당히 관념화되고 추상화된 성질의 것이라 시각적인 강렬성 내지는 회화적인 구체성을 획득하는 데에는 실패하고 있는 것으로 보인다. 이러한 경향은 ⑥번 이후의 구절들에서는 더욱 심하게 나타난다.

⑥번 구절에 나오는 양태진과 서왕모는 신선 같은 용모의 사람에게 흔히 붙는 관용어구이지만 구체적인 모양을 상상하기에는 커다란 장벽이 가로놓여 있는 고유명사이다. ⑦번 구절에서도 신선이 구름으로 멍에를 쓰고 옥경으로 오르는 모습을 그림으로 상상하기에는 어려움이 느껴지며, ⑧번 구절에서는 세속에서 초탈한 모습이 마치 하늘의 구름 속을 나는 청학이라고 비유하고 있는데, 그 또한 시각적인 상상력을 동원하는 데에는 한계가 느껴진다. 특히 초일한 모습을 구름 속의 청학에 비유한 것은 시각적인 대응성의 논리 위에서 이루어진 것이 아니라 '구름 속의 청학'과 '초탈한 신선'이 나누어 갖고 있는 정황 또는 분위기상의 유사성에 의해 이루어진 것이라고 할 수 있다. 그리고 ⑨번 구절에서 말하는 눈썹 언저리와 이마에 다정 풍류를 띠고 있는 것과 일세 기남자가 과연 어떠한 모습을 의미하는지 상상하기에는 어려움이 느껴진다.

문장체 고소설에 비해 〈춘향전〉에 사용된 시각적 비유기법은 거기에 사용된 어휘의 성분이나 비유의 기본 방식에는 양자가 별 차이가 없음에도 불구하고 훨씬 강렬한 시각 환기력을 보여준다. 다음은 하나의 예이다.

춘향(春香)이 앉는 거동(擧動) 절색(絶色)일시 분명(分明)하다. 백석청탄(白石淸灘) 새 비 뒤에 목욕(沐浴)하고 앉은 제비 사람 보고 날으려는 듯, 주순(朱脣)을 반개(半開)하니 모란화(牡丹花) 한 송이가 아침 이슬 머금었다 피고자 벌리려는 듯, 별로 단장(丹粧)한 일 없이 천자방용(天姿芳容) 국색(國色)이라.8)

춘향의 앉는 모습을 비에 젖은 제비가 막 날아오르려는 모습에 비유하고 있는 첫 대목은 관념상의 거리가 느껴지는 비유임에도 불구하고 춘향의 이목구비보다는 전체적인 형상을 캐리커처 기법으로 포착해냄으로써 신선할 뿐만 아니라 매우 선명한 시각적인 이미저리를 만들어 내고 있다. '백석청탄'과 같은 관용적인 시각소가 동원되어 있지만 '깨끗한 암석과 맑은 물이 흐르는 여울'은 춘향의 청순함을 이끌어내는 매개체로 작용하면서 시각적인 연상을 돕고 있고, 비에 젖은 제비가 사람을 보고 놀라 날아오른다는 광경도 춘향의 때 묻지 않은 청순함과 연결되어 시각적인 연상을 끌어낸다.

그리고 두 번째 비유는 춘향이 붉은 입술을 약간 벌린 모습을 모란화 한 송이가 아침 이슬을 머금고 막 피어나는 모습에 비유한 것이다. 이 비유도 적절하고 신선한 보조관념을 사용함으로써 선명한 이미저리를 구축하고 있다. 여기서도 청순함이 강조되는데, 그래서 바로 뒤에 별로 단장하지 않았다는 사실이 얘기되고 있는 것이다.

마지막에 있는 '천자방용 국색'이라는 비유는 매우 관념적인 관용어구로서 시각 환기력이 미약하다. 〈춘향전〉에도 이런 종류의 관념적인 비유는 상당히 많이 산재해 있다고 판단된다. 하지만 문장체 고소설에 비해 관념성을 탈피한, 참신하고 시각을 자극하는 구체적인 비유의 비중이 훨씬 높다는 점은 분명한 사실이다.

4) 시지각의 활성화를 유발하는 시각 매개어

여기에서 시각 매개어란 우리의 시지각을 자극하고 안내하는 매개

---

8) 장자백 창본 〈춘향가〉, 49쪽.

적인 역할을 하는 표현구절을 지칭한다. 다시 말해 등장인물의 시선을 인도하면서 등장인물이 보게 되는 대상에 대한 설명이나 묘사 구절을 동반하는 매개 구절인 것이다. 따라서 지문에서는 대체로 다음과 같은 표현으로 나타나는 경향이 있다. 즉 '사면을 살펴보니' '눈을 들어 바라보니' '풍물을 완상할새' '추파를 잠깐 들어 보매' 등이다. 이러한 시각 매개어 다음에는 표현 구절의 주체가 시각적으로 인지하게 되는 대상이 그려지게 마련이다. 그렇지만 위의 표현처럼 항상 시지각임을 지시하는 표현이 아니라도 시각 매개어가 될 수 있다. 예컨대 '한 곳에 다다르니' '점점 나아가니' '집으로 들어가니' 등과 같이 주체의 행위에 대한 표현 구절 다음에도 등장인물의 눈을 빌린 시각적 표현이 나타나는 경우가 흔한 것이다. 위와 같은 행위의 목적이 대상물을 찾는 데 있거나, 대상을 확인하는 것으로 귀결되는 경우에는 여지없이 시각적 표현을 대동하게 된다. 먼저 문장체 고소설에서 볼 수 있는 시각 매개어와 그 다음의 시각적 묘사 구절의 예를 들어보자.

추파를 잠깐 들어 담밖을 보매, 일위 소년 남자가 머리에 탕건을 쓰고 몸에 청포를 입고 손에 나선(羅扇)을 들었는데, 얼굴은 관옥 같고 풍채 준일하여 낙양(洛陽) 가상(街上)에 척과(擲菓)를 받던 반악(潘岳)이 아니면 양주(楊州) 노상에 투귤(投橘)을 돌아보던 두목지(杜牧之)라.[9]

이공이 하릴없이 들어가 빈주지례(賓主之禮)를 차려 앉아 살펴보니 인물 범절은 벽도 낭랑과 차등이 없으되, 금은 주취는 더욱 찬란하고 백옥 로에 향연이 피어오르는 양은 한무제(漢武帝) 태산봉(泰山峯) 중에 백운 엉기듯 하고, 병풍을 사면에 쳤으되 한편은 진공주(秦公主) 농옥(弄玉)

9) 〈청년회심곡〉, 위의 책, 74쪽.

이 소사(簫史)를 맞아 학의 등에 쌍으로 앉아 퉁소를 불며 벽공을 향하는 모양이요, 한편은 무산선녀(巫山仙女)가 비 되고 구름 되어 초양왕(楚襄王)을 모시던 모양이요, 한편은 서왕모가 청조(靑鳥)로 노문 놓고 자운거(紫雲車)를 타고 미앙궁(未央宮)에 들어와 구광등을 높이 달고 한무제와 수작하는 모양이요, 한편은 황제 헌원씨가 구연단을 먹고 백일 승천할 제 용을 불러 난거(鸞車)를 메고 일등 미인을 옆옆이 끼고 옥황상제께 조회하던 모양이요.10)

가달국 <u>지경에 당하니</u>, 산천 풍물이 달라 산은 첩첩하여 뫼가 되고 물은 중중하여 소가 되었으며, 기화요초는 난만하고 난봉공작은 쌍쌍이 날아드니 뭇새 소리 귀에 쟁쟁하여 더욱 객회를 돕는지라. 산곡 좁은 길로 발섭도 하며 촌촌 전진하여 여러 날만에 <u>한 곳에 다다르니</u> 경개가 절승하고 장원도 광활한데 한 곳에 집이 있는지라.11)

위의 인용 구절들 가운데 밑줄 친 구절이 시각 매개어이고, 그 다음이 시각 매개어에 의해 견인되어 나오는 시각적 묘사 구절이다. 시각 매개어는 등장인물 주체가 시선을 움직이는 행위나 기타 동작 행위에 대한 서술문이고, 그 이하는 주체의 시각에 의해 비치는 대상물에 대한 묘사적 진술인 것이다. 이러한 진술 등식은 〈춘향전〉의 경우에도 차이가 별로 없다. 다만 문장체 고소설과 〈춘향전〉 사이에 차이가 있다면 그것은 위에서도 지적되었듯이 묘사적 진술의 회화적 성격상의 차이이다.

<u>가만히 살펴보니</u> 다른 기생(妓生) 같으면 엉정벙정 벌였을 터이로되, 춘향(春香)이는 학(學)하는 춘향(春香)이요, 나이 어린 계집애라 방안 세

---

10) 〈삼선기〉, 위의 책, 208-210쪽.
11) 〈이태경전〉, 위의 책, 39쪽.

간이 별로 없어 화류문갑(花柳文匣) 대모책상(玳瑁冊床) 내칠편(內七篇) 일권(一卷)이며, 시전(詩傳)주지(周紙) 서전(書傳)주지(周紙) 금색지(金色紙)로 같이 말아 시부편(詩賦篇)에 올려놓고, 담배서랍 재털이며, 문왕정(文王鼎) 타기(唾器) 등물(等物) 단정(端正)하게 벌였는데, 동서벽(東西壁) 붙인 그림 자세(仔細)히 살펴보니, 상산사호(商山四皓) 네 노인(老人)이 바둑판을 앞에 놓고, 어떠한 노인(老人)은 백기(白碁)를 들고 요만하고 앉아 있고, 또 어떤 노인(老人)은 흑기(黑碁)를 손에 들고 이만하고 앉아 있고, 또 어떤 노인(老人)은 청려장(靑藜杖) 짚고 반쯤 구부러져 바둑 두는 훈수(訓手)하느라고 이만하고 서 있는 양(樣)을 역력(歷歷)히 그려 있고, 또 그 곁에 노인(老人) 하나 백우선(白羽扇) 손에 들고 학창의(鶴氅衣) 몸에 입고 이만하고 누웠는데, 그 앞에 동자(童子) 한 쌍 색동저고리 입고 쌍상투에 호로병(葫蘆瓶)을 옆에 차고, 천일주(千日酒) 한 잔 가득 부어 노인(老人)에게 진지(進摯)하느라고 이만하고 섰는 모양 역력(歷歷)히 그려 있고, 또 한편을 바라보니12)

황혼(黃昏)을 기다려 춘향(春香) 문전(門前) 당도(當到)하니 행랑(行廊)은 무너지고 몸채는 이그러져 서까래는 꾀를 벗고 춘새는 드러났다.13)

이와 같이 〈춘향전〉의 시각 매개어 다음에는 상당히 구체적인 묘사가 행해지고 있어 시각적인 환기가 훨씬 강하게 이루어진다. 그런데 〈춘향전〉에는 앞의 시각 매개어 말고도 다른 종류의 시각 매개어들이 사용되고 있다는 점이 주목된다. 이른바 '거동보소'류의 관용구인데, 그것은 새로운 인물이 등장하거나, 아니면 이미 등장한 인물이라도 새로운 행위를 시작할 때면 거의 어김없이 등장한다. '거동보소'류의 관용구는 용어 그 자체에서 벌써 강한 시각적인 환기가 이루어지고 있을

12) 장자백 창본 〈춘향가〉, 위의 책, 69쪽.
13) 위의 책, 207쪽.

뿐만 아니라 시각 매개어에 이은 묘사적 진술 부분에서도 대상에 대한 시각적 묘사가 장황하게 전개되는 게 상례이다.

어사(御史)또 거동(擧動)보소. 그 조에 신명(神明) 내어 저기 가서 주춤주춤, 여기 가서도 우쭐우쭐, '금일(今日) 호강 많이 하고 내일(來日)은 올라 가소.' 주춤거려 들어가니, 혼금나졸(閽禁羅卒) 달려들어 옆 밀거니 등 밀거니 끌어내랴 실랑이 할 제, 헌 도복 소매 자락 다 짝짝 찢어지니14)

신연하인(新延下人) 호사(豪奢)보소. 이방(吏房) 수배(隨陪) 감상(監床) 공방(工房) 한산(韓山)모시 청직령(靑直領)에 결연단(結緣緞) 좋은 말에 갖은 부담(負擔)을 지어 타고 통인(通引) 한 쌍 치레보소. 성천분주(成川紛紬) 바지 저고리 제도(製圖) 옳게 지어 입고 유문항라(有紋亢羅) 허리띠 왜청우단(倭靑羽緞) 도리낭자(囊子) 당팔사(唐八絲) 갖은 매듭 맵시있게 느리워 끼고 갑사쾌자(甲絲快子) 남전대(藍纏帶)띠 착전립(着氈笠)의 태(態)가 난다. 좌우급창(左右及唱) 맵시보소. 양옆 터진 방패(防牌) 철릭 앞가슴 훨씬 헤쳐 보기 좋게 접어 찌르고 흑저사(黑紵紗) 석자수건(手巾) 목에 걸쳐 땀을 씻고, 통대자(筒帶子) 허리띠 상사단(上紗緞) 말주머니 대구팔사(帶鉤八絲) 갖은 매듭 세간놀이로 옳게 접어 중동 꺾어 꿰어 차고15)

이와 같이 〈춘향전〉에는 '거동보소' 이외에도 '호사보소', '치레보소', '맵시보소' 등의 관용구들이 다채롭게 사용되면서 전체 담화의 회화성을 증강시킨다. 또 '장관이던 것이었다'거나 '가관이었다'거나 하면서 그 뒤에 진술하는 대목도 '거동보소'류의 경우와 별반 다름이 없다고 할 수 있다. 이처럼 〈춘향전〉에는 문장체 고소설보다 훨씬 다양한 시

---

14) 위의 책, 227쪽.
15) 위의 책, 119-121쪽.

각 매개어들이 존재함으로써 그것들이 시각적인 환기력의 증대를 앞장서 유도하고 있으며, 묘사적 진술의 성격에서도 시각 환기를 통한 회화성이 문장체 고소설보다 강화되어 있다고 말할 수 있다.

3. 회화성의 강화와 시대적 의미

1) 회화성의 강화와 그 인식론적 배경

문학적 담화의 성격은 당대 사회와 문화의 상황 내지는 분위기와 어느 정도 정합성을 갖는다고 생각된다. 문학뿐만 아니라 당대의 예술 양식들은 사회문화적 상황을 바탕으로 서로 공분모적인 성격이나 취향을 보유하기 마련인 것이다. 이러한 측면에서 볼 때 〈춘향전〉의 담화가 회화적인 성질을 지향하게 되었다는 사실이 어떤 사회문화적 토양에서 비롯되었고, 조선 후기 당대의 다른 예술 영역에서 나타난 현상과는 어떤 관계를 맺고 있는지 고찰해볼 필요가 있다고 생각된다.

회화성은 묘사 대상을 구체적으로 물질화함으로써 나타나는 성질이라고 할 수 있다. 물질화하지 않는다면 대상을 시각적으로 인식하는 것조차 불가능하기 때문이다. 대상을 물질적으로 파악하지 않으면 관념화에 빠지지 않을 수 없게 되며, 관념화에 빠진 진술은 대상을 시각적으로 인식할 수 없게 만든다. 앞장에서 살펴본 바와 같이 문장체 고소설은 대상을 물질적으로 파악하기보다는 관념적인 대상으로 인식하고자 하는 경향을 강하게 보여준다. 이에 반해 〈춘향전〉은 관념적인 파악도 물론 상당 부분 존재하지만 대상을 물질적으로 인식하는 성향을 좀 더 강도 높게 보여주고 있는 것이다.

〈춘향전〉이 보여주는 이러한 물질적인 인식 경향은 당대의 정신적
인 인식론의 향배와 무관하지 않다고 생각된다. 당대인의 인식 성향은
어떤 식으로건 당대의 문학이나 회화와 같은 예술에 투영되게 마련이
다.[16] 그러한 측면에서 볼 때, 조선 후기의 실학적 인식은 〈춘향전〉이
보여주는 묘사 대상의 물질화 경향과 어느 정도 궤적을 같이하는 것으
로 생각된다.

조선 후기의 실학, 특히 이용후생학적 시각은 청나라 문물에 대한
견식을 통해 물질에 대한 관심의 증폭을 가져오게 된다. 청나라의 문
물과 제도를 배우자는 북학(北學)도 상업진흥이라는 물질적인 측면의
강조로 나타난다. 연암의 〈허생전〉에도 잘 나타나듯이 실학자들은 양
반 계층도 상업 경영에 참여할 것을 주장한다.[17] 관념론으로만 흐르는
양반 사대부들의 철학적 논의와 논쟁이 허위에 흐르고, 일상생활에는
아무런 기여도 하지 않는 비생산적인 일이라는 점을 일련의 연암 소설
들은 보여주고 있다. 인간이나 세상에 대해 웬만한 지식을 갖춘 양반
사대부들이 물산들과 그 물산들의 이동에 관심을 보인다면 국가 경제
에 큰 보탬이 될 것이라는 점을 실학자들은 간파하고 있었던 것이다.
이와 같이 관념보다는 실물을 중시하는 실학적 풍조 내지는 인식이 많
은 사람들의 공감 속에 확산되면서 자연 문학이나 회화와 같은 예술
장르에도 투영되었으리라 생각된다.

그동안 성리학자들의 인식론이 마음[心] 속의 이기(理氣)의 속성에

---

16) 허버트 리드는 인간 의식의 발전에서 이미지는 언제나 사상에 선행한다(김병익 역,
『도상과 사상』, 열화당, 1982)고 주장한 바 있는데, 그 선행 여부는 차치하더라도 우
리는 여기서 이미지와 의식 간의 긴장이 예술적 창조로 드러나게 된다는 점을 확인
할 수 있다.

17) 강만길, 『조선후기 상업자본의 발달』, 고려대 출판부, 1973, 14-23쪽

따라 대상을 이해하는 것이었다면, 실학자의 인식론은 오관(五官)의 외감(外感)에 치중해 대상을 이해하고자 하는 것이다.[18] 다시 말해 실학적 인식은 성리학의 물아일체관(物我一體觀)으로부터 벗어나 물아이분관(物我二分觀)으로 변화했다고 할 수 있다. 물론 우주 자연에 대립하면서 그것을 도구화하려는 서구의 철저한 물리적 자연관을 가졌다고는 할 수 없겠지만 그래도 실학자들은 인간을 자연으로부터 독립된, 자유의지를 지닌 존재라고 믿는 편이었던 것이다. 그만큼 그들의 인식론은 감각적이고 실제적이고 물질적이었다.

물질성의 강조로 나타나는 실학자들의 인식의 변화는 당대의 상업과 수공업의 발달과도 긴밀한 관계를 갖는다. 상업과 수공업에 대한 관심은 필연적으로 물산의 생산과 수집, 그리고 유통 과정에서의 물질적 형태에 대한 관심의 증대를 일으킨다. 신연하인의 호사스러운 복장과 치장을 묘사하는 앞의 인용문에서 볼 수 있듯이 〈춘향전〉에서의 물질적 인식은 사물에 대한 주워섬기기 식의 나열 방식으로 흔히 나타난다. 사물을 분해해서 세밀하게 분석하는 체계적인 시각에까지는 미치지 못하고 있지만 관념에서 물질로의 인식적 전환을 사물 나열로 표현하고 있는 것이다. 그러나 사물을 단순히 나열하는 것 같지만 물건을 나열하는 것 그 자체가 상당한 구체성을 지니고 있고, 세밀한 묘사력을 바탕으로 하고 있다는 점은 간과할 수 없다. 〈춘향전〉에서 나귀 치장 사설과 이도령의 호사스러운 치레 사설, 춘향집 기물 사설과 술·담배·음식 사설, 어사 치행 사설과 남원부사 생신연에서의 기물에 대한 나열적 묘사는 그것이 비록 사물에 대한 체계적인 분석과 이해에는 미

---

18) 윤사순, 「실학의 사상적 기반」, 윤사순·고익진 편, 『한국의 사상』, 열음사, 1984, 70쪽 참조.

치지 못한다 하더라도 사물에 대한 관심이 어느 정도인지를 충분히 가늠하게끔 한다.

한편 물질성의 강조가 비단 실학자들만의 인식 성향은 아니었다고 판단된다. 또 실학자들이 정신적 지주가 되어 사물에 대한 의식의 전환을 선도했던 것도 아니라고 판단된다. 오히려 실학자들은 실물 경제의 흐름을 날카롭게 포착하여 이론화했을 뿐이라고 보는 것이 진실에 부합하리라고 생각된다. 물질에 대한 관심의 증대는 국한된 울타리 안에서 사유된 몇몇 실학자들의 공리공론이 아니라 사회 전반의 인식론적 현상이었다고 본다. 이러한 인식의 변화는 실물 경제의 변화에서 비롯되었다. 농업의 생산력 증대와 수공업의 발달, 그리고 유통의 발달에 따라 민간의 자본력이 형성되기 시작하고, 상업과 해외무역의 발달로 온갖 물산들이 이동하고, 또 소비가 촉진되면서 물질은 인간의 삶에서 한층 중요한 요소로 자리 잡게 되었던 것이다. 그리하여 물질에 기초한 사유방식이 보편화되고, 사물에 대한 지식의 획득이 새로운 지적 풍토가 되었던 것이다. 그 기초적인 지적 경향 중의 하나가 사물의 종류를 나열하는 형태의 것이었다고 생각된다. 물건을 죽 나열하면서 물건들에 대한 지배력을 갖고자 의도한 고태적 상상력이 여기에서 작동한 측면도 있겠고, 또 그것이 판소리 가창시의 운율성에 기여하는 측면도 없지 않았겠지만, 묘사 대상이 된 방면의 물건들을 나열하는 것은 사물에 대한 지식을 바탕으로 하여 사물을 이해하는 당대인의 인식 방법이었다고 생각된다.

당대인의 사물에 대한 관심은 판소리 문학에서뿐만 아니라 동시대의 예술장르인 회화 영역에서도 잘 나타난다. 우리는 삶의 현장에서 사용되는 생활 도구들의 빈번한 출현을 각종 풍속화에서 목도할 수 있다. 이전의 회화적 경향은 관념적으로 사유된 자연물을 그리던 이른바 관념산수였는데, 거기에서 생활 속의 사물의 세계는 전적으로 배제되어 있었던 것이다. 오로지 자연만이, 그것도 관념적으로 사유된 자연만이 그 속에 동화된 조그마한 인간과 더불어 표현되었을 따름이다. 그러나 풍속화에 와서는 사물에 대한 당대인의 관심을 반영하여 온갖 생활 도구들이 등장하게 된다. 대장간의 생산 도구들, 술청의 온갖 기물들, 방 안의 문방 도구들, 짐꾼들이 등에 짊어지거나 배 위에 실려진 물건들, 나무를 깎고 자르고 구멍 내는 도구들, 담배를 써는 도구, 돌을 깨는 도구들, 집을 지으면서 사용하는 온갖 도구들, 농촌에서 김매고 추수하고 탈곡하는 데 쓰는 많은 도구들, 그리고 자리를 짜고 편자를 박고 길쌈을 하는 도구들이 생산 현장과 함께 자세하게 그려진다. 도구를 사용하는 인간과 함께 도구 그 자체가 풍속화의 화면에서 전경화되고 있는 것이다. 도구는 단순히 인간의 부속물로 축소되어 있는 것이 아니라 그 자체가 관심의 초점이 될 정도로 전경화된다. 그만큼 실물적 관심이 대두하였다는 증거이다.

〈춘향전〉에 나타나는 회화성의 배경이 물질주의적 인식론이었던 점과 관련하여 또 하나 지적하지 않을 수 없는 것은 당대의 정신적 사조로서의 사실주의 정신도 회화성의 중요한 배경이 되었을 것이라는 사실이다. 당대의 사실주의 정신은 영역의 광역성과 철저함이 근대의 사실주의와는 상당히 다르다고 생각되지만 근본적 바탕은 그리 다르지 않다. 당대의 사실주의 정신이란 당시에 사상적·경제적 주도권을 장악한 계층에서 보여준 주체적 문예의식과 그다지 먼 거리에 있지 않다. 다시 말해 사상적·경제적 자신감과 밀접한 관계가 있는 것으로 판단되는 것이다. 우리의 산하를 시화(詩畵)로 있는 그대로를 사생한 진경시(眞景詩)와 진경산수화(眞景山水畵)의 바탕 정신도 '자기애로부터 비롯되는 자긍심의 발로'[19]로서 파악된다.

또한 당대의 사실주의 정신은 경제력을 획득한 계층 및 권력에서 소외된 사대부 계층, 그리고 민중층 전반의 현실비판적 성향과도 연결된다. 이러한 계층들이 사회 각 부분에서 성장하면서 현실비판적 안목이 부상하고, 이와 더불어 사실적 묘사력이 증대되었던 것이다.[20] 사실주의 정신과 현실비판의식은 밀접한 함수관계로 맺어져 있다. 대상에 대한 세밀한 묘사와 분석이란 냉철한 비판적 시각을 동반하지 않고는 성립될 수 없는 것이기 때문이다.[21]

〈춘향전〉의 사실주의 정신은 서사적 내용의 측면에서 쉽게 지적할 수 있다. 예컨대 당시에 유행하던 양반 사대부와 기생의 일화적 로맨스를 주제로 삼은 것이라든가, 암행어사 제도와 그 실행에 대한 상세한 기술, 관리들의 부정부패와 비리에 대한 기술, 그리고 각 인물 형상의 사실성 등등에서 나타나는 사실주의 정신을 지적할 수 있는 것이다. 그러나 담화 차원에서도 사실주의 정신을 지적할 수 있는데, 그것은 바로 담화의 회화성과 긴밀한 관련을 맺는다.

사실주의가 갖는 덕목에서 가장 중요한 것 중의 하나가 당대 사회현실의 객관적인 묘사[22]라고 할 때, 〈춘향전〉은 사실주의 정신이 상당

---

19) 최완수 외 지음, 『진경시대』, 돌베개, 1998, 19쪽.

20) 이태호, 『조선후기 회화의 사실주의 정신』, 학고재, 1996, 13쪽 참조.

21) 김현주, 「거동보소의 담화론적 해석」, 『판소리연구』 6집, 1996, 153쪽.

22) 이 정의는 르네 웰렉(Rene Wellek) 등이 펼친 리얼리즘 논의에서 정수(精髓)에 해당한다고 할 수 있는데, 이 글에서 말하는 '사실주의'와 '리얼리즘'이라는 개념은 그 쓰임새가 사뭇 다르다는 점을 먼저 인식해야겠다. '리얼리즘'은 낭만주의에 대한 의식적 반발 및 고전주의에 대한 일종의 향수에서 19세기 서구에서 유행한 특정한 문학사조라는 점에서 이 글에서의 사실주의와는 아무런 상관이 없다. 하지만 '리얼리

정도 발현되고 있는 작품이라고 할 수 있다. 앞장에서 살펴본 바와 같이 진술방식 중에서 묘사가 그 양이나 질이 대폭 강화되고 있다는 사실은 〈춘향전〉의 사실주의를 간접적으로 증명한다. 그리고 형상소와 동작소의 비중이 확대됨에 따라 시각소가 강화되고 있다는 점도 확인할 수 있었는데, 시각소가 강화되었다는 사실은 사실주의적 자질이 어느 정도 증대되었음을 의미한다. '거동보소'와 같은 시각매개어의 사용 증가 현상도 그것이 동반하고 다니는 묘사적 형상력의 두터움을 볼 때 사실주의적 자질과 무관하지 않다. 특히 '거동보소'류 시각매개어들이 함유하고 있는 현실비판적이고 풍자적인 자질의 농도로 볼 때 그것은 사실주의 정신의 첨병이라고 할 만하다.

사실주의 정신은 판소리와 같은 문학 장르만이 아니라 당대의 회화 장르에도 그 바탕 자질을 제공해주고 있다. 당대의 풍속화는 사실주의 정신을 기저에 깔고 전개된다. 민간의 풍습을 그대로 보여주거나 삶의 현장을 여실하게 그려내거나 하는 주제적 선택은 전적으로 사실주의 정신에 의해 이루어지고 있으며, 인간의 얼굴 모습과 사물의 상세한 정보를 화면의 전면에 전경화시키는 수법도 사실주의적이다. 정밀한 점묘의 방법과 역동적인 선의 처리, 그리고 대상물에 대한 원색적인 채색도 관념성이나 철학성을 벗어나 사실성과 감각성을 추구한다는 점을 말해준다.

2) 회화성과 당대인들의 지각 영역의 관계

예술 장르에서의 회화성의 증대가 당대인들의 물질주의적 인식론을

___

줌'의 제 특징들이 사실주의적 자질이나 요소들과 상당한 관계가 있다는 점에서 그 내부적 성격의 논의에서는 밀접하게 관련되리란 점을 부정할 수는 없다.

기반으로 하고 있음은 앞에서 살펴본 바와 같다. 그렇다면 회화성이 우리의 감각 중에서 시각에 관계된다고 할 때, 회화성의 증대는 당대인들의 지각 영역의 구조 변화와 어떤 상관관계가 있지는 않을까?

역사심리학에서는 인간의 지각 구성의 내용이 역사적으로 점차 변화한다고 본다. 인간의 정신 구조를 역사적 현상으로 보는 것이다.[23] 인간의 지각은 한 개인의 생물·생리학적 구조를 반영할 뿐 아니라 일정한 사회문화적 환경 속에 있는 개인의 특정한 정신 구조도 반영하는 하나의 반응 양식으로 간주된다. 개인은 무수한 외부의 자극 가운데서 어떤 측면은 강조하고 다른 측면은 배제함으로써 나름의 지각 영역을 구성하게 마련이다. 그런데 시대별로 당대인들이 지각 영역을 구성하는 방식이 달라지는 것이다.

바르부는 16세기 프랑스인들이 현대 프랑스인들보다 후각·촉각·청각 등의 기능이 시각보다 상대적으로 잘 발달하였다고 주장한다.[24] 당시 사회는 청각의 기능이 우월한 문화적 조건을 지니고 있었는데, 그것은 교육 등 많은 형식의 상호 커뮤니케이션이 구술로 이루어졌으며, 인공 조명이 적고 어두운 시간이 훨씬 길었기 때문이라는 것이다. 그러나 이보다 더 중요한 이유는 당시의 주술 신앙적 세계관에서 찾을 수 있다. 주술 신앙의 세계에서 사람의 관심은 사물 그 자체보다 오히려 사물의 배후에 잠재해 있는 어떤 정신적인 것, 즉 어떤 믿음의 세계에 의해 자극된다. 사물 및 사건의 형상과 성격은 정동적(情動的 emotional) 요인들에 의해 주로 결정되었는데, 촉각·후각·청각 등의 감각들은 시각보다는 정동적인 생활의 원천에 더 밀접하게 연관되어 있었다.

---

23) 제베데이 바르부, 『역사심리학』, 창작과비평사, 1983, 13-15쪽 참조.
24) 위의 책, 39쪽.

시각화된 지각은 어떤 다른 지각보다도 한층 가소적(可塑的)이어서 관찰을 촉진시키는데, 관찰은 기본적으로 근대과학의 토대가 된다. 지적이고 과학적인 감각으로서의 시각은 근대 과학정신의 대두와 밀접한 관계가 있다. 한편 시각적 감각은 자아의식의 성장과도 관련된다. 사람들의 지각영역에서 시각 기능의 중요성이 점차 커진 것은 자아의 성장을 부분적으로 설명해준다. 개인의 자아의식의 성장은 자아와 환경 사이의 긴장의 증대를 통해 이루어지는데, 이는 외부 세계가 더 현실적이 되었음을 뜻한다. 현실적인 것은 더 가소적인 것으로서, 이는 인간의 가장 분화된 지각 기능인 시각을 더 많이 요구하는 것이다.[25]

조선 사회에서도 사람들은 청각, 후각, 촉각 등의 지각 기능이 발달했었을 것으로 생각된다. 그것은 청각 위주의 교육 방식에서 연유하는 바 클 것이다. 우리 선조의 교육은 크게 소리 내어 외우는 것으로 시작되며, 어느 정도의 고등 교육까지도 청각을 이용한 방법이 많이 쓰였다. 물론 시각적인 활자 교재가 사용되었지만 그것은 처음 단계에서이고, 그 다음부터는 될 수 있는 한 보지 않고 외우는 것이었다. 그리고 활자 교재라 하더라도 띄어쓰기가 없는 것을 보면 그 활용이 청각 위주의 지각 운용에 기대고 있음을 알 수 있다. 띄어쓰기란 시각에 의해 지각되도록 만든 텍스트적 지표이기 때문이다. 우리 선조는 띄어쓰기가 되어 있지 않은 텍스트를 아주 유창하게 구연할 수 있었는데, 그것은 청각을 중심으로 한 감각적 능력이 뛰어났음을 말해준다. 읽는 것은 들은 것을 역추적하는 식으로 행해진다. 먼저 글을 읽어 음을 띄운 다음 그것을 청각적으로 재구성하여 띄어 읽는 것을 가능하게 하는 것이다. 우리 고소설들의 리드미컬한 율격 구조를 보더라도 청각적 지각

25) 위의 책, 42-49쪽.

운용을 중시한 점을 잘 알 수 있다.

조선 시대의 사람들은 후각·촉각·청각적 감각을 위주로 한 정동적(情動的) 감각에 주로 의존했다. 현실의 합리성보다 자연의 숭고함과 전능함을 믿고 따르는 사람들에게는 정동적인 감각들이 더욱 안정된 것으로 느껴졌다. 그들에게는 시각이 전적으로 믿을 수는 없는 것이었다. 눈이 본 대로가 아닌, 마음으로 본 것이 진정한 것이라는 형이상학적인 관념이 형성되어 있었고, 따라서 문인화에서의 시선이라는 것도 눈을 감고 머릿속으로 관념한 대상을 보는 것이었다. 당시 사람들에게는 애니미즘이나 주술적 세계관이 여전히 중요한 사물 인식 방법이었다. 물론 원시인들과는 그 수준이 많은 차이가 있었겠지만 기본적인 사유의 틀은 거기서 크게 벗어나지 못한 상태였으리라고 본다. 또 사물들이 어떻게 같고 다른지에 대한 인식이 확실히 정립되어 있지 않았다. 주관과 객관, 현실과 상상, 자연과 초자연 등을 가르는 선이 명확하지 않은 시대였다. 자아와 세계 사이의 분화가 덜 된 상태여서 느끼고 듣는 정동적 감각에 의존하는 것이 더 안전했던 시대였다.

그러나 자아의식이 성장하면서 자아와 세계의 분화가 촉진되고 개인과 환경의 긴장이 고조되자 시각 기능이 필요하게 되었다. 시각은 지적인 감각으로서 자신이 세계로부터 분리·소외되었다고 생각할 때는 더욱 필요해지는 감각이다. 당시 과학 정신의 대두는 시각 기능을 강화시킨 가장 큰 배경이 되었다. 과학 정신은 무엇보다도 세밀한 관찰을 통해서 확보되는 가치이기 때문에 시각 기능은 어느 때보다도 중요하게 인식되지 않을 수 없었다.

시각 기능의 증대는 당시의 사회문화적 패러다임이 되어 문학과 회화의 묘사에도 많은 영향을 주었으리라고 생각된다. 한시는 민중의 삶을 세세히 조망하기 시작했고, 사설시조와 장편가사 또한 해학적인 시선과 함께 사실주의적 묘사로 서민적인 테마들을 소화했다. 회화에서는 우리 산천을 직접 사생한 실경산수화가 유행하고, 우리의 인물과 풍습, 그리고 의습을 표현한 풍속화가 성행하게 되었다. 특히 판소리는 전통적인 성음의 세계에 바탕을 둔 장르임에도 불구하고 새로운 시대가 요구하는 시각적 상상력을 동원하는 혜안을 발휘함으로써 시대를 초월하는 힘을 갖게 되었다.

4. 맺음말

〈춘향전〉의 담화는 전시대의 어느 문학 작품보다 시각적인 환기력이 강하다. 마치 눈앞에 무엇을 그려내는 듯한 성향을 회화성이라 한다면, 〈춘향전〉은 회화성을 강하게 지닌 작품이라는 점을 지금까지 줄곧 증명해온 셈이다. 〈춘향전〉의 회화성을 담화에서 나오는 것으로 보고, 그것을 담화적 측면에서 검증하려고 했으며, 또 〈춘향전〉을 비롯한 판소리 문학에 강도 높게 나타난 회화성이 지닌 시대이념적 의미를 구해보았다.

〈춘향전〉의 회화성은 다음과 같은 담화적 현상을 통해 발현된다.

첫째, 문장체 고소설에 비해 〈춘향전〉은 설명의 진술방식이 대폭 줄어들고 그 대신 대화와 묘사의 진술방식이 확대되는 현상을 보인다. 특히 묘사의 대폭 확대는 의미심장한 변화이다. 확대의 비율이 아니라 양적 변화와 더불은 질적 변화가 더 주목할 만하다. 정식 묘사 부분이 아니라 대화 속에서도 상황 묘사적 진술방식이 대거 채용되고 있다는 사실은 대상에 대한 묘사력이 당대의 주도적인 인식 방법이 되었다는 점을 말해주며, 대상에 대한 묘사력이 강조되었다는 것은 곧 회화적인 성향이 증대되었음을 의미한다.

둘째, 〈춘향전〉은 관념어보다 형태어가 우세하며, 형태어 중에서도 시각소가 농후한 경향을 보여준다. 색채소와 형상소, 그리고 동작소 등의 시각소적인 요소들이 문장체 고소설에 비해 골고루 확장되어 있어 〈춘향전〉은 눈에 잡힐 듯한 장면을 곧잘 연출한다. 색채소는 강렬한 원색을 주로 사용하고 있는데, 이는 풍속화의 채색이나 민화의 원색적 강렬성과 상통한다. 대상물의 형상도 아주 자세하게 그리는 경향이 있고, 인물의 움직임도 동작선에 따라 여실하게 그려내기 때문에 〈춘향전〉은 시각적 환기력이 뛰어나다.

셋째, 〈춘향전〉은 문장체 고소설에 비해 시각적 비유기법이 관념성과 추상성을 상당 부분 탈피하고 구체성을 획득하는 경향을 보여준다. 대상물을 좀 더 인상적으로 꾸미기 위해 사용하는 것이 비유기법인데, 문장체 고소설에서는 비유기법을 통해 드러나는 대상물이 오히려 애매모호하고 불명료한 상태에 휩싸이게 되는 경우가 흔하다. 그것은 그만큼 관습적인 관용어구에 의존하고 있기 때문이다. 그러나 〈춘향전〉은 어느 정도 관용적인 비유를 여전히 사용하기는 하지만 참신하고 구체적인 비유를 통해 시각적인 환기력을 배가시킨다.

넷째, 시각적인 표현을 매개하는 매개어가 〈춘향전〉에는 많이 사용되기도 하거니와 그 종류가 다양하다는 점도 〈춘향전〉의 회화적인 성향을 고조하는 데 일조한다. 그리고 다양한 시각매개어들이 문장체 고소설에 사용된 그것보다 훨씬 강도 높은 시각 환기력을 보유한다는 사실을 주목해야 한다. 〈춘향전〉의 '거동보소'류의 매개어들과 '볼작시면'

혹은 '가관이던 것이었다' 하면서 시각적인 표현을 유도하는 장치는 문장체 고소설에서는 볼 수 없는 판소리 특유의 시각매개어들인 것이다.

이와 같이 회화성을 증가시키는 〈춘향전〉의 담화적 요소들이 나타나게 된 데에는 시대이념적이고 인식론적인 배경이 있으리라고 생각된다. 문학 담화는 시대의 산물이기 때문에 어떤 식으로건 당시의 사회문화적 상황이나 정신적인 동향과 관련을 맺기 마련인 것이다. 〈춘향전〉의 회화성의 이면에는 물질주의적 인식론의 팽배라는 정신적 경향이 도사리고 있는 것으로 보인다. 이 정신적 경향을 추구하다 보면 상업과 수공업 등과 같은 상공업을 새롭게 인식하고 그 가치를 인정하려는 당시의 사회적 분위기와도 맞닥뜨리게 된다. 〈춘향전〉에서 회화성이 부각된 것은 일종의 사실주의 정신이 발현된 것과도 밀접한 관계가 있다. 사실주의 정신은 대상물의 객관적인 묘사라는 측면에서 볼 때 물질주의적 인식론의 이웃이라 할 수 있기 때문이다. 〈춘향전〉의 이러한 배경적 요소들은 풍속화와 같은 당대의 회화 장르에도 그 영향의 자장이 어김없이 끼쳐 있다.

판소리는 청각의 예술이다. 판소리는 청각적 표현 수단을 위주로 지니고 있는 것이다. 그러나 판소리의 담화는 시각적 상상력을 유발하는 장치로 가득 차 있어 모순된 듯이 보인다. 판소리는 전통적인 성음의 세계에 의지하고 있으나 새로운 시대가 요구하는 시각적 상상력의 세계를 결합시키는 혜안을 발휘함으로써 시대를 초월하는 힘을 얻게 된 것이 아닌가. 판소리 광대는 청각과 시각을 작품 내외적으로 통합시켜 판소리 장르의 자기 정체성을 확보했을 뿐만 아니라 시각적 상상력을 유발하는 동력을 개발함으로써 청중과 독자의 확보에도 성공하고 있다고 보인다.

제5장

담화와 사유구조

고전서사체에서의 시간 담화론

1. 머리말

이야기를 이야기답게 하는 가장 핵심적인 요소는 무엇인가? 많은 것들이 있을 수 있겠지만 그것은 아마도 '시간'이라는 무형물적인 존재일 것이다. 시간은 이야기의 내용 속에 드러나는 표면적인 요소가 아님에도 불구하고 한 덩어리의 말들을 하나의 이야기로 질서화하고 형상화해내는, 우리로 하여금 이야기를 이야기로 인식할 수 있도록 그 저변에서 작용하는 형식론적 차원의 그 무엇인 것이다. 이야기에는 앞과 뒤가 있는데, 우리가 그 선후를 지각하는 것은 거기에 시간이 흐르고 있기 때문이며,[1] 우리가 서사체(narrative)를 "그 어느 쪽도 다른 한 쪽의 필수 전제이거나 당연한 귀결이 아닌 최소한 2개의 현실 또는 허구적 사건과 상황들을 하나의 시간 연속을 통해 표현한 것"[2]이라고 정의할 때에도 그것은 표현 내용에 시간적 순서가 나타나는 것이 핵심임을 말하고 있다.

---

1) 시간은 선후에 따르는 운동의 수이다. 우리는 시간에 의하여 운동의 더 많음과 적음을 분간한다. 김규영, 『시간론』, 서강대 출판부, 1987, 403쪽.
2) 제랄드 프랭스, 『서사학-서사물의 형식과 기능』, 문학과지성사, 1988, 16쪽.

설명적 진술이나 당위적 진술 또는 철학적 진술과 서정시적 진술은
서사체가 될 수 없는데, 그것은 거기에 시간이 흐르지 않기 때문이다.
물론 서사체에 흐르는 시간은 아무런 관련이 없는 시간들의 연결이 아
니며, 여러 쪽에서 보는 무질서한 시간의 흐름도 아니다. 그 시간은 시
간을 경험하는 주체에 일관성을 지녀야 한다는 전제가 따른다.3) 영혼
없이 시간은 존재할 수 없다. 시간이 시간 자신을 재지는 못하기 때문
이다. 마음과 시간의 관계는 불가분의 것으로 양자의 선후를 분간하는
것은 불가능한 일이다. 시간이란 삶의 한 상태에서 삶의 다른 상태로
지나가는 운동 속에 있는 마음의 삶이다.4) 이럴 때 내적 의식의 지속
이 없이는 외적 주관(신체)의 변화가 인정될 수 없고, 선후의 전달이 가
능할 수 없으며, 또 나 자신의 객관적 존속성이 운위될 수도 없다.5)

　서사체는 이처럼 시간성을 함축할 뿐만 아니라 시간적 존재로서의
인간을 비춰주기도 한다. 이야기에는 인간의 온갖 의식이 얽혀 들어가
있다. 그것들은 이야기 내용으로도 나타나고 이야기상의 언표적 사항
으로도 나타난다.6) 우리가 플롯이라고 부르는 것도 시간에 형식을 부
여함으로써 시간을 인간화시킨 구성물이다.7) 리쾨르 식으로 말하자면
서사체는 인간의 시간에 대한 주관적 경험에 내재하는 아포리아(aporia)

3) Gerald Prince, 『Dictionary of Narratology』, Univ. of Nebraska Press, 1987, 58쪽.
4) 김규영, 앞의 책, 403쪽 참조.
5) 위의 책, 41쪽 참조.
6) 발화자와 수화자를 지시하는 대명사, 발화 상황과 관련된 직시적(deictic) 표현, 내
　용에 대한 발화자의 태도를 드러내는 양상적(modal) 표현, 발화자의 태도와 수화자
　의 감정을 통어하는 화법, 내용을 이루는 정보 또는 지식에 대한 태도를 드러내는 시
　점과 거리 등등 이야기에 언표된 사항들은 어떤 식으로든 인간의 의식 내용을 담고
　있다.
7) 프랭크 커모드, 『종말의식과 인간적 시간』, 문학과지성사, 1993, 58쪽.

에 실천적 해법을 제공하는 무엇이다. 인간 경험의 일시성을 접합시켜 주는 기능을 수행함으로써 불안과 혼란을 극복하는 기제를 서사체는 제공해주는 것이다. 그것은 이야기하는 행위와 인간 경험의 시간적 특성 사이에는 단순히 우연이 아니라 초문화적인 필연적 상관관계가 존재한다는 것을 의미한다.[8] 서술적인 작품이 전개하는 세계는 항상 어떤 시간적 세계다. 시간은 서술적 방식으로 진술되는 한 인간의 시간이 되며, 이야기는 시간 경험의 특징들을 그리는 한 의미를 갖는다.[9]

이 글에서는 고전서사체에 나타나는 시간적 성격을 통해 고전서사체의 장르적 변별점을 검토하면서 그것들의 이면적 배경으로서의 시간에 대한 인간의 의식들을 유추해보고자 한다. 우리 고전서사체를 살펴보기 전에 먼저 인간의 경험을 매개로 하여 이야기와 시간이 어떻게 상동구조를 이루고 있는지에 대해 문화사적으로 검토하도록 한다.

2. 이야기와 시간의 관계에 대한 문화사적 이해

인류는 태초부터 이야기를 가졌을 것으로 판단된다. 인간이 의사소통하고자 하는 생각을 품었을 때부터 이야기는 인간의 혀 속에서 형성되었을 것이기 때문이다. 물론 이야기를 발화하게 된 것은 감정과 정서를 표출할 수 있는 언어를 집단이 공유한 이후의 일이었을 것이다. 그렇지만 바위에 새긴 선각이나 모래 위에 손가락으로 그린 일련의 도상들까지도 이야기를 형성할 수 있는 내적 자질을 갖고 있다고 본다면,

---

8) 리쾨르, 『시간과 이야기』 1, 문학과지성사, 1999, 125쪽.

9) 위의 책, 25쪽.

또 그것들이 실제로 그 효과에 있어서는 이야기와 동일한 의사소통을 실현하고 있었다면, 이야기의 역사는 언어의 집단적 공유 시기 이전으로 거슬러 올라갈 것이다. 그러나 이야기의 발생을 인간의 의사소통 욕구에 의해 설명하고 마는 것은 어딘지 모르게 단순 소박하게 느껴진다. 왈터 옹에 의하면 초기 구술문화에서 지식은 과학적이고 추상적인 범주 안에서 다루어질 수 없었기 때문에 많은 것을 보관, 조직, 전달하기 위해 인간 행동에 관한 이야기들을 만들어 이용할 수밖에 없었다고 한다. 이야기는 다른 장르들보다 많은 양의 생각들을 묶어 후대에 전승시킬 수 있는 수단이었던 것이다.10) 이와 같이 이야기를 지식의 조직과 전승이라는 실용적인 관계 속에서 볼 수도 있다. 하지만 여기에서는 이야기의 형성에 끼쳐져 있는 인간의 근원적인 시간의식에 주목하고자 한다.

　인간이란 죽을 수밖에 없다는 점을 깨달은 것이나 앞으로 벌어질 상황을 전혀 예측할 수 없다는 사실은 인간으로 하여금 시간에 대해 어떤 식으로건 생각하게 하고, 나름대로 대응케 했으리라고 생각된다. 시간은 인간에게 두려운 존재였음에 틀림없다. 시간은 무정하고 무자비하게 모든 것을 시들게 하고 사라지게 하기 때문이다. 과학적인 관점에서 보면 생명이 시들고 물체가 사라지는 것은 자연의 자발적 운동에 의해 발생하는 필연적인 것이지만 그런 과학이 존재하지 않았을 때에는 동시에 함께 나타난 표면적인 현상을 원인자(原因子)로 생각할 수도 있는 것이다. 물론 여기서 시간을 원인자로 생각한 것은 표층 현상을 넘어 세계를 직관적이고 형이상학적으로 파악했기 때문이기는 하다.

---

10) 왈터 옹, 『구술문화와 문자문화』, 문예출판사, 1995, 211-2쪽.

우리가 잘 알다시피 인간은 죽음에 맞서 자신의 존재를 무한정 연장
함으로써 시간의 무자비한 흐름을 피해 나가려는 직관적인 노력을 펼
치게 되었다. 꽃을 부장한다든가, 무기, 도구, 음식 등을 무덤 속에 넣
어주기도 하고, 천계의 운행을 천장에 그대로 되살리기도 하고, 모태를
상징하는 항아리 속에 시체를 묻기도 하고, 사체에 붉은 물감을 칠해
시체에 피가 남아있는 것처럼 꾸미기도 했다. 이 모든 행위들은 육체
적 소멸을 피하고 재생을 꿈꾸고 순조로운 자연의 운행 하에서 영원히
살기를 바라는 희망의 표현이었다. 사후 처리에 이렇게 공을 들인 이
유는 그런 합당한 절차를 취하면 죽음을 하나의 과도기적 상태로 만들
수 있다는 믿음 때문이었다. 이런 믿음은 다른 자연적 변화에 적응하
는 데에도 하나의 기준이 되었다. 죽음 이외에도 인생의 한 단계에서
다른 단계로 넘어가는 중요한 이행기는 하나의 위기로 간주되었고, 그
래서 소속 공동체는 그 사람에게 합당한 의식을 치러줌으로써 그 이행
을 도왔다.11) 예측불허의 요소들을 극복하기 위해서는 계절마다 중요
한 시기에 적절한 의식을 올리는 것이 필요했던 것이다.

　모든 생명체는 자연의 리듬을 내재화하는 습성이 있다. 시간과 리듬
이 없는 세계에서는 생명체는 진화할 수 없다. 생명체에 근원적 성질을
부여한 것은 태양에 의한 빛과 어둠의 주기, 달의 움직임에 의한 간조
와 만조, 그리고 더위에서 추위로, 우기에서 건기로 바뀌는 계절의 리듬
이었다. 생명체가 진화함에 따라 자연의 주기가 생명체에 내재화되어
그 자체의 생명을 갖게 되었다. 말하자면 생명체는 신체의 외부와 내부
의 활동을 시간적으로 통합한 것이다. 그리하여 수면, 식사, 짝짓기, 먹

---

11) G.J. Whitrow, 『시간의 문화사(Time in History)』, 영림카디널, 1998, 46-7쪽.

이 찾기, 놀이, 학습, 탄생과 죽음조차도 모든 일이 신체 외적 리듬과 관계된다. 신체 외부에서 일어나는 일들과 시간적으로 보조를 맞추는 신체 내부의 타이밍 메커니즘이 자연발생적으로 이룩된 것이다.[12]

인간의 모든 행동은 리드미컬한 과정과 관련되어 있다. 사람들은 리듬을 구조화하는데, 사냥에도 리듬이 있고, 사랑에도 리듬이 있다. 리듬이 존재하지 않는다면 두 사건이 동시성을 갖는다는 것은 불가능하다.[13] 리듬은 신체 내외적으로 미묘한 그물망으로 서로 연결되어 있다. 인간은 외부 대상의 끊임없는 변화에 대응하여 외부 대상을 조직적으로 파악하기 위해 그 대상에 영원불변의 형태를 부여했다. 말하자면 이 세상을 정적인 어떤 것으로 만들어야만 했던 것이다. 이 세상을 합리적으로 규명하기 위해서는 늘 변모하는 사건의 패턴 뒤에 숨어 있는 영원한 요소를 찾아내야만 했다. 실제로 언어 그 자체도 변모하는 세상에 영원의 요소를 도입하려는 필연적인 시도라고 할 수 있다.[14] 그래서 리쾨르는 서사체를 인간경험의 일시성을 극복하는 주요 방법들 중 하나라고 본다.[15] 시간을 내재화하여 영원성을 도입할 수 있는 방법 중의 하나가 이야기인 것이다. 인류는 형태 모를 혼돈의 세계를 이해하고 존재의 불안감을 극복하기 위해 특유의 상상력 작용에 의한 허구 생산을 통해 이 세계에 질서, 즉 조화된 형식을 부여하고자 애써 왔다. 자연현상과 그 상태가 주기적으로 반복되는 점에 착안하여 원시인들은 우주를 하나의 드라마로 해석하기도 했다. 자연을 신성한 우주의

---

12) 에드워드 홀, 『생명의 춤』, 한길사, 2000, 40-43쪽 참조.
13) 음악은 인간의 내부에 이미 존재하는 리듬을 고도로 특수화시켜 풀어낸 것이다. 그렇지 않다면 민족성과 음악 사이의 밀착을 설명할 길이 없다. 위의 책, 271쪽.
14) 위의 책, 45-6쪽.
15) 리쾨르, 앞의 책, 93쪽.

힘과 혼란스러운 악마적 힘 사이에서 벌어지는 갈등의 과정으로 인식
하기도 했다.16) 우리의 심정을 안정시키는 것은 '그 일이 일어났고, 그
러자 이 일이 일어났다'고 말할 수 있는 단순한 질서이다. 인간은 이
순서의 환상, 인과율의 그럴듯한 외양을 좋아한다.17) 시간은 인간이
자연에 대해 경험하고 대응한 인식의 총체이다. 시간의 범주들 자체가
무정형의 혼돈을 극복하려는 인간 실존의 정수라고 할 수 있다.

3. 고전서사체에 나타나는 시간의 성격

문화사적으로 볼 때 이야기는 인간이 시간을 구조화함으로써 세계
에 질서를 부여하고자 한 나름대로의 행위였다고 할 수 있다. 이야기
하기란 자연에 대한 인간의 대응이며, 인간 실존을 위한 방편이었던 것
이다. 이야기에 인간의 의사소통 욕구라든지, 지식의 보관과 조직과 전
달이라는 효용론적 가치라든지, 삶의 교훈과 흥미를 위한 도구라든지
하는 것들을 결부시키는 것은 물론 각기 나름대로 타당하지만 그것들
은 인간이 이야기를 탄생시킨 원초적 상황이라기보다는 후대적 의미
부여 방법이거나 이야기가 나중에 갖게 된 효용적인 측면을 강조한 것
이라고 판단된다. 이야기의 시원적 상황에 내포되어 있는 이러한 실존
적 모색은 후대에 많은 굴절과 변화를 겪었을 것이다.

그런데 시간을 이야기로 다루는 방식은 일률적이지는 않았으리라고
생각된다. 현재를 중심으로 봤을 때 미래를 향한 추동력이 강하게 작

---

16) 에드워드 홀, 앞의 책, 47-8쪽.
17) 커모드, 앞의 책, 135쪽.

동되는지, 아니면 과거를 향한 추동력이 강하게 작동되는지에 따라 시간이 내재화되는 방식은 달라질 것이고, 이야기의 대상을 크게 인간과 환경으로 봤을 때 서술상의 시간적 동력이 인간으로부터 환경 쪽으로 원심적으로 확산되는지, 아니면 환경으로부터 인간 쪽으로 구심적으로 수렴되고 있는지에 따라 이야기상의 시간의 성격은 달라질 것이다. 또한 대상에 대한 사유체계가 종합적/분석적인지, 순환적/직선적인지, 낙관적/비관적인지, 추상적/구체적인지, 주관적/객관적인지 등등도 인간의 시간의식과 무관하지 않을 것이다. 필자는 크게 보아 각 항목의 전자에 해당하는 방식으로 이루어지는 서사체 형식이 '신화'이며, 후자의 서사체 형식은 '역사'라고 생각한다. 그리고 이러한 신화와 역사라는 이야기 방식의 양대축이 상호작용하면서 흘러온 것이 우리 서사체의 역사라고 생각한다. 이는 서사체에 나타나는 시간의 성격의 측면에서 볼 때 그렇다는 것이지 모든 사항들을 감안한 종합적인 판단이 아님은 물론이다. 그래서 긴닫하게 기술될 문제가 아니지만 여기에서는 커다란 틀을 세워본다는 의미에서 신화와 역사, 그리고 전기와 고소설을 대상으로 시간이 이야기에 개입하여 이야기를 어떻게 형상화시키고 있는지를 차례로 살펴보기로 한다.

1) 신화

앞에서 살펴본 바와 같이 인류는 혼란스러운 세계를 이해하고 존재의 불안감을 극복하기 위해 이야기를 생산함으로써 이 세계에 질서를 부여하고자 했다. 무질서를 없애려는 노력은 생명의 기원과 함께 심층 차원에서 무의식적으로 계속되었다. 오늘날의 이론과학은 고차원의 더

의식적인 영역에서 무질서를 없애려고 하는 것이지만 원시의 과학, 즉 레비 스트로스가 말하는 '구체의 과학'은 우주에 대하여 어떤 원초적 질서를 부여할 수 있는가에 관심이 있다.[18] 원시적인 사고는 한 걸음 씩 나아가면서 현상을 분석해나가는 것이 아니라 대뜸 큰 틀 속으로 들어가 우주에 대한 전반적인 이해, 총체적인 이해에 도달하는 것을 선호한다. 많은 수의 해와 달을 활로 쏘아 떨어뜨려 하나씩만 남겨두어 살 만한 세상이 되었다는 대별왕과 소별왕 이야기에서 그것이 실제로 그러했는지는 중요한 사항이 아니다. 그럼으로써 우리의 의식 속에 우주 현상에 대한 질서와 조화가 구축되었는지의 여부가 중요한 것이다. 모든 존재가 반인반수였던 시절에 계절풍의 불순한 운행에 대항하려 떠난 원정대에서 홍어가 중요한 역할을 했다는 캐나다 서부 지역의 신화가 있는데,[19] 거기에서도 과학적인 사고에서는 불가능한 일이지만 직관적이고 총체적인 경험에서 빌려온 이미지가 사용되고 있음을 알 수 있다. 바람과 대적하기에 가장 알맞은 신체 구조를 갖고 있는 홍어로써 우주적 질서를 이해하고 있는 것이다. 당시 사람들은 그런 이야기를 통해 계절풍이라는 자연 현상에 대한 종합적인 이해에 도달했던 것이다.

신화는 이와 같이 혼돈의 세계에 질서를 부여하고자 하는 인간의 노력이 투영된 이야기이다. 세계에 질서를 부여하는 또 하나의 방법은 인간의 삶을 자연에 조화시키고 합치시키는 것이다. 그래서 신화 속에는 봄 여름 가을 겨울의 계절적 지표가 들어 있고, 낮과 밤의 주기, 달의 주기, 물의 주기, 동식물의 동면과 재생의 주기들과 호흡을 같이한

---

18) 레비 스트로스, 『야생의 사고』, 한길사, 1996, 61쪽.
19) 레비 스트로스, 『신화와 의미』, 이끌리오, 2000, 48-54쪽.

다. 이는 세계에 질서를 부여하기보다는 오히려 인간의 질서를 가지고
우주에 참획하는 것이라고 할 수 있다.[20] 우주의 주기에 맞춰 거기 올
라탐으로써 인간은 순환의 원을 타고 영원한 생명을 보장받으려고 한
것이다. 〈단군신화〉에서 곰이 동굴 기거라는 과정을 거쳐 인간이 되는
것은 곰이 동굴 속 동면을 거쳐 부활 또는 재생하는 관습을 인간이 채
용하고자 함을 보여준다고 할 수 있다. 곰의 동면 주기 리듬에 인간의
생체 주기 리듬을 맞춤으로써 부활 또는 재생하고자 하는 욕망을 현시
하고 있기 때문이다. 신체 내부 활동을 신체 외부에서 일어나는 일과
시간상으로 보조를 맞추게 하는, 이른바 '동조화'(entrainment) 현상을
통해 인간은 우주를 생명 속에 내재화시켜 왔다.[21] 그러므로 이러한
우주적(생물학적) 시간이 우주와의 통합을 노래하는 신화 속에 점점이
수놓아져 있는 것은 당연한 일이 된다.

신화는 인간과 동물이 상호교호하고 뒤섞여 혼재하는, 역사상의 시
기인지조차 판단할 수 없는 막연한 미정형의 시간을 배경으로 하는 경
향이 있다. 창세 신화 또는 천지개벽 신화는 말할 것도 없지만 우리의
건국신화들도 시간적 배경에 대한 표현 양상을 보면 막연한 미정형의
시간 표지가 있다. "昔有桓因庶子桓雄數意天下貪求人世"(단군신화)
나 "開闢之後此地未有邦國之號亦無君臣之稱 …… 自都山野鑿井而
飮耕田而食"(가락국기)에서 '석(昔)'이나 '개벽지후(開闢之後)'로 시간을
표현하고 있음을 본다. 이러한 시간 지표의 막연함과 모호함은 그려지
는 사건이나 배경의 환상적인 성격 때문에 더욱 강화된다. 천상계의 인

---

20) 이는 비유적으로 말하면 우리의 민속놀이인 '쥐불놀이'에서 불빛으로 둥근 원을 그
   림으로써 대보름의 풍요로움을 닮으려는 사유체계와 유사하다.
21) 에드워드 홀, 앞의 책, 40-43쪽.

물이 지상계를 다스리고 싶어한다든가 천신족이 오룡거를 타고 지상에
강림한다는 사건적 배경은 명확한 시간지표로 표현하는 것을 가로막는
다. 물론 문헌신화에는 중국 연호와 연대 표기도 나중에 나오고 있지만
그것은 역사의식이 개입된 후의 산물일 것이다.

　문맥에 의하면 신화의 시간은 신성한 태초의 시간으로서 언제나 환
원될 수 있는 시간이다. 시간의 태초이므로 영원한 시작으로서의 의미
를 지닌다. 그러므로 그것은 언제나 반복될 수 있다. 그런 점에서 볼
때 신화의 시간은 앞뒤 시간 사이에 인과성이나 상호유기성이 부족하
다. 갑자기 뚝 떨어져나온 시간이라는 인상을 준다. 그것은 신화의 시
간이 직선상의 시간이 아니라 원형의 순환적인 시간이라는 것을 의미
한다. 신화에서 시간의 흐름은 자연현상의 주기적 순환과 그 궤를 같
이하는 경향이 있다. 자연의 탄생-죽음-부활이 영웅의 일생과 궤적을
같이하고, 우주만물의 하강과 상승의 순환 운동이 이야기의 전개 과정
에 반영되어 있다. 신적 존재나 인간이 자연물과 함께 상호교호하면서
공간을 공유한다는 점도 신화의 시간을 반복 순환적이게끔 한다. 동물
과 인간이 구분됨이 없이 교류 소통하고 비, 바람, 구름, 나무, 돌, 해,
달, 별, 물 등이 인간세계와 밀착되어 교감을 나누는 현상은 자연과 호
흡을 같이하게 됨으로써 시간을 순환하는 것으로 느끼게 한다. 그리고
대체로 현재형으로 느껴지는 동사 시제도 그것이 일회적으로 지나간
것이 아니라 반복 순환하고 있는 것으로 보이게 하는 원인이 된다.[22)
　신화에서 인물과 배경, 그리고 행위가 일어나 하나의 사건이 벌어지

---

22) 한자로 기록된 문헌신화의 경우는 그것이 현재형 시제인지 알 수 없으나, 구연되는
　　신화(무속신화)에서 흔히 볼 수 있는 현재형 시제는 그 행위들을 반복 순환되는 것으
　　로 인식하게 하는 경향이 있다.

고 그것이 시간을 따라 지나갔다고 하더라도 그 사건을 일회적인 성격
으로 파악하고 말 것은 아니다. 일련의 사건들은 우주적 질서 또는 자
연현상의 흐름을 상징화, 의인화, 우의화한 측면이 많기 때문이다. 자
연현상이 주기적으로 반복되는 현상을 고대인들은 하나의 드라마로 해
석하곤 했다. 신성한 우주의 힘과 혼란스러운 악마적 힘 사이에서 벌
어지는 갈등의 과정으로 자연현상을 인식한 것이다. 어떤 특정한 역사
적인 사건이라 할지라도 마법적 모방에 의해 영구히 되풀이될 수 있는
것으로 만들 수 있다고 믿어졌다.[23] 그리하여 모범적인 경우라면 사냥
과 치수, 전쟁과 건국 등의 특정 사건들도 반복될 수 있다고 믿어졌다.
성스러운 신화적 시간 속에 자신을 둠으로써 사람들은 의식의 심층에
서 유익한 효과가 계속 일어나기를 바랐던 것이다. 이런 점에서 볼 때
신화를 구연하는 행위도 성스러운 시간을 재확인하고 자신과 집단 모
두를 성스러운 시간 속에 위치지음으로써 우주적 균형이 유지되기를
기원하는 행위로 볼 수 있다. 우주 만물이 제자리에 정좌하고 계절적
현상이 주기적으로 반복되는 우주적 균형은 끊임없는 감시에 의해 유
지된다고 보았기에 고대인들은 끊임없이 의례를 치렀고 끊임없이 신화
이야기를 구연했다. 신화는 재미삼아 하는 이야기가 아니다. 어떤 특
정한 계절적 상황 조건 아래 특별한 날에만 하는 이야기다. 그런 점에
서 신화 속의 시간도 반복 순환적이지만 신화 밖의 시간도 순환적이고
반복적이라고 할 수 있다. 신화 안팎의 순환성이 순조로운 순환의 기
능을 극대화한 것이라고 봐도 좋을 것이다.

　신화는 시간의 방향성에서 미래를 지향하는 속성을 강하게 지닌다.

---

23) G.J. Whitrow, 앞의 책, 47-9쪽.

그건 아마도 현재로선 알기 어려운 시간대에 대한 두려움에서 비롯되었겠지만 거기에 희망과 기원을 담는 주술적 의식이 합해져 주로 미래를 향한 운동성을 강하게 갖게 된 것으로 보인다. 이러한 점은 나라의 건국이라는 이미 일어난 역사적 사실을 다룬 건국신화도 다르지 않다. 이야기 속의 시점적 주체의 입장에서 본다면 거기에서의 이야기의 진행은 앞으로의 어떤 일으로부터 견인당하고 있기 때문이다. 그 견인력은 상당히 강력한 것이어서 신화에서는 상황들 간의 연결관계가 대범하게 이루어지고, 그리하여 상호간의 인과성이 부족해지는 현상이 벌어진다. 그러한 점은 사건이나 인물의 초시간성과 환상성을 낳는 배경이 되기도 한다.

신화는 서술의 초점화 방식이 인물로부터 세계 전체로 원심적인 확산을 이루어나가는 형식이라고 할 수 있다. 신화에서 인물의 능력은 그 인물 자체에서 나온다기보다는 그 인물을 음양으로 돕는 우주 존재들에서 나온다고 보는 것이 적확하다. 인물을 둘러싼 세계 전체가 조짐을 보여주기도 하고 전자연이 동화하고 동조하는 가운데 인물의 행위가 이루어지는 것이다. 인물의 행위는 대부분 이렇게 원심적 확산 동력에 의해 초점화되는 경향이 있다. 신화에서 인물은 처음에는 아무리 왜소한 존재라고 할지라도 자연과 우주의 장엄한 리듬에 포섭되어 원심원적 운동을 통해 우주적 존재로 부각되어 나가기 마련이다. 이러한 원심적 운동에 의해 시간은 우주적 시간과 어울려 반복 순환적이 되기도 하고 압축과 팽창이 자유자재로 일어나기도 한다. 인물로부터 세계 전체로 서술의 초점이 원심적으로 확산됨에 따라 개인의 물리적 시간은 생물학적인 시간으로 전화되거나 우주적인 시간대로 편입되는 경향이 있다.

2) 역사

라틴어 '히스토리아'(historia)에는 이야기라는 뜻이 들어 있다. 역사가 인간 행위에 대한 기록이고, 사건의 기록이라 한다면, 그것이 이야기 형태를 갖추게 될 것임은 너무도 당연한 일이다. 또한 시간적으로 선후관계에 있는 행위들을 뽑아내고 그것들을 편성 조직하는 역사가의 인식이 인과론적이고 목적론적인 측면이 있다는 것은 부인할 수 없는 사실로서 이러한 점에서 보더라도 역사는 이야기의 속성을 강도 높게 지닌다. 한편 역사가 목적론적이라는 점에서도 알 수 있듯이 역사는 역사가의 평가적 인식을 내재하고 있다. 후세인에게 판단할 근거를 남긴다고 할 때, 역사는 역사가의 포폄의식을 드러내지 않을 수 없는 것이다. 특히 중국에서는 전통적으로 인(仁)과 의(義)가 역사 안에 구현되어야 한다고 생각하고 인간사에서 인과 의가 구현된 기록을 남겨놓고자 했다.[24] 〈춘추〉가 그러하고 〈사기〉 또한 마찬가지다. 중국에서 역사는 주장과 행동을 합리화시켜주는 선례들의 출처로서의 의미를 강하게 지닌다.[25]

역사의 시간의식은 직선적이고 일회적이어서 한번 가면 돌이킬 수 없는 시간관이 위주가 된다고 할 수 있다. 그러나 이것은 어디까지나 신화가 순환적이고 원형적인 시간을 위주로 한다고 할 경우와 마찬가지로 상대주의적인 시각에서 볼 때 가능한 말이다. 건국신화들에서 역사적인 시간의식을 엿볼 수 있듯이[26] 동양의 역사에서도 순환적인 시

---

24) 조셉 니담, 「중국과 서구에서의 시간과 역사」, 민두기 편, 『중국의 역사인식』, 창작과비평사, 1985, 38쪽.

25) 여기에서는 참고할 만한 사항이 있다고 생각되는 중국의 사례를 중심으로 논의하지만 우리 역사의 경우도 이와 크게 다르지 않으리라고 판단된다.

26) 한 예로 〈단군신화〉만 보아도 알 수 있다. "왕검이 당고 즉위 후 50년인 경인에 평

간관이 적지 않게 개입되어 있는 것이다. 그럼에도 불구하고 동양에 직선적인 시간관이 없었다면 그러한 역사의식을 지닌 수많은 역사서는 쓰일 수 없었을 것이다.[27] 동양 역사의 순환적인 시간관은 동양 역사가 단순히 지나간 시절의 중요한 사건을 기록하여 후세의 감계를 위한 자료를 제시하는 차원이 아니라 오히려 후세의 감계와 더 심오한 철학적인 메시지를 전달하기 위해서는 사실적인 사건이 아닌, 신화적인 상상력이 개입된 이야기까지도 기록하고자 했기 때문에 성립되었을 것으로 판단된다.[28] 동양 역사서의 정형을 이룩한 〈사기〉도 왕도를 그대로 계승하는 것이 아니라 그것을 넘어 더욱 보편적이고 궁극적인 세계 원리를 밝히고 하늘과 사람의 경계를 탐구하는 데 초점을 맞추고 있는 것이다.[29] 동양 역사가 이렇게 순환적인 시간관을 지님에도 불구하고 그것은 지엽적이고 주변적인 것에 그친다. 동양 역사도 역사서인 이상 직선적인 시간관의 주도적인 작동을 배제하지 못한다.

역사서의 형식적 체제는 편년체(編年體)와 기전체(紀傳體)로 양대별

양성에 도읍을 정하고 비로소 조선이라 일컬었다. 이어서 도읍을 백악산의 아사달로 옮기었는데 그 곳을 궁홀산 또는 금미달이라고도 하였다. 단군은 1,500년 동안 나라를 다스리고 주나라 호왕이 즉위한 기묘년에 기자를 조선의 임금으로 봉하니 단군은 장당경으로 옮겼다가 뒤에 아사달에 돌아와 숨어서 산신이 되니 나이가 1,908세였다."(王儉以唐高卽位五十年庚寅 都平壤城 始稱朝鮮 又移都於白岳山阿斯達 又名弓忽山 又今彌達 御國一千五百年 周虎王卽位己卯 封箕子於朝鮮 壇君乃移於藏唐京 後還隱於阿斯達爲山神 壽一千九百八歲)

27) 조셉 니담, 앞의 글, 38쪽.
28) 일연은 〈삼국유사〉를 지으면서 괴력난신은 말하지 않는 법이지만 사물의 신비한 기원을 알고자 한다면 신비스런 일을 기록치 않을 수 없다고 하면서 '기이편'을 첫머리에 놓고 있다. 그러나 이를 비단 전문 史家가 아니라 僧으로서의 일연의 성격 탓으로 돌릴 수는 없다. 사마천의 〈사기〉, 특히 〈열전〉을 보더라도 신비스러운 일을 그리면서 순환적인 시간관을 드러내곤 한다.
29) 홍상훈, 『전통시기 중국의 서사론』, 소명출판, 2004, 84-8쪽 참조.

할 수 있는데, 편년체는 〈춘추〉가 대표적이고, 기전체는 〈사기〉가 대표적이다. 편년체는 제왕의 즉위 연대에 따라 연도별 계절별로 차례대로 사건들을 기술하는 방식을 취한다. 〈춘추〉는 춘추시대 노나라 242년간의 역사를 기록한 책으로서 상당히 무미건조하게 사건들을 단순히 나열하고 있다.[30] 그러나 〈춘추〉에는 공자가 특수한 기호체계로 명분을 바로잡고 포폄을 가리기 위한 의도를 담아놓았기 때문에 〈춘추〉를 해석하는 사람들은 그 기호체계를 파악하는 데 힘을 기울여 왔다. 이것을 일컬어 '춘추필법(春秋筆法)'으로부터 '미언대의(微言大義)'를 해석해내는 것이라고 한다. 이는 과거의 내력을 숭상하는 상고주의적 정신의 표현이기도 하고, 역사를 현재 사람들의 행동을 합리화시켜주는 선례들의 출처로서 보았다는 점을 말해준다. 어쨌든 〈춘추〉의 기록은 물리적 시간으로서의 해와 계절이 절대적인 기준이 되고 있다. 그것은 직선적이고 단원적인 것으로서 한번 지나가버리면 다시 오지 않는 시간이며, 시간적인 편폭이 다양하고 입체적이지 못하고 일차원에 놓인 시간이다. 또한 그것은 모든 인간과 생활을 지배하는 절대 시간으로서 규정되고 명문화된 시간이다. 모든 사람이 인정하지는 않았지만 절대적인 권위에 의해 공포되고 편집된 시간이다.

역사 저술의 또 한 가지 방식은 기전체(紀傳體)로서 〈사기〉가 대표적이다. 기전체는 제왕의 즉위 연대에 따라 편년체의 형식으로 사건을

---

30) 고병익은 대상을 〈춘추〉라고 밝히지는 않았지만 다분히 〈춘추〉를 의식하고 다음과 같이 말하고 있다. "중국의 역사책은 역사라기보다는 역사 이전의 소재의 나열이라고 함이 합당하다. 소재를 분석하고 해석하고 비판하고 종합해서 하나의 체계와 영상을 구성하려는 의도와 노력은 처음부터 포기한 것 같고, 다만 개개의 사건들을 세밀하게 나열, 기록할 따름이기 때문에 연구 자료로서는 귀중할지 모르나 일반 독자에게 통독할 흥미를 자아내지는 못한다." 고병익, 「중국인의 역사관」, 민두기 편, 앞의 책, 42쪽 참조.

기술하는 본기(本紀)를 포함하여, 시대를 살아간 많은 영웅, 호걸, 간웅, 선비, 도적에 이르기까지 역사의 흐름에 영향을 끼친 인물들을 다룬 열전(列傳), 그리고 그 시대의 상황을 읽을 수 있는 표(表 ; 계보와 연표 등), 서(書 ; 예악, 법률, 역법, 군사, 산천, 귀신, 천문, 경제의 변화 등을 기록), 세가(世家 ; 제후의 행적을 기록. 공자세가도 있음) 등으로 이루어지는 역사저술 방식이다. 기전체는 연대별 사건뿐만 아니라 그 시대의 인물들의 행적이나 당대의 사회경제적 조건들이 기술되어 있기 때문에 거기에 흐르는 시간은 직선적인 일차원적 시간이라기보다는 약간의 입체성이 덧입혀진 다층적 시간이라는 특성이 있다. 특히 열전에 그려진 인물의 삶에 대한 묘사는 기전체 역사가 직선적이고 물리적인 시간 궤적만이 아닌 다원적인 시간으로 구성되어 있음을 보여준다. 그러나 기전체 역사는 몇 가닥의 층위에서 각각 별도의 직선적인 시간이 흐르는 경향을 보이기 때문에 완전히 다원적인 시간이라고 말하기는 어려운 측면이 있다.

편년체이건 기전체이건 간에 역사는 서술 주체에 의해 편집된 시간이라는 특성을 지닌다. 역사가는 자신의 목표와 방법론에 적합한 시간적 매개 변수를 구성할 특권을 가진 사람이기 때문이다.31) 사료에 대한 취사선택은 사가의 고유권한인 것이다. 사료에 대한 시선뿐만 아니라 서술적 초점이 어디에 맞춰지느냐 하는 것도 시간성에서는 중요하다. 서술의 초점이 행동하는 개인에 맞춰지느냐, 아니면 총체적인 사회 현실에 맞춰지느냐에 따라 시간성은 달리 나타난다. 일률적으로 말할 순 없지만 행동하는 개인에 서술 초점이 맞춰질 경우에는 개인의 내외를 넘나들며 객관적이고 주관적인 시간이 신축성 있게 그려지는 경향

---

31) 리꾀르, 앞의 책, 192쪽.

이 우세하게 될 것이고, 총체적인 사회현실에 서술 초점이 맞춰질 경우
에는 직선적이고 절대적인 시간 위주로 그려지게 될 것이다. 편년체가
후자 쪽이라면 기전체는 양자 모두의 경향을 보이리라고 판단된다.
〈사기〉의 열전은 편집된 시간의 성격을 더욱 강하게 갖는다. 열전은
행동하는 개인에 초점을 맞춘 경우로서 행동하는 개인을 그릴 때는 줄
거리 구성(plotting)의 과정이 반드시 있게 된다. 줄거리 구성은 단순한
사건들의 연속으로부터 모종의 형상화를 이끌어내는 작업이다.[32] 줄거
리를 구성할 때는 두 개의 시간적 차원, 즉 하나는 연대기적인 시간이
고 다른 하나는 비연대기적인 시간 차원을 가변적인 비율로 결합시키
게 된다.[33] 그 결합 방식은 수단이나 목적, 그리고 결과에 따라 얼마든
지 달라질 것이다.

　앞에서 동양 역사에는 순환적인 시간관도 있다고 하였는데, 이것은
그만큼 신화적이고 종교적인 세계관이 역사에도 그 영향을 끼치고 있
다는 말이 된다. 이는 사관의 계층적 연원과 관련되는 것으로 보인다.
옛날 왕실에는 중요한 문화적 지식을 비밀리에 보존하는 역할을 맡은
무사축복(巫史祝卜)과 같은 전문관리들이 있었는데, 여기서 역사저술과
관련된 직업으로 주목해야 하는 것이 무(巫)와 사(史)이다.[34] 사(史)는
탄생의 단계에서는 천문과 술수, 그리고 제사와 같은 천관의 직책을 수

---

32) 위의 책, 149쪽.

33) 위의 책, 151쪽.

34) 巫란 '곱자(矩)를 사용하는 사람'인데 문화 직업의 우두머리이다. 신에게 제사지내
　는 일을 포함하여 천문과 역법, 음악과 무용 등 문화를 종합적으로 담당하는 선구적
　지식인이었다. 그리고 史란 왕의 좌우에서 사건을 기록하는 관리를 지칭한다. 左史
　는 군주의 말을 기록하고, 右史는 사건을 기록했으니 사건의 기록은 〈춘추〉와 같은
　책이 되고, 말의 기록은 〈상서〉와 같은 책이 되었다고 한다. 홍상훈, 앞의 책, 51-2쪽
　참조.

행했으며, 나중에 천관의 직능에서 언행과 사건을 기록하는 직능이 파생되었다. 이런 이유로 사(史)와 무(巫)의 임무는 종종 한 사람이 겸했기 때문에 나중에는 한꺼번에 무사(巫史)라고 부르게 되었다고 한다.[35] 이와 같이 초기의 사관은 초월적이고 신화적인 세계관을 지닌 사람들이었다. 상고시대에 천문과 술수를 관장함으로써 문화와 학술의 주체로 활약한 이들은 문자에 대한 지식을 장악한 거의 유일한 계층으로서 춘추전국시대에는 사림을 형성하는 데 중요한 역할을 맡았고, 한대와 위진남북조 시대, 그리고 당대에 이르러서는 전문적 관료이자 지식인으로서 역사 편찬을 주도하게 되었다.[36] 사마천이 〈사기〉에서 단순히 지나간 시절의 중요한 사건을 기록하여 후세의 감계를 위한 자료를 제시하고 왕도를 그대로 계승하는 차원에 머무르지 않고 하늘과 사람의 경계를 탐구하고 자연과 인간 세계의 궁극적인 원리와 본질을 탐색한 것도 사관의 이러한 계층적 연원이 바탕에 깔려 있었기 때문이라고 생각된다.[37] 그러나 아무리 그들의 태생적 기원이 신화적 세계관에 익숙한 계층이었다 하더라도 역사의 기술은 객관적이고 분석적인 자세로 임하지 않을 수 없었을 것이다. 역사란 사실의 기록이어야 한다는 압박감과, 그것은 공식적이고 절대적인 시간 지표로 나타낼 수밖에 없다는 의식이 결합되면서 서술 시각이 형성되었을 것이다.

역사에서는 이야기를 유추하는 방향이 지나간 과거로 향해져 있다. 그것은 비단 다루는 사건이나 상황, 그리고 인물이 과거적이어서 그런

---

35) 홍상훈, 앞의 책, 54-6쪽.

36) 위의 책, 76쪽.

37) 사마천이 사기의 본기를 黃帝로 시작하는 것은 뒤의 왕조가 모두 황제의 자손이라고 보았기 때문일 것이다. 사마천은 그 역사의 범위를 경서의 기록보다도 넓게 하고 있다. 서경은 오제의 네 번째에 해당하는 요임금보다 더 이전으로 소급되지 않는다.

것이 아니다. 그것은 이야기의 추동력이 과거의 어떤 역사적 사실로부터 끊임없이 연유되는 역사 기술의 속성 때문이다. 지나간 사실은 계속해서 이야기를 분출하고 방사하는 원천이 됨으로써 뒤의 이야기는 앞의 이야기에 빚지는 현상이 끊임없이 일어난다. 그래서 역사에서는 상황들 간의 연결이 매우 인과적이고 유기적으로 이루어지는 경향을 보여준다. 서술적 현재로부터 과거를 지향하는 이러한 시간의식은 역사가로 하여금 논리적인 분석 태도를 갖게 하는 가장 핵심적인 요인이라고 할 수 있다. 그리고 과거 사실에 고착되는 일종의 운명성 내지는 숙명의식도 그러한 시간의식에서 배태되었으리라고 판단된다. 또한 과거를 향한 고착된 시간의식은 시간을 균질적으로 분절화함으로써 상황들을 계량화할 수 있게끔 했다. 그래서 역사적 글쓰기에서는 계절의 변화로 표시되는 시간 지표가 정형화되어 있으며, 시간 부사어들도 비교적 명료하게 시간을 지시하게끔 쓰이고 있다.

역사는 신화와는 반대로 서술의 초점화가 사회현실이나 우주적 상황으로부터 행동하는 개인을 향해 구심적으로 수렴되는 방식으로 이루어지는 경향이 있다. 신화가 개인의 행동에 대해 우주 자연이 반응하면서 서술 초점이 확장되는 방식이라면, 역사는 사회 현실이 개인의 행동을 제약하고 결정하는 측면을 주로 초점화하는 것이다. 개인은 그 상황에서는 그럴 수밖에 없는 존재로 그리지면서 왜소화되는 경향이 있다. 시간 지표들도 개인의 행위를 지시하기 위해 물리적 시간만을 단순히 나타내면서 직선상의 움직임만을 보인다.

3) 전기(傳記) 또는 전기(傳奇)

중국의 초기 서사체들은 사건 자체의 흥미보다 사건 속에 내재한 역사적이고 우주적인 의미, 혹은 인간 존재와 삶의 방식에 관한 포괄적인 지식의 보존과 전달을 꾀하는 경향을 보여준다. 초기의 서사물들은 사건의 역사적 진실성에 관한 실증적 고찰을 중시하지 않았다. 오히려 신화적 세계관에 가까운 포괄적 지식을 전달하는 데 관심을 기울이는 편이었다.[38] 역사도 그런 측면이 있었지만 개인의 사건이나 정황과 관련된 일을 그리는 전기(傳記) 또는 전기(傳奇) 양식은 더욱이나 그러했다. 물론 전기(傳記)는 연대기적인 순서에 따라 개인의 긴 시간의 행적을 그린다는 점에서 역사의 기술방식을 더 닮았고, 전기(傳奇)는 개인의 특정 시간대의 일을 집중적으로 조망하되 사실관계를 떠나서 상상력이 많이 개입된 이야기를 한다는 점에서 신화의 기술방식을 더 닮았다. 하지만 여기에서의 관심사가 전기와 전기의 명확한 거리 설정이 아니고, 이들이 크게 보면 신화와 역사 사이에서 중간적인 시간의 성격을 보여준다는 점에서 함께 묶어서 보고자 한다.[39]

실제 상황이거나 상상적으로 만들어진 상황이거나 상관없이, 서사 주체의 기억 속에서 왕성하게 꿈틀거리는 하나의 구체적인 사건을 서술하는 것은 인간의 존재 혹은 그 존재의 활동에 내재한 시간성에 대한 서술을 통해 세계와 인간 사이의 철학적 거리를 좁히려는 행위이다.[40] 중국에서 역사가 전달되어야 할 문화적 가치의 총괄[41]로 인식된 것처럼 '전'의 형식을 띤 서사체는 서사 기획을 '전달하는' 데에 목표를

---

38) 홍상훈 앞의 책, 39-41쪽.
39) 그렇다고 傳記와 傳奇에서의 시간의 성격이 같다고 보지는 않는다. 나아가 傳, 錄, 志, 記 등등에서 나타나는 시간의 성격도 아마 다 다를 것이지만 그 문제는 여기에서 차치하고자 한다.
40) 홍상훈, 앞의 책, 42-3쪽.
41) 민두기, 「중국에서의 역사의식의 전개」, 민두기 편, 앞의 책, 59쪽.

두고 있었다. 그것은 '전'이라는 글자 자체가 의미하는 바이기도 하다. 기록하여 전달하는 쪽에 비중이 실리게 되면, 서사는 이야기 자체의 논리적인 전개와 유기적인 완결성보다는 사건을 기술하는 문장의 수사적 측면에 상대적으로 더 많은 주의를 기울이게 된다. 그것은 〈사기〉의 열전이나 개인의 행위를 그린 전기 양식을 보아도 알 수 있는 점이다.

전기에서는 연대기적인 시간과 비연대기적인 시간이 가변적인 비율로 결합된다. 연대기적인 시간은 해와 계절의 흐름과 함께 하는 객관적인 시간으로서 일직선상으로 진행되는 시간이다. 이는 역사 서술의 기준이 되는 절대적이고 공식화된 시간이다. 한편 전기에는 이 연대기적인 종적 시간에 횡적으로 팽창된 시간대가 가세하게 된다. 이는 객관적이고 절대적인 시간이 무시된, 개인의 심리 상태나 내적 초점화자의 서술상황에 의해 형성되는 주관적이고 상대적인 시간대이다. 전기의 시간에는 이렇게 집단이 함께 공유하는 물리적 시간 외에도 개인이 소유하는 심리적 시간이 공존함으로써 시간의 압축과 팽창이 교차하는 형식으로 이야기가 구성된다.

산실된 〈수이전〉에 실려 있었다는 '최치원'에 대한 이야기를 통해 전기의 시간적 성격에 대해 살펴보자.[42]

    (1)최치원(崔致遠)은 자가 고운(孤雲)으로 12살에 서쪽으로 당나라에 가서 유학했다. 건부(乾符) 갑오년(874)에 학사 배찬(裴瓚)이 주관한 시험에서 단번에 괴과(魁科)에 합격해 율수현위(溧水縣尉)를 제수받았다.

---

42) 이 최치원 이야기는 기존의 장르 속성에 따른 분류를 따르자면 '傳奇'에 속할 것이다. 하지만 거기에는 연대기적인 시간 표지가 담겨 있고 실존인물을 대상으로 입전되고 있다는 점에서 보면 傳記적인 속성도 드러난다. 한편 원래 제목이 '仙女紅袋'로 되어 있고 〈수이전〉이 설화 모음집이었다는 관점에서 보면 설화적인 속성도 함유하고 있다고 본다.

(2)일찍이 현 남쪽에 있는 초현관(招賢館)에 놀러간 적이 있었다. 관 앞의 언덕에는 오래된 무덤이 있어 쌍녀분(雙女墳)이라 일컬었는데 고금의 명현들이 유람하던 곳이었다. 치원이 무덤 앞에 있는 석문에다 시를 썼다……(중략)……(3)나중에 최치원은 과거에 급제하고 고국으로 돌아오다 길에서 시를 읊었다. "뜬 구름 같은 세상의 영화는 꿈 속의 꿈이니, 하얀 구름 자욱한 곳에서 이 한 몸 좋이 깃들리라." (4)이어서 물러가 아주 속세를 떠나 산과 강에 묻힌 스님을 찾아갔다. 작은 서재를 짓고 석대(石臺)를 찾아서 문서를 탐독하고 풍월을 읊조리며 그 사이에서 유유자적하게 살았다. 남산(南山)의 청량사(淸凉寺), 합포현(合浦縣)의 월영대(月影臺), 지리산의 쌍계사(雙溪寺), 석남사(石南寺), 묵천석대(墨泉石臺)에 모란을 심어 지금까지도 남아 있으니 모두 그가 떠돌아 다닌 흔적이다. 최후에 가야산 해인사에 은거하여 그 형인 큰 스님 현준(賢俊) 및 남악사(南岳師) 정현(定玄)과 함께 경론(經論)을 탐구하여 마음을 맑고 아득한 데 노닐다가 세상을 마쳤다.[43]

(1)은 공식적인 시간에 의해 최치원의 당에서의 행적을 연대기적으로 기술하고 있다. 권위적인 서술자에 의해 객관적인 사실을 편집 기술하고 있다는 점에서 그것은 역사의 기술방식을 그대로 닮았다. (2)의 '일찍이'(昔)는 역사의 공식적인 시간지표와는 거리가 먼, 상당히 주관적이고 상대화된 시간지표이다. 중략된 부분은 이 설화의 대부분을 차지하는 곳으로서 최치원이 쌍녀를 만나게 되는 과정과 쌍녀를 만나 시를 교환하면서 즐긴 상황을 꽤 길게 서술하고 있는 부분이다. 여기에서 최치원은 물론이고 쌍녀와 시녀가 초점화자가 되어 심리 내부의 정황을 서술하기 때문에 인물의 주관적인 심리적 시간이 장황하게 드러나게 된다. (3)은 그런 정황 서술과 한시 구절이 기술되는 하나의 사례

43) 김현양 외 역주, 『수이전일문』, 박이정, 1996, 41-55쪽.

에 해당한다. 종적인 연대기적인 시간에 횡적인 비연대기적인 시간이 결합되는 경우를 잘 보여준다. (4)에서는 상당히 긴 시간이, 연대기적인 것 같기도 하고 아닌 것 같기도 한 애매모호한 시간이 흐르고 있다. 권위적인 서술자의 진술임에도 불구하고 주관화, 상대화된 측면이 개입하고 있기 때문이다. 거기에서는 조밀한 인과성은 많이 사상되고 시간은 목표를 향해 대범하게 가는 경향을 보여준다. 전설적 흔적을 진술하는 부분에서는 환상적이고, 종말에 대한 진술 또한 아득한 데로 되돌아가는 것처럼 기술되어 초월적인 시간감각을 보여준다. 이는 마치 신화에서의 순환 반복되는 시간을 연상케 한다.

최치원 이야기는 역사의 기술방식과 신화의 기술방식이 혼재된 양식이다. 역사적인 측면은 연대기적인 시간선을 따라 서술해나가는 방식에서 두드러지게 나타난다. 특히 처음과 마지막에서 보이는 인물의 소개와 행적에 대한 기술은 역사의 기술방식을 그대로 차용하고 있다. 마지막에서 최치원의 후일담에 대한 기술은 서술적 초점이 우주와 사회로부터 개인으로 수렴되는 역사적 방식을 잘 보여준다. 그리고 거기에서의 실제 지명과 장소들, 그리고 실존 인물들에 대한 기술은 과거를 지향하는 시간적 움직임을 대변해준다. 특히 "모란을 심어 지금까지도 남아 있으니 모두 그가 떠돌아다닌 흔적이다"라는 구절은 역사의 과거 중심주의가 명징하게 표현되는 양식인 전설의 기술방식과 유사하다. 최치원 이야기에서 역사의 기술방식은 이와 같이 이야기의 앞뒤에 포진되어 이야기를 틀 짓고 있는 데 비해, 신화적 기술방식은 쌍녀와의 만남과 헤어짐을 기술하고 있는 부분에서 잘 나타난다. 거기에서는 인물의 행위에 대해 우주 자연이 동조하고, 그럼으로써 서술적 초점이 행동하는 개인으로부터 우주 자연으로 확장되는 현상이 벌어진다. 우주

자연에 대한 묘사는 인간이 자연의 리듬을 수용, 내재화하고 있음을 보여준다. 여기에서 시간지표의 막연함도 신화적 시간을 마련하는 데 기여하고 있음은 물론이다.

4) 고소설

고소설은 역사의 시간을 중심축으로 하면서 그 위에 신화의 시간을 직조해나가는 전기의 기술방식을 모방하되 그것을 다양하게 변주하고 확대재생산하는 양식이라고 할 수 있다. 그러한 점에서 고소설은 전기의 시간성과 가장 유사한 모습을 보인다. '○○○전(傳)'이라는 고소설의 표제는 무엇보다도 고소설이 전기적 요소가 가장 많이 있음을 웅변해준다. 또한 고소설이 전기와 유사한 것은 특정 인물의 일대기 내지는 인물과 관계된 특정 사건이 기술되는 것이 고소설의 정형화된 진술방식이라는 점을 통해서도 알 수 있다. 등장인물의 지속시간이나 사건의 성격 측면에서 볼 때 전기와 고소설 사이의 차이는 별반 크지 않은 것이다. 그러나 고소설은 전기와는 약간 다른 시간의 형식을 지닌다. 전기가 주인물의 시간의 선 하나를 중심으로 진행됨에 비해 고소설은 주인물뿐만 아니라 주변인물들까지도 시간의 선을 갖는다는 점에서 차이가 있다. 주된 시간의 선도 여럿이 존재하면서 그것들이 병치된다는 점에서 전기의 단선화된 시간선과는 달리 좀더 복잡하게 얽혀 있다. 그것은 고소설의 등장인물이 많아진 데서 비롯된 현상이기도 하지만 더 중요하게는 고소설에서의 시간의식이 좀 더 복잡하게 구성되어 있기 때문이라고 생각된다. 그것은 고소설에 흔히 보이는 시간부사 표지를 보아도 쉽게 알 수 있는데, '각설' '차설' '차시' '이때' 등을 분기점으로 하여 고소설의 시간선은 다양하게 분파되어 나가는 것이다.

권위적인 서술자는 전기에나 고소설에나 다 존재한다. 그러나 권위적인 서술자가 지닌 시간의식은 좀 다른 것으로 보인다. 전기는 시간의 방향성에서 서술의 순행과 맞물려 시간도 후향적인 운동을 한다는 감각을 주기는 하지만 뚜렷한 방향성을 갖지 못한다. 아주 먼 과거의 일을 약간은 애매모호하고 약간은 희미한 시각을 통해 서술하고 있는데, 우리가 그에 미루어 알 수 있는 것은 거기에서의 시간의식이 상당히 포괄적이고 추상적이라는 점이다. 이러한 성격 때문에 전기에서는 한번 서술한 것도 그것이 여러 번 일어난 것처럼 생각된다. 마치 며칠에 걸쳐 혹은 몇 달에 걸쳐 혹은 몇 년에 걸쳐 행해진 일들을 단 한 번 서술하고 있는 것으로 비치는 것이다. 이러한 유추 반복 서술[44]은 한자가 지닌 모호하고 다의미적인 경향 때문에 더욱 강화되기도 하겠지만 근본적으로는 전기의 서술이 지닌 시간의식이 포괄적이고 추상적인 성격이기 때문이라고 생각된다. 이에 비해 고소설의 권위적인 서술자는 매우 구체적이고 개별화된 시간의식을 지니고 있다. 물론 전기와의 상대적인 차원에서 가능한 얘기지만 고소설은 현재와 가까운 과거를 투명하게 비추면서 글쓰기의 시점(時點)을 항상 의식하고 있다. 앞에서 언급한 '각설' '차설' '차시' '이때' 등과 같은 시간부사는 서술자가 글의 내용에 대한 시점과 아울러 글쓰기의 시점을 매우 구체적으로 의식하고 있음을 보여준다. 그리고 고소설은 전기에 비해 가까운 과거를 회상하는 것으로 느껴진다. 그것은 특히 한글소설에서 느껴지는 것으로 '-하더라', '-할러라', '-한지라' 등과 같은 종결사에서 알 수 있다. 그것

---

44) 제라르 즈네뜨, 권택영 역, 『서사담론』, 교보문고, 1992, 103-116쪽 참조.

들은 지시되는 상황에 대한 화자의 인식이 발화를 기준점으로 볼 때 선시적(先時的)이라는 의미가 있는데, 현재로부터 그리 멀리 떨어지지 않은 가까운 과거를 지향함으로써 객관적이고 구체적인 시간의식을 보여준다. 이와 같이 고소설에서 객관적이고 구체적인 시간의식을 드러내는 시간부사나 종결사가 시종일관 사용되고 있다는 사실은 전기 양식에 비해 상대적으로 고소설이 역사를 지향하는 운동을 자체 내부적으로 강화해왔음을 말해준다.

한편 고소설은 전기처럼 외부 환경적인 측면에서도 역사를 지향하는 움직임을 보여준다. 고소설이 실제 역사적인 인물이나 역사적인 사건을 소재로 입전하는 경향이 있다거나, 그 배경을 특정 역사적 시간대에 두기도 한다는 점은 전기와 유사한 역사적 시간의 발현이라 할 수 있을 것이다. 이럴 경우 고소설 속의 시간은 역사적 시간의 흐름을 그대로 따라가면서 역사적인 시간지표들을 활용하게 된다. 이러한 방식은 상당히 관용화되어 역사적인 인물이나 사건을 배경으로 하지 않는 고소설들에서도 역사적인 시간지표들이 시간을 지시하는 방식이 되곤 한다.[45] 특히 특정 시대적 환경에 따라 인물들의 삶이 결정되는 식으로 이루어지는, 다시 말해 서술이 환경으로부터 인간으로 구심적으로 수렴되는 방식으로 이루어지는 경우에는 역사의 서술을 더욱 닮는 경향을 보여준다. 사건의 배경이 되는 사회적 상황이 진술되고 그것이 어느 정도 인물의 행위에 어떤 인과적인 영향을 주는 방식으로 기술될 때에는 역사기술에서의 시간분석적인 요소들이 개입할 수밖에 없는 것이다.

---

45) 고소설 초두에 제시되는 시간적인 배경은 특정 역사적 시간을 원용하는 것을 관습화하고 있다.

고소설의 시간은 후향성만이 아니라 전향성 시간 진행 방향을 갖는다는 점에서도 전기와는 약간의 차이가 있다. 그것은 대략 전기가 과감한 생략과 단축을 통해 끝을 향해 치닫는 시간 구조를 갖는 데 비해, 고소설은 서술적 목표를 향해 가면서도 그와 아울러 현상에 대한 원인과 이유 또는 가능성에 대한 역시간적 탐색의 과정도 지니기 때문이다. 고소설에서는 여러 초점화 주체들에게 시점이 옮겨질 때 어느 정도의 시간의 역류 내지는 중첩이 빈번하게 일어난다. 그리고 시간의 후향적 운동에서도 균질한 순행만 일어나는 게 아니라 급작스러운 압축 순행도 일어난다는 특징이 있다. 그것은 주로 고소설에 나오는 예시를 통해서인데 마치 축지법이 이루어진 것처럼 시간이 갑자기 앞으로 튀어나갔다가 되돌아오는 것이다. 한편 고소설은 또 하나의 다른 시간 차원을 종종 문제 삼는 경향이 있다. 개인 내부의 심리적인 시간을 자유자재로 압축 또는 팽창시키는 것은 물론이고 이와는 달리 현실과는 차원이 다른 시간대를 설정함으로써 형이상학적인 시간의식을 보여주는 것이다. 천상계 또는 지하계를 체험한 사람의 시간대와 현실계의 시간대가 엇나가는 현상도 그렇거니와 〈구운몽〉에서와 같이 몽유체험이 다른 차원의 시간대를 경험하는 것으로 그려지는 경우가 그러하다. 이러한 형이상학적인 시간의 문제는 그만큼 인간 욕망의 무의식적 측면을 서사체가 주목하였다는 방증이 되는데, 사실 이러한 시간의 운용은 고소설에서 처음 마련된 것이 아니라 이미 신화에서 그 맹아가 보였다고 할 것이다.

고소설은 자연의 주기적인 순환 반복을 내재화한 신화의 시간을 주로 구조적인 차원에서 실현하고 있다. 우리는 고소설에서 수많은 이항 대립적 요소들의 부침(浮沈)을 목도할 수 있다. 사건의 진행 방향에서

나 인물의 구성 측면에서나 상승/하강, 흥(興)/망(亡), 성(盛)/쇠(衰), 만
남/헤어짐, 기쁨/슬픔, 망(忙)/한(閑), 동(動)/정(靜), 충/간, 선/악, 미/추
등에 의해 구체화되는 서사요소들의 순환적 연속은 사실 따지고 보면
음양이나 주야, 간만, 춘추, 생사 등 우주의 반복 순환 운동이라는 신화
적인 발상에 그 원류를 두고 있다고 할 수 있다. 사건이나 인물의 순환
적 발생은 영원히 계속되는 우주적 규모의 주기적 상호 교체에 근거를
두고 있는 것이다.[46] 고소설의 이러한 우주적 시간의 모방 측면은 사
건이나 인물의 성격 차원에서만 구현되는 것이 아니라 시가나 대화의
삽입 등을 통해 이루어지는 서술 속도의 지연과 가속이라는 서술적 차
원에서도 일어난다. 물론 고소설은 많은 경우 당대 사회의 역사 현실
의 시간으로 포장되어 있다. 그러나 고소설이 아무리 겉으로는 현실적
이고 역사적이고 정치적인 맥락으로 포장하고 있다고 하더라도 그 속
에는 원초적인 시간의식을 내함하고 있다는 점을 고소설의 심층 구조
는 말해주고 있다. 이러한 점에서 볼 때 고소설에 관한 시간론은 신화
와 역사에서의 시간의식을 종합적으로 상호교차적으로 고려하는 데서
이루어져야 할 것이다.

4. 맺음말

신화와 역사는 인류 초창기의 이야기 양식을 대표한다고 할 수 있
다. 그것은 인간의 시간에 대한 의식을 둘로 나누어 볼 수 있다는 것을
의미한다. 신화가 자연의 리듬에 맞춰 자연과 혼연융합된 시간의식을

---

46) 앤드류 플랙스, 「중국서사론」, 김진곤 편역, 『이야기 소설 Novel』, 예문서원, 2001,
142쪽.

보여준다면, 역사는 자연의 외재율을 엄격하게 고정하고 그것을 분절화함으로써 시간을 체계적으로 파악하려는 경향을 보여준다. 그래서 신화에서는 고착화되지 않은, 포괄적이면서도 자유로운 초시간적인 면모를 띠면서 인간의 자유의지를 내비치지만, 역사에서는 우주의 굳건한 운행47)에 따르는 일종의 숙명성이 바탕에 깔려 있다고 할 수 있다. 물론 앞에서도 살펴본 바와 같이 신화와 역사는 명백히 구분되지 않고 이 두 가지의 시간의식이 섞여 있기도 한 것이 사실이지만, 이러한 신화적 상상력과 역사적 상상력을 혼합하고 있는 대표적인 서사 양식이 바로 전기라고 판단된다. 그래서 전기에는 연대기적인 시간과 비연대기적인 시간, 객관적인 시간과 주관적인 시간, 절대적인 시간과 상대적인 시간, 공식적인 시간과 개별적인 시간 등이 섞여 기술되는데, 이는 고소설에서 더욱 발전하고 복잡한 양상을 보여준다.

우리는 고소설에 관한 시간론을 인식론적인 차원으로 끌어올릴 필요가 있다. 시간에 대한 다양한 지표들은 그것대로 의미가 있지만 그것들은 인간의 현실인식이나 세계관과 같은 정신적인 차원과 연결될 수 있는 자질을 지니고 있다. 나아가 그것들은 불교와 도교, 그리고 유교 등의 종교적 인식론과도 정합되는 측면이 있으리라고 본다. 그러므로 이러한 논의가 구체적인 내용을 지닌 인식론적 가치들에 이르러야 하리란 점은 말할 나위도 없을 것이다. 그러한 점에서 이 글은 앞으로 고소설의 시간론에 대해 더욱 깊숙한 논의를 하기 위한 초석에 불과하다.

---

47) 〈주역〉의 '天行健 君子以自彊不息'(乾象傳)에서의 시간의식과 유사하다.

〈적벽가〉의 담화확장방식

1. 머리말

　〈적벽가〉의 이야기 원천이 〈삼국지연의〉에 있다는 것은 중요한 사항이다. 하지만 둘 사이의 영향수수 그 자체는 중요한 문제가 아니다. 이 말은 다소 역설적인 것 같지만 양자가 영향수수적 관계에 있다는 것은 누구나 다 아는 사실이며, 그로부터 존화의식의 발현이라든가 우리 고전문학의 제재적 협소성 내지는 천편일률성을 지적하는 것 이상의 논의로 발전할 수 있는 여지가 별로 없다는 점에서 영향수수 그 자체는 중요한 문제가 아니라고 생각된다. 그러나 영향이라는 현상을 넘어 어떤 것이 어떻게 와서 어떤 의미가 생기게 되었는지 미세하게 살펴보는 것은 생산적인 일로 이어질 수 있다는 점에서 원천과 수용의 관계는 중요한 문제가 된다. 이 얘기를 좀 더 직접적으로 말하자면 양자 간의 유사성보다는 변별성에 초점을 맞추는 것이 바람직하며, 이야기 소재 차원의 내용보다는 이야기되는 방식의 담화 층위에서 양자를 조망하는 것이 의의가 있을 것이라는 얘기이다. 이와 같은 판단은 〈적벽가〉와 〈삼국지연의〉 사이의 거리가 상당하며, 〈적벽가〉는 적어도 〈삼국지연의)의 아류가 아니라 한국적 환골탈태이거나 완전한 재창조1)에 가깝다는 전제를 바탕으로 하고 있다.

판소리 사설의 내용이 설화에서 유래했건, 소설에서 유래했건, 아니면 서사무가나 실화에서 유래했건 간에 처음에는 단순한 이야기 내용으로부터 시작되어 점차 부연되고 확대되어온 과정을 겪었을 것이라는 점에는 의심의 여지가 없다. 이 점은 다른 판소리 작품에서보다 〈적벽가〉에서 단적으로 확인된다. 〈적벽가〉는 〈삼국지연의〉의 이야기 내용을 채용하되 그 중 극히 일부분을 채용하여 그것을 대폭 확장시키는 방식을 택하고 있는 것이다.2) 이러한 측면에서 볼 때 〈적벽가〉에서의 담화 확장 방식은 다른 판소리 작품들의 담화 구성 방식이나 확장 방식에 대해서도 시사하는 바가 적지 않으리라고 생각된다. 그것은 다른 판소리 작품들도 〈적벽가〉의 경우와 비슷하게 비교적 단형의 원화(原話;Ur-Story)를 거대한 이야기로 확장시켜 온 것이라면, 우리가 〈적벽가〉의 원화를 소상하게 알고 있고, 또 그 원화가 〈적벽가〉에서는 어떤 변모를 보이면서 어떤 방식으로 확장되고 있는지 알 수 있기 때문이다. 따라서 이를 준거의 틀로 하여 전체 판소리 사설의 담화 구성 방식이나 확장 방식을 고찰하는 것이 어느 정도 가능하다고 여겨진다.

이 글은 〈적벽가〉의 '군사 자탄 사설'과 '군사 점고 대목', 그리고 '조조와 정욱의 대화 대목' 등을 검토함으로써 담화가 확장되는 일정한 방

---

1) 서종문 교수는 〈적벽가〉에 나타나는 〈삼국지연의〉의 해체와 재창조 과정을 정밀하게 고찰한 바 있다. 서종문, 「〈적벽가〉에 나타난 '군사점고대목'의 존재양상과 그 의미」, 『판소리연구』 8집, 1997, 17-43쪽.
2) 서종문 교수는 판소리의 개방성 때문에 원문에 균열이 생기고 그 안의 서술공간이 해체되면서 새로운 판소리 사설이 대폭 확장되어 전체가 재구성되는 것으로 파악하고 있다. 앞의 논문, 24쪽.

향 내지는 담화 확장에 내재해 있는 어떤 원리를 검출해보고 그 배경
적 정신을 탐색하는 것을 목적으로 한다. 상기 대목들은 〈적벽가〉에서
〈삼국지연의〉의 원문 내용을 가장 확장적으로 수용하고 있는 대표적
인 부분들로서 이에 대한 상세한 고찰은 〈적벽가〉의 구성 원리, 나아
가 판소리 전체의 구성 방식에 대해 일정한 시사를 줄 수 있다고 본다.
상기 대목들이 판소리 담화의 정수를 고스란히 담지하지는 못한다 할
지라도 해학과 풍자, 그리고 장광설 내지는 요설이 판소리 담화의 핵심
적 자질이 되는 한, 그러한 경향을 보여주는 상기 대목들의 연구 대상
적 의의는 충분하다고 하겠다.

2. 〈적벽가〉의 담화 확장 원리

(1) 평민성

〈적벽가〉에는 영웅적인 인물들도 많이 등장하지만 전혀 영웅답지
않은 평민[3]들도 작품 전면에 대거 등장한다. 영웅이 아닌 일반 평민들
이 대거 등장한다는 사실은 〈적벽가〉가 〈삼국지연의〉와 변별되는 중
요한 성격 중의 하나이다.

평민의 서사론적 자질 중 하나가 탄생에서부터 현재에 이르기까지
의 그의 내력이 중시되지 않고, 따라서 소개되지도 않는다는 점에서 볼
때 〈적벽가〉의 서민 군사들은 그야말로 전형적인 평민이다. 고전 소설

3) 여기에서 '평민(平民)'은 우리 전통 사회의 계급적 개념이 아니라 '귀족'이나 '영웅'
등과 대립되는 추상적인 개념으로 사용된다. 다시 말해 조선조 사회의 중인(中人)이
나 서리(胥吏), 서얼(庶孽), 상인(常人) 등의 신분 집단을 구체적으로 지칭하는 것이
아니라 '평범한 백성'이라는 관념적인 의미이다.

작품들에서 영웅이나 귀족의 앞선 생애는 신이롭게 채색되어 장황하게 진술되는 것이 보통이나 평민은 그를 필요로 하는 극중 상황에서만 작품 세계 속에 갑자기 튀어 들어왔다가 필요하지 않을 때에는 갑자기 사라지는 경향이 있다. 그러므로 그가 어디서 왔고 전(前)생애가 어떠한지 우리는 거의 알 수 없다. 그는 성인이면 성인, 노인이면 노인의 모습으로 갑자기 등장했다가 그 모습 그대로 사라지는 것이다. 〈적벽가〉에서 서민 군사들이 신세를 한탄할 때, 간혹 자신의 생의 일부가 진술되기도 하지만 이는 전쟁터에 끌려나오게 된 억울한 사연에 얽힌 일부 이야기에 불과할 뿐이지 영웅이나 귀족처럼 그들의 전(前)생애가 요약 진술되는 것은 아니다.

〈적벽가〉에서는 평민들이 극중 상황 속에 대거 등장하기도 하거니와 그저 등장했다가 말없이 사라지는 것이 아니라 사람마다 그들의 사고와 화법으로 자신의 사연을 장황하게 진술한다는 점이 주목된다. 등장하는 뭇 군사마다 장광설을 늘어놓으니 자탄 대목이나 점고 대목은 대폭 확장되지 않을 수가 없게 된다.

〈적벽가〉의 이러한 점은 영향의 주체인 〈삼국지연의〉와는 전혀 딴판이다. 하나의 예를 통해 둘 사이의 거리를 확인해보자.

    [1] 操ㅣ 令置酒設樂於大船之上ㅎ고 吾ㅣ 今夕에 欲會諸將ㅎ노라 (……) 操大喜ㅎ야 命左右行酒ㅎ야 飮至半夜이 (……) 歌罷이 衆이 和之ㅎ고 <u>共皆歡笑</u>러니 <u>忽座間一人</u>이 <u>進曰</u> (……)4)

    [2] "(……) 어와 장졸들아, 영 들어라. 너희들도 오늘날은 주육간(酒

---

4) 「諺吐 三國誌」 권2, 滙東書舘, 1920, 436-438쪽. 이것은 羅貫中作 毛宗岡本 〈三國演義〉의 원문에 토만 가한 것이다. 따라서 여기서 토만 제거하면 그대로 〈삼국연의〉의 원문이 된다.

肉間) 실컷 먹고 위한오(魏漢吳) 승부를 명일로 결단하자." (……) 또한 군사 나서며, "여봐라 군사들아, 이내 설움을 들어라. 너 내 이 설움을 들어봐라. 나는 남의 오대 독신으로 어려서 장가들어 근 오십이 장근토록 슬하에 일점 혈육이 없어 매월 부부 한탄, 어따 우리집 마누라가 온갖 공을 다 들일 제, 명산대찰(名山大刹) 성황신당(城隍神堂) 고묘총사(古廟叢祀) 석불 보살 미륵 노구맞이 집짓기와 칠성불공 나한불공(羅漢佛供) 백일산제(百日山祭) 신중맞이 가사시주(袈裟施主) 연등시주(燃燈施主) 다리 권선(勸善) 길닦기며 집에 들어 있는 날은 성조조왕(成造竈王) 당산(堂山) 천룡(天龍) 중천군웅(衆天軍雄) 지신제(地神祭)를 지극정성 드리니 공든 탑이 무너지며 심든 남기가 꺾어지랴. 그 달부터 태기(胎氣)가 있어 석부정부좌(席不正不坐)하고 할부정불식(割不正不食)하고 이불청음성(耳不聽淫聲) 목불시악색(目不視惡色) 십삭이 절절 찬 연후에 하루는 해복 기미가 있던가 보더라. 아이고 배야 아이고 허리야 아이고 다리야 혼미(昏迷) 중 탄생하니 딸이라도 반가울데 아들을 낳었구나. 열 손에다 떠받들어 땅에 누일 날 전혀 없어 삼칠일(三七日)이 지나고 오륙삭이 넘어 발바닥에 살이 올라 터덕터덕 노는 모양 방긋방긋 웃는 모양 엄마 아빠 도리도리 쥐암잘강 섬마둥둥 내 아들 옷고름에 돈을 채여 감을사 껍질 벗겨 손에 주며 주야 사랑 애정한 게 자식밖에 또 있느냐. 뜻밖에 이 한 난리 위국땅 백성들아 적벽으로 싸움가자 나오너라 외는 소리 아니 올 수 없던구나. 사당문 열어놓고 통곡재배 하즉한 후 간간한 어린 자식 유정한 가족 얼굴 안고 누워 등치며 부디 이 자식을 잘 길러 나의 후사(後嗣)를 전해주오. 생이별 하직하고 전장에를 나왔으나 언제 내가 다시 돌아가 그립던 자식을 품에 안고 아가 응아 업어볼거나. 아이고 내 일이야." 이렇듯이 설리 우니 여러 군사 꾸짖어 왈(……)[5]

인용문 [1]은 〈적벽가〉의 '군사 자탄 대목'이 나오는 부분에 해당하는 〈삼국지연의〉의 원문이다. 조조가 적벽대전 전날 군사들을 모아 술 먹

5) 박봉술 창본 〈적벽가〉, 김진영·김현주 편,『적벽가전집』1, 박이정, 1998, 460-463쪽.

고 노래 부르고 즐겁게 노는데 좌중에 한 사람6)이 등장하여 말한다는 대목이다. 그런데 서민 군사들이 하나씩 등장하여 인용문 [2]에서와 같이 자신의 신세를 한탄하는 〈적벽가〉에서의 장면과 대응되는 구절이 〈삼국지연의〉의 원문에는 보이지 않는다. 서민 군사들의 행동이 들어갈 만한 곳을 확대 유추한다면 아마도 '공개환소(共皆歡笑)'쯤이 되지 않을까 싶은데, 이것도 무리가 없지 않다. 그것은 서민 군사들의 자탄이 웃고 즐기는 것과는 약간 거리가 있고, 거기에서의 웃고 즐기는 주체 또한 군사들이 아니라 여전히 '제장(諸將)'으로 보이기 때문이다. 그럼에도 불구하고 〈적벽가〉의 '군사 자탄 사설'이 조조가 술자리를 마련하여 군사들을 호궤하는 자리에서 벌어진다고 할 때, 뭇 군사들의 등장은 '공개환소(共皆歡笑)' 전후가 되리라고 생각된다. 그리고 '홀좌간일인진왈(忽座間一人進曰)'도 '한 군사 나서면서', '한 군사 썩 나서며', '또 한 군사 내달으며', '한 군사 나았으며 하는 말이' 등과 같이 군사들의 등장을 나타내는 담화표지와 유사한데, 이 또한 '군사 자탄 사설'과 연맥되는 하나의 동기가 되지 않나 생각된다. 이와 같이 뭇군사들이 등장하여 자신의 신세를 한탄하는 '군사 자탄 사설'에 관한 한 〈삼국지연의〉와 〈적벽가〉는 아주 약한 끈으로만 연결되어 있음을 알 수 있다. 그만큼 〈적벽가〉는 환골탈태적 재창조에 가까운 것이다.

　〈삼국지연의〉에는 장수급 이상만이 자기 이름을 갖고 등장한다. 이름 없는 서민 군사들이 개인적인 자격으로 등장하는 법은 결코 없다. 군사들은 언제나 집합명사를 통해 익명적인 집단으로서만 등장할 뿐이다. 그러나 〈적벽가〉에서는 개성을 지닌 하나의 인격체로서의 서민 군

---

6) 그 사람은 양주자사 유복으로 조조의 노래가사를 흉조라고 간하다가 조조의 창에 찔려 죽는다.

사들이 대거 등장한다. 그들은 집단적인 익명성의 탈을 벗고 살아 숨쉬는 하나의 개체이기를 지향한다. 서민 군사들 각자 자신의 생활이 있고, 사고방식이 있으며, 그런 자신들의 생활을 자신의 사고방식으로 독특하게 발화한다. 상기 인용문 [2]의 서민 군사는 늦게 본 자식이 눈에 삼삼한데, 당장 집으로 돌아가지 못하는 통탄스런 심경을 토로하고 있다. 집에 둔 자식을 보고싶어 하는, 이러한 지극히 개인적인 담화의 성격은 그야말로 평민적이다. 이러한 담화의 주인공이 만약 근엄한 양반사대부라든가 전쟁터의 장수라 한다면 그 어울리지 않음은 누구나 쉽게 짐작할 수 있을 터이다. 어느 정도 상층 담화의 존재가 눈에 띄기도 하지만 전반적으로 볼 때 하층민의 담화 취향을 솔직하고 담백하게 표출하고 있는 것이 평민적인 성격에 부합한다.[7]

그리고 서민 군사들이 등장할 때 계급이 무시됨으로써 평등이 강조된다는 점도 〈적벽가〉의 평민적인 성격을 강화하는 데 기여한다.

> 수만 군병들이 술, 밥, 떡, 고기 실컷 먹고 각심소원으로 노난듸, 노래 불러 춤추는 놈, 설움겨워 곡하는 놈, 이야기로 히히 하하 웃는 놈, 밥 먹난 놈, 떡 먹난 놈, 술 먹난 놈, 고기 먹난 놈, 잔뜩 먹고 토하는 놈, 투전하다 다투는듸, "나는 지면 돈 똑똑 내는듸, 너는 지면 무슨 택으로 돈 아니 주느냐? <u>네가 군중의 일등장이냐?</u>" 작수막수 다투난 놈, 어우. 시름 잡고 엎지난 놈, 팔씨름허다 다리씨름허는 놈, "윷이야.", "샅이야.", "모, 걸로 방쳐라.", "이 자식 말 속이지 마라. 삼대 빌어먹는단다." 잠에 지쳐 서서 자며 조식조식 조난 놈, 한편을 바라보니 고향 생각 우난 군사, 부모 생각 우난 군사, 처자 그려 우난 군사, 처처이 쌓인 군사, 병루즉장위불행이라. 어떠한 늙은 군사 하나, 벙치 벗어 들어메고 그저 우두머니 서서 우는듸……[8]

---

7) 이 서민군사의 담화는 〈심청전〉에서 심봉사와 곽씨부인이 기자정성 드리고 심청을 얻어 좋아하는 대목과 흡사한 구석이 많다.

군대 병사들의 모습을 원거리에서 조망하고 있는 이 대목은 꽉 짜인 규율과 법도로 움직일 것이 예상되는 군병의 모습이 아니라 마치 수많은 사람들이 모인 장터를 연상케 한다. 그러한 인상을 주게끔 하는 주요한 요인은 무엇보다도 여기에는 계급적 층차나 계급의식이 조금도 존재하지 않기 때문이다. 군사 개개인은 모두 '놈' 아니면 '군사'라고 불릴 뿐이다. 군사들이 다투면서 하는 말 "네가 군중의 일등장이냐?"는 일등장이 아니면 모두 똑같은 게 아니냐는 말이기도 하고, 일등장이라도 인정치 않겠다는 말이기도 하므로 여기에는 서민들의 평등 의식이 듬뿍 내재하여 있다고 볼 수 있다.

민담식 명명으로 이루어진 서민 군사들의 이름에서도 위계 차이에 따른 거리감이 전혀 느껴지지 않는다. 그들은 이웃집 아저씨들처럼 친근하게 느껴진다. 그들의 행위적 특징과 함께 이름 몇 가지를 사례로 들어보면 다음과 같다.

· 자기 다리가 부러졌으니 성한 다리와 하나 바꾸자는 울능쇠
· 죽은 놈은 그만 부르고 산 놈 먼저 부르라는 골농쇠
· 살인 물러오라는 안유면이
· 고향에 빨리 가야 하는데 점고는 왜하냐는 허우적이
· 장막과 마름쇠는 주고 퉁노구는 한 조각만 가지고 온 변쇠
· 닭의 모이하려고 양식 한 홉만 전대에 넣어 가지고 온 방정마지
· 절룩거리는 병신으로 뒤에서 가르쳐줄 놈이니 진하게 고아 먹을 골래종이
· 몸이 성하니 회쳐 먹을 전동다리
· 말 팔아 먹은 먹쇠
· 뒷자락에 불이 붙어 배만 나온 갓토리

---

8) 정권진 창본 〈적벽가〉, 앞의 책, 297-8쪽.

· 황문이 거덜난 한눈감이
· 숨어서 싸움 구경만 하고 몸성한 두팔잽이
· 싸움굿만 보고 창 팔아 바늘 산 박덜랭이
· 치질로 뭉기적거리는 왕덩방이
· 목이 쑥 들어간 목움출이

여기에서 군사들의 이름들이 그들의 행위적 특성과 밀접하게 연관
되고 있고, 또 그 이름들이 소탈한 민담적 사유방식에 의해 지어짐으로
써 평민적인 분위기를 강화하고 있다는 사실을 알 수 있다. 그것은 특
히 거의 대부분의 이름이 '-쇠'나 '-이'로 끝나고 있음을 보면 더욱 확연
해진다.

이상에서 살펴본 바와 같이 〈적벽가〉에는 무수한 평민들이 등장하
고, 그들이 하나하나 소개되며, 또 그들의 하층민적 사고와 발화 내용
이 상세하게 진술됨으로써 담화 확장이 이루어지고 있다.

(2) 파탈성(擺脫性)

〈적벽가〉는 도처에서 정규적인 규범에서 이탈된 모습을 보여준다.
정규적인 규범이란 유교사회에서 으레 그래야 할 것이 요구되는 생활
의 틀이고 행동하는 법도이다. 군신간에는 충의가 있어야 하고, 부모와
자식 간에는 효성과 자애로움이 있어야 하며, 어른과 아이 사이에는 차
례가 있어야 한다. 인간의 모든 활동과 생활에는 일정한 규범적 테두
리가 있는데, 그것을 벗어날 때는 비정규적인 것이 되고 파탈이 된다.

"어찌타 불에 소진하야 돌아가지 못할 패군 갈 도리는 아니하고 졉고
는 웬 일이요. 졉고 말고 어서 가사이다." 조조 화를 내어, "이 놈 너는 천

총지도리(千總之道理)로 군례(軍禮)도 없이 오연불배(傲然不拜) 괘씸
하다. 네 저 놈 목 싹 베어 내던져라." 허무적이 기가 막혀, "예 죽여주오.
승상 장하에 죽거드면 혼비중천 높이 떠서 고향으로 어서 가서 부모처자
를 보겠내다. 당장에 목숨을 죽여주오."[9]

　어느 사회에서건 사람이 지켜야 할 예법과 도리가 있다. 이웃 간에
도, 직장 동료 간에도, 친구 간에도, 모든 대인관계에는 그에 맞는 법도
가 있다. 더욱이나 군대에서라면 말할 나위도 없이 군율이 있기 마련
이다. 그러나 허무적이는 일개 천총(千總)으로서 한(漢)나라 승상 앞에
서 군율에 어긋나게 오만한 태도로 절도 하지 않는다. 오히려 그를 처
벌하려는 승상에 맞서 대거리하고 항명한다. 이는 이 군대에서의 규율
내지는 규범이 규범으로서의 효력을 상실했음을 뜻하고, 규범이 효력
을 상실했다는 것은 거기에 비판과 저항이 거세게 작동하고 있음을 의
미한다.
　〈적벽가〉에는 기존의 규범이 마구 공격당하고 있다. 그러므로 당연
히 윗사람의 권위도 격하된다. 조조 군대가 화용도로 도망하여 군사
점고를 할 때, 부르는 군사마다 전사했다고 하니 어떤 군사는 조조 보
고 '살인을 물려오라'고 요구할 정도로 조조의 권위는 땅에 추락하여
있다. 비판적 풍자는 여기에 비하면 점잖은 편이다. 이것은 비판적 풍
자를 넘어 권위에 대한 공격적 저항이고 규범에 대한 파탈적 저항이다.
　〈적벽가〉의 파탈성은 인물의 저열한 사고와 상식 밖의 행동 방식으
로도 나타난다. 조조를 포함한 조조 군사들은 모두 정상적인 사고와
행동에서 멀리 벗어나 있다. 전장에서 패주하는 긴박한 상황에서의 사

---

9) 박봉술 창본 〈적벽가〉, 앞의 책, 488쪽.

고와 행동이기 때문에 정상이 아니라고 할 수도 있지만 어처구니없는 생각과 행동이 지속적으로 행해지고, 또 지위의 고하를 불문하고 광범위하게 행해지고 있음을 볼 때, 그것은 단지 상황적 이유만이 아니라는 점을 알 수 있다.

> "……앞으로는 아니 가고 적벽강으로만 그저 뿌드득 뿌드득 들어가니 이것이 웬 일이냐." "어따 승상이 말을 거꾸로 탔소." 조조 듣고, "급한대로 언제 옳게 타겠느냐. 말 모가지만 쑥 빼다가 얼른 돌여다 뒤에다 꽂아라. 나 죽겠다. 어서 가자. 아이고 아이고." 창황분주 도망을 갈 제, 새만 푸루루루루 날아나도 복병(伏兵)인가 의심하고 낙엽만 퍼득 떨어져도 추병인가 의심하야 엎어지고 자빠지며 오림산 험한 고산을 반생반사 도망을 간다. 조조 가다 목을 움쑥움쑥 하니 정욱이 여짜오되, "승상님 무게 많은 중에 말허리 넣오리다. 목은 어찌 그리 움치시나이까." "야야 철환(鐵丸)이 귀에서 앵하며 칼날이 눈에서 번뜻번뜻 하는구나." "이제는 아무 것도 없사오니 목을 늘여 사면을 들어 살펴보옵소서." "야야 진정으로 조용허냐." 조조가 목을 막 늘여 좌우 산천을 살펴보랴 헐 제, 의외에 말굽통머리서 맷초리 표루루루 하고 날아나니 조조 깜짝 놀래, "아이고 정욱아 내 목 떨어졌다. 목 있나 봐라." "눈치 밝소. 조그만한 맷초리를 보고 놀랠진댄 큰 장바닥을 보았으면 잠을 쓸뻔 하였소그려." 조조 속으로, "야 그게 맷초리냐. 그 놈 비록 자그마헌 놈이지만 냄비에다 물 붓고 갖은 양념하야 보골보골 볶아놓면 술안주 몇 점 참 맛있느니라만." "입맛은 이 통에라도 안 변하였소그려."[10]

말을 거꾸로 탄 것을 알았으면서도 자신이 돌아앉을 줄 모르고 말머리를 빼어 말 엉덩이 쪽에 박으라는 것[11]이나 메추리에 놀라 목이 떨

---

10) 박봉술 창본 〈적벽가〉, 앞의 책, 479-480쪽.
11) 이런 부류의 사고는 예전에 유행한 유머 중에 전구를 끼울 때 손목을 돌리지 않고

어졌나 봐달라고 하는 것[12]이나 그 급박한 상황 속에서도 메추리를 볶은 술안주감을 생각하고 입맛을 다시는 조조의 사고와 행위는 정상에서 훨씬 벗어나 있다. 조조가 이러할진대 그 부하들이 조조보다 못할 리가 없다.

> 굴양지기 방정마지 드러온다 양식 흔 홉 전더의 너허 휘휘친친 디러 메고 예 왓쇼 조조 보고 曰 흔 달 구병 먹길 양식 다 엇다 두고 잇뿐인아 굴양지기 엿즈오더 적벽風波 요란홀 졔 百万 군亽 정황업셔 火中 몰亽 ᄒ올 젹의 각기 목심 살냐 ᄒ고 천심만심 동망홀 졔 굴양인들 엇지 오젼ᄒ올잇가 니기예 이만치나 가져 왓쇼 이 놈 거것션 뭇엇ᄒ야고 가져 왓난야 예 갓다가 달기 모시나 ᄒ즈고 가져왓쇼[13]

군량을 책임진 군량지기가 쌀 한 홉만을 전대에 넣어가지고 왔으면서도 자기이기에 그만치나 챙길 수 있었다는 말이나, 닭의 모이나 하자고 가져왔다는 말은 바보열전의 희극 대사를 연상케 한다. 이러한 대화에서 우리는 정상적인 상황에서 이탈하고자 하는 파탈적인 경향을 강하게 느낄 수 있다. 기회만 있으면 정상 궤도에서 벗어나 저열한 사고와 행동을 보여주려고 애를 쓰는 듯하다. 따라서 이러한 저열한 사고와 행동 뒤에는 골계적인 분위기가 항상 따라다닌다. 저열한 행위와 골계적인 행위는 동전의 양면과 같아서 따로 떼어 놓을 수가 없다. 그것들은 동시에 작동하면서 사설을 대폭 확장시키는 방향키가 된다.

〈적벽가〉의 파탈적인 국면은 성(性)에 관한 기술에서도 강하게 느낄

자신의 몸 전체를 돌려서 끼운다는 바보 얘기와 흡사하다.

12) 이 상황에서는 목이 떨어진 사람이 어떻게 말은 하냐고 물어볼만 한데 실제로 정욱이 그렇게 대꾸하는 이본도 있다.

13) 국립도서관 소장 40장본 〈화용도〉, 김현주·김기형, 『적벽가』, 박이정, 1998, 296-7쪽.

수 있다. 말하자면 성적 파탈인데 성행위 자체도 일탈적이거니와 그에
대한 묘사나 진술이 그렇게 상세할 수가 없다.

> 동방화쵹 집푼 밤의 두 몸이 흔 몸 되여 셔로 사랑ᄒ던 건경을 엇지 다
> 참아 형언ᄒ리요 디강나 ᄒ노라 쥬홍갓튼 셔을 물고 연적갓틋 졋퉁이 쥐
> 고 영쥬산홍의 돗셔을 쥐여 들코 파우셤 드러갈 졔 마단졍화 벼풀든니[14]

이는 군사 자탄 사설에 등장하는, 신혼에 전장에 잡혀 나온 군사의
설움 타령인데, 이 대목에서는 남녀가 사랑하는 진한 장면을 모두 다
말로 형언할 수 없다고 하면서 대강만 진술한 것이다. 그렇지만 성적
진술의 강도가 상당하다는 것은 쉽게 느낄 수 있다. 만약 이를 대강 진
술하지 않고 조금만 상세하게 진술한다면 어떻게 될 것인가?

> 담비 푸여 입에 물고 누우락 안지락 흔츰을 지닛더니 新婦 잡어 넛터
> 구ᄂ 五十兩 助婚으로 그리 잘 ᄎ렷것나 草綠 綿紬 젹오리 나만흔 處
> 女에게 紅裳이 當ᄒ것나 풀앙물 무명치마 시 속옷 시 보션 낭ᄌᄒ고 朱
> 錫 빈여 이마 우리 보는 所見 官物 밉시 갓두구나 아죠 죠와 못 견듸여
> 酬酌을 부치기ᄂ 니 나이 이만ᄒ니 新婦 다룰 줄을 모로는 게 아니로다
> 彼此 늘거가는 것이 잔 修人事 찻다 말고 어셔 벗고 누어 자시 新婦 對
> 答 아니ᄒ고 가만이 아져긔에 뒤로 안고 얼풋 벗겨 잔득 안고 드러루어
> 그리홀 줄 알ᄋ드면 곳 시작ᄒ엿실듸 苦傷ᄒ던 이약이며 산림스리 홀 격
> 졍을 흔츰 酬酌흔 然後에 두 무릅 正이 꿀고 新婦 兩脚 곱게 들고 朱將
> 軍을 잘 바슈와 玉門關에 當道ᄒ니 四面은 다 막키고 흔가운듸 水泉이
> 라 드러갈가 물너눌가 흔츰 進退ᄒ노라니 영취ᄒᄂ 쳔ᄒ聲이 四面에셔
> 쐬쐬ᄒ며 廉恥 업ᄂ 우리 旗總 房門 차고 달여들어 상토 잡아 이러너여
> 샘을 치며 ᄒᄂ 말리 鷄鳴軍令 모로관듸 이것이 원짓이냐 구박 出門 모

---

14) 국립도서관 소장 40장본 〈화용도〉, 앞의 책, 275쪽.

라오니 버셧든 옷 못 입어셔 손에 들고 ᄯ라와셔 잇더ᄭ지 못 갓시니 닉 셜움은 姑捨ᄒ고 朱將軍이 더 셜어워 잇ᄯᄭ지 눈물 방울 덩강덩강 썰우치니 已往 始作ᄒ 일이니 畢役ᄒ고 왓드면은 죠금이나 셔러울 닉 아들 놈 잇겻ᄂ냐[15)

이 대목은 군사 자탄 사설의 한 부분이다. 성에 대한 담론은 유교 사회에서 그동안 철저하게 금기시되어 왔다는 점에서 성적 본능의 이러한 생생한 노출은 파격적이라 아니할 수 없다. 성행위 장면이 비유적인 담화로 포장되어 있음에도 불구하고 그것이 환기하는 연상작용은 꽤 높은 수위까지 도달하고 있다. 이러한 정도의 성담론이 자유롭게 횡행한다는 사실은 그동안 표방해왔던 유교 사회의 강력한 윤리도덕적 억지력이 그 효력을 상실했거나 아니면 그 기능이 대폭 약화되었기 때문이라고 볼 수 있다. 다시 말해 이러한 성담론의 형성은 그것을 형성하는 주체의 입장에서 보았을 때에는 유교주의적 규범에 대해 대거리하고 그것을 우습게 보는 의식이 어느 정도 축적되었기 때문이라고 볼 수 있는 것이다. 일상생활 속의 관심사를 솔직하고 자유분방하게 말한다는 것 그 자체를 파탈이라고 할 수는 없겠지만 유교적 금욕 관념에 의해 겹겹이 싸여 있는 사회제도 속에서 이러한 파격적인 성담론을 내뱉을 수 있다는 점이 파탈인 것이다. 외설적인 언어를 통해 지배계급의 인습이나 형식 또는 품위와 같은 규범을 의도적으로 깨뜨리려고 한다는 점에서 볼 때 이러한 성담론은 언어의 카니발 현상이라고 할 수 있다. 카니발적 언어는 모든 것을 이데올로기의 횡포에서 해방시키는 구실을 한다.[16)

---

15) 신재효본 〈적벽가〉, 앞의 책, 20-21쪽.
16) 김욱동, 『탈춤의 미학』, 현암사, 1994, 333-40쪽 참조.

죠총手 흔눈감이 예 져 놈은 들어오며 黃門에 손 밧치고 울면셔 흐는
말이 哀苦 쏭구멍이야 哀苦 쏭구멍이야 曹操 불너 네 이놈 알플 더가 오
직 만흔 쏭구멍은 웨알눈냐 져놈이 對答흐되 赤壁江셔 아니 죽고 烏林
으로 逃亡터니 흔 將帥 죠추와셔 니 벙치 썩 벅기고 니 상토 썩 잡으며
어허 그놈 이엿부다 죽이즈 흐엿더니 중동 히쇼 식여볼가 갈더슙 깁푼 디
로 쓰을고 들어가셔 업질으며 흐는 말이 戰場에 나온 계가 여러 히 되야
기로 兩角山中 朱將軍이 춤것 맛을 못보와셔 밤눗으로 火를 너니 玉門
關은 求之不得 너 진인 黃門關에 얼요긔 식여보즈 춤도 안 바르고 싱쯧
로 쑥 듸머니 싱눈이 곳 솟눈듸 비살이 꼿꼿흐여 두 주먹 아득 쥐고 압이
를 쏘득 갈ㅇ 半生半死 막 젼듸니 그 엽에셔 굿보는 놈 거름 次例 달여
들어 일곱 놈을 칠엿더니 黃門 웃시욱 細巾 당줄 졸은 것이 쑥 끈어져
벌어지니 비속 쓰지 횐흐여셔 걸임시가 아죠 업셔 그리히도 그 情으로 총
은 아니 뼈셔 가고 엽페라 노와띄에 艱辛이 精神차려 왼몸을 쥬무르고
총디 집고 일어셔셔 一步一憩 오옵눈디 第一에 極難흔 게 밥 먹어도 그
더로 물 먹어도 그더로 쉬지 안코 곳 나오니 밧게는 못 막어셔 안으로
막어볼가 砲手에게 셕량 밧고 총을 팔아 黃肉 사셔 ○子 만씀 쩌싁 너도
수루루 도로 나와 줌억만씀 ○木枕만씀 아무리 쩌여 너도 도로만 곳 나
오니 엇지흐여 살 슈 잇쇼[17]

이것은 군사 점고 대목의 한 부분으로서 그 성적 파탈의 정도가 앞의
인용보다 더하다고 할 수 있다. 여기에서는 남녀간의 성행위도 아니고
남자들 사이의 성행위가 적나라하게 묘사되어 있다는 점에서 파탈성이
더욱 심하게 드러나 있다. 카니발의 물질적 육체 원칙에 의하면 성기나
항문 같은 신체 부위가 어떤 다른 신체 부위보다 중요하게 취급된다.[18]

---

17) 신재효본 〈적벽가〉, 앞의 책, 37-38쪽.
18) 김욱동, 앞의 책, 340쪽 참조. 성현경 교수도 이와 같은 육제적 격하 원리를 가지고
〈홍부전〉이나 〈이고본 춘향전〉 등을 민중해학적 관점에서 해석한 바 있다. 성현경,
『옛소설론』, 새문사, 1995, 418-65쪽, 511-38쪽 참조.

성기나 항문은 프로이트가 말하는 그 쾌락 원칙이 작동하는 장소이거
니와 그것은 다른 것들이 하지 못하는, 생산적인 일을 하는 곳이기도
한 것이다.[19] 그렇기 때문에 이와 같은 파탈적인 성담론의 존재 이면에
는 비생산적이고 비현실적이고 관념적인 일에 몰두하는 지배계층에 대
한 비아냥거림과 조소, 그리고 항거의 정신이 숨 쉬고 있는 것이다.

이와 같이 〈적벽가〉는 도처에서 정상적 규범성을 위반하는 파탈성
을 보여준다. 그것은 지배 체제에 불복하고 항거하는 직접적인 공격의
형태로 나타나기도 하고, 저열한 사고와 행위를 동반함으로써 골계적
인 방향으로 나타나기도 하며, 또한 외설적인 성담론의 형태로도 나타
난다. 이런 것들은 모두 기존의 지배 계층이나 지배 구조에 대한 풍자
와 비판의 정신을 담고 있다.

(3) 주변성(周邊性)

군사 자탄 사설과 군사 점고 대목, 그리고 조조와 정욱의 대화 대목
의 특징 중 하나는 흥미의 초점을 일상적인 주변사에 두고 있다는 점
이다. 전쟁터에 나온 장수와 군사들의 관심사는 당연히 국가의 대사여
야 하고 그 의식은 집단적 대의명분에 투철해야 마땅하다. 그러나 국
가적·집단적 사안은 그들의 관심영역에서 멀리 벗어나 있고, 그들은
오히려 그들이 몸소 체험한 일상적인 주변사를 미주알고주알 주워섬기
는 데에 더 많은 관심이 있다. 일상적인 주변이 어떤 질서정연한 체계
없이 그저 나열되고 그 관심의 영역을 계속 넓혀감으로써 사설은 대폭
확장되고 있다.

---

19) 실학자인 연암 또한 〈예덕선생전(穢德先生傳)〉에서 똥푸는 사람을 예찬하고 있다.

"여봐라, 군사들아. 이 내 설움을 들어라. 나는 나는 나는 나는 부모님의 덕택으로 열일곱 장가 들어, 스물다섯 상처허고, 서른다섯 간신히 구혼하야 사주단자 보낸 후 택일 기별이 왔더구나. 일습기재 차릴 적에, 장풍원네 비리 먹은 말꼬, 이좌수댁 좀안장, 박도령 쌍얼챙이, 공도령 안판낙포, 두 쌍으로 증시 세고, 정동장 함진애비, 집안 종 외눈퉁이, 전동다리, 꾀수아비, 외삼촌 상객으로, 꺼멍 암소 안장 지여 투덕투덕 건너갈 제, 사모 품대 능란호사, 호기있게 건너가, 초례청으 전안허고, 대례청 대례허고, 신부방으로 들어가 차담을 든든히 먹은 후으, 일락함지 해가 지니, 저녁밥 갖은 반상 싫도록 먹은 후으, 담배 한 대를 얼른 피고 가만히 앉었으니, 아따, 우리 집 마누라가 들오는듸, 옆눈 지여 살펴보니 명조가 둥둥 뜨고 영풍이 깃들었다. 상하 한 벌을 훑어보니 머리 우으 화관이요 몸에난 원삼이라. 외삼촌댁 처남의 댁이 신부를 옹위허여, 옆밀거니 등밀거니, 가자 가자 어서 가자, 방으로 들어와 병풍 뒤에 앉혀 놓고 내 나가듯 다 나가고 신부 혼자 앉었기에, 곰곰 앉어 생각허니, 옛 노인 허신 말씀, 첫날밤 신랑이 신부 손길을 먼저 잡으며는 공방수가 든다기로, 놀래잖게 뒤로 가만히 돌아가 신부 허리를 넌짓 안고, 화관, 원삼 훨훨 벗겨 병풍으 걸어 놓고, 나도 훨훨 벗은 후으 에후리쳐 보듬어 안고 정담을 허랴 헐 제, 뜻밖에 외는 소리, '위국땅 백성들아, 적벽강으로 싸움 가자.' 나오너라 부른 소리 산천이 진동허고, 저기 있는 저 군사가 우루루루루 달려들어, 군복을 입히거니, 전립을 씌우거니, 등밀거니 옆밀거니 덜미 치고 나올 적에, 아따, 우리 마누라가 첫날밤 무삼 정이 그다지 많이 들었는지 우루루루 달려들어 내 그 손목 부여잡고, '아이고, 가군. 나는 나는 어쩌라고 이 지경이 웬일이요?' 떨치고 나왔으나 언제 다시 고향에 돌아가 그립든 아내 손길을 잡고 만단정회를 풀어 볼거나, 아이고, 아이고, 설운지고."[20]

이것은 군사 자탄 사설의 한 대목인데, 이 담화의 핵심은 서른다섯에 간신히 재혼하여 신부와 첫날밤을 보내려고 하는 참에 적벽강 싸움

---

20) 정권진 창본 〈적벽가〉, 앞의 책, 301쪽.

에 붙들려와서 서럽다는 것이다. 그러나 여기에서 담화의 골자만을 진술하는 것은 재미도 없거니와 이 담화가 지향하는 초점도 아니다. 이 담화가 지향하는 초점은 오히려 첫날밤을 맞게 되기까지의 복잡한 과정을 진술하는 데에 있다. 과정상의 사소한 사건이나 행위들, 그리고 장면들을 모두 주워섬기는 데에 더 큰 관심을 보이고 있다. 그리하여 혼렛날 신랑 측의 사람들이며 마구들이 순서 없이 나열되기도 하고, 혼례과정을 주마간산격으로 훑어 내려가기도 한다. 진술의 초점이 되고 있는 이러한 점묘들은 담화의 핵심에서 벗어나 주변을 맴돌고 있다. 주변을 너무 겉돌아서 군사의 설움이라는 비극적인 핵심 이야기에 도달해도 그렇게 슬프게 느껴지지 않고 오히려 웃음을 머금게 한다. 웃음을 일으키는 이유는 바로 서러움을 일으키게끔 정서적 고양 장치를 설치하기보다는 반대로 서러움의 정서와 상충되는 정서를 산만하게 주변에 흩뿌림으로써 정서적 해이 내지는 이완이라는 결과를 빚어내고 있기 때문이다.

그렇다고 여기에서 관심의 대상이 되고 있는 일상적인 주변이 부정되는 것은 아니다. 그것은 서민들의 새로운 정서적 체험이라는 점에서 긍정된다. 서러움과 같은 정서적 체험은 그동안 전통적으로 정서의 고조를 통한 집중화 과정을 거쳐 왔으며, 이념적이고 대의적이고 집단적인 사안과 관련하여 삶의 비장한 국면을 동반하는 경향이 있었다. 그러나 서민 군사가 느끼는 미적 체험은 이와는 달리 정서의 고조와 같은 집중화 과정도 없고, 이념적이고 대의적이고 집단적인 사안과 관련되지도 않는다. 그것은 지극히 개인적이고 일상적이고 주변적인 사안과 관련되면서 서러움과 같은 정서와 연결된다는 점에서 새로운 정서적 체험인 것이다. 이러한 인식의 배후에는 아마도 전통적인 정서적 체험이란 가식이거나 허구라는 인식이 도사리고 있는 것으로 보인다.
서민들의 슬픔은 가정적인 삶의 일상 주변에서 직접 피부에 와 닿는
것이지, 국가나 가문과 같은 고상하고 추상적인 차원에서의 일이 아님
을 보여주고 있는 것이다.

　서민 군사의 새로운 정서적 체험은 또한 웃음과 슬픔의 혼융에서도
분비되어 나온다. 슬픈 가운데 웃음이 있고, 웃는 가운데 슬픈 현실이
내재해 있는 것이다.[21] 어느 쪽이 진정한 중심이고 초점인지 분간할
수 없을 정도로 양자는 뒤범벅이 되어 있다. 흥부의 가난 타령 대목이
그렇듯이 서민 군사의 정서를 기쁨과 슬픔 어느 한 쪽으로 규정짓는다
는 것은 불가능하다는 점에서 그것은 새로운 양상의 정서적 체험이다.
여기에는 현실을 극복하고자 하는 서민들의 정서적 감응 장치가 설정
되어 있는 듯하다. 슬픔을 오롯이 슬픔으로만 받아들이지 않고 웃음을
통해 삭여내고 희석시키려는 서민들의 내밀한 지혜가 내재해 있다고
볼 수 있기 때문이다. 이러한 점에서 볼 때 슬픈 이야기 속에 들어있는
수많은 웃기는 이야기들이 더 중요한 담화적 역할을 담당한다고 볼 수
도 있을 것이다.

　담화적 초점이 주변을 맴돈다고 할 때, 그 연상 작용의 방향 내지는
원리에 대한 검토 또한 필요하다. 앞에서도 말했듯이 이 담화의 핵심
은 서른다섯에 재혼하여 신부와 첫날밤을 보내려고 하는 참에 적벽강
싸움에 붙들려와서 서럽다는 것이다. 그런데 상기 인용문을 살펴보면
혼례를 치르는 과정이 매우 자세하게 진술되어 있다. 제일 먼저 혼롓

---

21) 김대행 교수는 '웃음으로 눈물 닦기'가 한국 문화의 특질로서 언어생활 속에 담겨
　　있다고 지적한 바 있다. 김대행, 『웃음으로 눈물닦기 ; 한국언어문화의 한 특질』, 서
　　울대 출판부, 2005.

날 신랑이 차리게 되는 기재(器材)들이 나열되는데, 동행하는 사람들과 타고 가는 말에 부속된 도구들이 순서 없이 이것저것 진술된다. 그러나 공통적인 점은 그 사람들이나 도구들이 완전하지 않고 무언가 잘못되어 있다는 점이다. 사람들은 쌍언청이거나 외눈퉁이거나 전동다리이며, 말은 비루먹은 말이고 안장은 좀먹은 안장이다. 그리고 외삼촌은 검은 암소를 타고 간다. 이러한 사람들과 도구들의 혼례 행렬을 생각해보면 우스꽝스럽기 그지없다. 우스꽝스러운 행렬을 만들기 위해 비정상적인 인물과 도구들을 생각나는 대로 동원하고 있는 듯하다. 혼례 행렬만 우스꽝스러운 것이 아니라 주인공의 행위 또한 희극적으로 묘사된다. 행렬로 보아 그럴 만한 여건이 아닌데도 투덕투덕 건너가고, 또 호기 있게 건너가 신부방에 좌정한다는 이야기 설정과, 차담을 든든하게 먹고, 저녁밥 한 상을 또 싫어지도록 먹고, 담배 한 대 얼른 피고 앉아 신부를 기다린다는 이야기 설정, 그리고 처가집사람들이 옆 밀거니 등 밀거니 하면서 신부를 방으로 들여 병풍 뒤에 앉혀 놓고 우르르 몰려 나간 것이며, 신랑이 앞에서 신부의 손을 잡으면 공방(空房)수가 든다고 하여 뒤로 돌아가 신부의 허리를 안고 옷을 벗겼다는 것이며, 그렇게 어렵사리 첫날밤을 보내고 있는데 군사들이 몰려들어 군복을 입히거니 전립을 씌우거니 등밀거니 옆밀거니 덜미치면서 전쟁터에 끌어왔다는 것이며, 모두 희극적인 상황 설정이며 해학적인 표현이다.

이와 같이 담화적 초점이 주변사를 훑으면서 이루어지는 연상 작용은 무언가 어울릴 것 같지 않은 사물과 행위들을 끌어들이면서 될 수 있는 대로 희극적인 상황을 만들어내고, 그런 희극적인 상황을 해학적인 구어체 표현으로 채색하는 방향에서 진행된다고 할 수 있다.

군사 자탄 사설뿐만 아니라 군사 점고 대목, 그리고 조조와 정욱의

대화 대목들에는 먹고 입고 병나고 노름하는 등의 일상 주변의 것에
대한 관심이 잘 나타나 있다. 서민 군사들의 관심은 온통 부모처자를
비롯한 집안일에 대한 걱정으로 점철되어 있는 것이다. 따라서 전쟁의
생리에 투철한 한 군사가 '위국자(爲國者)는 불고가사(不顧家事)'여야
마땅하다고 하면서 집안 걱정에 여념이 없는 군사들을 모두 '좀놈'이라
고 하고 있지만 서민 군사들에게는 그러한 군사가 오히려 좀놈이다.
일상 주변의 사소한 일들에 대한 서민 군사들의 관심에서 우리는 인간
적인 체취를 물씬 느낄 수 있으며, 새로운 미학적 지향도 읽어낼 수 있
다. 이제 새로운 미학이란 현실과 유리된 형이상학적인 관념과 추상의
세계에서 이루어지는 것이 아니라 바로 우리 자신의 일상 주변에서 발
견되는, 사소하지만 매우 현실적인 데에서 펼쳐져야 한다는 주장이다.

3. 맺음말 - 담화 확장의 주제적 의의와 시대정신적 배경

이 글은 〈적벽가〉의 '군사 자탄 사설'과 '군사 점고 대목', 그리고 '조
조와 정욱의 대화 대목' 등에서 담화가 확장되는 일정한 방향 내지는
담화 확장에 내재해 있는 어떤 원리를 검출해보는 것을 목적으로 하였
다. 따라서 이들 담화가 확장되는 세 가지 방향 또는 지표로서 평민성
과 파탈성, 그리고 주변성을 지적했는데, 이는 〈적벽가〉의 경우에는 어
느 정도 실상과 부합할 것으로 생각되지만 판소리 사설 전체의 담화
확장 원리가 될 수 있을지는 미지수이다. 이 세 가지 지표가 실상과 부
합한다고 할지라도 이들 지표가 원리로서 지녀야 할 개념적 선명성이
나 절차적 응용력에 대한 기술이 아직은 미흡하기 때문에 앞으로 이를

좀 더 심화해야 한다는 것은 두말할 나위도 없겠다.

여기서는 다만 이들 담화 확장의 방향적 지표가 〈적벽가〉의 주제에 미친 역학이라든가 이들 지표들이 형성될 수 있었던 시대정신적 배경이 무엇인지 간략하게 검토해보고자 한다. 담화 확장 방식을 고찰하는 궁극적인 목표는 주제적 변환과 시대정신적 배경, 그리고 당시인들의 미학적·철학적·문화적 바탕이나 지향의식의 온당한 파악과 긴밀한 관계에 있기 때문이다.

앞 장에서 살핀 바와 같이 〈적벽가〉의 여러 대목에서 이루어진 담화 확장은 적벽가의 주제적 지향을 고담준론형의 군담 취향으로부터 땀내 나는 생활 취향으로 바꾸어 놓는다고 할 수 있다. 〈삼국지연의〉와 그 것을 변개하지 않고 그대로 준수한 국내의 현토본 등은 전쟁 영웅들의 군담으로 점철되어 있다. 조조(曹操)·유비(劉備)·손권(孫權)을 축으로 하는 세 개의 진영이 있고, 세 진영의 장수와 모사들이 펼치는 파란만장한 전쟁사가 〈삼국지연의〉의 주제적 배경이 된다. 서사구조적인 층 위에서 말한다면 각 진영 간의 갈등과 갈등의 해소가 무수하게 반복되는 것이 〈삼국지연의〉의 주제적 배경이 된다. 하나의 갈등이 어렵사리 해소되면 그 갈등 해소 속에 또 다른 갈등이 내포되는 식으로 연쇄적으로 갈등이 발생하고 해소되는 구조인 것이다.[22] 따라서 〈삼국지연의〉의 주제가 전쟁 영웅들의 용맹과 지략이 되든, 아니면 이념과 명분에 따른 촉한 정통론의 재확인이 되든, 그것이 지닌 상당히 관념적인 고담준론이나 군담적 취향에서 벗어나 〈적벽가〉의 주제적 지향은 서민 군사들의 대거 등장과 그들의 특유한 목소리로 말미암아 서민들의

---

22) Peter Li, 「Narrative Patterns in San-kuo and Shui-hu」(A.H.Plaks ed., 『Chinese Narrative』, Princeton Univ. Press, 1977) 73-80쪽.

현실적인 삶으로의 경사를 보여준다. 서민 군사들의 비판이 강할수록 주제적 지향은 서민들의 행복한 삶을 망쳐놓은, 전쟁으로 대표되는 부당한 권력 행사와 부조리한 삶의 구조에 대한 항거가 심해진다. 그리고 서민들의 행복한 생활을 추구하고자 하는 욕망은 더욱 강렬해진다.

한편 앞에서 살펴본 세 가지 대목이 그렇다고 해서 〈적벽가〉 전체의 주제가 달라지겠는가 하는 문제가 있을 수 있다. 그러나 '군사 자탄 사설'과 '군사 점고 대목', 그리고 '조조와 정욱의 대화 대목'이 차지하는 비중은 적벽가에서 결코 적지 않다. 서술 분량도 전체의 3분의 1이 넘거니와 그 밖의 대목들에서도 이들 대목과 거의 동일한 서민적 시각과 취향을 보여주는 곳이 여기저기 산재되어 있다. 서민 취향의 색깔이 강해지면서 〈적벽가〉 전체를 점점 물들여가는 형국이라고 할 수 있는 것이다. 물론 관우를 포함한 유비 군사에 대해 온정적인 시선을 담음으로써 정당한 군사 권력과 인정주의를 옹호하는 군사적인 측면이 없지 않지만 서민 군사의 생활적 자탄과 불의에 거역하는 서민의식은 앞의 것을 상쇄하고도 남을 만큼 강렬하다고 생각된다.

위에서 살펴본 방향으로의 담화 확장이 이루어진 배경에는 조선 후기에 발흥한 실학의 정신이 깔려 있었으리라고 판단된다. 이기론이나 성정론과 같은 관념적이고 추상적인 논의에서 벗어나 실용적이고 생활적인 논의가 필요하다는 생각은 물론 일부 선각자적인 사대부들이 주창하고 체계적으로 논리화의 길을 마련하였지만 일찍이 그 필요성을 인식하고 실천했던 것은 평민 계층이었다고 할 수 있다. 일부 사대부 실학자들은 자신들이 스스로 실사구시의 필요성을 인식한 측면도 있었겠지만 평민 계층의 인식을 체계적으로 정리하여 그들의 입장을 대변한 측면도 무시할 수 없는 것이다. 실학자들은 실사구시 정신을 바탕으로 고증학이나 금석학과 같은 순수 학문 쪽으로 나아간 측면도 있었지만 평민들의 입장으로선 그와 같은 것은 역시 고담준론이나 다를 바 없는 것이었다. 평민들은 실학자들의 실사구시적인 지향에 크게 고무되었으되 세부적인 지향의식은 실학자들과는 다소 거리를 두고 자신들의 현실생활적 국면에 더 많은 관심을 갖게 되었던 것으로 보인다.

〈적벽가〉에 보이는 서민 군사들의 가정 생활에 대한 관심은 전형적으로 평민적 시각을 반영하고 있다. 가족에 대한 관심, 집안 주변 사람들에 대한 관심, 먹고 입고 자고 사는 자질구레한 가정사에 대한 관심이 강하게 표출되어 있는 것이다. 이와 같은 관심사들은 유교적인 이념을 추구하는 데에만 매달렸던 근엄한 군자나 선비들의 관심사와는 거리가 먼 것들이었다. 그들은 오히려 될 수 있는 한 그러한 일상적 관심사들을 외면하고자 노력한 인물들이었던 것이다. 전쟁터에 나온 장수들의 인식도 선비나 군자와 별로 다를 게 없다. 장수들은 오로지 국가적 대사인 전쟁에서의 승리를 위해 전략을 세우고 싸움을 하는 것 외에는 다른 데 관심을 쏟을 여가가 없다. 따라서 장수들의 인식을 보여주는 대목들 속에서 가정의 일에 대한 관심을 보여주는 대목을 찾을 수 없는 것은 당연하다. 〈적벽가〉에서 유현덕의 처와 아들에 관한 삽화도 가정에 대한 관심에서 이루어진 것이 아니라 국가 법통 승계자의 생존 여부에 대한 관심에서 나온 것으로 이해된다.

서민 군사들의 가정사에 대한 관심에 따라 펼쳐지는 집안일에 대한 상세한 묘사는 당대의 평민적 사실주의라고 할 만하다. 집안 주변의 온갖 자질구레한 일들이 묘사된다는 것은 당시의 양반 계층이 아니라 평민의 시각을 담지하고 있기 때문이며, 주변의 사물들이 나열식 위주로 열거되고 있음에도 불구하고 그들의 열거로 인해 사실적인 인상이 창조되고 있고, 최소한 근대적 사실주의를 향한 추동력을 상당 부분 지닌다고 볼 수 있기 때문이다. 생활 주변의 것들이 긍정되고 묘사되는 경향은 당대에 발흥한 '사생정신(寫生精神)'[23)에 그 바탕을 두고 있다고 할 수 있다. 문학 작품뿐만 아니라 당대의 진경산수화나 풍속화를 포함한 예술 전반에 나타난 묘사의 증대는 바로 그 바탕 정신에서 나오고 있는 것으로 보인다.

서민 군사들의 행위는 한편으로 서민의식의 성장을 강도높게 반영한다. 당시에는 신분제도가 크게 동요하고 있었고, 서민들도 지배 계층과 동등한 인간이라는 평등정신이 만연해 있었으며, 그에 따라 지배 계층의 부조리와 사회 제도 및 구조의 모순에 대해 은근한 풍자와 신랄한 비판을 제기할 수 있었던 것이다. 서민 군사들이 조조의 부당한 명령에 이의를 제기하고 항거하고 불복하기도 하는 것들은 모두 서민들의 일상적인 삶을 파괴하고 행복 추구권을 유린하는 지배 계급의 부당한 권력 행사와 제도적 모순에 대한 반발의 표출이요 그 형상화라 하겠다.

---

23) 김현주, 「거동보소의 담론적 해석」, 『판소리연구』 6집, 1995, 155-8쪽.

참고문헌

〈참고자료〉

김동욱 편, 『경인고소설판각본전집』 1-5, 1973.

한국어문학회 편, 『고전소설선』, 형설출판사, 1985.

『한국고전문학전집』 23, 고대 민족문화연구소, 1996.

『국역 성소부부고』 II, 민족문화추진회, 1967.

박지원, 신호열·김명호 역, 『국역 연암집』 2, 민족문화추진회, 2004.

김기동 편, 『한국고전문학』 100, 서문당, 1984.

장덕순·최진원 교주, 『고전문학대계』 I, 교문사, 1984.

김현양 외 역주, 『수이전 일문』, 박이정, 1996.

심경호 옮김, 『매월당 김시습 금오신화』, 홍익출판사, 2000.

이상구 역주, 『17세기 애정전기소설』, 월인, 1999.

『언토 삼국지』 권2, 안동서관, 1920.

김진영·김현주 외 편, 『춘향전전집』, 박이정, 1997-2004.

_____, 『심청전전집』, 박이정, 1997-2004.

_____, 『흥부전전집』, 박이정, 1997-2004.

_____, 『토끼전전집』, 박이정, 1997-2004.

_____, 『적벽가전집』, 박이정, 1997-2004.

김진영·김현주 역주, 『장자백 창본 춘향가』, 박이정, 1996.

_____, 『홍보전』, 박이정, 1997.

_____, 『심청전』, 박이정, 1997.

_____, 『토끼전』, 박이정, 1998.

_____, 『화용도』, 박이정, 1999.

김현주·김기형 편, 『적벽가』, 박이정, 1998.

성현경 역주, 『이고본 춘향전』, 열림원, 2001.

안동림 역주, 『장자』, 현암사, 1993.

장기근·이석호 역,『노자/장자』, 삼성출판사, 1990.

〈국내논저〉

강만길,『조선후기 상업자본의 발달』, 고려대 출판부, 1973.
강상순, 「고소설에서 환상성의 몇 유형과 환몽소설의 환상성」,『고소설연구』15집, 2003.
고영근 외,『한국 텍스트과학의 제과제』, 역락, 2001.
권택영 편,『자크 라캉 : 욕망이론』, 문예출판사, 1994.
김규영,『시간론』, 서강대 출판부, 1987
김대행,『웃음으로 눈물닦기 - 한국언어문화의 한 특질』, 서울대 출판부, 2005
김동욱,『춘향전연구』, 연세대 출판부, 1965.
김문희, 「애정 전기소설의 문체 연구」, 서강대 박사학위논문, 2002.
김병국, 「고대소설 서사체와 서술시점」, 이상택·성현경 편,『한국고전소설연구』, 새문사, 1983.
_____,『한국 고전문학의 비평적 이해』, 서울대 출판부, 1995.
김병익 역,『도상과 사상』, 열화당, 1982.
김성룡, 「고소설의 환상성」,『고소설연구』15집, 2003.
_____, 「우연성과 환상성」,『국어국문학』137, 2004.
_____, 「한국 고전소설의 환상성에 관한 연구」, 서울대 석사학위논문, 1985.
김연숙, 「판소리 창자의 창자의 기능양상」, 서강대 석사학위논문, 1983.
김완진 외,『문학과 언어의 만남』, 신구문화사, 1996.
김욱동,『대화적 상상력』, 문학과지성사, 1988.
_____,『은유와 환유』, 민음사, 1999.
_____,『탈춤의 미학』, 현암사, 1994
김준오,『한국 현대시와 패러디』, 현대미학사, 1996.
김진곤 편역,『이야기 소설 Novel』, 예문서원, 2001.
김태옥, 「담화 연구 서설」, 서강대 교육대학원, 1995.
김현주, 「거동보소의 담화론적 해석」,『판소리연구』6집, 1995.
_____, 「서사체 평가절의 전통」,『시학과 언어학』창간호, 시학과 언어학회, 2001.
_____, 「일상경험담과 민담의 구술성 연구」,『구비문학연구』4집, 1997.
_____,『판소리 담화 분석』, 좋은날, 1998.

_____, 『판소리와 풍속화, 그 닮은 예술 세계』, 효형출판, 2000.

김형효, 『노장사상의 해체적 독법』, 청계, 1999.

문학이론연구회 편, 『담론 분석의 이론과 실제』, 문학과지성사, 2002.

민두기 편, 『중국의 역사인식』, 창작과비평사, 1985.

박갑수 편, 『국어문체론』, 대한교과서(주), 1994.

박육현·김호진, 『언어와 사회』, 세종출판사, 1999.

박일용, 『조선시대의 애정소설』, 집문당, 1993.

박철희, 『한국시사연구』, 일조각, 1980.

박희병, 『전기소설의 미학』, 돌베개, 1997.

방병선, 『조선후기 백자 연구』, 일지사, 2000.

서강여성문학연구회 편, 『한국문학과 환상성』, 예림기획, 2001.

서인석, 「고대소설에 있어서의 우연성 문제」, 『선청어문』 10집, 1979.

서종문, 「<적벽가>에 나타난 '군사점고대목'의 존재양상과 그 의미」, 『판소리연구』
8집, 1997.

성기옥, 「사대부 시가에 수용된 신선모티프의 시적 기능」, 한국고전문학회 편, 『국문
학과 도교』, 태학사, 1998.

성현경, 『옛소설론』, 새문사, 1995.

송경숙, 『담화 화용론』, 한국문화사, 2003.

송방송, 『한국음악통사』, 일조각, 1984.

송효섭, 「이조소설의 환상성에 대한 장르론적 검토」, 『한국언어문학』 23, 1984.

신재홍, 「초기 한문소설집의 전기성에 관한 반성적 고찰」, 『관악어문연구』 14집, 1989.

여홍상 엮음, 『바흐친과 문화이론』, 문학과지성사, 1995.

윤사순, 「실학의 사상적 기반」, 윤사순·고익진 편, 『한국의 사상』, 열음사, 1984.

윤주필, 「도가담론의 반모방성과 우언소설의 근대의식」 한국고전문학회 편, 『국문학
과 도교』, 태학사, 1998.

윤찬원, 「'道敎' 개념의 정의에 관한 논구」, 한국도교사상연구회 편, 『한국도교와 도
가사상』, 아세아문화사, 1991.

이병혁 편저, 『언어사회학 서설』, 까치, 1986.

이원표, 『담화분석』, 한국문화사, 2001.

이익섭, 『사회언어학』, 민음사, 1994.

이정민·이병근·이명현 편, 『언어과학이란 무엇인가』, 문학과지성사, 1977.

이종은 편,『한국문학의 도교적 조명』, 보성문화사, 1985.

이태호,『조선후기 회화의 사실주의 정신』, 학고재, 1996.

임지룡, 「환상성의 언어적 양상과 인지적 해석」,『국어국문학』137, 2004.

전경욱, 「춘향전 작품군 가요의 형성과 기능」, 고려대 박사학위논문, 1988.

전성기 외,『텍스트 분석방법으로서의 수사학』, 유로서적, 2004.

정 민, 「유선문학의 서사구조와 도교적 상상력」, 한국도교사상연구회 편,『한국도교
　　　와 도가사상』, 아세아문화사, 1991.

정재서, 「한국 도교문학에서의 신화의 專有」, 한국도교문화학회 편,『한국의 신선사
　　　상』, 도서출판 동과서, 2000.

_____,『도교와 문학 그리고 상상력』, 푸른숲, 2000.

조동일,『카타르시스·라사·신명풀이』, 지식산업사, 1997.

조석래, 「어우 유몽인의 문학에 나타난 신선사상」, 한국도교사상연구회 편,『도교와
　　　한국사상』, 범양사출판부, 1987.

차주환,『한국도교사상연구』, 서울대 출판부, 1978.

_____,『한국의 도교사상』, 동화출판공사, 1986.

차충환, 「고소설에서 초월성의 의미」,『어문연구』107호, 2000.

천기석·김두한 공역,『기호학 용어 사전』, 민성사, 1988.

최경환, 「완판 84장본 <열녀춘향수절가>의 다성성 연구」, 서강대 석사학위논문, 1992.

최기숙,『환상』, 연세대 출판부, 2003.

최삼룡,『한국문학과 도교사상』, 새문사, 1990, 12-37면

최완수 외 지음,『진경시대』, 돌베개, 1998.

최진석,『노자의 목소리로 듣는 도덕경』, 소나무, 2001.

최창록,『한국도교문학사』, 국학자료원, 1997.

_____,『한국소설의 문체론적 연구』, 형설출판사, 1981.

한국고전문학회 편,『국문학과 도교』, 태학사, 1998.

한영우, 「17세기의 反尊華的 道家史學의 성장」, 이우성·강만길 편,『한국의 역사
　　　인식(상)』, 창비, 1976.

허창운,『현대문예학의 이해』, 창작과비평사, 1989.

홍상훈,『전통시기 중국의 서사론』, 소명출판, 2004.

〈국외 논저〉

다이안 맥도웰, 임상훈 역, 『담론이란 무엇인가』, 한울, 1992.

레비 스트로스, 『신화와 의미』, 이끌리오, 2000

레비 스트로스, 안정남 옮김, 『야생의 사고』, 한길사, 1996

로만 야콥슨, 권재일 역, 「언어의 두 측면과 실어증의 두 유형」, 『일반언어학 이론』,
　　민음사, 1989.

로만 야콥슨, 『문학 속의 언어학』, 문학과지성사, 1989.

로버트 스탬, 『자기반영의 영화와 문학』, 한나래, 1998.

리차드 쉐크너, 『퍼포먼스 이론』, 현대미학사, 2004.

메를로 퐁티, 『지각의 현상학』, 문학과지성사, 2002.

미하일 바흐친, 김근식 옮김, 『도스또예프스키 시학』, 정음사, 1988.

미하일 바흐친, 『장편소설과 민중언어』, 창작과비평사, 1988.

반 다이크 지음, 정시호 옮김, 『텍스트학』, 민음사, 1995.

앤터니 이스트호프, 『무의식』, 한나래, 2000.

에드워드 홀, 『생명의 춤』, 한길사, 2000.

월터 J. 옹, 『구술문화와 문자문화』, 문예출판사, 1995.

제라르 즈네뜨, 『서사담론』, 교보문고, 1992.

제랄드 프랭스, 『서사학-서사물의 형식과 기능』, 문학과지성사, 1988.

제베데이 바르부, 『역사심리학』, 창작과비평사, 1983.

킴바라세이고, 『동양의 마음과 그림』, 새문사, 1978.

패트리셔 워, 김상구 역, 『메타픽션』, 열음사, 1989.

폴 리쾨르, 『시간과 이야기 1』, 문학과지성사, 1999

폴 헤르나디, 「자유간접화법과 그 기교」, 『장르론』, 문장, 1983.

프랭크 커모드, 『종말의식과 인간적 시간』, 문학과지성사, 1993.

C. Barron, N. Bruce, D. Nunan ed., 『Knowledge and Discourse』, Pearson Edu.
　　Ltd., 2002.

R. Beaugrande & W. Dressler, 김태옥·이현호 공역, 『담화·텍스트언어학 입문』,
　　양영각, 1991.

D. Biber, 『Variation across speech and writing』, Cambridge Univ. Press, 1988.

N. Bonvillain, 『문화와 의사소통의 사회언어학』, 한국문화사, 2002.

W. Chafe, Discourse, 『Consciousness』, and Time, Univ. of Chicago Press, 1994.

Dorrit Cohn, 『Transparent Minds』, Princeton Univ. Press, 1978.

G. Cook, 김지홍 역, 『담화』, 범문사, 2003.

G. Cook, 『Discourse and Literature』, Oxford Univ. Press, 1994.

G. Cook, 『The Discourse of Advertising』, Routledge, 1992.

T. A. Van Dijk ed., 『Handbook of Discourse Analysis』, Vol. I-IV, Academic Press, 1985.

Michel Foucault, 『The archaeology of knowledge and the discourse of language』, Pantheon Books, 1972.

R. Fowler, 『Literature as Social Discourse』, Batsford Academic, 1981.

E. Goffman, 『Frame Analysis』, Harper & Row, 1974

R. Hodge, 『Literature as Discourse』, Polity Press, 1990.

Dell Hymes, 『Foundations in Sociolinguistics : an Ethnographic Approval』, Univ. of Pennsylvania Press, 1974.

G. Lakoff & M. Johnson, 노양진·나익주 역, 『삶으로서의 은유』, 서광사, 1995.

Peter Li, 「Narrative Patterns in San-kuo and Shui-hu」 A.H.Plaks ed., 『Chinese Narrative』, Princeton Univ. Press, 1977.

S. Mills, Discourse, 김부용 역, 『담화』, 인간사랑, 2001.

Roy Pascal, 『The Dual Voice』, Manchester Univ. Press, 1977.

L. Phillips & M. W. Jorgensen, 『Discourse Analysis as Theory and Method』, Sage Publications, 2002.

Gerald Prince, 『Dictionary of Narratology』, Univ. of Nebraska Press, 1987.

J. Renkema, 이원표 역, 『담화연구의 기초』, 한국문화사, 1997.

D. Schiffrin, D. Tannen & H. E. Hamilton ed., 『The Handbook of Discourse Analysis』, Blackwell, 2001.

Elena Semino, 『Language & World Creation in Poems & other texts』, Longman, 1997.

Shi-Xu, 『A Cultural Approach to Discourse』, Palgrave Macmillan, 2005.

Tzvetan Todorov, 『The Fantastic』, Cornell Univ. Press, 1975.

J. Torfing, 『New Theories of Discourse』, Blackwell, 1999.

G.J. Whitrow, 『시간의 문화사(Time in History)』, 영림카디널, 1998.

찾아보기

▓ 김현주(金賢柱)

현재 서강대학교 국어국문학과 교수.
그동안 〈판소리이본전집〉과 〈판소리역주서〉 작업을 공동으로 했고, 단독으로 쓴
책으로는 『판소리 담화분석』(1998), 『판소리와 풍속화, 그 닮은 예술세계』(2000),
『구술성과 한국서사전통』(2003)이 있다.

고전서사체 담화분석

2006년 11월 27일 초판 발행

지은이   김현주
펴낸이   김흥국
펴낸곳   도서출판 **보고사**

등록   1990년 12월(제6-0429)
주소   서울시 성북구 보문동 7가 11번지
편집부 922-5120~1, 영업부 922-2246, 팩스 922-6990
홈페이지 www.bogosabooks.co.kr
메일   kanapub3@chol.com

ⓒ 김현주, 2006
ISBN 89-8433-462-6 (93810)
정가 15,000원